秋浦流韻

斯琴

——贵池区文学作品选集

陈春明　主编

合肥工業大學出版社

本书编委会

序

何家荣

贵池历史悠久，春秋属吴；战国属越；越亡属楚；汉初即建县，名石城，属丹阳郡；隋开皇十九年（599），改石城为秋浦；五代时期，复改秋浦为贵池。其先后被冠以县、市，今冠以区，但贵池之名不复改易。

秋浦以县名，历隋唐五代，上下三百余年，至今已越千年，但文人骚客似有某种秋浦情结，不因历史更替、建制变化而稍易。在他们心目中，秋浦，始终是贵池的美称，是贵池的代名词；在他们的文字里，几乎只见秋浦，不见贵池。此足见文人情性一以贯之，不易移也。

文人爱秋浦，情因约有二：其一，贵池人民的母亲河秋浦河，世世代代养育一方百姓，滋润一方文脉；其二，诗仙李白游秋浦，足迹遍秋浦，作《秋浦歌十七首》等传世华章，吸引后世代代文人不懈追慕追随，秋浦遂成为文人笔下的情之媒、思之酵。

贵池自古文风昌盛，据嘉靖《池州府志》记载，南朝梁太子萧统曾邀集任昉、徐勉等人，在池州石城秀山隐山寺考订文籍，编成《文选》，世称《昭明文选》。同样出于对昭明太子的崇拜、对《昭明文选》的推崇，池州历史上的官员们曾两次重刻了《昭明文选》：第一次是由南宋池阳仓使尤袤主持校刻“池阳郡斋本”《昭明文选》，第二次是由元代池州路同知张伯颜捐资重刻《昭明文选》。清嘉庆年间，胡克家就是依据尤袤刻本，写成了《文选考异》

十卷，成为校勘较好和最通行的《文选》李善注本。秋浦大地上衍生出的独特的昭明文化，实为秋浦人民崇文尚德传统的写照。

李白游秋浦、杜牧守池州之后，秋浦更成为天下文士雅集之地，罗隐、梅尧臣、黄庭坚、周必大、朱熹、顾元镜、喻成龙等，或游或宦，雁过留声；胡楚宾、伍乔、华岳、黄观、王世鼐等，本土俊彦，层出不穷。一首《秋浦歌》代代传唱，一首《清明》妇孺皆知，秋浦河遂成诗歌之河，秋浦大地遂成诗歌之乡，池州遂赢得“千载诗人地”之美誉。

清代本土名士郎遂编撰《杏花村志》、清末民初本土名士刘世珩编纂《贵池先哲遗书》，虽为乡邦文献，亦足见贵池先贤创作之实绩粲然可观也。

“江山代有才人出，各领风骚数百年。”中华人民共和国成立后，贵池民歌手姜秀珍把本土“罗城民歌”从山野唱到了歌坛，唱到了中南海，并以民歌创作登上中国文坛，成为贵池第一个中国作家协会会员。姜秀珍创作的民歌，曾先后刊发于《人民日报》《光明日报》《人民文学》《诗刊》等报刊，部分民歌作品还被收入《中国新文学大系》，其作品集《一个女歌手的歌》1984 年由中国民间文艺出版社出版发行，产生了广泛影响。

改革开放以来，贵池的文学创作更是呈现出新局面、新活力，涌现了一大批文学生力军。贵池区作家协会现有会员百余人，其中省级会员近 20 人、国家级会员 2 人，发展势头强劲可喜。贵池区作家协会自 2005 年成立以来，在第一届、第二届主席陈春明，现任主席（第三届）王征桦的带领下，围绕市、区中心工作，以杏花村为依托，服务贵池旅游和美丽乡村建设，开展大量文学采风创作活动，取得丰硕的创作实绩；尤其是 2013 年承办安徽省文学内刊主编联席会暨“相约杏花村”安徽作家看贵池大型文学采风活动，让省内作家走近贵池、了解贵池、书写贵池，更让本土作者走近名家、结识同仁、开拓视野，搭建起了本土作者请进来、走出去的桥梁。

十几年来，贵池区作家协会会员潜心创作，陈春明、王征桦、方乾、吴淞、桂枫、王光龙、吴毓福、丁贤玉、徐琳、杨贤英、耿毅频、桂媛等一大批有情怀、有实力的作者，创作的诗歌、散文、小说、文学评论屡见于市、省、国家级报刊，在全市乃至全省产生较大影响。贵池区作家协会以其丰富活跃的文学创作活动赢得“安徽省文学创作先进县（区）”荣誉称号，陈春明以其散文创作实力和文学组织工作业绩，顺利加入中国作家协会。本书收录的散文、诗歌、小说、评论，乃贵池区作家协会成立以来会员作品的一次集中展示，是贵池区作家协会服务会员、凝聚实力、再启征程的一件实事、好事，可喜可贺。

“桐花万里丹山路，雏凤清于老凤声。”文学是现实生活的一面镜子，又是时代的先声，文学工作者永远牵动时代最敏感的神经。希望“秋浦流韵”像清澈的秋浦河、浩荡的长江水，永远奔腾向前；希望贵池文学界同仁在习近平新时代中国特色社会主义思想指引下，在中国人民实现中华民族伟大复兴中国梦的伟大实践中，不懈耕耘，不断创作出讴歌党、讴歌祖国、讴歌人民、讴歌英雄的精品力作。

是为序。

二〇一八年十一月写于碧山

（作者系池州学院文学与传媒学院教授、池州市作家协会主席）

目录

散文篇

陈春明　缓风摇橹出池州 / 004
渚湖姜村口水井之谜 / 006
源溪行 / 008
嘉峪关落日情思 / 011
圆梦 / 012
王征桦　纸飞机 / 016
雷击木 / 017
火狐狸 / 019
芦花白 / 021
葛文化　升金湖畔沙山嘴 / 024
赏荷 / 025
思绪 / 026
方　乾　春天，到秋浦来看花 / 029

我们都是作家 / 031
潮起潮落话新诗 / 033
我们为什么写作
——深圳打工诗人引发的思考 / 034
桂　枫　晨钟暮鼓人家 / 038
杏花村春之赋 / 040
唐诗之旅齐石路 / 042
吴　淞　花台归来不看花
——游九华山花台景区 / 046
江南的雪 / 048
我是一只毛毛虫 / 050
留存人生的美好 / 051
陈　莉　凤凰山下相思树 / 056
牡丹仙子 / 056
四月的纪念 / 057
我是“车主” / 058
谢海龙　快乐单车　美在池州 / 062
踏访一座山村 / 063
做你成长的臂弯 / 065
霄坑览胜 / 066
杨贤英　秀色天生 / 070
江南 / 071
此地即平天 / 072
王韩炉　我与古典诗词之缘 / 076
联寄齐山情 / 078
钱立新　万罗山——罗峰山边徐 / 082
探访“小三线” / 085
大美陈村 / 087
九华山下“缟溪金” / 089

王光龙　遥想一座城 / 093
随风而逝的歌谣 / 096
吴毓福　站在冬天里的朴树 / 104
踏雪访树 / 105
露从今夜白 / 107
花庙一壶茶 / 109
丁贤玉　牧童的春天 / 113
二路车终点站 / 114
猎人 / 116
唐朝村庄 / 118
徐　琳　爷爷的渔网 / 121
划起腰子盆 / 122
饮尽世间一杯茶 / 123
臧胜阳　“民女大于天”的传说 / 127
张文泉　十年之晤 / 131
又闻琅琅读书声 / 132
外公的味道 / 133
菜园小记 / 135
谢峥嵘　源溪——在光阴中修行 / 138
千年回眸 / 140
此地即平天 / 141
花庙的颜色 / 143
伍宏才　故乡，留得住的乡愁 / 148
木心：一只寂寞的鸟 / 149
一卷在手，天地俱静 / 151
檀新建　傩村正月行 / 155
三张照片一样情缘 / 159
乡村酒事 / 161

姚司君　陪伴 / 164
林徽因：美与智慧的千古绝唱
——《林徽因传》读书心得 / 165
难忘收车船税的日子 / 167
王中平　杏花颂 / 171
寻觅宝胜寺遗踪 / 172
秋涩
——写在“朝来寒雨晚来风”之后 / 173
耿毅频　踏雪寻梦 / 176
记忆中的那一缕菊香 / 180
重温父亲的慈悲 / 181
胡胜利　窗山红叶 / 185
吴来虎　杏花情缘 / 188
诗画元四章 / 191
巩旺生　铜山牌采冶遗址 / 198
站在殷文圭墓前 / 199
罗以华　杏花微雨 / 202
天池之石 / 203
方再能　候鸟驿站九华河 / 206
望华楼上赏美景 / 208
张　昕　纳凉与星空 / 211
山湖村遇雨 / 212
朱备三章 / 214
徐累先　鹁鸪 / 218
漂流秋浦河 / 219
俞东升　散文人生 / 222
温馨的稻草 / 223
大师的抄写功 / 224
朱向春　宴会之苦 / 227
人生难得是洒脱 / 228

李凤仙　槐香 / 231
我的家乡美如画 / 232
李玮玮　花开 / 236
历久弥新的石门高 / 237
钱　萍　杏花村里识兰花 / 241

诗歌篇

王征桦　秋浦歌十七首 / 245
葛文化　咏雪诗四首 / 256
陈　莉　雨后游杏花村 / 258
致秋浦河畔的执教时光 / 259
杏花带雨　诗意了村庄 / 261
程志和　行吟杏花村 / 263
张　华　雪韵杏花村 / 265
杏花红 / 265
杏花人家 / 266
冬月新逢杏花村 / 266
吴　淞　雾中过平天湖 / 267
杏花村寻花不遇 / 267
雾中游杏花村 / 268
谒五祖寺 / 268
九日登大楼山 / 269
王韩炉　你从红船上走来 / 270
放下 / 273

汪宗来　路人 / 275
二两清风 / 275
失败 / 276
麻雀 / 276
方　杰　秋浦河，我的母亲河 / 279
青衣 / 280
城南 / 281
胡淑秀　杏花村憩园 / 283
冬游石台 / 283
平天夜寻春 / 283
雨游杏花村 / 284
秋日抒怀 / 284
柯芳美　访棠溪花庙华藏庵 / 286
曹村行 / 286
胭脂桥 / 286
游九华山大愿文化园拾句 / 287
黄才起　首届杏花村龙舟嘉年华 / 289
春晨漫步 / 289
望海潮
——“一带一路”国际合作高峰论坛 / 290
王成元　早晨山潭闲步 / 292
访高山友人 / 292
山里人家 / 292
题西塘古镇 / 293
伍宏才　翠鸟（外一首）/ 294
眼前的春天 / 295
王中平　走近石门高（外一首）/ 297
谢峥嵘　杏花语 / 299
古徽道的节气情殇 / 300

燕兴发　桃花汛 / 303
水乡 / 304
巩光明　马年咏马 / 306
中华国粹赞
——聆听国学经典讲座有感 / 306
王良才　采石矶 / 308
上天梯 / 308
平天飞羽 / 308
七绝二首 / 309

小说篇

王光龙　看见火光你就跑 / 313
耿毅频　连理枝 / 336
桂　媛　文贼 / 345
俞东升　翻了一车五粮液 / 357

评论篇

胡　平　文学百花园里的基层守望者 / 362
吴　淞　行尽秋浦皆是诗 / 365
方　乾　贵池文学十三年漫谈 / 368
后　记 / 381

■ 散文篇 ■

作者简介

陈春明，1966 年生，安徽桐城人，中国作家协会会员、中国散文学会会员、中国楹联学会会员、安徽省散文随笔学会副秘书长、安徽省书法家协会会员、池州市作家协会常务副主席、鲁迅文学院安徽中青年作家班学员，安徽文学艺术院首届中青年作家高级研讨班学员。荣获池州市首届拔尖人才称号。

先后在《光明日报》《中国教育报》《中国楹联报》《安徽日报》《新安晚报》《安徽文学》《诗歌月刊》等刊物上发表文学作品，著有个人文集《阅读人生》《与时俱进》《心岸踏歌》，主编旅游文集《漫步秋浦·魅力贵池》《贵池民间楹联故事》、文艺评论集《执着与坚守》等。作品多次荣获池州市委、市政府文艺奖、社科奖、“建市十周年优秀文艺作品成果奖”；组织文学活动经验丰富，主编《杏花村》十余年。

缓风摇橹出池州

桃花雾绕碧溪水，
春水才通杨叶洲。
四面青山花万点，
缓风摇橹出池州。

清桐城派作家姚鼐名作《出池州》描绘了当时由水路进出池州的惬意。时隔几百年后，今年国庆节长假期间欣闻池州城开通了主城区 18 千米旅游观光行线，我按捺不住内心的激动和期盼，尽早地登上了游船，想换个角度一睹每天生活在其中的城市另一面的倩影。时绪已是仲秋，虽未能见到“四面青山花万点”的烂漫，却感受了“缓风摇橹出池州”的意境，真正体会了“一城山水满城诗”的风光。

一大早文友、摄友们就在东门大桥集中，从有城市建设规划展示图的河段兴致勃勃地登上一条不是很大的红木游船，沿清溪河下行转入南湖，再通过升船机进入烟波浩渺的平天湖，第二次由升船机将游船降入清溪河，再沿清溪河南行回到出发点，意犹未尽。

“乱花渐欲迷人眼。”难得的大晴日，清溪河一平如镜，倒映出岸上的垂柳、长廊、绿地、高楼，颇有宏村半月形沼池的意境，这时候不得不为大诗人李白“人行明镜中，鸟度屏风里”的句子叫绝。游船行在河正中，两岸风光尽收眼底，沿途清晰可览清溪建筑文化群、牌坊文化广场、凸现池州深厚文化底蕴的清溪诗画墙、傩戏脸谱广场、烟柳园公园、长江路连片高层区、南湖湿地公园等景区景点。船行至长江路河面渐阔，两岸鳞次栉比的高楼连片而立，凸现了现代都市气息。左边是文化教育功能区和以波斯曼大厦为代表的商务服务区。经南湖桥闸进入南湖右岸，吸引眼球的是莲花形体育馆、会展中心、欧式风格的碧桂园别墅区，再往东是站前区及即将投入使用的机场。游船穿过齐山大道上翠微堤桥进入东湖，水面宽阔，湿地尽现，沙鸥翔集，锦鳞游泳，荷叶青青，野草丛生，此时立船头临风其喜洋洋者也！回望市区一座拔地而起崭新的现代化城市，自豪感油然而生。人在舟上走，船在画中游。右边葱茏滴翠、郁郁青青，翠微亭耸立在绿树中，亭角傲立苍穹，那是著名的齐山风景区。穿过寄隐岩桥到第一个升船机，我体会到了水上电梯的感觉。

平天湖与清溪河水差 3.2 米，为真正实现水系贯通，让游客不换乘船，工程指挥部大动脑筋，建设了国内首创的升船机工程，即下游船泊驶进特制大船箱后关闭下游过道门，再慢慢整体提升，至上游水位持平后打开船箱上游过道门，游船驶出船箱进入上游平天湖面继续航行。整个换水系时间只有 10 分钟，我和船舱里其他乘客一样不由自主地起立注目，惊叹不已！出平天湖堤桥雕龙刻凤，分别有“风”“调”“雨”“顺”字样的高高石柱子进入国家水上运动中心训练基地——平天湖水域，豁然开朗，风和日丽，湖面宽阔平静，湖水清澈可人。桃花岛、金龟岛等小岛像珍珠散落在湖边，碧山上望华楼、桃花岛上求礼亭隐约可见，莲花台如八瓣莲花漂浮在水上，游人如织。古人有诗云“湖在城南三五里，景似西湖八九分”。歌咏平天湖最著名的当数李白的《秋浦歌》之十二：“水如一匹练，此地即平天。耐可乘明月，看花上酒船。”平天湖水面 11 平方千米，是西湖的 1.5 倍，游览需 40 分钟以上，至下清溪塔边游船第二次进入升船机换入清溪河水系，过“古渡寺影”景点，穿汇景桥等回到目的地，圆满结束愉快的水上之旅。

三大水系贯通工程以水色为主线、以水运为载体、以文化为内涵，整合了城区旅游景点，彰显独特城市个性。水上观光把优美的山水风光和丰富的人文景观串联起来，突出池州名山名水名城宜居，航线囊括“古池阳十景”中的“清溪夜月”“百牙荷风”“南湖烟柳”“湖心古寺”“齐山洞天”，并可远观“六峰霁雪”，使人感受到池州水在城中走、城在画中留的独特魅力。整个水系贯通全程游览 3 小时，18 千米的水路十八般风情，18 座形状各异的桥也让人感受到另一道风景。七孔笛音的东门石拱桥古老沧桑，年年岁岁吹奏着亘古的旋律，秋浦诗桥诗情画意，因其桥墩设计成半唇形，夜晚灯饰闪烁宛如女性性感的红唇，让城市增加了一丝妖艳；南门圆月形环形立交桥、南湖吊桥摇摇晃晃只允许行人观光休闲；其他依次还有长江中路桥、南湖苑调闸、西外环桥、升金湖路桥、长江南路桥、翠微堤桥、寄隐岩桥、平天湖堤桥（双）、牵牛堤桥、九华山大道桥、清风路桥、百牙路桥、汇景桥等。

池州水系发达，历史上城池四面环水，且各水系相互贯通。每至汛期江河湖连成一体，水天一色，汪洋一片，浩渺无垠；枯水季节，江、河、湖泊清晰可辨，形成依山绕水的独特自然景观。池州历史上曾引得无数文人雅士慕名而至并留下诗作，唐代大诗人李白发出“清溪非陇水，翻作断肠流。欲去不得去，薄游成久游”的感叹并作《秋浦歌十七首》、宋代诗人周必大在《池阳四咏》中写道“地占齐山最上头，州城宛在水中洲”、宋代王十朋《泊池州》有“城南风物似西湖，万里归舟入画图”的诗句、明代诗人黄道周在《初入九华阻雨同丁介之泛舸池山》中写道“湖光不怪人寂寞，坐摘千峰浸暮钟”、清姚鼐诗句“四面青山花万点，缓风摇橹出池州”等不胜列举。

从说文解字角度看“池”，“三水也”。池州北临长江，东有清溪河，南有白洋河，西有秋浦河。池州流传有“三条篾缆系池州”之说，意思是说池州是由三条河水系起来的，少了一条池州城就漂移不定。此话的确有一定道理，池州属皖南山区，每到雨季，雨水咆哮而下就是通过这三条河流进入滚滚长江，虽沿河防汛任务较重，但池州城安然无恙。随着城市化进程的加快和市区人口的激增，过去相互贯通的自然水系沉淀为如今的秋浦河、清溪河、平天湖、南湖、月亮湖等独立水体。政府投入的加大使屡屡威胁城市安全的水患得到了根本的治理。近年来市政府开始清溪河整治工程，“三年三阶段三个亿”的战略彻底让其恢复“清溪清我心”的清澈。为整合景观资源，提升城市品位，变水患为水韵，2009 年 10 月开始市政府决定实施水系贯通工程，新开挖 2 条河道，贯通清溪河、南湖、平天湖三大水系，建设 8 座桥梁及装饰工程，完成 2 个国内首创升船机工程，改造南湖桥闸，其他疏通河道、生态护坡、湿地公园建设、游船采购、码头建设等工程投资业已达 2.5 亿元。据了解，游船二期工程还要向丰收圩、九华河、秋浦河沿伸，到那时池州就可以真正成为水上乐园，成为名副其实的“东方威尼斯”。

（原载 2013 年第 8 期《安徽文学》）

渚湖姜村口水井之谜

大杏花村文化旅游采风活动圆满结束了，最难忘的还是渚湖姜村口的那一方没有任何修饰的水井。

说是水井，却并无井眼等地上工程，表面看平常得不能再平常，深不过尺余，口不过一平方米，和从水井流出的两条水沟连成一体，不知内涵的还道它是一个水宕呢！有道是“人不可貌相，水不可斗量”，仔细聆听了村支书的讲解后，方知这口不起眼的水井养育着村落几百年来的子嗣，灌溉着这方圆八百里的田地。百思不得其解的是周边没有山塘水库，但貌不起眼的村口水井为什么几百年源源不断地流出泉水？井水冬暖夏凉，从不间断，滋润着世代姜氏村民。故姜族人对这方水井，敬若神明。每年舞龙灯、演傩戏时，他们总是先行朝拜于水口，再进村到村中祠堂演出。年年如此，丝毫不敢怠慢。

当地俗语有“淹不了四岭，干不了渚湖”。仔细观察那水井，只见水口不时泛出水花，腾云柔珠般清澈荡漾。在阳光的庇佑下，溅起的朵朵水花犹如跳起了彩练之舞，沁人心脾，光彩夺目。涌出的水均匀无私地向两边水沟流去，去滋润这一方土地，去养育这一方子民，正如一位圣洁的母亲一般，用她那甘甜的乳汁无私地喂养着她的儿女。据村支书介绍，过去无论在水量充沛还是干涸的季节里，水花都能溅出一尺有余，煞是奇特，颇有几分天下第一名泉——济南趵突泉的韵味。近年来，“村村通”公路的修建及旁边用电房的建造，或许改变了周围的地质结构，只能隐隐看到泛出水面的水花了。

渚湖姜村四面环山，生态良好，以姜姓为主，古称“十里长姜”。若以人口计的话，姜村在贵池算不上大村落，但姜氏被列为贵池“李、姜、杜、章”四大姓氏之一，主要在于它的悠久历史和深厚文化。姜氏乃炎帝后裔，姜太公姜子牙乃家族始祖。相传姜子牙坐于船风山山头，一网撒三湖，形成了渚湖、侧湖、义湖，渚湖村村名便由此得来。洪武二年姜氏太祖均道公携家室从青阳土桥镇迁居渚湖建业，已有 600 余年历史。位于来龙山边的渚湖姜氏宗祠以其恢宏整肃而显赫。堂上有鄂尔泰、许世英和王源瀚等名宿先哲题匾，其中一匾题为“誓不忘姜”。可惜祠堂终究还是被毁坏了，现只留有遗址旁那散落的巨大厚重的石鼓、石栏、石柱，似乎在诉说着往日的辉煌。姜氏人丁兴旺，英才辈出，不乏与达官贵人、名流雅士交往甚密的姜氏后人，姜氏族谱由唐宋八大家之一的欧阳修作序。如今姜氏的族人遍布全国各地，但是渚湖姜村里的继翁桥等 4 座古桥依然矗立在古河道上，诉说着沧桑。栋栋徽派民居依然扎根在村落里，祠堂中的残垣断壁依然周而复始地沾染着苔藓青草。2010 年渚湖姜村被省政府命名为历史文化名村。

罗城民歌是渚湖姜村孕育出的一朵美丽的文艺奇葩，歌者与大自然对话，与天籁共鸣，是劳动之余心头开出的清新的花儿。或许是水井这圣洁的甘露才滋润出姜秀珍、姜梦玉这些罗城民歌传承人，她们把民歌唱到中南海和世界音乐殿堂。村口的这一方水井依然日夜流淌着，把姜氏家族的一页页历史与展望流向远方。

“问渠那得清如许，为有源头活水来。”村口水井，是上天赐予渚湖姜人一壶饮不尽的醇浆“美酒”。得益于村口这个神奇水井的甘露滋润，世世代代的渚湖姜人，创造了这个世外桃源的文化和繁荣。

水井的神秘至今仍是个谜。

（原载 2013 年第 8 期《安徽文学》）

源　溪　行

丁酉四月，人间春日，我组织参加“生态梅街·美丽源溪”文学采风活动有感，特作三章，以记之。

水口林畅想

从池州出城南行，沿白洋河逆流而上一个时辰终于到达了其源头。一个刻有“源溪——白洋河源头”红色大字的石雕立于村口显眼位置，穿过石刻便步入了号称源溪村古八景之一的水口林。

河流、古树、炊烟历来是中国乡村的经典“构图”。源溪水口林依庄傍水，自缟溪曹氏入住以来，历经千年沧桑，一直保持其原始风貌，无奈后来众多林木被毁，现幸存林地 80 余亩、林木 368 株，其中逾百年的树就有 118 侏，参天耸立、遮天蔽日、蔚为壮观。一株株百年古树如一个个百岁老人见证着源溪村的兴衰更替、悲欢离合：目睹了曹氏兄弟从这里走出家乡成为文武状元的佳话；目睹了太平军万担山屠杀村民的暴行；目睹了每年正月十三车水马龙，周边城市专家学者进村观傩戏表演的盛况；目睹了一批批从这里上九华朝拜的虔诚香客；也目睹了村民的生态茶叶源源不断走出大山的场景。

水口林扎根大地，掩映村庄，汲取白洋河水营养，原来就是村民的绿色银行和宝库啊，更有名贵的树种，如金钱松、黄栋、枫香等。水口林不仅装饰了村庄、净化了空气、美化了环境，每天还在默默注视迎来送往的村民。尤其是村子口那株挺拔的望春花，每当还是春寒料峭的二月，便率先怒放，那玉洁的花朵、沁人心脾的芳香令人心旷神怡，流连忘返，更让远方的游子魂牵梦萦。还有那珍贵的制成宣纸可以作出大雅书画作品的青檀，透露出源溪村的文化气息和书香气质。

千百年来，众木挺拔青葱的水口秀林为村庄增添了彩色，为村民驱恶避邪，陪伴着村民走过每一个春夏秋冬。春天，这里生机勃勃，嫩叶初露，鸟语花香；夏天，这里绿荫如盖，清新凉爽，养生静心；秋天，霜叶飞舞，硕果累累，一片金黄；冬天，这里银装素裹，虬枝嶙峋，为村庄挡风御寒、缓冲雨雪的侵蚀。

水口林的古树像一个个忠诚的哨兵笔直站立，守卫着他们的家园，为这块灵秀的土地增添神奇的色彩；像一个个神灵静穆地站立在林口祈祷风调雨顺、五谷丰登、村民平安幸福。源溪林三面环山，只有水口林这一面出口，人流、物流、信息流都汇聚在这里。村内空旷、整洁、平整，有多少父子因为求学打工惜别在此；有多少姑娘小伙傍晚相约在这幽静的树林，编织着动人的爱情故事。

当美丽乡村建设的春风从村口吹过，水口林将迎来一批批背包客和手拿相机的摄影爱好者，迎来市、区部门负责人的考察和参观，迎来源溪村又一个万紫千红的春天。“安徽省特色景观旅游名村”的头衔指日可待，源溪村在全省新一轮旅游大发展中一定会脱颖而出，花开梅街。

眺望三根尖

进入梅街镇，经水口林进入源溪村谷地，清新生态，宁静闲适，整个村庄坐落在三坐山中间的狭长地带，这里是清溪河的源头。从村中间向东眺望，据说是贵池海拔最高的姥山上，三个矗立的山峰，引人注目，似落石、似仙桃，典型的九华山风光，引人产生遐想，让人驻足眺望和神往。我们在柯家桥下车向山上攀登，由于时间关系未到黄龙瀑布就原路返回，曹支书告诉我这就是源溪八景中著名的“三根尖”，又称“五僧谈经”。

传说新罗王子金乔觉抛弃荣华富贵，渡海来此，寻找地藏菩萨道场，一路风尘仆仆到秋浦，沿龙舒河溯流而上，至棠溪百安、石门，在此停留并寻找道场，终未如愿。向东上了九子山（后李白改为九华山），金乔觉经过白沙岭，终于到达现在看到的姥山三根尖的顶峰。传说当年这里是庙宇林立，庵堂错落，新罗王子到此，僧尼都前来相迎，并在山峰上谈佛论经，其中有三人站立，二人坐着，现在看上去的确有三块大石头矗立，两块石头卧倒，故称“五僧谈经”。三块矗立的大石头就是我们看到的今天村民常说的三根尖。

古村落的神奇树

在皖南贵池梅街镇南25千米处有一个特色村庄，这里历史悠久，人文荟萃，与佛教圣地九华山接壤；这里早在元代就有人居住，明清时人口达到鼎盛；这里以曹姓居多，缟溪曹远近闻名；这里人杰地灵，在清朝出了曹曰玮、曹曰瑛兄弟文武状元，堪称奇迹；这里有一座贵池境内保存完好的明代古桥——柯家桥，相传原来该村的柯天奉参加了陈友谅的起义军任副将，兵败后领近万名士兵到故里建金銮殿，造柯家桥，天奉死，百棺出殡，至今真墓难寻；这里清末太平军石达开率部队近万人为躲避清兵围剿进驻村后万担山，养精蓄锐，开荒种地；这里空气清新、民风淳朴，这里傩事兴盛。所有的一切都为2棵神奇的树所见证，对我来说，这2棵树更会引起我无穷的遐想。

村部的选址很好，南眺凤凰尖，北倚万担山，东有姥山天然屏障，西有水口林出口，2条小河从村部边交汇倾斜流过。更重要的是村部正好坐落在这2株神奇古树的正中间。村部右边是一株多人才能合抱的古老沧桑的银杏树，被人们称为千年银杏王。这株树气势雄伟、树干虬曲、葱郁庄重、闻名四方。据考证，树龄在900年以上，树高为24米，树粗为5.21米，冠幅为22米，属一级保护古树。每到秋天，千年银杏王树叶金黄。这株千年银杏王枝繁叶茂，象征着曹氏人丁兴旺，人才辈出。清朝时，这里有3000根烟囱、3万余人，从这里迁出的曹氏遍及周边乃至全国。古树边的文化墙上记载着文状元曹曰瑛回乡所作的诗和武状元曹曰玮的生平事迹，不禁让人惊叹，小小的缟溪曹能够出兄弟文武状元在全国实属罕见。

村部的左边约100米处还有一株神树，走近一细看原来是一株罕见惊世的桠枫和青檀合为一体的连理枝树，让人惊叹。贵池系中国傩文化之乡，南部刘街盛行傩事活动，除声名远扬的青山庙会外，源溪村的三姓朝庙之举也是独树一帜，其规模和场面有独特之处。其庙坐落在源溪金西北角百余米远，与源溪曹东边毗邻，庙名或曰文昌庙，因为庙中供奉的是昭明太子；或曰龙王庙，因为金树南部百余米处有一古老龙洞，有水流出，形成2米宽的河流汇入白洋河。源溪的朝庙活动有一定的顺序，即徐村柯开头，缟溪金居中，缟溪曹收尾。此项活动一直延续到清朝咸丰年间，后庙被毁，太平军进驻源溪村，活动一度中断。说来神奇，在被毁的庙宇旁一株连理树出现了，当地百姓认为这是神树，遂将朝庙改为朝神树。

此树属榆科青檀，树龄在750年以上，树高为15米，树围为2.67米，冠幅为7米，属国家一级保护古树。其远观是一棵树，近处仔细观察原来是两棵树缠绕在一起。现在每年正月十三，这棵连理树前彩旗飘扬、锣鼓喧天、鞭炮齐鸣、傩舞粗犷，戴面具的皇帝执伞和土地执古老钱对舞，表达天地交融、阴阳结合、润生万物之意，演绎着内涵丰富而久远的民俗文化。傩戏爱好者、文艺工作者、民俗研究专家学者从周边不同城市涌入源溪，连理树周边本不空旷的地面堵得水泄不通，壮观的场面让人惊叹。

（原载 2017 年 6 月 23 日《池州日报》）

嘉峪关落日情思

“万里长城东起山海关，西到嘉峪关”，这是一个我们在小学时就耳熟能详的句子。来到了嘉峪关才知道它比山海关还早修近 10 年，被称为“天下第一雄关”，是长城最西的地方，也是万里长城上保存最为完好的一座古代军事城堡。嘉峪关依势而建，位于天险祁连山和黑山之间 15 千米河西走廊的咽喉处，扼住西域通往关内的要道，又守住了关城东面的水源九眼泉，叫人无法不感叹古人选址如此独到的目光！

我们一行于下午从关城的唯一通道东门进入，一步步，丈量着这座雄关的历史，走在一段段铁骑和驮队踩过的凹凸不平的石路上，穿越时空感受 600 多年前祖先的智慧和伟大。整个关城由内城、瓮城、罗城、外城和三座三层三檐歇山顶式高台楼阁建筑及城壕、长城峰台等组成，尤其是登上宽大的城楼，进入历史的甬道，才体会到工程的浩大和卓绝。登高远眺，边塞风光尽收眼底，戈壁秃山满目苍凉，怀乡之情油然而生。

走出关门，已近傍晚，西边的空场上有骑马、骑骆驼、射箭、打枪等各种娱乐项目，这只是瞄准游客钱包的小游戏。放眼眺望祁连山耸立着连绵向东而去，右边的黑山陡壁俨然是一条天然的屏障，夕阳西下天空斑驳青云像人泼墨一样均匀散开，举目回望，城墙门楣中间以夜光杯材料作底色的“嘉峪关”3 个字，在城门上方熠熠生辉。倒立的“U”字形城门被血色的残阳拉长，印在斑驳的墙和地面平滑的石板上，也把人的思绪带到了远古时代。

飘零在天涯的断肠人，相伴的又何止古道上的西风瘦马？曾经，有多少西来的商人游子，在远远看到这 3 个金字的时候流下激动的眼泪？曾经，有多少守城的将士站在城楼上，日复一日地目送着夕阳西下？曾经，有多少解职还乡或发配充军不能重返故园的冤魂在此不散？脚下曾经是血染的黄土，七一冰川融化的雪水也冲洗不了血腥的痕迹；堆积的是如山的箭矢，万里长城沿途的烽隧也熔化不了战争的冷酷。金戈铁马，边塞烽烟，一次次的出征，一次次的攻城，用百战将士鲜血铺成的红地毯去迎接君王的微笑。被岁月和风雨剥去了光艳外衣的雕刻的楼阁、风沙尘埃覆盖的青砖高墙被落日披上了一层金黄色薄纱，在黄昏里更显静穆悲怆。由于时间限制，虽不能再次登上城墙眺望又圆又红的太阳，但我已感受到“大漠孤烟直，长河落日圆”的恢宏画面。金色夕阳下雄关耸峙犹在，余晖中热血将士却不见踪影，无论是“醉卧战场君莫笑”的无奈，还是“不破楼兰终不还”的气概，都印证了“一将功成万骨枯”的哲理。追逐战功的将领，为了满足自己野心发动战争的君王，只把流血和牺牲作为实现自己利益的工具。

太阳渐渐西沉，夕阳的消失每天重复着，完成白天与黑夜的交替；战争一场场在上演，杀戮与血腥在重复着，完成朝代的更替；关内是富饶的中原，关外是戈壁和荒凉，悲壮的雄雁若在罗城紧闭之前不能回到关内就将完成生死的轮回，雌雁凄惨的鸣叫声终被冷酷的西北风湮灭。

我很庆幸生活在和谐安定的时代，浮生能抽出闲暇，作为徐霞客式旅人来俯视六百多年的历史，感悟兴亡交替。风沙挡不住历史的血痕，嘉峪关和长城也挡不住列强的炮火，挡不住中华民族大团结的统一大势，关城吸引着一批批背包族抒发心灵的震撼和感叹。

（原载 2012 年第 2 期《作家文荟》）

圆　梦

梦想得以实现是幸福，实现不了就是一种人生说不出的苦。《诗经·关雎》云：“求之不得，辗转反侧”，就像我自 2014 年申报中国作协会员如泥牛入海杳无音信，心里每每还念着此事，时隔 3 年的 2017 年终于重新填表申报了一次。说无所谓是假的，自从 3 月份上报材料后，我默默地等待了近半年，尤其到 7 月份开始几乎每天都关注中国作协网站上的公告，但迟迟没有信息。直到 8 月 2 日一早我赴忻州市五台山参加四大佛教名山书法作品联展开幕式前，手机上显示多条信息，打开一看，有发中国作协公示 2017 年新发展会员名单的，有表祝贺的，信息填满了屏幕。这不是我天天在期待的消息吗？

这是我这么多年追求的结果，自从 1995 年在《池州日报》上发表处女作《三十年感悟》，20 多年来多少个夜晚孤灯清影、白壁做伴，记录着生活酸甜和人生感悟，虽没有写出惊世的名篇和流芳千古的作品，但也掩盖不住一篇篇文章变为铅字的喜悦及 2 本散文集、1 本论文集及主编的 3 本书出版的成功和收获。写作让人变得更精致，更注重细节，更会观察生活、思考人生、关注他人，把自己个体的记忆和阅历变成读者共享的社会认同，把流逝的过去变成凝固不变的历史和记忆。

记得七八岁时有村里邻居问我长大了干什么，我不加思考脱口而出“不当杀猪的就去张丝网棚”。这是我儿时在物资极度匮乏情况下为满足生存的朴素和幼稚的理想，有鱼有肉吃就是儿时向往的幸福生活和令人羡慕的日子了。上了师范班，有文章发表和在县广播台播一篇新闻稿使大家对我皆刮目相看。偷偷地为班上的一位暗恋的女生写了近百首诗，小试了我的笔尖，算是我没有发表的最初文学作品，遗憾的是这些诗没来得及发表就被我在毕业前付之一炬，化为灰烬。记得在校读书时从学校图书馆借到一套外国著名作家雪莱、拜伦、塞万提斯等著的涉及人生、爱情经历的丛书，这对我走上文学之路影响非常大，我非常羡慕他们的才情、不朽名篇及浪漫的人生。在宣传部门十多年，磨砺了我的笔尖，形成一次次创作小高潮。作品不断在当地党报头条及省级报刊上发表出来也激励了我的创作热情。长大了我才知道最初的梦想太幼稚，人生除了解决温饱还有更高的精神层次的追求，如宗教、政治、文化。尤其是过了 50 岁后，对物质的消费需求已经有限了，而对精神层面的追求和消费是无限的。作家的头衔或许并没有什么诱惑力了，在政客看来是酸腐文人，在土豪看来是木讷穷人，在世人看来是个无用书生，或许这对于我是命中注定的。

我应该感谢文学，感谢生活。人生过知天命年龄，回眸岁月，当官无多少政治资源，主席虽是个闲官、穷官，科级已经知足了；从商没有厚实的资本，更没有放下一份稳定工作的胆识和勇气；此生只能做一介文夫，与文字结缘，有书香做伴，写写走走，充实生活。

文学是人生路上的一盏明灯，虽然可以用来点亮生活，但寂寞和清贫是一般的文学爱好者难以长期坚守的原因。许身文学就意味着要花更多的时间去阅读，花更多的时间在灯下苦思。大多数人年轻时都有文艺情怀，但为生活和工作所累，执着坚守的能有几人？大大小小的作家如过江之鲫，不说可获诺贝尔文学奖的只有莫言一人，就是加入中国作协的会员全国也只区区万人。写作就是要耐得住寂寞，守得住那份纯真的美好，追求内心的真、善、美，乐此不疲。爱上创作就意味着没有更多的时间去陪达官贵人觥筹交错、声色犬马，少了升迁腾达机会；就意味着没有时间与大款豪门切磋交流瞄准商机，便少了发财掘金机会。记得那些年夫妻分居时，大部分时间在那灯下面对白纸抒写惆怅和离愁别恨；陪孩子学习时，阅读名家名著；在宣传部坐冷板凳时唯有小文的刊发能慰藉我的心灵；在文联转眼十年，编文学杂志、组织文学活动、对外文学交流，孜孜的追求源于心中那份执着的文学情怀和纯真的梦想。我现在有时也敬佩自己刚到文联时四处化缘筹措经费、费尽心血和精力组织策划一次次文学活动的痴迷精神，编辑每一期杂志为题材的选择、文章的排版、插图的安排、错别字的修改而尽心尽力等场景历历在目。

中国作协会员一纸证书的获得可以说是我的前半生的总结和概括，而且我为它耗费了大半生精力和心血，文学已经深入了我的生活全部。工作中接触的、生活中应酬的、在外地结交的大部分都是诗人、作家这些文人雅士。这不是我天生具有文学天赋，主要是勤奋和执着追求的结果，不说这些文学活动组织的费神、文学作品发表及图书出版的艰辛，就是今年上班以来，整整用了半个月时间统计自己发表过文章的体裁、日期、载体，到获奖作品的汇总，直至组织文学活动的展示及主编的文学杂志封面、目录复印等，有时为校对材料牺牲了我多年养成的午休习惯，累得腰酸背痛头晕。半个月来，厚厚的两大本申报材料是我半生心血的结晶，概括了我的前半生对文学的执着、痴情和追求，再马不停蹄赴省作协签好字，还没等回来好好休息一下，腰椎间盘突出症发作整整住院 19 天接受扎针治疗。

清风明月本无价，远山近水皆有情。作家，也是常人，不同的是多一份多愁善感，心中多一盏对未来生活坚定信心的明灯，多了一份执着追求内心的明净。

（原载 2017 年第 4 期《大九华》）

作者简介

王征桦，安徽省作家协会会员，池州市作家协会副主席，贵池区作家协会主席，共在300多家报刊发表诗歌、小说、散文1000多篇。获各类文学奖项50余次。

纸 飞 机

我家东边，是三涸巷。巷子里没有树，风大而急，适宜孩子们放飞纸飞机。我们常在巷子里奔跑，仰面看纸飞机从头顶飞过。巷子两边的高墙，印满了水渍；路上的青石板已被脚底磨得光滑。

有个孩子和迎面的来人撞了个满怀。也难怪，孩子仰面看天，来人是瞎子。瞎子背着一把雨伞、一把胡琴和一只布袋子，手里拿一根磨得光亮的竹杖。竹杖嗒嗒地在地上敲着。我们都认得他，他就是常来村子里卖酒曲的徐瞎子。

旧时的老屋都有天井，徐瞎子爱坐在我家老屋的天井边。天井边有一把竹椅，因为有些年头了，竹皮已经发红了。徐瞎子坐到竹椅上，竹椅就“吱啦”地响一声。

年边上，村里的女人们都喜欢徐瞎子来。徐瞎子一来，她们就可以买到上好的酒曲，能听到他的忧伤感人的二胡独奏。徐瞎子一来，女人们就聚拢了来，叽叽喳喳地，讨论和交流着酿酒的心得。

天井里的苔藓是绿色的，幽幽地顺着雨痕在青石间爬。徐瞎子可不管这些，他看不见青苔。他把布袋子从肩上放下，解开，摊在青苔上，把酒曲一个一个地排好，就开始拉二胡了。

祖母把钱递给徐瞎子，徐瞎子用手摸摸纸币的大小，说：“哦，是一元的。”从布袋里拿了11个酒曲给祖母。对别人，徐瞎子酒曲的价格是一元10个，因为常落脚在我家，所以徐瞎子每次就多给一个。祖母说徐瞎子的酒曲就是比街上的好，用它酿出来的米酒出奇得香。因此，徐瞎子每来一次，我家就要吃好几天米酒。

天井上面的天空像一块蓝玻璃，偶尔跑进来几朵白云。那时候没有雾霾，天井是藏风藏雨的地方。晴天里，它也藏一大片阳光。那天，我就坐在天井上泻下的那一片阳光里，看一本彩色的画报。

我把画报翻得呼啦啦地响。这时，要买酒曲的人都已经买了，没有女人再来买酒曲了。徐瞎子收了琴，略带歉意地说：“胡琴是不能拉了，有小哥在看书，拉琴会影响小哥看书的。”女人们听了，自觉地散去了，孩子们却瞅着空一哄而上了。徐瞎子说：“小哥小姐们，你们不能这样清玩啊，浪费了大好光阴。你们要读书，站在书里，才能看得远，才能看到无边无际的天。不然的话，你们看到的永远是这天井一样大的、巴掌都能遮住的天。”

孩子们并不理会这些，他们想，你一个瞎子，不但说看见有人在看书，还说能看见这看见那，靠谱吗？他们凑近徐瞎子的眼睛看，发现那两只眼都没有瞳仁。他们得出结论：徐瞎子是真瞎子。

瞎子是真的，会折纸飞机也是真的。孩子们知道，徐瞎子的纸飞机折得非常好，他总共会 12 种纸飞机的折法。徐瞎子折的纸飞机漂亮，而且飞得远。孩子们围着徐瞎子，吵嚷着要他给折个纸飞机。

于是，我的旧画报，被小伙伴们扯了，递给了徐瞎子。用画报折的纸飞机，比普通的纸折的飞得远。徐瞎子讨来了一支笔，在每一个纸飞机的机翼上，都写上一个“琴”字。“琴”字号的飞机在天井下飞着，在那一片阳光中，画着美丽的弧线，像许多快乐的精灵。

我问祖母，徐瞎子为什么在每一个纸飞机上，都写上一个“琴”字。祖母叹了一口气：“以前，徐瞎子走村串户卖酒曲，都是由一个女子手牵着，他把那个女人当作他的眼睛。后来，那个女子过世了，他只好一个人拄着盲杖行走了。”那个女人姓什么，我不知道，只知道她的名字叫“琴”。

（原载 2016 年 1 月 28 日《泉州晚报》）

雷击木

叶叔家有一根檀木，半截焦黑，半截青紫。这是一截雷击木。在乡间，雷击木是辟邪之物，得之不易，人若得之，多少钱也不肯出手。雷击过的檀木就更是稀罕之物了，所以叶叔视这截檀木如同珍宝，把它挂在破草屋正中的屏风上。

卖酒曲的徐瞎子，背着一把二胡，在四乡唱曲拉琴。有一次，徐瞎子在叶叔家歇脚，推开柴门进院子，如往常一样，把手探进斜挎在腰间的白布囊，拿出一把二胡来。仿佛那把二胡就是他在人世间的通行证，他举着这张通行证，大摇大摆地走进叶叔家的草屋，等主人泡过一壶热茶后，他就开始拉琴。

可这次他还没演奏完一个曲子，琴弦就断了。徐瞎子大惊，拍案四顾："此地必有清净之宝，以至于我的俗琴不敢出音，老叶，请问你家是不是有雷击木？"叶叔也吃了一惊，说："先生真神人也，正是雷击木，它就在先生手边。"

徐瞎子用一双白净但布满老年斑的手摸着那截雷击木，久久不肯放下。这个须眉全白又红光满面的老人，无神的眼中突然放出了光芒。他问叶叔："卖不卖？"叶叔笑了笑："不卖。"徐瞎子又问："你真的不卖？"叶叔答道："除非用一间大瓦房来换。"

叶叔开个玩笑，徐瞎子当真了。不错，徐瞎子家正好有一幢大瓦房，那是他爷爷留下的。徐瞎子的爷爷曾经是富有的徽商，他没有给徐瞎子留下一双明亮的眼睛，却给他留下了当地知名的民居。据说这幢民居户牖非常有特色，在乡间收购古物的贩子们多次找徐瞎子，愿意高价购买。可徐瞎子从来没有松口，只是回答两个字："不卖。"

放下茶杯，把琴收进白布囊，徐瞎子一声不吭地走出了叶叔的茅屋。他顺着那根引路的盲杖找到了买主。让买主诧异的是，这一次，徐瞎子竟然没有一丝一毫的讨价还价，很爽快地就把祖屋卖了。

徐瞎子在他那个名叫琴的妻子离世后，就有点疯癫了，他卖掉祖屋的行为更让人觉得他是疯了。当时八九岁的我，是无法理解他的决断的，喜欢的仅仅是他的歌声和他胡琴弹奏出来的旋律。我牵着徐瞎子的竹杖，带他来到叶叔家。

这回徐瞎子从白布囊里掏出的是一大沓子钱，而不是我们眼巴巴期待的二胡。徐瞎子能从纸币的大小和声响中分辨出是10元还是5元。他拿出一张在叶叔的面前晃了一下，叶叔眯着眼，随纸币的晃动，扭动着头。他从来没有见过这么多的钱，有点惊慌失措。徐瞎子说："你点点数吧，看看是不是1500，做一幢大瓦房够了吧？"

那时候，在我们乡下，1000元就可以盖一幢3间大瓦房，至于另外500元，那就是徐瞎子白送的了。叶叔有点感动，退回400元给徐瞎子，对他说："你把檀木拿走吧。"

我们为徐瞎子不值。不就是一根大棍子，竟然拿间大房子换？我们围着徐瞎子问来问去。徐瞎子摸着我们的头说："这是无价之宝。你们太小了，还不知道，这世上什么东西都有业障的，而这根檀木，已经被雷神除去了业障，它现在是清净之物，要是用它做胡琴的琴筒，定会弹出天籁之音的。”“那你以后住哪里呢?”我们问徐瞎子。徐瞎子举着那根檀木说：“等新琴做好了，我就住在那把琴筒里。”

（原载 2017 年 10 月 11 日《扬子晚报》）

火 狐 狸

卫生院的门诊楼和住院部之间隔着一个大花园。花园中间是一条笔直的小路，路的两旁栽种着高大的水杉。在乡村，人们要是患了重急症，都急于转到县医院，愿意留在卫生院的很少。所以，住院部实际上常常是空的，没有病人。

水杉下的女贞树被修理得整齐，抽出的嫩叶慢慢地变老了。张铿是院长的儿子，他常带着我们这些孩子躲藏在低矮的女贞树下，偷偷地朝葡萄架那边观望。那时我们会看见陈芳英坐在葡萄架下，抚弄着她瀑布一样的长发。陈芳英是来自上海的下放知青，她是卫生院里最美貌的护士。

葡萄架是陈芳英搭建的。整个医院空荡荡的，只住一两个病人。陈芳英无事可做，就来侍弄这些葡萄。雨过初晴时，葡萄藤的叶子鲜绿鲜绿的，在阳光下闪光。陈芳英拿着红色的塑料盘子，在阳光下摘葡萄。我们这些孩子被她的美貌吸引，蹲坐在水杉下的小路上大声地喊她的名字。

“陈芳英，陈芳英，年纪轻，奶奶精!”“奶奶精”是这里的方言，就是精于打扮、妖里妖气的意思。陈芳英似乎对我们无礼的行为并不在意，她端着盘子走过来，微笑着，给叫喊的我们一人发了一串鲜葡萄。

张铿的爸爸对陈芳英十分不满，他要陈芳英把头发盘起来，或者扎成辫子，他还对陈芳英擅自在医院里种植葡萄大为恼火。20 世纪 70 年代，穿红衣的女人很少，而陈芳英爱穿红衣服，惹人眼睛。护士长任阿姨说：“陈芳英穿着花里胡哨的，像狐狸一样，今后，你们不要再吃她种的葡萄。”

还真让护士长说对了，不久，卫生院里真来了一只狐狸。那天黄昏，我和张铿放学后，在花园里的草地上玩石子，忽然，看到了一只红红的、长尾巴的东西一闪而过，那身影如同一团簇新的火苗，窜到葡萄架下消失了。护士长任阿姨说："那是只狐狸，你们看到火狐狸了。"

医院里来了火狐狸的消息不胫而走。镇上许多单位的人都跑过来，想看看火狐狸是什么样子，连县医院的医生都知道了。每次他们来的时候，张铿和我都背着书包，向来者指明火狐狸曾经在什么地方出没过。后来，张铿发现来看狐狸的人，对自己的讲解并没有多大的兴趣，而是漫不经心地对着陈芳英宿舍的窗口看。

我们忽然感到有点愤怒，再有人问起火狐狸的事，我们开始拒绝回答。我们老老实实地上学，有没有火狐狸和我们有什么关系？热闹了一阵子以后，火狐狸的事慢慢地冷了下来，我们却意外地发现城里医院里有个医生，常常来我们这里。他只要一来到我们卫生院，就和陈芳英一起坐在葡萄架下，像是有着说不完的话。陈芳英的脸上绽放着笑容，笑容和那一大朵泡桐花一样，挂在树上，满足而骄傲。

任阿姨说："县医院的那个医生也是个上海知青，因为关系硬，所以能分在县城工作。陈芳英有福气，搭上了他，将来肯定会调到县里去。"我们心里有些儿失落，看到陈芳英编织男人毛衣时幸福的样子，发誓再也不理她了。

可是，陈芳英幸福的样子没过几个月，就换成了愁苦的面容，它如同四月的泡桐花，在快要凋落的同时，会散发出苦涩的味道。我们才知道县医院的那个男医生此时已经回到了上海。回城的他，立即失去了音信。而现在，陈芳英编织的男人毛衣孤零零地挂在那里，像一张从火狐狸身上剥下来的皮。

这以后不久，国家恢复高考制度了，没有"关系"的知青，从这里看到了回城的希望。几个月的时间，陈芳英的窗前总是亮着灯光。但院长，也就是张铿的爸爸说，陈芳英表现不好，政治不过硬，就是再复习再加油，也不让她去参加高考。她就老实地在小卫生院里待着，接受"再教育"吧。

至于陈芳英是如何通过张铿爸爸这一关考上医学院的，我们不得而知。我们只知道在高考报名的前一天，院长到底还是把陈芳英的章盖了，随后摇着船，沿秋浦河而下，把她送进了城。

我 22 岁时，在医科大学的毕业典礼上，又一次见到陈芳英教授。她依然穿着红衣，鲜艳夺目。她的这种装扮，不禁让我想起了十多年前，卫生院里跑过的那只转瞬即逝的火狐狸。

（原载 2016 年 4 月 6 日《扬子晚报》）

芦 花 白

轻盈而自由，在秋水上飞，那是芦花的白。

两条船在苇丛中探出来，停桨相问：“吃过午饭吗?”答：“吃过了。”然后两船错开，各走各的路。这也许就是秋浦河中最后的两条船了，它们的主人分别是朱老大和老昝。两个船公一个顺水而下，一个溯流而上，每天的午后时分，都会在这茫茫的芦花丛中相遇。

十年前，这条百里长的河流上，总共有七八家渔民。他们吃在船上，睡在船上，从上游到下游，又从下游到上游，一年四季在水里讨生活，船就是他们的家。后来，这些渔民们陆陆续续地上岸了。在儿子的一再催促下，朱老大也动心了，把船拴在河汊里，在城郊租了一间房，种起菜来。

可朱老大过不惯种地的日子，在岸上，他觉得连路都走不稳。他和坚持上岸的儿子分了家，带着老伴又上了船。重回水上的日子是孤单的，因为这时候，百里水路上只剩下他的一条渔船了。但这种情形很快就改变了，因为没过多久，河中又来了一条船，它和朱老大的船一模一样，那是老昝的船。老昝的船是往城里运菜的，卖完菜，老昝就会去城西小馆子里喝点酒，然后把船摇回去。老昝的女儿一直劝老昝在船上装个马达，省得花力气在河中摇啊摇的，一趟下来累死人，可老昝就是不听。朱老大和老昝是在一声叫好中认识的，这声叫好是发自老昝内心的。那天朱老大在船头撒网，那姿势是老昝一生中没有见过的。阳光照在水面上，波光粼粼，半蹲在船头的朱老大猛然一跃而起，渔网就在那一刹那间忽地散开，像一把撑开的、旋动的大伞。老昝在朱老大撒网的那一瞬间，眼神凝固了，喉咙中却抑制不住喷出一个字：“好!”

两个白发的老者就这样，在芦花纷飞的季节成了朋友。对于朱老大而言，老昝就是钟子期，是知音。停船相问时，老昝会把特地留下的一捆菜扔给朱老大，朱老大也会把刚打到的鱼拎上二尾送给老昝。朱老大一生都在船上，没有交什么朋友，除了老伴一辈子跟着自己做饭缝洗之外，就是去菜市上卖鱼。从前是有小贩在岸边收鱼的，可现在没有了，朱老大只好自己将鱼背到市场上卖给鱼贩子。下午四点后，鱼卖不上价，还要受小贩的白眼。这时候，朱老大总会想起老昝，他认为也许老昝就是世上对他最好的人。对于文人来说，停船相问多么富有诗意，但对于朱老大和老昝来说，它仅仅是一种温暖的感觉。这就够了，因为这种温暖的感觉让他们一天不见，就会觉得少了什么，浑身不自在。

可是，一年过去了，又到了芦花纷飞的季节，朱老大和老昝的停船相问，被老昝的女儿打断了。老昝的女儿心疼老昝，偷偷地给老昝的船装上了一只马达。船欢快地跑了起来，“突突突”的声音，响彻河面。老昝装上马达的船就不能从芦丛中走了，但朱老大和老昝仍会在河中远远地看见，只是时间已经不是午后了。在他们相见时，朱老大把手窝成喇叭状，对着远处老昝的船叫道：“吃过午饭吗？”马上又想起来了，还没有到吃午饭的时间呢，就改成：“你回家去啊？”对面的老昝竖着耳朵：“啊啊，你说什么？”他听不见。朱老大觉得没有意思，以后再见到老昝的机动船，也不愿意打招呼了。看见老昝的船来，朱老大都会把船停下来，停在芦花丛中，抽一支烟，看着老昝的船从他面前飞快地驶过。老昝满头的白发，就像一片芦花，轻盈地在秋水上飞，飞到云雾中去，慢慢地看不见了。

（原载 2016 年 11 月 24 日《扬子晚报》）

作者简介

葛文化，贵池区文学艺术界联合会秘书长、党组成员。爱好文学阅读和写作，曾从事乡镇宣传报道工作。2012 年以来，有近百篇通讯和文学作品散见于《西部文学》《池州日报》《安徽商报》《杏花村》《贵池文史》《秋浦歌》等报刊及内部资料上。

升金湖畔沙山嘴

沙山嘴，位于贵池区唐田镇境内升金湖畔，其实就是由大大小小的山场组成，因土壤属砂性土，丰水期湖水围绕着山，俯瞰山场直插湖中形似鱼嘴，又地处沙山村与升金湖衔接的最（谐嘴）前端，故名沙（谐砂）山嘴。

这里是鸟的天堂，丰富的草本湿地植被和水域植被每年吸引着10万多只水禽到升金湖越冬，是亚太地区最主要的鹤、鹳、雁鸭类越冬地之一。

冬去春来，当湖水退却，露出长长的湖岸线，湖滩上绿草如茵，野花匝地，宛如一条彩色缎带恣意地缠绕在升金湖婀娜多姿的身段上。看那红的白的黄的花、绿的草，皆如赶集似的摩肩接踵而来。知名的有满天星、蒲公英、金银花、婆婆丁、矢车菊、麦冬草等，不知名的也与之争奇斗艳，毫不羞涩。那些伶俐的小燕子，匆匆忙忙地从湖边、田野上辗转衔泥，飞入寻常百姓家筑巢安家。云雀在花草丛中寻寻觅觅，一有风吹草动，“嗖”的一声飞入云际，倏忽消失在眼前。一只只蝴蝶扇动着白色的翅膀，拈花惹草，时而独舞，时而成双成对，时而三五成群纠结在一起斗舞，让人眼花缭乱。戏蝶流连，雀鸟自在，这一切的一切，给喧嚣了一个冬天、春复归寂静的升金湖，也带来了夏日的热烈与奔放。

经过一场夏雨骤然而至的洗礼后，雨过天晴，让人感觉到“极目无氛垢”，给人一种“久在樊笼里，复得还自然”的如释重负，也赋予了这块土地一定的文化底蕴。

沙山嘴现存有明清时期古民居、渔村古戏台遗址，还有一座大王庙，是渔民用于出湖保平安、归来庆丰收的祭祀场所。据考证，南宋英雄岳飞在池州设置清溪、雁汊（即升金湖）控海水军，这里成为他屯集军需、训练水军的大本营；相传岳飞曾在距沙山嘴不远的湖边的一个宝墩上赛宝（现吴田村宝墩村民组），村庄因此得名。以上遗址均依稀可见，有迹可循。

这里是一方乐土。20世纪初，升金湖广阔的胸怀接纳着来自鄱阳湖、洞庭湖等水域以捕鱼为生漂泊至此的渔民，他们从此在此安居乐业，繁衍子孙，与当地居民和谐相处。如今的渔民已无须风里来，浪里去，沿湖岸就近安居下来，居有定所，宜渔宜农宜商。这里的现代生态农业企业也做得风生水起，且各具特色，集农、林、牧、副、渔、科研、旅游观光休闲于一体，敬候四方宾朋来此旅游度假。

漫步在去往沙山嘴的路上，远处鹤湖山庄的观鹤亭翘首以盼客人的到来，路旁的三棵松张开手臂，欢迎八方游客前往升金湖畔，游湖光山色，观珍禽异鸟，住渔家船，吃渔家饭，出湖打鱼，放虾笼，捉螃蟹，亲近大自然，在碧水绿树环绕的水岸间，感受一种返璞归真、原生态的美。

徜徉于湖畔，周遭是几近俯身于水、连绵高低不一的山丘和灌木林，以及错落的村庄与间杂的农田。湖水碧绿、清澈见底，无风的时候，湖面水平如镜，白云朵朵、青青山影倒映其中，湖光山色，融为一体，让人真正体会到什么是“风驻花慵睡，游人碧草间。闲云藏绿水，留影柳丝边”的世间美景。

风景这边独好。沙山嘴，正期待着您的眷顾、您的青睐！

（原载2013年6月19日《池州日报》）

赏　荷

小时候，我读过的诗句“小荷才露尖尖角，早有蜻蜓立上头”，像水墨画一样刻在了我的脑海中，让我对荷有了莫名的好感，也在心之一隅不自觉地为它留着一块净地。

长大了，我便情不自禁对荷格外留意，以至于现在我对荷心生迷恋，迷恋它的风采，迷恋它的风姿绰约与不凡。

池城有一公园，名曰百荷公园，分为南北两园，皆适宜荷花生长。盛夏清晨，站在荷池中间的曲桥上，徜徉在鲜绿的荷叶中，一幅“青荷盖绿水，芙蓉披红鲜。下有并根藕，上有并头莲”的荷塘美景让我痴迷。园中荷花竞相开放，有明眸皓齿含笑盛开的；有亭亭玉立打着苞儿迫不及待提前扎堆的；有不经意露出藏在花心中的小小莲蓬，摆出一副成熟略显青涩模样的……可谓是千姿百态，百媚千娇。一阵微风轻掠过荷面，荷叶舞动着一把把“擎雨盖”，摇曳生姿。“胭脂雪瘦”般的荷花，暗香浮动，到了夜晚，想必一定会“翡翠盘高走夜光”，真正应了蔡松年《鹧鸪天·赏荷》中描绘的情景。田田的荷叶“从来不著水，清净本因心”，由此可见荷的随性脱俗和与众不同。

“接天莲叶无穷碧，映日荷花别样红”是人间美景，而我更欣赏荷的气节和风骨。

当我再次来到百荷公园，已是秋风四起，“人共青山都瘦”，到处“红衰翠减，苒苒物华休”，我想不论南园北园，皆是一样的“满池荷叶动秋风”。昨夜的霜花剪破了绿荷，今晨的一场雨它一样会“赚他秋雨不成珠”，荷的倔强与不臣服，在芸芸众生中尤其显得难能可贵。即便是“绿池落尽红蕖却”，当我俯下身段贴近水面，依然会看到水面上顽强地露出新叶，犹如铜钱那么圆的小叶片。

眼看着荷的生命在一天天消失殆尽，在它洗尽铅华退出水上舞台之际，淹没在水下污泥中的藕节依然充实精彩。如果说“出淤泥而不染，濯清涟而不妖，中通外直，不蔓不枝……”是它风华正茂、激情燃烧的岁月写真，那么其色白如玉般的地下茎，不但有节，而且可食并具有药用价值。总之荷的根根叶叶、花须果实都是宝。即使韶华落尽，它也要把有限的生命延续至地下，造福于人类。

我遐想着，终有那么一天，我也会成为一枝荷：柳荫下，看鱼戏莲叶；秋风里，听雨打残荷。物我两忘，岂不快哉！

（原载 2014 年第 2 期《杏花村》、2014 年 8 月 19 日《九华晨刊》）

思　绪

窗外雨绵绵，思绪成茧。

正值清明时节，桃红梨白杏雨飞扬。然而，“纵使有花兼有月，可堪无酒又无人”。

于是乎，你穿越时空，邀唐朝的诗人，饮黄公井院的老酒，醉眼迷离，共赏西门十里的杏花，牧笛悠扬，骑在牛背上的那一次遥指，遂被牧之咏成了一首千古绝唱！

可叹“惊风飘白日，光景西驰流”，多少次回眸，你灵动地透过那扇缜密的窗。

记忆的闸门随之打开，经年的繁芜纷至沓来。

无论是潮涨潮落、云卷云舒、花开花落，都如白驹过隙。似那一抹曦霞瞬间染红天际，抑或一片薄暮，无声无息氤氲在那落日的余晖里；恍若每一次遥想，牵动每一寸肝肠，卸下人为的修饰与伪装，一切变得不再是冠冕堂皇！

思绪成岚，率性而为。有时会烽烟四起，暗流涌动；有时会化作山村的一缕缕炊烟，轻慢而虚无地融进山川河流的血脉里。

不论何时何地，你的每一次升起和隐匿都是一次无言的宣告或暗示，更是一种情感的肆意释放或触手可及！

你，也是食人间烟火的。

曾几何时，你被写进了《乡愁》，那万千的思绪集结心头，被分成了两瓣，从此在水一方，遥不可及！

乡愁，四处漂泊；乡愁，无时不在，无处不在。它——根植于游子的心头。家乡的土灶捂热一笼不灭的烟火，始终期待游子的归来，倾诉衷肠。

是啊！“每逢佳节倍思亲。”

借一袋旱烟，在狭长的竹管里尽情地酝酿，伺机喷薄而出，舒展的是胸怀，惬意的是心情，让经年的累积隐藏于褶皱的波痕中，让安详平静地写在岁月熏染的脸庞上！

寻一方净土，在阡陌纵横的网格里，纵情编织希冀，尽享春华秋实，静观日月交替，让憧憬在心的原野上无限地延伸，自由地飞翔！

思绪万千，心之神往，有一条诗意的河流——秋浦河，在静静地流淌！无须高谈阔论，不会吟诗弄墨也无妨，觅一湾僻静的河床，掬一捧河水，于明镜里给心灵一次前所未有的涤荡！

此时，天空飘来了一只纸鸢，思绪随之缥缈。我仿佛看见了母亲隔着河岸的又一次遥盼！

爱如潮涌！

年少无知时，也曾夜不归宿，天马行空；如今，再也走不出那一片慈爱的视觉范围！召唤，也时刻在耳旁。

回归吧！家——才是真正梳理思绪、安抚心灵的地方！

（原载 2017 年 3 月 16 日《安徽商报》、2017 年 3 月 29 日《贵池新闻》）

作者简介

方乾，1964 年生，安徽贵池人。现为池州市贵池区新闻中心编辑、池州市民间艺术家协会副主席、池州市文艺评论家协会副主席、池州市贵池罗城民歌研究会会长、贵池区作家协会党支部书记及副主席。系中国民间艺术家协会会员、安徽省作家协会会员、池州市地方教材编审专家委员会和池州市地名咨询专家委员会委员、《池州发展研究》艺术顾问。出版著作有《池州记忆——古村落》《文化贵池——罗城民歌》《魅力贵池》。

春天，到秋浦来看花

清明过后，春光正好，花事渐浓。春意闹人心，我正好与春天有个约会，4 月 7 日应邀参加区文联与旅委组织的一个采风活动，从城西杏花村出发，一路向东，经九华天池，再到城东的渚湖姜村，一整天都徜徉在春天的阳光里。

在池州，最有名的花当数杏花了，这与晚唐的杜牧有关。小杜行春问酒，令古城西郊的杏花村大出其名。其时，秀山门外杏花村，十里烟花一色红。有杏花处必有人家，有人家处定可沽酒。小杜途中遇雨，饥肠辘辘，愁绪百结，向路边牧童问曰："哪里有酒家啊?"牧童手指杏花答曰："杏花村啊!"于是杜刺史酒足饭饱，吟诗一首曰《清明》，广为流传，成为佳话。这个故事，千百年来不知被讲了多少遍，此后的历代达官显要、文人墨客来此寻访先贤足迹，追思风流刺史，看花品酒，好不热闹。小小一个城外的乡野村庄，竟然成了"千载诗人地"，这让生活在清朝杏花村里一个名叫郎遂的员外倍感自豪，于是广为收罗，为村修志十二卷，名《杏花村志》，被四库全书收录，杏花村成为全国唯一有史志的村庄。因为杜牧和郎遂，杏花村的确名动朝野，以至于到后来，杏花村已不仅仅是一个地理概念，而成了诗酒文化的概念。再后来，当池州人觉察到"杏花村"的名望潜藏着巨大的商业价值时，山西汾阳已率先注册了"杏花村"的酒类商标权，令家乡人扼腕叹息。池州人不甘心花落别家，于是长达 20 余年的地望之争，终于在文史的考证中还原了历史的真实面目：杜牧《清明》中问酒的杏花村并非汾阳之杏花村，而是池州贵池的杏花村。央视王小丫主持的知识竞赛节目中，曾专门就此出题并给出标准答案；凤凰卫视天气预报节目的清明节节气介绍中，专门普及这个被误解的文史知识。由此可见池州人对杏花村的情结与捍卫地望的坚决态度。还有一个对杏花村做出重大贡献的人叫詹晓荣，他本是位旅欧的华人，在改革开放经济大潮的裹挟中来到贵池斥资重建杏花村，并与山西讼争"杏花村"旅游商标权最终获胜，这为杏花村成为海内外知名的旅游胜地奠定了坚实的基础。

在旅委和文联组织的这次采风活动中，我们的第一站便是如今被复建起来的“杏花村”。如今已成为 AAAA 级旅游景点的杏花村显然已经很难再有乡村野趣，虽然还在秀山门外，却已是高楼林立的城市中的一个园子，没有多少村庄的味道，更像一个城市公园，园内堆砌着密集的人文看点。酒还是有的，叫黄公酒。未见满眼杏花，多少有点遗憾。愚钝如我者，在被复建者肆意张扬千百年文化积淀的自信中，反而很难找到诗意的自觉了。以花名村的杏花村，我所见的大多是城市公园里的绿地与大朵艳丽的茶花，而非如烟似霞的杏花。也许是我来迟了，杏花谢了吧。不过，我还是把满园游走的年轻漂亮的导游小姐称作“杏花”，并自得其乐。我想，现如今杏花主要被用来挣钱了，不再着意装点“花痴”们的诗意了。然而，千古杏花村仍然会千姿百态地存在于人们的情感与想象之中。

桃花虽然是春天里再平凡不过的花，但给予人们许多美好的感觉与想象。春水桃花，人面桃花，听听这些有关桃花生机勃勃的说法，你自然就会心动神往了。几天前，有朋友对我说：“走，去石桥步看桃花如何?”我怦然心动却未能成行，心里就多了些许遗憾。今天，我想既然已经走出了书斋，在贵池春风浩荡的山野里，一定能看一眼妖娆的桃花吧。正在心里这样想着，车就到了名为九华天池的一处景点。这里原是“大跃进”时期修建在山间谷地里的水库，建有小型水电站，因其生态良好、山水相依，石奇境幽，风光绮丽，被有心人开发成城市东郊的一个旅游景点，如今名气日隆，游人日众。在导游小姑娘的引领下，我们穿行在幽深的山间谷地，嫩芽初绽，巨石危立，湖水清澈见底，游鱼悠然如潜艇。当我们弯腰穿过巨石下的小径时，立马想起《桃花源记》中的描述“初极狭，才通人”，心想我们可能来到桃花源了。从谷底登上山巅，豁然开朗，举目所及竟是一湖春水，名为天池也还贴切，只是未见桃花。湖中有小岛，据说正在修建矮人山寨，为景区新增的游乐景点。有人质疑，搞什么不好搞个矮人国，难道我们贵池出产矮人？我的心思在桃花，心想不如在湖畔山边广植桃树，为貌似桃源的山间福地添上一景，春天一到，便西城看杏花，东山赏桃花，岂不快哉！再加上平天湖的荷花、齐山的菊花、天台山的梅花，池州的花事就真的可圈可点、美不胜收了。

杏花的素雅，桃花的艳丽，都抵不住油菜花的热烈奔放。大片大片肆意盛开着的金黄的油菜花常常更能拨动人们的心弦。一到渚湖姜村的村口，田野里金黄的油菜花直扑你的眼底，让人真切地感受到了春天的浓烈气息。这个以民歌闻名天下的村庄与先前那个传递着千年诗意的杏花村比起来，更见真切与质朴。村庄里，村支书正在领着村民们修整穿村而过的河沿石板路。阳光照在横卧了400年的石拱桥上，桥身爬满苍翠的藤蔓，桥下一汪清亮的山泉水流淌着，无声无息。河沿上砌石的工匠和河岸上修路的村民在忙碌着，他们的身影在午后的阳光中有一种静默与安宁的美。在村口的古树下站定，嘈杂与喧闹霎时就远离了身心，那一刻的宁静让我有一种莫名的感动。这时，一窜嘹亮清越的歌声穿越午后村庄的宁静，萦绕在你的耳畔，盘桓在你的心头，那是从村里民歌学校里传出的歌声。这散发着泥土芬芳的田野气息与村口的油菜花一样，让你感受着山村质朴与纯真的美。同行的美女小杨也被这种魅力所震慑，坐上车了还在喃喃自语："啊，一个会唱歌的村庄!"我却在暗自庆幸，今天不虚此行，我看到了池州最美的花了。本来，民歌在西北的甘肃一带就叫"花儿"，歌会叫"花儿会"，以前总也不明白，原来如此啊。我揣着这一缕心香，不由地心花怒放，有一种振臂而呼、引吭而歌的兴奋与冲动。

秋浦之花，虽普通却特别。所以我说，朋友，春天到秋浦来看花吧，你一定会收获意想不到的美好。

（原载2013年5月12日《池州日报》，获贵池旅游征文一等奖）

我们都是作家

没有什么比成为作家更容易的事了。

如今，大众文化市场和传播业高度发达，广播、电视、报纸、期刊，发表作品的地方如此之多，再加上可以边创作边发表的互联网，写文章发表甚至著书出版不再是少数人的文化特权。那种拥有写作和说话优先权的人物主导社会声音的时期以及相应的表达程序正在逐步消解，民众的失语症有了治愈的可能。最明显的变化是，我们这个时代的写作，衍变成了民众的私语。快乐、牢骚、失恋、乡愁、自我欣赏、逢场作戏、幽默调侃，诸如此类的情感絮语无限蔓延；遥远的往事、身边的琐闻、失去的童贞和青春的故事，一一被陈述。一句话，写作并不是以往人们期许的那般神圣或崇高，而是现代人生活的一种方式。

现代人生活的丰富多彩及其人生价值取向的多元化，导致思想和观念的激荡与碰撞。所以，是不是作家，好像已经不重要了，重要的是有没有读者、有多少读者。

米兰·昆德拉在他的小说《笑忘录》中有这样一段话：

著书癖在人群中泛滥，其中有政治家、出租车司机、女售货员、女招待、家庭主妇、凶手、罪犯、妓女、警长、医生和病人。这向我们表明，每一个人都是一个潜在的作家，没有谁例外，所有的人都有权冲到大街上高声大喊：“我们都是作家！”

文学评论家吴亮又为米兰·昆德拉补充上另外一些身份的著书者：过时的女演员、退休的官员、发了财的艺术家、破产的小老板、留学生、打工仔、花边新闻收集者以及挎着背囊和照相机到处采风的旅行家。

怎样解释这一空前盛况呢？米兰·昆德拉说，每个人都忍受不了这么一个事实：他会在不被人说起、不被人注意的悲哀之中从这个冷漠的世界销声匿迹。每一个人都想把自己变成一个词语的世界，要不，就追悔莫及了。

人们最早觉醒的发表欲，是在香烟盒大小的硬纸片上印上几行有关自己的说明文字，以便在某种场合发行。那种被称作名片的印刷品毕竟太小太单薄，远不如署上自己大名的一本书来得端庄大方和厚重，何况还有出版社的光环。所有热衷于表达自己的现代人都有可能出上一本或几本书，虽未必不朽却可以自我肯定、自我扩张。物质变精神，精神物质化，何乐而不为？

我们都是作家，我们还知道别人也全是作家，我们不断听到各种人都在著书的消息，但我们从来就不曾认真读过别人的作品，哪怕是非常熟悉的朋友的作品。只要想到几千年来有那么多伟大的作品被束之高阁，你就没有理由希望别人会读一读你的作品了。

自己认为自己是作家和别人认为你是作家都不是容易的事。有人称自己是写手而不自称作家，好像作家不是一种职业而只是一种头衔或荣誉。在市场经济条件下，靠写作养活自己甚至发了大财的大有人在。只是，靠写作成为文化贵族或精神领袖或时代偶像却不大容易。因为还是那句话，你可以成为一个著书者或作家，但你并不能保证被人注意。你可以凭借文字免使自己在无言的世界销声匿迹，却免不了在更多词语泛滥中销声匿迹。

好吧，我们都是作家！除了那些业已在“协会”注册了的人们，“作家”这个头衔仿佛不再被看重。只要找到出版商，你就是作家。没有什么比成为作家更容易的事了，这就是这个时代的喜悦。那么，谁会悲哀呢？可能是当代文学史家吧，他们深知商业时代的包装与炒作，正是通过刺激人们的感观去使人们丢失理性和思考。

（原载 2002 年 10 月《池州日报》）

潮起潮落话新诗

一般认为，在结束了“革命诗歌”运动之后，新诗在80年代经历了近10年的“诗歌革命”运动。20世纪80年代，中国新诗潮的兴起以及此后整个90年代的展延，其性质是革命性的。回顾20世纪最后20年中国新时期文学的历程，不难发现新诗潮一度成为反思文学，特别是寻根文学的先导：从乡土到故都、从典籍到器皿、从秦砖汉瓦到洞窟飞天，一切足以唤起文化追念的意象与诗思，一度使新诗人们试图在远古的梦中寄托现代人的追求与怅惘。他们把民族、社会、历史的理想与痛楚楔入心壁，展示心灵的再生与创造。他们对史诗的呼唤，表达了他们重构文化历史的愿望；他们对历史文化的反观，更具有了文化化的意味。

90年代的所谓“后新诗潮”，则通过洞察自我生命而试图洞悉社会人生。它抛开一切文化或文化化的负担，以诗人自己的生命之窗面对纷扰的世界。他们从生命体验出发，凭借人们渴望了解生命本身的神秘，试图从内部（内心体验）洞察生命现象，甚至同时在哲学上重新思考生命的意义与目的。

对生命本身的体悟，的确为新诗开拓了崭新的视角与空间。这一点似乎与中国古典诗的禅境如出一辙。然而两者因为立足点的不同其实大异其趣。传统的诗意通禅立足于生命的自在逍遥，后新诗潮则因为体察现代人生存状态而释放出或浓或淡的惶恐与忧患，而且此中的惶恐与忧患还缠绕着一种与生俱来的孤独感。后新诗潮从感觉情绪或者人生经验出发，展示生命内在的历程以及人对自我内心的触摸。诗人们的审视离开了迷离纷扰的外部世界，兴致勃勃地进入内心世界，从而获得一个浩瀚而辉煌的新宇宙。一个心灵就是一个宇宙。也因此，诗坛个性纷呈，再也难有80年代初期那样的几个诗坛大腕或旗手雄踞海内的局面。新诗潮在几番潮涌的喧嚣中，似乎呈现出了一派风消浪歇的退潮景象。

90年代末，抑或新世纪之初，在一片退潮的沙滩上，不只留下了对于新诗衍变的种种非议与责难，也悬起了人们对新诗再度探寻出路的关注。走向内省的诗思终于使新诗走向了险境或者竟是绝境。后新诗潮在享受了初起时的短暂惊喜与振奋之后，陷入了漫长的痛苦煎熬。诗歌艺术的演进自新诗潮开启闸门后，如一匹脱缰之马一路狂奔时的沾沾自喜，终于在深入腹地后举步维艰的悲哀中化为乌有。诗人的自以为是换来的是社会和读者的更大冷漠，人们更多地责备现代诗人走向玄秘，从而远离了现实社会人生。然而也有人认为，后新诗潮的这种努力，有助于中国现代诗运动对中国传统诗学的局限进行消解，从而使中国新诗超越“民族性”的羁束置身全人类的视野，最终能使新诗进入世界现代诗的总格局。

新诗的艰难，实质上是文化的艰难。诗歌艺术作为文化的前锋，必然最先遭遇文化进程中的险境。退潮的沙滩上不只留下了新诗渐行渐远的脚印，更应该留下一点关于中国的文化、文学、艺术发展轨迹的思考。

（原载 2000 年第 3 期《大九华》）

我们为什么写作

——深圳打工诗人引发的思考

继央视聚焦深圳宝安区打工诗人张华和邬霞后，《深圳晚报》又大篇幅介绍“为命运加班”的打工作家郭海鸿与阿北。一周以来，关于“打工文学”的话题不断发酵，这场关于底层生存者、奋斗者、梦想者生活状态的热议，逐渐引导着人们观察深圳的目光。张华与邬霞的故事让人们对深圳的关注从“工厂妹”转移到“打工诗人”，这或许是千千万万打工姐妹青春生命的不同侧面，但我相信人们或许更希望看到这诗意的一面，因为这里除了苦难、艰辛，还有挣扎、奋斗与梦想。人性美好的一面并不会因为生存的艰难而泯灭，相反只会更加强烈。郭海鸿与阿北的故事，散发出卑微人生的崇高使命感，他们为改变命运所迸发出的生命能量，令人感动。

深圳市本身就是一个传奇的城市，短短几十年从一个海边小渔村成为人口过千万的大城市，是中国改革开放的标志性成果。在南海边的这个角落，在这个社会主义市场经济的试验田里，我们建起了社会主义的桥头堡。在这里，资本主义的金钱资本与社会主义的人力资本合力在市场经济的战场上为中国经济的崛起杀开了一条“血路”。这条“血路”上，无疑有着千百万打工者的心血与汗水。在中国广阔的内地乡村与城市，有多少怀揣着梦想的年轻人，奔赴深圳；在这次经济革命大潮的裹挟下，多少人的命运随之改变，人生的路径随之朝向一个个未知的方向延展。在历史行进的宏大背景中，打工群体的生存状态、生命声息与生活梦想刻画了历史巨大脚步的细节，有着不可替代的历史价值。

马克思所揭示的劳动与资本之间、生产的社会化与生产资料的私人占有之间的内在矛盾并没有真正解决。资本在创造了巨大的物质财富并推动全球化进程的同时，也造成了世界范围的不平等格局以及人与自然的紧张关系等一系列社会问题。这就有了法国经济学家托马斯·皮凯蒂《21 世纪资本论》中译本的问世。当然，这些问题留给政治经济学家去研究，我们要讨论的是在这样的社会政治经济背景下，社会底层的劳动者的生活与梦想，他们的写作所表达的心情与思想，正在不断丰富着这个社会转型期中国历史文化的色彩。就像中国历史上的《京都梦华录》《清明上河图》与《韩熙载夜宴图》那样，会在不经意间掀开历史宏大外衣的一角。

对于打工者来说，写作改变命运的人毕竟不多，但写作改变心情的一定会大有人在。法国《世界报》曾向世界上几百个作家提出一个问题：你为什么写作？回答最严肃的都是第三世界国家的作家，特别是中国的老作家，譬如巴金老先生回答：是为追求光明，同情青年人，给青年人争取更好的未来。老作家马烽回答：日本的侵略，使中国陷于危难之中，我要用我的笔唤醒我的同胞。可那些发达国家的一些有名望的作家似乎很不认真地回答，譬如英国的一个女作家朵利斯·莱辛，她的《金色笔记》已在中国出版，她有很多以南非为题材的同情南非黑人的作品，她回答说自己是写作的动物。回答最有趣的是德国的根特·格拉斯，他获得过诺贝尔文学奖，他回答是因为自己干别的事没干成——这话也不无道理。因此，文学是严肃的、有神圣的社会使命的、有责任感的，比如说文学是一个民族的灵魂，是一个民族的梦，用文学铸造国魂，或者说作家是灵魂的工程师等；但确实也存在着一种现象，有大量的文学作品有一种娱乐性。文学写作者，总是有话要说才不停地写，他们或者有心里话要说，或者要为别人说。换句话，他们即使不是在所谓的社会责任感的驱使下写作，至少也是在试图寻找生命的意义或者希冀强化自我的存在感而固执地写作。

所谓作家，就是以创作文学作品为主要工作的人。可现如今，“作家”主要是一个头衔而不是一个职业，多数人都不是以写作为职业的。但凡有点想法而又有点才情的人，总是热衷于表达的，他们在本职工作之余爱好写作，发表文章，出版著作，可能不见得深入地思考过“作家的责任”一类的严肃问题。对于那些有志于从事文学写作的人，有两个问题是值得思考的：一个问题是关于写作的题材，即写什么；另一个不是怎么写的问题，而是为什么要写的问题，这绝不是一个空泛的问题，而是一个核心的问题。可在谈写作问题时谈这两个问题，又难免让人有说教之嫌。除了功成名就的文学大家或文坛领袖，最好不要对此高谈阔论。总之，愿意写就写吧，只要有人愿意看就行。

（原载 2015 年 4 月《池州日报》，获 2015 年安徽省报纸副刊好作品评选二等奖）

作者简介

桂枫，1965 年生，安徽省作家协会、散文家协会会员。生于徽州，长于池州，对皖韵、徽风、池雅有着一种与生俱来的情结。由于受江南山水灵气的浸润，笔端常常情不自禁地流淌出对江南山水和人文景观的吟咏与礼赞，文字具有桂花的郁香、枫叶的风骨。自文学创作以来，在省内外报刊上发表散文百余篇，现供职于贵池区民政部门。

晨钟暮鼓人家

从棠溪乡政府，沿龙舒河畔向南，一路颠簸前行，一路忐忑不安，到一个偏偏有个好听名字的百安村，心情自有些矛盾。

为什么这里叫百安呢？当地人谁也说不清，于是就有了各式各样的版本。一说是龙舒河畔有一座岩石山，山上柏木盛多，人们称之为柏岩，后因山里人浓重的方言而演化为今日的百安；另一说是历史上这里曾为“九华西南第一寺”的宝胜寺所在地，香火旺盛时有百余座寺庵，人们称之为百庵，后逐渐演化为今日的百安。

这是一个高山狭谷中的自然村，一湾碧水从南面的石门峡谷中奔腾而出，环绕村庄又匆匆北去。东西两侧的岩峰林群连绵成两道天然屏障，沿河两岸沃野平畴，确有些“外挹九华之秀，内负平原之美”的景致。举目眺望，真想不到，那些尚未被森林覆盖的裸露岩壁，色彩竟是如此丰富多彩！那金黄、绛红、淡青、苍烟等不同颜色的岩石，鱼鳞似的五彩斑斓，形成了横竖错落的节理，竟然就是一幅色彩绚丽的天然画章。俗话说“天下名山僧占多”，古寺名刹大多坐落在奇拔雄伟、景色秀丽、古木参天的名山胜景之中。难怪唐代大和五年（831）杉山庙得道高僧一了禅师，行脚路过柏岩时，见群峰对峙，怪石嶙峋，前悬钟山，后置鼓山，又闻谪仙人李白曾在此驻足流连、吟哦，金地藏亦曾在此晏坐修禅、卓锡布道，惊叹道“此地乃天然宝刹胜地，为佛国佳境矣”。于是卓锡开山，依柏岩山北麓结庐建寺，取名“宝胜寺”。从此，这里成为近上九华山和远去徽州的重要交通关辅，盛名于唐宋，号称“九华西南第一寺”，传灯百余代至元代乙亥年毁于兵火。元代高帛宰贵池时到石门高省亲，肩舆谕桥过百安，见宝胜寺梵室不复，残垣断壁，谛观群峰峻秀、松柏蓊郁、溪泉清澈，尚遗仙踪圣迹，遂奏请朝廷复建宝胜寺。元代至顺元年（1330）敕授池州路学教授赵若润、贵池县尹张士元、宗仁大和尚重建了宝胜寺，后又毁于清代太平天国战火。在千余年的历史长河中，宝胜寺伴随着人世沧桑、王朝兴亡，历经几度兴衰，如今已是荡然无存了，仅遗一块丈余高的刻有《重建宝胜寺记》的元代石碑。柏岩依然，百庵何在？站在宝胜寺的废墟上，寺门正对西面的玉镜峰，它以名列第一的相对高度而位冠群峰之首，山顶部有一高大平整的崖嶂，状若玉镜。由于东西两侧的岩峰翠绿幽深，所以阳光要来得迟些。早晨阳光先是将玉镜峰顶镶上一层薄薄的金边，渐次扩大到崖嶂上，崖嶂恰似一面镜子，将阳光反射到宝胜寺，丹砂金黄，交相辉映，一片金碧，真如“远山近水迷向背，只凭玉镜认西东”。玉镜峰的南北两侧并列着两座大小相似的山峰，状如悬钟，名曰钟山；寺后的东面有一平顶石岩山，状如置鼓，名曰鼓山；黄昏时夕阳给鼓山抹上橙红色，一派璀璨，恰如“阑干璀璨金碧莲，晨钟暮鼓惊龙眠”。攀缘鼓山，远眺东南的九华群峰，蓝黛生烟，幽深诡秘不像是人间的，着实让人体验到“众峰来自九子山，势若骏马奔百庵”的意境。宝胜寺的天造地设，凭借巧夺天工的选址，借助特殊视觉和美学原理的建造，构成了一幅雄壮而优美的山寺图，不得不让人惊叹古人的大智慧和大手笔。信步在百安恬静的山道上，脑海里便浮现出那块元碑上铭刻的“九华西南第一山，柏岩万古风凛然”的诗句。柏岩山前潺潺清流，柏岩山上苍翠柏木，悬崖峭壁古藤攀绕，给柏岩山带来了一种穿越时空一般的生气，一种清除尘虑的感觉油然而生，仿佛真是到了仙灵圣地。

历史遗迹不断地为世人所创造，也不断地为世人所遗忘，它是被“大时代”所冲刷或被“大历史”所湮没的最后遗存。这里还曾经是20世纪60年代皖南“小三线建设”的核心区域。现代的繁华喧嚣曾为这个深山的乡村烙下时代的印迹，漫步在“三线”遗址里，仍可见墙壁上刷着20世纪六七十年代的标语，这一切都很像年代剧里头的场景，有点亦真亦假的如梦似幻。只是大多工厂楼宇已夷为平地了，轻轻走进那片残垣之地，会体验到一种侘寂之美。如果我们接受了自然的生死循环，懂得在不完美中去发现美，就会明白废墟与繁华不该是比对的关系。今日看来其至少是一个人们怀旧的好去处，也可以看看繁华又是怎样在废墟之上被重建的。当我从沉思和遐想中挣脱出来，放眼今日的百安，像所有的皖南山村一样，百余户人家依山傍水而居，掩映在青山绿水间。单门独户的庭院、二三层高的楼宇，或依山隐现于青林翠竹之中，或伴水倒映于溪泉清流之上，实在是一些恬适的居处，成为这块如画风景里又一道亮丽的现代风景。走进农家，你便会发现小轿车、摩托车、有线电视、电脑、手机、空调、太阳能等也已进入寻常人家，生活确实有些现代化了。山里人终于对沉寂的大山有了新的认识和了解，如绕村欢腾的龙舒河涌动着奔小康的旋律。只见山脚下、溪流旁、房前屋后，一幢幢茅草棚、一架架香菇棒，在山风的轻拂下，飘散着浓浓的菇香。百安人家依据山里丰富的小杂柴资源，从浙江引进袋料香菇种植技术，蹚出了一条深山致富路，并启动了旨在保护山林资源的生态富民家园工程，以沼气为纽带，上带养殖业，下促种植业，悄然改变了山村千百年来的“砍柴烧饭烟火燎，蚊蝇飞舞污水潦”的传统，率先建成了山乡沼气村，家家户户都种上了几千棒香菇。百安人兴奋地说：“省下烧锅柴，种菇能发财。”如今百安人家以香菇为媒介，引八方人流来深山寻宝，建成了乡村循环经济的典范和样板。虽然宝胜寺和“小三线”等历史遗迹都渐行渐远了，但是留存的寺庙石碑和东坡洞以及“三线”遗址，留存了文化，留存了山村的记忆，实现着新和旧、过去和现代、自然与社会的生动结合，浓墨重彩地绘制出一幅绚丽的山村图画。后有诗赋道：“朝钟暮鼓宝胜藏，东坡洞前古风然。时迁地变愿如初，家家户户享百安。”“业兴民富才村旺，百姓安居方乐业。”这也许才是今天真正意义上的百安。

（原载 2007 年 3 月 29 日《池州日报》）

杏花村春之赋

时维三月，序属仲春。杏花古村，皖风徽韵；文化旅游，独领风骚。襟江带湖，秋浦纵横；十里长岗，尽藏神韵。湖光山色，底蕴深厚；山清水秀，人杰地灵。心旷神怡，欣欣游踪；呼朋引伴，摩肩接踵。“杏花自古艳池阳，美酒名花十里香”。看不完杏花村香艳迷人，赏不尽文化节生态观光；最爱者，古村落中追昔抚今；最喜者，农耕园里民俗风情。

邀亲朋，携情侣，沐春阳，踏和风；一路走来，徜徉花丛。听鸟语婉转，品浓郁香馨，看蝶舞蜂喧，留欢欣倩影。已而登高望远，山川历历，白云缭绕，树木葱葱，清溪奔流。百余亩杏花，蓓蕾蓄红；万余名游客，雀跃欢腾。漫山遍野，铺天盖地，真乃花之世界、香之天空；不愧梦幻红琼，红琼幻梦。兼以村落、瓦舍、草屋、茶社、亭台、大道、曲径、清流、湖泊、沟壑、峰峦，错落有致，层台累累；景色别致，色彩井井；自然间风流云散，画龙点睛。偶有山歌声传，美眉衣衫飘红，应和鸟声、人声、流水声，便自觉身入桃源，迷幻仙境。真可谓镶玉嵌金，画意诗情。

杏花文化意象，自古至今已久。早有《庄子》记载，杏具神圣气息。孔子讲学杏坛，一片杏林，杏树环绕，花香在上，弟子在杏林中琅琅读书，孔子在花影中抚琴而歌，书声歌声，风吹花落如香雪，自然有“绕坛红杏垂垂发，依树白云冉冉飞”佳境。

北周庾信，咏杏诗曰：“春色方盈野，枝枝绽翠英。依稀映村坞，烂漫开山城。好折待宾客，金盘衬红琼。”意境极致，依稀引出“杏花疏影里，吹笛到天明”意境，烂漫喻出“皓若春雪团枯繁”意境，红琼拟出“红粉团枝一万重”意境。

晚唐杜牧，郡守池州，一首《清明》，江南烟雨，鲜活牧童，杏花美酒，自然村落，朴素清雅，深有意境。昔者贵池，历史悠久，人文厚重。杏花村自《清明》诗后声名鹊起，文人墨客纷至沓来，吟诗留文，誉为“天下第一诗村”。

宋曹天佑歌出：“久有看春约，今才出郭行。杏花飞作雨，烟笛远闻声。旧踪寻何处，东风暖忽生。酒垆仍得醉，倚待月华明。”明沈昌吟到：“杏花枝上箸春风，十里烟村一色红。欲问当年沽酒处，竹篱西去小桥东。”清王元梅唱和：“风流贤太守，遗韵至今存。问酒春三月，行人雨一村。烟郊收画舫，花坞隐朱幡。瞻拜年年事，情开竹里门。”

清村贤郎遂撰《杏花村志》，记有“杏花村十二景”：平天春涨、西湘烟雨、三台夕照、杜坞渔歌、白浦荷风、茶田麦浪、栖云松月、黄公酒垆、铁佛禅林、昭明书院、桑柘丹枫、梅洲晓雪。诗之魅力，景之幽雅，《杏花村志》作为唯一村志收入《四库全书》。正可谓“杏花入诗，千古传颂”！且古村名扬，众说纷纭，归属之争，沸沸扬扬，花落贵池，魅力独尊。贵池“十里杏花村，千载诗人地”桂冠，实至名归；乃时下杏花村文化旅游区建设，定位皖南国际文化旅游目的地，古村逢春，方兴未艾，定将重新绽放春之活力，青春姿容。一如清贵池邑人金秉彝《杏花村赋》所希冀：“倘逢培植，再绚云霞。”“补将多少楼台，重重叠叠；还我阳春烟景，叶叶花花。”举全区之力，倾心打造：唐朝风韵、市井风味、农耕风俗、江南风格、山水风情、生态风貌；推文化之旅，突出展示：盛唐诗酒、山水农耕、传统民俗、江南村落。故而杏花文化节名副其实，好戏频频：游杏花村，从古村启动，自驾欢奔；唱杏花村，听罗城民歌，看贵池傩舞；摄杏花村，令镜头闪烁，荧光熠熠；赞杏花村，任挥毫泼墨，飞龙舞凤；评杏花村，让娇美代言，活力清纯；推杏花村，使九州知晓，寰宇闻名。更何况规划精致，独具匠心，二路三水四区；主题鲜明，悠然体验，原生态，慢生活，深呼吸，养身养心杏花村；线路经典，精心策划，移步景换，引人入胜。

况皖南贵池，旅游蓬勃，春华秋实。美丽中国，先行先进；贵池旅游，春色满园；旅游贵池，红杏一枝。盛世华年，月朗风清；山欢水笑，团花簇锦；四通八达，阡陌交通。千古杏花村，诗意秋浦河，钟灵万罗山，画意清溪河，秀美平天湖，小九华齐山，梦幻天池水，神奇大王洞，石门古村落，霄坑大峡谷，处处风光旖旎，生态优美，如入画屏，诗意盎然。亦可谓花丛漫步，抒怀清心；朗抱留恋，快意胸襟。蓦然间与菊同野，与梅同疏，与莲同洁，与兰同芳，与海棠同神韵，与玫瑰同铿锵，最要紧与杏花同阳光雨露，定自诩花仙子。而杏花之美，美在含蓄，丽在娇羞，有“杏花看红不看白”之说。初期饱蕾未放，张力待放蓄红，颇似血点枝梢；初放之时，含蕊沾染胭脂色，粉薄红轻掩敛羞。杏花雨嫩，花开伴随春雨，雨细杏花才香，雨中疏离之花，吐蕊舒展，胭脂滴泪，暗香清高。绽放之后，盈盈雪杏，密聚徘香，半落春风半在枝。杏花消息雨声中，花中占断得风流。也难怪游人如织，摇荡心旌；一见倾心，流连忘返。江南春雨杏花，秋浦三月竞菲。古城诗村，多彩贵池；人文历史，交相辉映；人与自然，和谐相处。故而之赞曰：杏花春雨，秋浦潮涌；十里赞叹，长岗歌吟；尧天舜日，海晏河清；好梦初圆，圆我好梦；岁月流金，古村复活；流金岁月，前程似锦；文化血脉，光前裕后；源远流长，魅力贵池！

农历乙未羊年杏月，贵池邑人桂枫，散记于笃敬斋。

（原载 2015 年 5 月 8 日《池州日报》）

唐诗之旅齐石路

江南自古形胜，池州遍地风雅。在这块“千载诗人地”穿行，不经意间就会进入一个个非常之境，浓郁人文与秀美山水相融合，别具洞天，令人抚今叹昔，流连忘返。

吾师丁育民老先生，数十年如一日，踏遍了池州的山山水水，致力于池州诗文化的考证与研究，近年来又不顾年高体弱，数次出池州城沿齐山逶迤南行，颠簸近百里，把目光聚焦到具有悠久历史、深厚文化底蕴，又有优美自然生态的古村石门高。深山古村石门高，因“山为城，石为门”的天然景致和古老传说而得名，又因唐代诗仙李白诗章名篇和游踪仙迹而名播青史，

“门连菊水人皆寿，宅近桃源境是仙”，先生为之无比激动和无限敬慕，激情燃烧出充满古风古韵的《千年古村石门高》一书，揭开了千年名村石门高神秘的面纱，打开了一扇池州诗文化旅游的窗户，细细读之让人仿佛穿越时空，慢慢接近某段历史的深处。

是的，在江南池州有许多这样神奇的地方。清《贵池县志》记载有“唐李白爱其胜，欲家焉，滞留于此者三年，歌咏甚多”。据考证，李白曾作诗篇达四十五首之多，其中《秋浦歌十七首》尤其脍炙人口。诗中体现出浓厚的江南文化意蕴，无一不蕴含着池州地域特征、文化背景、民情风物等内涵，新鲜活泼的情感、形象、语言、意境，使富有浪漫气质的李白的诗成为中国古典文化的精华，成为中华艺术宝库中璀璨夺目的明珠，历经千年而盛传不衰。诸如“山川如剡县，风日似长沙”“耐可乘明月，看花上酒船”“青溪胜桐庐，水木有佳色”“清溪清我心，水色异诸水”“人行明镜中，鸟度屏风里”“起坐鱼鸟间，动摇山水影”“水急客舟疾，山花拂面香”“千千石楠树，万万女贞林；山山白鹭满，涧涧白猿吟”等形象逼真的精彩描绘，表现了诗人对池州风光的审美意象，表达出诗人的赞赏和爱慕情感。遥想当年，在青山秀水间，斜阳朗照，一个须髯飘飘、衣袂飘飘的长者，流连山水、吟风弄月、饮酒赋诗、垂钓溪鱼、修道炼丹……该是一幅幅多么优哉游哉的画面啊！难怪李白叹道“欲去不得去，薄游成久游”！而他的到来，给池州山水蒙上了一层神圣而又神秘的色彩。更有诗仙李白的诗朋好友和热情好客的池州人民，在秋浦河和清溪河两岸，留下了他们相互搀扶的身影、抑扬顿挫的诗歌唱和、深邃玄奥的道家禅语，使得李白五游秋浦，三上九华山。其间，他有时泛舟平天湖，有时蛰居里山苦竹岭，有时垂钓清溪河畔，有时炼丹六峰山百炉庄，有时徘徊往复桃坡，有时寻访大楼山坐而论道，有时玉镜潭宴别友人，有时夜宿虾湖，有时长啸白笴陂……他会友石门桃花坞，联唱九华山，留下游踪仙迹。

诗人的咏唱，使这里成为唐诗之路的精华段；这些青山秀水、村落古寺，无处不弥漫着天然的韵律，无处不镂刻着诗意的印痕，也成了名闻江南的名胜景观，而历世的文人墨客仰慕池州山水，求贤仿古者纷至沓来。一代一代，后踵前迹，慕名池州，造访池州，观光池州，流寓池州，或登山啸咏，或临水高歌，或隐居沉吟，或出仕致政……留下无数仙踪圣迹、佳篇秀句，使池州得以被冠为“千载诗人地”。千百年来，池州数百里山秀林茂，河急溪深水碧，时有文人雅士轻摇小舟于碧波粼粼的秋浦清溪之上，徒步穿行于峰峦叠翠之中，徘徊往复，或歌或吟，真是一种难得的文化景观。宋代曹清在《秋浦行》中写道：“秋浦四时秋，行行荡我魄。崎岖度清浅，幽岚花气袭。黄山岭上云，白笴陂中月。水发秋浦源，山结秋浦脉。剩有垂钓矶，携樽呼太白。

徘徊复何往？移情此朝文。”元朝曹天佑在《秋浦宛似潇湘洞庭图》中也说：“李白昔爱秋浦县，万里长江看匹练。何年写作秋浦图，一幅烟云三丈绢……欲借浦图一观看，江南江北云茫茫。”清代黄景仁在《秋浦怀李白》中亦云：“为爱池鱼美，停车又几时。如何我行处？每见尔题诗。花发清溪馆，苔荒苦竹祠。青天明月在，何处不相思。”真是“踏遍池州皆如画，行尽江南都是诗”。

穿过千年的时空回望，感受当时诗人们的心境，的确有些沧桑和渺茫。唐宋以来，杜牧、张祜、杜荀鹤、张乔、罗隐、伍乔、苏舜钦、苏轼、司马光、王安石、包拯、梅尧臣、滕宗谅、杨万里、朱熹、陆游、岳飞、李清照、王十朋、文天祥、萨都剌、贡奎、汤显祖、吴敬梓、史可法、姚鼐等历代名人名家的脚印在岁月的风雨中被清晰地烙印下来。而今齐石路上的平天湖、苦竹岭、清溪河、万罗山、百炉庄、桃坡、玉镜潭、虾湖、黄山岭、秋浦河、白笥陂、桃花坞、石门高等，这些蕴含着深厚文化的地名被铭刻在历史和现实中，给予后者许多阐析和无言提示。英国诗人库珀曾言：人造的城市，神造的乡村。即将全线贯通的省道齐山至石门高的公路，将池州城市与千年古村联结起来，将名山名水相融相伴的名人名作串联起来，形成了池州诗文化的聚集效应，实现了自然景观与人文景观的珠联璧合，一个以江南山水画为依托、以池州诗文化为底蕴的旅游景观呼之欲出，鲜活地打造出一条唐诗之路，推出独特的唐诗之旅精品线路。只是这条线路，仅有万罗山景区正处于依托可视型资源开发阶段，非物质文化资源还没有找到深度开发的表现载体。作为现代池州人必须充分了解、把握池州诗文化的内涵和实质，很有必要将唐宋以来的诗摹刻于溪水山石上，凸现出江南山水画与池州诗文化的特色。我们要努力挖掘内在的、隐性的、意识形态层面的风情艺术等珍贵的诗文化遗存，积极探索，将固态、静态、平面的诗文化旅游产品打造成动态、鲜活、立体、充满生活情趣的新产品，使之“所至存古迹，千载名逾传”，传达齐石路“与山为友，青山永存；与人为善，绿水长流；与诗共生，诗意栖居；与文共存，重温古典”的意境。

今日穿梭于齐石路，仿佛穿越了时光隧道，从现代城市的繁华融入千年古村的幽秘，那忽变的城乡街景，令人深悟到历史的厚重和岁月的沧桑；而一路牧歌式的田园风光，一路散发诗文化的古典幽香，让人饱览山水和重温古典，仿佛是在欣赏一幅幅动态的、鲜活妙绝的国画。我们必将找到“诗意般的栖息地”。

（原载 2008 年 11 月 9 日《池州日报》）

作者简介

吴淞，1966 年生，籍贯安徽贵池。现为中华诗词学会会员、安徽省作家协会会员。自 2001 年起，断断续续在报刊上发表散文、诗歌 200 余篇（首）。《秋浦歌十九首》获“美丽池州”散文诗歌有奖征文诗歌类一等奖。

花台归来不看花

——游九华山花台景区

两游黄山的明代旅行家、地理学家徐霞客曾经感慨地说："五岳归来不看山，黄山归来不看岳。"到过九寨沟的现代旅行者也大多会感慨地说："九寨归来不看水。"从九华山花台景区归来的我却忍不住感慨地说："花台归来不看花。"

近在咫尺的九华山虽然为首批国家重点风景名胜区和国家 AAAAA 级旅游景区，近几年因为佛教兴盛、香火日盛而名扬海内外，慕名而来的商客、政客、香客与日俱增，而我却很少上山，也很少有上山的冲动，可能是不太适应山上那种香烟缭绕、人头攒动的喧嚣和繁杂吧。关于九华山的风景名胜，我想除了月身宝殿、百岁宫等外，一般人知道最多的也就是凤凰松了。在看到花台景区的风景图片之前，我一直认为九华山除了寺庙还是寺庙，并没有什么值得一看的自然景观。对向来只观景、不烧香的我来说，九华山也并没有什么太大的魅力可言。去年的 5 月间，一个在九华山工作的高中同学从网上发来几张花台景区的图片，让我想不到的是，庙宇林立、人声鼎沸的九华山，在山的那一边，竟然有这样一个幽静的去处，一个隐匿了千年的世外桃源。看过图片之后，我立马产生一种上山的强烈冲动，不是想到前山参神拜佛，而是想去花台观景看花，想一睹那里的奇峰怪石和高山杜鹃，无奈当时已是 5 月下旬，同学说山上的杜鹃已经繁华落尽，最好等到明年花开时再来。

一年之后，山上的同学如期打来电话，说花台的杜鹃已经开了。于是，我迫不及待地约上几个同学，于5 月 5 日（立夏）上午赶赴九华山花台景区，一道走进那"天街花市"，踏上梦幻之旅。"人间四月芳菲尽，山寺桃花始盛开"，虽然已是农历四月十五，但是海拔 1000 多米的花台景区依然如阳春三月，深红、浅红、浓紫、淡紫、鹅黄、粉白……各色杜鹃竞相绽放。有的开在浓密的树林里，隐隐约约，如含羞的村姑；有的开在石级的护栏边，热热闹闹，如调皮的孩童；有的开在远方的绝壁之上，可望而不可即，如天外的仙子；有的开在农家的房前屋后，触手可及，如园中的禾蔬……花岗岩铺就的台阶，或爬上山脊或深入林间，有时高高地通向峰顶，有时直直地下到谷底，有时曲径通幽，有时豁然开朗，有时弯弯曲曲不知通向何方，有时绕来绕去又回到原地……从大花台到小花台，游走在蜿蜒起伏的台阶，如行进在通天的阶梯上，偶尔透过树木之间的缝隙，却突然发现脚下已是万丈深渊，倚在护栏之上，看远方群峰竞秀，山花烂漫，恍惚已走上南天门，进入灵霄殿，透过云层俯视人间。

大花台、小花台是花台景区的精华所在，行走其间，仿佛徜徉在花的长廊，有时一枝独秀，难免我见犹怜，有时花团锦簇，感觉富贵逼人；宛若遨游于花的海洋，有时风平浪静，可以优哉游哉，有时惊涛骇浪，感觉气势惊人。那满山、满眼的杜鹃，如百岁宫上的罗汉堂，五百罗汉或坐或卧，姿势、神态虽千差万别却又各具神韵；又如春节晚会上的开场歌舞，五十六个民族的兄弟姐妹载歌载舞，服装、动作虽千姿百态却又和谐统一。

“山阴道上，目不暇接”，一边走，一边看，呼吸着新鲜的空气，享受着视觉的盛宴，尝试着运动的快乐，很快就忘记了导游“走路不观景、观景不走路”的提示，以至于一路上赏心悦目，也是一路上惊心动魄。两个女同学曾经先后双膝跪地，差点滚下山崖，有人开玩笑地问：“你们这么虔诚，是拜佛还是敬花?”我说应该是敬花，为天台的高山杜鹃而倾倒，这大概就是所谓的“惊艳”吧？我想，花台的杜鹃是值得我们去敬的，它们是那样的清新脱俗，如云端的仙子，没有一丝人间的烟火气和世俗的脂粉味。

上大花台、过小花台，从一条人迹罕至的小道下山至闵园，其间有地藏晒靴、天门石、罗汉峰、定海神针、地藏佛陀和一些不知名的奇峰怪石。怪石之间，峭壁之上，依然可见一树或几树杜鹃，或如醉酒的杨玉环，轻歌曼舞；或如思乡的王昭君，默然独立。在陡峭、狭窄的山道上上下下，步行了五个多小时，少了熙熙攘攘的香客，我们也就可以不必摩肩接踵，一路上细观美景，静听天籁，虽然汗流浃背、腰酸腿痛，依然是欢声笑语洒满山道，响彻林间。

“花台，九华山最美的地方”，景区门口的广告词道出了我心中的真实感受。回家路上，回望花台，心想，也许明年我还会再来，也许会有更多人不约而同来花台看花，感受不一样的九华山。

（原载2016年5月7日《精神文明报》）

江南的雪

“杏花春雨江南”，千百年来，雨似乎已成为江南的标志，是江南风景画里浓墨重彩的一笔。其实，不只是春天，四季的江南，大多是斜风细雨的日子。因为雨，江南的一切总是给人一种湿漉漉的感觉，那描写江南雨景的诗词亦如那密集的雨丝，谁都细数不清。戴望舒因《雨巷》而成为名噪一时的“雨巷诗人”，而江南的雨也因此缠绵几多年少的情思，牵引多少追寻的脚步。可是于我，于所有的江南人而言，我想最能让人目光为之一亮、心神为之一振，不觉手之舞之、足之蹈之的，却不是这温润或清冷的雨滴，而是那来去匆匆、飘忽若梦的飞雪。“江南的雪，可是滋润美艳之至了”，它是雨的化身、雨的精魂、雨的雕塑、雨的花朵。当那鬼斧神工、晶莹剔透的六边形，一种精雕细琢的美丽，如三月柳絮般纷纷扬扬从空中飘落，落在你的发梢、你的面颊、你的衣襟时，你会是一种怎样的惊喜，怎样地在心底欢呼雀跃起来？每当这时，内向的我总是在沉默里激动，在激动中想起什么。唐诗宋词在脑海中飞快地掠过之后，却莫名其妙地想起古龙，想起西门吹雪，想起叶孤城那一招令人目眩神迷的“天外飞仙”。

江南的雪与塞北的雪是截然不同的。一提到雪，人们大多会想起毛泽东的《沁园春·雪》，陶醉于“山舞银蛇，原驰蜡象，欲与天公试比高”那种气势磅礴的壮丽之美；或许也会有人如我一样想起《水浒传》“那雪正下得紧”（《林教头风雪山神庙》），想到“燕山雪花大如席”，想到“北风卷地百草折，胡天八月即飞雪。忽如一夜春风来，千树万树梨花开”。但是，这些都是北国的风光、北方的雪。北方的雪总是急不可待、风风火火，一如粗犷豪放、不拘小节的北方汉子，撞开你家大门，坐上你家炕头，甚至醉在你家，赖着不走。而江南的雪，是羞怯的，羞怯如江南的少女，习惯在远方轻轻地向你招手，让你等待，给你遐想，蒙着轻纱的面庞始终是一种朦胧的诱惑。它是调皮的，调皮如《聊斋》里的狐仙，从不遵守约会的时间，害你多少个夜晚在窗前守候，在酒中沉溺，让你和残月一样憔悴，与梅花一道叹息；它是来去匆匆的，匆匆如巫山的神女，从不作太久的停留，只留下深深的念想；

它更是轻盈和亲切的，甚至是温暖的，当它那洁白的裙衫从青砖黛瓦上悄然滑落，便在瞬间掩埋了整个冬季的单调、萧瑟、寂寞和冷峻。

因地理的差距、气候的不同，人对于雪的感情也是相去甚远的。在我国南方人看来，雪是遥远而又陌生的，如现代人之于西施、貂蝉，只是一种传说中的美丽，却不会有朝思暮想的眷恋。在我国北方人看来，雪是司空见惯而后熟视无睹的，甚至是嫌弃的。只有在江南，在“还乡须断肠”的江南，雪是若即若离、似梦似真的，如初恋的情人。那是一种如昙花般极易错过的美丽，但人们往往不懂得去珍惜。记得那年冬天，夜半醒来，推窗而望，户外一片银白，心中暗喜：相册里终于可以增添一些雪景了。可是第二天醒来时，已是日上三竿，日晒雪消了。江南的雪就是这样，带给你短暂的幸福，却留给你太多的感伤。

尽管江南的雪总是姗姗来迟，“千呼万唤始出来，犹抱琵琶半遮面”，但在古时、儿时的江南，它又是热情大方的。也许就在某个单调的午后或不眠的夜晚，它轻轻地走来，走进多梦的江南，从此凝聚在文人墨客的笔端，珍藏于黄发垂髫的记忆。古代江南的雪，我们虽不能亲见，但可从《湖心亭看雪》一文中尽情领略。“天与云、与山、与水，上下一白”，西湖的雪景至今让我心驰神往，多少次也想仿效明朝的张岱做一回“痴人”。旧时的江南，雪在鲁迅笔下是“隐约着的青春的消息，是极壮健的处子的皮肤”。儿时的江南，雪也是常有的，并给予我童年许多的欢乐，堆雪人、打雪仗、在雪地里追逐小动物的情景至今仍在梦里浮现。

今日的江南，雪又会是怎样的呢？已是“三九”的第五天了，上班经过烟柳园公园，却见河边杨柳依依，细长的柳叶虽然稀疏了一些，但依然浅浅地绿着，方才想起，雨雪霏霏的江南我没有见它确有很长一段时间了。记得前年的冬天，曾在贺年卡上给朋友写过一段小诗：期待，漫天风雪的夜晚，心情如梅花一般绽放。梅花是薄情的，无雪的日子，依旧在山间随意而独自地开落，遗憾的是我的心情却不能与之为伴。

这些年来，随着全球气候的变暖，江南的天空里，雪的优美舞姿已离我们越去越远，数年难得一见了。也许若干年后，江南就不再是雪的舞台，江南的雪也会如敦煌的飞天造型，成为一种画中的风景。我们都还有童年的记忆去回味，可是后来的人呢？我不敢想。

江南，今年的冬季还会有雪吗？“瑞雪兆丰年”，我想，在等待、在期盼、在幻想的不只是我一个人吧？

（原载2004年1月28日《池州日报》、2006年第3期《大九华》）

我是一只毛毛虫

一只毛毛虫，丑陋的毛毛虫，笨拙地、缓慢地、悄无声息地在春天里爬行，从一片树叶到另一片树叶；一只蝴蝶，美丽的蝴蝶，轻盈地、优雅地振动双翅在春风里翩翩起舞，从一朵鲜花到另一朵鲜花。在我眼前同时展现的是两幅截然不同的画面，让我记起在安徽农学院读书时从昆虫学课本上学到的知识，但我仍然无法把两者很自然地联系到一起，尽管美丽的蝴蝶就是从丑陋的毛毛虫变来的。虽然我也知道从毛毛虫到蝴蝶，从丑陋到美丽，并不是精彩的瞬间，而是一个很漫长、很艰辛的演变过程，不是匆匆一瞥或小立片刻就能轻易感受到的，可是我仍然在公园的那棵小树旁站立了很久，想看一看那种令人遐想、惊奇、兴奋的演变过程，就像小时候在老屋的墙角下看蚂蚁搬家、在池塘边水草丛中看蝌蚪游泳一样。

春天的太阳暖暖的，如温泉里的水，在那些青葱的树叶间和粉红的花瓣上缓缓地流动着。毛毛虫还在拼命啃噬着树叶，发出细微的沙沙声。蝴蝶款款地飞走了，却不知飞去什么地方。

一阵微风拂面而来，有片片飞絮在眼前飘过，如那年冬天的雪花。蓦然想起那些下雪的日子，树叶早已在某个秋日的黄昏枯黄、凋落，毛毛虫会在什么地方，在干些什么呢？心绪也随着漫天的柳絮漫无目的地飞舞起来。记得去年下雪的时候，呵着冻得通红的双手，我在键盘上轻轻地敲打着，看着光标如毛毛虫一样在文档里缓缓地移动。如今，油菜花已然稀稀落落，布谷鸟的叫声在广袤的田野上此起彼伏，我却依然低着头在键盘上胡乱地敲击着。看到那只孤独、寂寞、缓缓爬行的毛毛虫，我突然觉得它有点像自己。

在人生的道路上浑浑噩噩地走着，我虽然有时觉得自己像《动物世界》里的某种动物，却从来没有认真地思考过自己究竟像什么动物。身材像肥猪、走路似企鹅、贪吃胜馋猫、懒惰如狗熊……也许这些都只能作为外在的、片面的一种自嘲，却不能十分贴切地勾勒出由于处境、经历和心态产生的那种微妙的自我感觉，因此一直难以给自己画一幅神似的自画像。前些日子，文友相聚小酌，席间有人谈起写作体会，于是众说纷纭。诗人吴昭元先生把时下从事文学创作的人比作毛毛虫，似乎一语惊人，引起在座大小“作家”们交头接耳、感慨万千。这一席话也使我在觥筹交错中猛然想起，尽管我不是什么作家，但我的自画像也许，或者说应该就是一只毛毛虫。环顾四周，只见众人纷纷附和，有人说笔耕不辍就是吐丝作蛹，有人说结集出版就是化蛹成蝶，这又使我觉得自己只是一只懒惰成性、前途渺茫的毛毛虫，在一群勤奋的毛毛虫和美丽的蝴蝶当中，因鸡立鹤群而自惭形秽。

也许不仅仅是从事文学创作的人，大多数在平凡岗位上埋头工作的人们都是毛毛虫，默默无闻地向前爬行着，虽然现在看起来是那么的平凡，甚至是渺小、卑微，但只要不懈努力，不言放弃，都会有化蛹成蝶的时刻和展示自己的舞台。

好多时候，在喧闹、浮躁、纷乱中安静、沉静、冷静下来的时候，我感觉自己真的就是一只毛毛虫，一只丑陋的、卑微的、默默无闻的毛毛虫，没有人注意，也没有人在意。虽然那些早先关于“鸿鹄”“鲲鹏”“雄鹰”等的理想与憧憬早已随风飘远、模糊不清，那种“海阔凭鱼跃，天高任鸟飞”的壮志豪情也渐渐地转移到对下一代的教育和训导上，却一直不敢放弃作为一只毛毛虫的本能和初衷，依然挪动着笨拙的身体，蠕蠕前行，在一片片树叶中汲取营养，希望有一天也能变成一只蝴蝶，美丽不美丽无所谓，只要能拥有一双自由飞翔的翅膀去感受飞舞的愉悦。

诗人说鲜花是蝴蝶的舞台，学者说蝴蝶是毛毛虫的未来，我说毛毛虫就是毛毛虫，它有它自己的舞台。我是一只毛毛虫，也许永远不能变成一只美丽的蝴蝶，在春风里翩翩起舞，在花蕊里吮吸甘露，但我仍然可以做一只快乐的毛毛虫，在叶片上孤独行走，在四季里浅吟低唱。

我是一只毛毛虫，虽然春天已离我远去，但我想只要心中有阳光，四季都会有鲜花盛开。在初夏午后的闷热中遐想，我遐想着自己在开满鲜花的原野上，双翅振动，两腋生风……

（原载2006年5月18日《池州日报》）

留存人生的美好

白天，躺在床上看电视，在《新闻直播间》里看钱塘江大潮，不由自主地记起柳永《望海潮》里的句子，“云树绕堤沙，怒涛卷霜雪，天堑无涯”；

接着又记起《鲁智深浙江坐化》的片段，“是夜月白风清，水天共碧，二人正在僧房里，睡至半夜，忽听得江上潮声雷响”。晚上，我站在阳台上看齐山，看齐山顶上那一轮满月，情不自禁地想到朱自清的《荷塘月色》：“一个人在这苍茫的月下，什么都可以想，什么都可以不想，便觉是个自由的人。”接着又想到苏东坡的《记承天寺夜游》：“何夜无月？何处无竹柏？但少闲人如吾两人者耳。”电视里的潮水，阳台上的月光，本如隔夜的残羹冷炙，却因偶尔记起的文学作品中的片言只语而变得鲜活有味起来。这或许就是文学的妙处，使你身处斗室却可以神游万里，俗务缠身却可以穿越古今。美好的一切，即使是遥远的、古老的，也会如魔法般瞬间出现在你的脑海里，让你感同身受，回味悠长，或者激动不已。

今天，柳永、苏东坡、施耐庵、朱自清等，这些文学达人都早已化为历史的尘埃。他们笔下所描写的景物或许尚有部分留存，或许已经荡然无存，而其所见所闻、所思所想，却流露于笔端，凝结于纸上，辗转于坊间，流传于后世，即使相隔百年千年，相去千里万里，却仍如一幅幅色彩鲜明的油画，栩栩如生地展现在我们的眼前。忘记了是谁，曾说过这样一句话：唯有文字可使我们留些痕迹在人间。也许正是有了《木兰辞》《孔雀东南飞》这样优美的叙事诗，才使我们仍然能如亲身经历般地感受花木兰替父从军的传奇和刘兰芝为情殉身的悲剧。那些优美的篇章，字里行间流露出的情景和情感，仍然如闪烁的星光，点亮今夜的天空。其实，每个地方都会有一些美丽的风景，每个年代都会有一些美好的故事，也正是因为有那些正史、野史和章回小说，那些诗词、游记和山水画卷，才不至于使这些风景和故事因时过境迁而烟消云散，才使得我们在千百年后、千里之外仍然可以感受到当时、当地的山川秀色和人物风流。同样，我们每个人以及每个人的一生，从达官显贵到贩夫走卒，从阳春白雪到下里巴人，从豆蔻年华到桑榆晚景，从背井离乡到叶落归根，都会有一些不能忘却的往事。无论是不堪回首的糗事、无人能懂的心事，还是耐人寻味的趣事、倍感自豪的快事，都像一壶老酒，在时间里慢慢酝酿出甘醇的滋味。虽然我们大多数人都只能是平凡的人，但平凡的人也会有不平凡的经历和感受（即使是自命不凡）；虽然我们不企求自己的故事能流芳百世、名垂青史，但我们总希望能留存些什么，给自己，给亲人，给那些关心我们的人。

什么能留存生命中的美好？周国平在《活着写作是多么美好》中说：除了艺术，没有什么能把美好留住，除了作品，没有什么能把灵感留住。是的，只有艺术，如文学、音乐、绘画、雕塑、建筑、影视、戏剧、舞蹈等，才能使美好的一切留存于世间。是曹植的《洛神赋》留存了洛水女神凌波微步、罗袜生尘的绰约丰姿；是约翰·施特劳斯的《蓝色多瑙河》留存了多瑙河那一湾醉人的澄澈与湛蓝；是张择端的《清明上河图》留存了北宋都城汴梁千年前的喧闹与繁华；是米开朗琪罗的《大卫》留存了一位正义战士以色列大卫王的无畏勇气与力量……是文学艺术留存了历史、自然和人生的精彩瞬间，使我们得以穿越时空，如亲身经历般地感受古今中外那些美丽画面和动人故事。

“逝者如斯”，人世间一切美丽的事物和美好的感受，皆如白云苍狗般瞬间即逝，谁能留存昨日的美丽？谁能重复当初的美好？人生不能像放电影一样千百遍地从头再现，记忆也将随着身体的衰老而逐渐减退，直到完全消失，唯有艺术可以帮助我们，留存人生中一些精彩片段和美好瞬间，稍微弥补一下我们内心那种渴望永久的遗憾。如有可能，我们都愿意把人生所有的美好片段用艺术形式留存下来，把春花秋月、青山绿水留在摄影摄像里，把天涯萍踪、悠然我思留在空间日志里，把朝霞与夕阳的色彩涂满画布和宣纸，把春雨和山溪谱成乐章和旋律。当我们垂垂老矣，步入桑榆晚景的时候，就可以像闲卧在夕阳里的老牛那样，反刍着清晨挂满露珠的青草，回味一天的酸甜苦辣，清晰或模糊地记起那已经悄然流逝的美好时光。翻一翻已经发黄发霉的相片；念一念曾经语无伦次的情书；整理一下已经发表或没有发表的散文；浏览一下空间里的或长或短的日记，回忆人生旅途中那些洒满阳光的日子和开满鲜花的山坡：用艺术这根金线，把美好的一切串连成水晶般闪亮的珠链，献给自己，让自己能够在窃笑里，从容地走完那其实并不是太美好的人生旅程。

虽然所有的艺术都能留存人生的一些美好，但大部分的艺术形式，却只能描摹事物的外在，如绘画、雕塑、摄影等，能描摹泪水的闪烁和表情的忧伤，却无法刻画情感的驿动和心湖的涟漪。唯有写作，方能如绣花姑娘的巧手，把我们丰富的思想、复杂的情感，一针一线、一丝一缕密密麻麻地编织，编织成一幅复杂而绚丽的图案。正如费特在诗中所言：“这片树叶虽已枯黄凋落，但是将在诗歌中发出永恒的金光。”美好的日子就是一片片树叶，一片片地生长又一片片地枯黄、飘落。也许落叶太多，我们无法全部收集和留存，只好任其在秋风中飞舞，带走无数欲说还休的遗憾，但幸运的是我们还可以写作，可以通过诗歌、散文等文学的“坛坛罐罐”来收集一些落叶，留存一些美好。

人生有一些非常美好的瞬间，为了使它们永存，活着写作是多么的美好！让我们赶快拿起纸笔或敲起键盘，从现在开始，记下我们短暂而复杂的人生中那些美好的一切：那些稍纵即逝的对宇宙、自然、人生的感悟，那些莫可名状的对亲情、友情、爱情的感动，那些电光石火般对瞬间、片段、细节的感受。轻轻拾掇起人生岁月里那些随风飘飞的树叶，让枯黄凋零的落叶在诗歌、散文、戏剧和小说里发出永恒的金光，让一个个悄无声息、偷偷溜走的日子在我们的一笔一画、一敲一击里留存更多的美好印记。

是啊！留存人生的美好是人生多么美好的事。

（原载 2015 年 6 月号《东方青年》）

作者简介

陈莉，笔名：曾经，籍贯安徽合肥。1992 年 2 月加入池州地区作家协会。现为贵池区作家协会副主席、安徽省诗词协会常务理事、池州市杏花村诗社副社长、池州市秋浦诗社社长。自 1986 年起，陆陆续续在报刊上发表童话、散文、散文诗、诗歌等 500 余篇（首）。

凤凰山下相思树

每种相思都会有一段凄美的爱情，无一例外。只是你，将原本可望而不可即的相思，延长了枝蔓。让爱牵引，相互倾斜，终将相思河两岸的枫杨树合体成相思树。这时的你，已将相思演绎成了相守、相伴。

是不是每个痴情的人在年轻时都会遇见一个没办法在一起的人，只有到最后生死契阔，或化作枫杨树，或幻作蝴蝶飞，才能成就一段凄美的爱情传说？

当游人驻足相思感慨唏嘘时，能听到你风中的叹息吗？

当游人将相守作为背景时，定格的才是你深藏的心意。

（原载 2015 年 5 月 16 日《铜陵日报》、2015 年第 2 期《铜陵文学》）

牡丹仙子

就在你去相思河两岸种枫杨树时，错过了那个等你的他。你，不甘心就这样擦肩而过，于是，扎根凤凰山下，以端庄秀雅、国色天香的仪态，开始了一场亘古的等待。

时过境迁，一晃千年。在每年春暖的时节，你都用尽全力绽放，将心绪吐出花蕊，将祈盼溢成花香，在游人如织的缝隙，细细寻觅，在他曾经来往的方向。

花期短暂，转眼过往。思念漫长，岁月沧桑。每场繁华过后，留给你的依然是满怀惆怅。你，孤单地守候着下一个春暖花开，一任光阴荏苒。年华深处，无望的距离是：不知他是否仍把你想念，还是已把你遗忘。

（原载 2015 年 5 月 16 日《铜陵日报》、2015 年第 2 期《铜陵文学》）

四月的纪念

多雨的四月因为清明成了一个伤感的时节，今年的四月又因为您的离世成了我难以翻越的日历。虽说您已过 80 岁高龄，安详地走完您忙碌的一生，但受您照顾多年的我，从此又少了一位疼爱的长辈，那份未尽的报答化为痛楚印在心底挥之不去。

我敬重地称您为伯伯，其实既无血缘，又非同宗，仅是因为晚辈间一段青涩的故事，长我近 40 岁的您将我视为己出。即便在晚辈少不更事地辜负父母期望，结束那段故事后，您仍以北方人的厚道宽容着年轻人的幼稚，对我不计前因，关爱有加，认做了干女儿，从此便延续着一段父女情缘。二十多年来，我承受着您的父爱，您成了我努力工作、善待生活的力量源泉。您早年为了工作需要，告别了故乡热土，举家迁徙来到江南。这一来您就将青春、智慧、汗水，甚至这一生都献给了这第二故乡，但老家仍有许多割舍不下的乡情和离愁。您眷恋着一脉相承的血缘，文化水平不高的您操心着修缮家谱；每年不畏疲劳地往返探亲，我理解您在 80 岁之年仍回老家 3 趟，那是在告别那方回不去的故土。灵秀的江南没有同化您北方的粗犷，您浓郁的乡音、黝黑的肤色、豪爽的性格、朴实的为人都是您不变的底色。您经历了许多，在您的回忆叙述中沉淀了多少艰难困苦的岁月，那一张张发黄的照片浓缩的是您一段段不平凡的历史。您默守着内心的遗憾，忍受着胃病的折磨，给人的印象却是达观的、爱说笑的，总让周围人感到一份热闹。您古道热肠，即便在退休之后，还发挥余热，将一技之长用于亲朋好友的新居装潢。您爱生活，习武弄剑，义务传道授业；婚介红媒，热心牵桥搭线；侍弄花草，栽培堂前屋后，让人感觉您的生活就像您蒸的那一屉屉的馍，热气腾腾，温暖着周围的人。我感动于您脑海中有许多特殊的日子，却还将我一家三口的生日记挂在心上。人到中年，还能收到父辈定制的生日蛋糕，该是一种怎样的福份！

尤其在家父离世的这十年里，您对我更是怜惜疼爱。每每从北方带回特产，或是做了家乡的面食，您全然不顾年迈亲自送来，让我感到家的温暖，也让知情的邻居羡慕不已。然而，由于工作繁忙抑或其他原因，我不能堂前侍奉，膝下承欢，甚至在您的生日或全家团聚的节日里，都不能到场敬酒一杯，这成了我心中永远的遗憾。我是个爱写字的人，闲谈中也曾说过帮您记录一些回忆，但苦于没有完整的时间与您相处、听您叙述，总觉得以后会有机会的。没想到今天第一次写您，怀念竟成了主题，心里盛有太多的泪水，流到笔尖竟枯涩了。您带着遗憾走了，我怀着歉疚思念着——在您最后的路上仍没去送您一程。民间有风俗，在父亲去世后的“五七”里，由女儿祭奠。我会遵守风俗，带着这篇文章和您喜欢的鲜花去看您，还想轻轻地告诉您，如果有来世，我希望有缘做您的晚辈，好报答今世未尽的情分。

（原载 2007 年 4 月 28 日《池州日报》）

我是“车主”

初次看到这个称谓，是购车后 4S 店发来的信息，称我为“亲爱的车主”，我不以为然。再之后去 4S 店做保养，被工作人员也是“车主、车主”地叫着，恍惚间不以为是喊我。

小心如我，开车从不超速，总爱等红灯，与前车也会保留一段安全距离，平安无事并没找到车主感觉。直到一次，我去路边店里取窗帘，将车停在了已停有一排车的路边，几分钟回车边，车就被贴上“违法停车告知单”。原来买了这车，我就得为与这车有关的所有事情负责，可不就成了车主吗？我立马找到了责任感，愈发谨慎了。如此相安无恙过了两年，又偶发一事，关于车主。那日，外出开会，会后顺带一位入职不久的小同事，行至目的地附近，打了右拐方向灯，并缓慢靠边停了车，后排的小同事也慢慢打开右车门准备下车。只听“咣”一声，我顿感不好，立马下车查看。原来，一位家长接孩子放学，骑电瓶车从右后边突然插过来，想抢着从里边挤过去，不料被车门碰到。我赶紧道歉查看他们有无伤情，所幸开门较慢，碰得也轻，看不到什么外伤，车子也无损。但我不放心，反复让她去医院检查。她说没感到哪里不舒服，看看今晚情况，明天再说。但毕竟事发突然，受了惊吓，她言语有些生气。我那位小同事更是吓得张皇失措，红着脸一个劲赔礼，并说赔偿损失。我又连忙回车上，拿出钱包和名片，将写有单位、姓名、地址、号码等诸多信息的名片递给家长，反复强调我是车主，一切责任由我负责，并让她打响我的电话，记下号码，明天去医院检查时打我电话，我去陪同。本想再拿些钱给她，但又恐她拿了钱就不想或不好意思再找我陪着检查了；同时，又顾虑小同事在场心里正过意不去，要跟我争着付钱，所以就没有拿出来了。出了这事，心里其实还是有些担忧的：母子晚上回家是否安好？但看到小同事心有余悸的神情，我便故作轻松，以宽慰涉世未深的她。我一夜手机未关，生怕漏掉电话；次日一整天都在守候，接了许多陌生电话，却无一人是她，便非常后悔当时大意没问她的姓名、孩子在读几年级几班，一心以为她会主动打电话给我，现在却无从联系。下班时，我接到小同事电话，她与我一样牵挂这对母子，还是表达着她要赔偿负责的意思。我解释，我是车主，责任在我。在歉疚中又过了两天，仍无音信。她有我的联系方式，两天没找，应该是没什么大碍。我在为她庆幸的同时，心里十分过意不去，无论如何，我都要去看望慰问一下才好。早知这样，那天应多拿些钱买些营养品为她压惊，也作为我们的心意。我那小同事还是不放心，又怕我有什么事不告诉她，再次发来邮件写到后续有问题一定要和她说。通过此事，我自觉车主的责任更大了，但更多的感慨是：小同事的善良、真诚与担当，那位家长的宽厚、仁慈与达理，都让我心生敬意。相信在这样的家长言传身教下，孩子也会善良宽容。我只有在心里为这位家长祝福，愿她全家幸福安康，孩子学业进步、快乐成长。这件事就这样大事化小、小事化无了。

无独有偶，再生一事，又关车主。一个深秋的雨夜，我一个人在家正赶写一份材料，手机进来一个陌生电话，我犹犹豫豫地接了，一个年轻男子的声音，开头就问我是不是某某车牌号的车主，我一听，怎么又是和车有关，连忙答是。他说他倒车不小心碰到我停在车位上的车了，他按我车窗里停车卡上留下的手机号找到我，想让我去看看车子，是否要修理或赔偿。我问情况是否严重，如不严重就算了。因我们小区停车位不够，我的车都停在小区外较远的停车位，深夜下雨，我一个人也不想跑，还在赶着材料。他说不太严重，但还是希望我去当面看看，他才安心，并要来小区里接我，我只好出门。坐在车里，小伙连连道歉，说家里出了点事，心情不好，倒车时急了点，他的车头撞上了我的车尾，他的车损坏得重些，明天要去4S店修。我的车要轻些，如果要他修，他就明天一起修，如我想自己修，到时找他报销费用也行。到了停车场，我看了一下，确实不严重，只是擦掉了些油漆。我就说，没事儿，不用修了。小伙子反复强调，如果我以后要修，再找他，并让我将刚才的号码存起来，如有问题随时联系他。送我回小区的路上，看他心事重重，我就宽慰他："没事儿，其实碰擦不重，现场没人也没摄像头，你家里又有急事，可以不打我电话的。"他认真地说："出了事情，我是车主，应该负责的，如果不打电话，不请您现场看，我心里会不安。"看他这个年龄，不知家里出的什么事，我也不便问。但我想，如果是长辈的身体欠安，有这样懂事负责的晚辈，也会多少得到福报；如果是感情失意，有他这样诚实善良有担当的品质，定会遇到更好的姑娘。如此祝福他，也祝福一切有担当的车主。又一年多过去了，他的手机号我一直未删除，并不是找他修车，而是偶尔翻到这个以"尾数663车"储存的号码时，我会感到一种温暖和从善如流的传递。如果这位车主碰巧读到这篇文字，请你放心，车子没修，一切很好，我也不会打你电话。我想，对于车主，可能没有消息，就是最好的消息。

（原载2017年第1期《杏花村》）

作者简介

谢海龙，贵池区作家协会副主席，安徽省作家协会会员，供职于池州市贵池区委宣传部，在《新安晚报》《安徽商报》《安徽人大宣传》《大九华》《杏花村》《池州日报》《池州文化》等刊物上发表散文、报告文学等诸多作品。因长期从事宣传工作，奔走基层一线，陆续采写新闻通讯稿件数百篇，曾获“贵池区文艺先进工作者”称号。

快乐单车　美在池州

池州山美，水美。浩瀚缥缈的平天湖，景色迷人。天气晴好时，常常可见骑行锻炼的人潮。男士们戴头盔、着彩装，女士们秀发舞动，行进中尽显健美身姿。大家骑行时前身伏在车上，不停踩动着飞轮，疾驰而行，活力四射。

兴之所至，心之所安，我与朋友也各自挑了辆漂亮的山地车，加入了单车骑行大军之中。穿行在平天湖岸，最喜天高云淡之日，蔚蓝的天空将蔚蓝的湖面映衬得分外迷人，湖水一望无边、清澈如镜，湖边树木葱茏、翠竹挺拔。

早上，初升的朝阳将晨辉洒向湖面，折射出一道道粼粼波光。空气格外清新，迎面扑来，于深呼吸中沁人心肺。风起时，波涛汹涌，激荡的湖水“哗哗”地拍打着堤岸，壮观至极，我不由心生感叹。

沿着绵延十余公里的环湖路骑行，绿树青草相伴左右，散发出淡雅的芳草暗香，草丛中道不出名的小花，如一只只翩翩飞舞的彩蝶。鸟儿们自由飞翔着，布谷、画眉清脆的鸣叫声不时传来。眼观一路美景，耳听天籁之音，心情不由释然。环湖道两侧的环境优美，有梅园、桂园、桃园和水云涧、桃花岛等景观，亭阁点缀其间，各类树木繁多，令游人赏心悦目。五层仿唐代风格的望华楼，高耸在一旁的碧山山巅，巍峨而灵秀。骑行到平天湖的东岸，向池州城区远眺，栋栋高楼林立。

李白游秋浦作《秋浦歌十七首》“水如一匹练，此地即平天。耐可乘明月，看花上酒船”，故后人取名平天二字。诚然，最美不过黄昏时，夕阳映衬下，在悠悠的绿水边、长长的栈桥上，不乏洋溢喜悦之情的对对新人面对着摄像机，展现出柔美的和谐姿势，将一生最浪漫的瞬间定格在这灵韵之地。

湖水如镜，在群山的相伴下富有别样的诗意，穿行其间仿佛人在画中游。我一路上骑着单车，随意而动，时而奔驰，时而慢踩，可放声高歌，可驻足观景。突然想起小时候爱看的一部新加坡怀旧电视剧《人在旅途》，不禁哼起主题歌：“从来不怨命运之错，不怕旅途多坎坷，向着那梦中的地方去，错了我也不悔过……”豁然觉得，这不正是我们追寻生活真谛与自由情怀的写照吗？

自然随性地骑行，更是令人享受的时刻，踩着单车向着快乐和梦想进发。在平天湖边徜徉，舒畅无拘，体会着生命在于运动的真谛。酣畅淋漓的运动之后，收获的是健康的身体，而一路挥洒着的是无限的活力。

（原载 2014 年 7 月 31 日《新安晚报》）

踏访一座山村

溪流纵横的贵池棠溪镇南端，有一个山水相依的小山村，与中国原生态最美山乡——石台接壤。说它小，是因为村子里只有 900 余人；可是其地域不可小觑，33 平方千米的沃土上林木茂盛，修竹挺拔，泉水淙淙。秋季，漫步在独处一角的这个叫花庙的村子里，有那种久违的闲庭信步的感觉。参天的古树盛开如巨伞，或是散落在河畔，伴着奔流不息的龙须河水；或是矗立在山头，迎着徐徐吹来的晚风；或是躲藏在村庄里的某个拐角，在不经意时会突然出现在你的眼前。

若不是因 2014 年秋来花庙挂职，我又何曾对这片沃土有如此深刻的印象。3 年里，我的足迹踏遍这里的座座山、条条水，结识了越来越多的皖南乡间村民。生活中他们纯朴无华，辛勤劳作，常年如一。渐渐地，我自然被山里的自然美景和原始生态所折服，流连于此，寄于情思。

花庙村偏于山乡棠溪的一角，只有一条村村通水泥道路与外界相连。它有以山地为主的地貌和熔岩地质构造特征，森林覆盖率在 90% 以上。其因与石台为邻，西边与仁里镇相通，南面通过古徽道与七都镇接壤。山村里散落分布着 13 个村民组，最小的一个村民组在 700 米的七井山上，现在只剩几户人家，当地人称之为小七井。

谈到与石台七都镇相通的这条狭长的古徽道，之前曾数次爬过，由于体力不支多是半路折返，前几日乘着金秋十月的好时光，我彻头彻尾走了一回古道。前些日，池州电视台《乐活八点档》栏目组联系了村里，约好抽空来花庙瞧瞧。

那日一早赶来，花庙村的柯支记带着大家先赴胭脂桥采访，再攀古徽道实地。却不想，一路走一路报道，从上午一直到下午 2 点才结束行程，匆匆赶回吃午饭。10 时许，往南穿村而过到龙舒河边，胭脂桥坐落在龙舒河上游一处。据查石拱桥是明代万历年间所建，闻名遐迩。古桥静谧无声，如孤独的隐者诉说着一个凄美的传说故事：突发山洪，河水猛涨，一年轻挑夫不幸落水溺亡，妻子在痛失亲人后，毅然捐出钱财，在危险处造桥，昭示着后人多积德行善。现今的桥体又数度遭大水冲击，桥面一侧已有部分损缺。站在 5 米见宽的桥面上，在蓝天白云的映衬下，清澈见底的河水徐徐而下，缓缓流淌着。走到桥下细观，更是心生感叹：桥身倩细灵秀，呈半圆形，与河面上的倒影正好形成一个整圆，半真半幻，亦幻亦真，让人产生无限遐想。

古徽道亦在龙舒河畔，在胭脂桥的一侧。沿着陡峭的山边，可见一块块厚实方正的青石板，一路向上搭建着。古道曲折蜿蜒，我们爬过一道道的峻岭，却是罕有人迹。迈步在弯曲的山岭上，置身于原生态的大自然，让人悠然自得，真切体会了一回魏晋诗人陶渊明《归园田居》里“久在樊笼里，复得返自然”的感受。我不觉想道：朴实率直的陶渊明，忘情山水，也许其内心早已与淳朴的乡村、宁静的自然有了共通之处。

秋高气爽，山上的空气非常清新。抬头望着头顶，有两只雄鹰在高空中盘旋，它们凭借敏锐的目光在探寻着山林中的一些猎物。一名老村民介绍道：这里的雄鹰并不少见，它们有着矫健的翅膀，一旦发现山间的猎物，会准确定位并冲下来，用锐利的鹰爪来捕获猎物。身入徽道境内，让人不禁想象着古人穿行时的模样：多少年以前，他们是否是一路挑着扁担、唱着山歌在这个山岭里快步前行呢？

山边，片片修竹随风摇曳，道不出名的野花遍地，自在开放。不时有三两只彩蝶飞来，呼朋引伴，在身边翩翩起舞。林子里百鸟争鸣，音如天籁，令人内心顿忘尘嚣。时至正午，终于到了此程目的地——古十里凉亭，发现这里已是石台的地界。巧遇一村妇，虽不相识，可热情纯朴的老人一个劲地打招呼，邀请大汗淋漓的我们去她家休息下，去喝口水。

寂寞的古凉亭边，长着一棵百年的桂花树，散发着浓郁的香气。不远处还有一棵翠绿挺拔的银杏树，十余米高，生机勃勃的样子，柯支记说此树恐怕有三百多年的历史了。由于长期受风雨侵蚀，这座十余米长、五六米高、三四米宽的古亭年久失修，已无昨日风貌，我顿时心生遗憾之情。顶部的老瓦脱落遍地，亭内杂草丛生。其中竖立的一块米把高的石碑，深深吸引了众人的目光。碑面上方刻着“重建大路碑记”，左边写有“大清道光贰拾八年”，字迹依旧清楚，下方有七八排人名和其捐献的文钱数额，密密麻麻地排满了整个碑面。石碑上的重建徽道字样，毋庸置疑，不正默默述说着这条古道的沧桑历史吗？

行走在画里乡村——花庙，悠悠古风依然让人真实感受着村庄里融合的旖旎风光与人文历史。而今，这个山村承载着我的梦想，让我不觉中对这片秀美的土地暗自思量起来。

（原载 2016 年第 1 期《池州文化》）

做你成长的臂弯

时光慢慢流逝，生活的脚步仿佛一直是匆匆的样子。揪住青春的尾巴，我常有所感慨：不管你在不在意，日子总是在平淡中悄然度过；一个人在失去过往的同时也在得到未来，收获着属于自己的种种幸福。

几年前父亲生病离世，我心灵上的痛苦渐渐化为内心的悲思。成了家中的顶梁柱，我深感责任沉重，身边的亲人们需要更多的关切和爱护。朴实的母亲年事已高，依旧为家务活忙碌着；开朗的妻子待人友好，财务岗位上也是一把好手；儿子天性斯文，读书和表现让人感觉尚可；爱好广泛的我，与人为善，生活中有一群亲密的友人，动静皆求自在——闲暇之余，喜欢相邀外出爬山郊游；或是觅得一处幽境，静坐品茶聊天，在情意交流中分享着彼此的感喟。

常常在思索：生活贵在懂得取与舍、懂得进与退，积极豁达的人生态度应该是“知足常乐”吧！夏日的一天，将我的这种快乐无限放大的事是又喜得千金。激动之外再回想，女儿的出生经历着诸多心酸和不易。妻子怀孕时，各项产检充满着波折和不安。其间，我曾三次陪着行动不便、挺着大肚子的妻子远到合肥大医院，拜托朋友找专家级医生来确诊，最后怀着忐忑心情等了整月，结果好在是无碍。就这样一天天，我们在期盼中、在焦虑中度过十月怀胎的时日。

青春渐逝，已是不惑之年。工作十余载，再喜得一女确为幸运。有位同生二胎的好友曾戏言：“怎么儿女双全的美事，让你老弟遇到呢？而我却生了个男孩呀。”仿佛老天眷顾，曾经的美梦忽然间成了现实。清晰记得8月12日的早晨，丈母、小姨陪我在手术室外紧张地等了约1个小时，9点15分时，医生将宝宝抱出来了，一切平安的“通报”彻底让人松了口气。望着女儿恬静的睡颜，一种真实的幸福从心底漫上来，心头万分激动。孩子的小脸蛋红润可爱，粉嫩粉嫩的脸颊看起来像个小苹果，惹得亲友很是喜欢。身子不轻不重，正好六斤七两。

遇到这等喜事我怎敢马虎？幼儿是柔弱的，她的颈椎很软，支撑不得自己的头脑。每次抱起来，我先小心地将她的脑袋放在左臂弯里，用肘部护着两个小腿，右手一边再轻轻托着宝宝的屁股和腰，微微地晃动着……在精心营造的这么舒服的态势里，她自然睡得很香，偶尔还会在梦中嘴角一撇，微微露出几丝笑容。我在默默凝神中，忽而心潮涌动。

男子汉亦有铁骨柔情的一面，儿女情长应为世间真情。“养不教父之过”，此刻我才深知：为人父，首要大事即是培养子女，要用爱去呵护，需用情去感知，化大人的百般温柔去做孩子成长中的强壮臂弯。

诗人白居易曾有诗曰：“杨家有女初长成，养在深闺人未识。”读到这，自然也会联想到自家的小女，将如何长成呢？思量一番，取名“彦怡”，寓意她长大以后既有德行又能快乐。十年树木，百年树人。从今日始，一日一日，在依旧漫长的日子里，让我倾以爱心去耐心教导吧。

已至深夜，月光如洗，我依旧难以入眠。孩子满月的时日，静静地凝视熟睡着的宝贝，突然想悄悄地告诉她：“女儿呀，放心睡吧，今后的人生亦将一如此夜，爸爸会永远做你成长的臂弯。”

（原载2015年10月8日《九华晨刊》）

霄坑览胜

或许是在喧闹的都市住惯了，困顿的心灵渴望得到片刻休憩，虽是盛夏三伏天，将去郁郁葱葱的深山峡谷里，与好友身临其境，彻底感受一回大自然美的气息。

想到就要做，一天晴朗的下午驾车约个把小时到了梅村境内，秋浦河两岸的美景立刻映入眼帘。悠闲穿行在山间悠长的林荫道中，树丛中知了声声不停，烈日下的阳光从枝丫间斜斜透过，缕缕清风轻拂着面颊，一路上大伙儿满面笑容，道不尽的惬意，忘却了生活的几丝烦恼。

到达“天然氧吧”霄坑村，郁郁葱葱的树林、清新透彻的空气让人神清气爽，不觉联想到能够自由呼吸到氧气充足而少有尘埃、没有污染的纯净空气是多么难得呀！好友笑逐颜开，张口尽情贪婪呼吸着。从村子口进入，绿树成荫的山路变得蜿蜒曲折，山路十八弯的行程让人心头不免增添了点惊恐。车子缓缓行至半山腰，一处拐角边豁然开朗，呈现出一块平地。停下车，我们急切地踏上了这片旷野，远眺不远处的山峰，云雾缭绕宛若仙境，俯视着空旷而幽深的大峡谷，忍不住高声呼唤：“喂……喂……”仿佛一下子彻底吐出了心底的浊气。霄坑村落如世外桃源，置身其间全然是一种其乐融融、与世无争的感受。之前来过四五次，唯独此趟旨在夜宿。等到了五队的一户熟悉农家，安顿下来之后已近黄昏，太阳落在山边，晚霞放出绚丽多彩的光景。晚餐前大人和孩子们也没闲着，一同在门前的河边漫步。三伏酷暑，山上的河流几近干枯，水流量小而缓慢，一堆堆鹅卵石散落在裸露的河床上，清澈见底的水面可见许多小河鱼在浅水处游嬉。溪水里的石头凹凸不平，没走几步，蹦蹦跳跳的小孩一不小心“砰”得一下滑倒在水坑里，身上的短裤很快湿透了，惹得旁人大笑。孩子们尽情地玩耍，大人索性由他们半蹲在冰凉无比的溪水里，两个男孩嬉笑着互相泼水，痛快地打起了“水战”，银铃般的欢笑声回荡在山谷间……此情此景，令人想起山水田园派诗人陶渊明写的《归去来兮辞》一文：“舟遥遥以轻飏，风飘飘而吹衣……”晚餐品尝到的自然是一桌地道的农家饭，一盘香味十足的红烧肉是主人才从杀猪的农户家买来烧的，红烧茄子可口入味，小河鱼味道鲜美，西红柿蛋汤营养丰富，浸泡的啤酒从水池里拎出。众人索性将方桌搬到院子中间，几盏过后，原本陌生的主客之间的距离拉近了。男主人娓娓道来：这里家家户户一年到头也就在茶季忙些，茶季忙不过来，多半要请附近乡村的妇女来采茶。霄坑茶叶品质好，行情也不错，村民们的日子过得越来越舒心。是呀，站在村子里高处放眼望去，山水环抱的山坡上长满了茶树，一垄一垄的，长势正喜人。

夜幕降临了，院子里的小飞虫在灯光下扑闪扑闪。山村归入宁静，蟋蟀蝈蝈们却还没歇，交替高亢歌唱着，路边零星的太阳能路灯散落在山间，遥遥相对，放射出荧白色的光芒。一轮明月挂在山间，皎洁的月光洒下来，将整个山村笼罩在一片银白色的光芒中。晚风一阵阵袭来，饭后散步是很惬意的事，漫步在松竹遍野的小径，空气中满满的都是清新自然的味道。不远处，一位体格硬朗的老伯正在庭院里纳凉，我信步上前攀谈起来。老人七十有三，依旧耳聪目明、精神矍铄。他侃侃道来：自己在这里山村教师的岗位上教书一辈子，退休也有十多年了。他的家在五队，此处海拔达 700 米之高，虽是盛夏房间里也是不用开空调的，适宜的气候加上当地的良好水质和清新空气，正好可以让他在此颐养天年，不是吗？霄坑山高谷深、满目翠绿，确如人间天堂一般。精明能干的村民给“靠山吃山”赋予了新的诠释，如今当地依靠优良的自然生态环境，着力发展乡村旅游产业，星级农家乐发展了数十家。每年从南京、上海等大都市慕名而来的游客不在少数，霄坑可不再是“养在深闺人未识”哟。在美不胜收的落日晚霞里，在霄坑如诗如画的青山绿水间，游人的心灵获得了难得的恬静。匆匆住宿了一晚，深深陶醉了一夜，沐浴在大自然里的身心如同洗了个清水澡，自驾游放飞了情怀，归来时已不觉释然。

（获安徽省作家协会“金穗文学奖”二等奖）

作者简介

杨贤英，贵池区作家协会副主席，现居池州。热爱文字，曾获安徽省2013年度“金穗文学奖”一等奖、贵池区首届优秀文艺作品评选三等奖等奖项。

秀色天生

有这样一面湖水，第一次见面就有似曾相识之感，就好像《红楼梦》里宝玉对黛玉说：我好像在哪见过你？她柔软似你心头的一颗朱砂痣。前世今生？恍若你的前世曾经相知，今生又相遇了。见面之前就对她的名字颇惊艳，“天生”湖，见名思义，“天然生成”之湖——是上帝的旨意、大自然的作品。我这样经常在人工美女、反季蔬果、转基因食品、人造景点之间来回穿梭的人，当然思慕求之，犹如黑夜里求见纯洁的月光。

天遂人愿，5 月的一天下午，我终于和她见面了。天气温暖和煦，出池州城，向西沿着 318 国道行进，车行 15 分钟向右拐入一小径，两边岗峦起伏、逶迤绵延，不知尽头。大片的绿呼啸而来，车子仿佛颠簸在一片汪洋恣肆的绿海之上。小径蛇形明灭，蜿蜒天际。杂树繁花若隐若现，丽色迷眼，暗香盈袖。我们心醉神离、一路心猿意马至绿之尽头，还未回神，又滑进一场梦幻——一面渺渺湖水呈现眼前，湖水碧澄，仿佛天上掉入凡间的瑶台镜，似能照见人心底的黑白，来路的心猿意马瞬即消逝得无影又无踪。不远处荷花盛开、菱角萍踪、菜畦绿油、水田里农人耕忙；近处草木葳蕤、芦苇茂盛，似水墨，似油彩。顿时关于故乡的梦幻、儿时的记忆，如冬眠的小虫，在这 5 月的下午，在潮湿闷闭的心底，在这天生湖边钻出来。或许是湖水久居乡间的缘故，氤氲着宁静、淡然的气质，安静得像天使，清冽纯净，没有一丝凡尘杂质。偶尔风吹过，那丝丝涟漪像她温柔的笑意，如春风拂过我的眼，拭浮尘几许，换一丝明光。又像一位久经沧桑的老者，尘世与她出也无妨，入也无妨，一切详适，又一切淡然。阳光下，湖面泛起温暖的光泽，那懒洋洋的温暖沿着我的手臂，蔓延至每一寸肌肤，呼吸之间都有着不一样的温柔。站在湖边，湖水与我两安静，只有调皮的鱼儿不甘寂寞，偶尔向水面吐几个水泡泡，就像我的脑海里偶尔闪过关于过去光阴的点滴。原来一个人喜欢一种东西、一种物质、一个人，是因为两者之间肯定有某种契合之处，就像此刻我和这面湖，我和她有着相同的生命底色——恬静、淡然。我在她身旁没有了迷茫，也没有了迷离、恍惚，只有回家的安静，像母亲抚摸的温柔。蓦然明白山水画大师黄宾虹为什么曾经选择在此结庐种松、日夕研画、托寄心灵，“习画看湖两不厌”，并且他的画风亦深受天生湖自然风光的影响，渐变为“干裂秋风，润含春雨”。我沿着湖堤慢慢走着，因湖的背景是淳朴的乡野风光，故感受也与别湖不同，这里没有西湖的熙熙攘攘、热闹鼎沸，也没有人工湖的柳重花繁，她与乡野风光相依相偎，安排得如此妥帖、自然。她静如处子，又如意态婉约的仙子，她的安静能植入人的心扉，并且发芽、开花、结果。多少年了，她一直就这样安静等待，就如游子在无人的夜晚，在月亮下，等待故乡清远的笛声。湖边乡野的风温柔地响在耳畔，如一首故乡的歌，一直隐隐约约，却又从来不曾忘记。湖边间续的蛙鸣是纯正的乡村歌曲，小增一抹乡愁。

相见终有一别，分别时，我想对天生湖说，我会再来的，因为你是凡尘追梦人——心的家园，梦的故乡！

（原载2014年《作家文荟》第3、4期合刊）

江　南

每个人有自己的气质，每个地方也有自己独特的气质。曾经到北方走了一圈，那里风很硬，像长满老茧的手抚过脸。风总是携尘为伴，随处涂抹，“尘满面，鬓如霜”，风尘经年。北方的天空大部分时间都被火辣辣的太阳霸占着，雨水较少，但真要下起雨来了，那态度一点也不含糊，漫天大雨点气势汹汹、迫不及待扑向地面，“噼里啪啦”腾起一阵烟雾，就像暴脾气的男人受了一肚子怨气在这一天终于爆发了，雨水腥气携裹尘土味呛得鼻子无处可逃。北方人举手投足都是“大碗喝酒，大块吃肉”的鲁智深做派，逛北方像在读一部《水浒传》。到南方就是另一种味道，似在《牡丹亭》里游走，恰然邂逅一位曼妙女子，那份娇柔和袅娜让你心生无限欢喜。

记得第一次到江南，那“小桥流水人家”的旖旎、“桃花柳絮满江城，双髻坐吹笙”的浪漫让我恍然若梦：我就是江南六百年前婉约清丽的昆曲，我就是几百年前生于斯的江南女子，我就是牡丹亭里走出来的杜丽娘。原来当一个地方或一个人和自己灵魂相契合时，今生再次相逢只是续一场前世旧梦而已。江南人是深通古典文化精髓的，深谙意境的构造。“水是眼波横”，江南流水是佳人妩媚眼波，柔静温和，把绿树、云朵、船只都揽在怀里，绿树和云朵在圈圈涟漪里聚散离合、光影交织。线条简洁朴素的船只没有桨声灯影秦淮河里的香艳华丽，神似周树人笔下的乌篷船，和江南水墨甚是吻合。船只在行云流水里滑行，白衣少年迎风站立、衣袂飘飘，沐清风明月，看竹外疏影，赏绿树繁花……在江南，出行是快乐，是诗意，和拥挤、颠簸、烦躁无关。凌河而越的一座座小石桥是眉弯弯，“骑马倚斜桥，满楼红袖招”，“二十四桥明月夜，玉人何处教吹箫”。因了这道眉，江南的风情满溢在眼角眉梢。还记得青春年少时在电影里遇见撑紫色油纸伞的江南女子袅袅婷婷如一朵寂寂盛开的丁香花在桥上芬芳而过，就在那一刻我无可救药地爱上了江南。从船上走到桥上，再看流水、船只和两岸风光，那弯曲的情韵和桥边星星点点的野草闲花一起在脚下成了一首诗。下了桥就是人家。江南人喜欢诗意地栖居，人家沿河而生，白墙黛瓦，花墙院落。这里的院落不同于别处，因生在河上更显别致妩媚。院落一面连屋，三面临水，临水面屋檐下悬挂着美人草、绿藤萝、太阳花……河风吹过，送清香徐徐，别具风情。花香草色下面是一米左右旧色古意的木栏杆，斜倚栏杆，遥看江南水景山色，诗意豪情，栏杆拍遍，低头就是临水照花人，河水清澈，鱼儿游弋，佳人如花。一张桌子，一把椅子，紫砂壶里煮龙井，慢慢品茗，看杏花春雨，望水色遥妩，赏夕阳暮色，听清远笛声。也可以什么都不想，从清晨到日暮，在光阴里发呆，把自己融成江南的底色。

诗人多赞江南好，我要说，如果有轮回，我达达的马蹄是归人，不是过客，我要把无处安放的灵魂眠醉在这温柔乡里，只合江南老。

（原载 2015 年 7 月 22 日《池州日报》）

此地即平天

七月有友来池，我赶至火车站相接，车至城南约三里处，看一山婉约秀丽，朋友好奇：“此是何山?”我瞅了一眼，当起了导游：“此山名曰齐山，位于池城南郊，岳飞曾打马登此山，留下千古名诗《池州翠微亭》。”不料友人是风雅之人，也想重温岳飞当年跃马品山的情怀，我欣然领往。友人登上翠微亭，举目环顾，还现学现吟：“经年尘土满征衣，特特寻芳上翠微……”正等着她下一句，她却顿住了，两眼讶异，指着山脚下一片白茫茫的水域询问：“此是何水？这等空灵！”我顺她手指瞧一瞧，在山之北脚，有一湖，湖面雄阔浩渺，湖中小岛隐约，廊桥曲回。湖四周青葱翠绿，粉墙黛瓦掩映其中，婀娜小径蜿蜒其里。我暗叹友人的眼力，回她：“此湖唤平天。”友人叹曰：“好气魄的名字，何人有这等胸襟？”我卖个关子：“此人还是你的偶像呢！”友人一脸茫然，我忍不住给个小小提醒：“此人有敢在大唐皇帝面前脱靴的胆。”友人不愧为李白的超级粉丝，眼珠一转，脱口而出：“水如一匹练，此地即平天。耐可乘明月，看花上酒船。原来李白诗里的平天即此处平天，还等什么？我等赶快看花上酒船呀。”于是我们携手雀跃下山。临湖寻寻觅觅，却没见到船只，只好想象着李白平天湖上衣袂迎风、明月对酒、踏船啸歌的潇洒。没船就走着品平天吧。漫步在湖畔小径，友人抬头看山，再垂首看湖，突然击掌而笑：“奇哉！一山一湖，山水相依；一文一武，文武相彰。”细想之，友人说得颇是。且行且看，穿花拂柳尽处，是一片竹林。竹林郁郁苍苍，但每根竹子长得细长、挺拔，风吹过，斑驳之声，颇有潇湘之味。穿过竹林是一弧形石拱桥，小巧别致。站在桥上，突然发现石桥及石桥相连的蜿蜒小径把平天湖分成南北两湖，北边大，南边小，形同母子湖。立石桥向北看，两座曲木廊桥，从湖堤婉约至湖心。我和友人赤足踏上木桥，脚底光滑细腻，斜倚扶栏，极目远方，顿有天高水远、心境澄明之感。正值炎炎盛夏，湖面的风却很大，送来阵阵清凉。风助水力，波浪像顽皮的孩子，你挤我推的，层层叠叠跑向堤岸。湖风飘扬着友人的长发、裙裾，我想起卞之琳的诗句：你站在桥上看风景，看风景的人在楼上看你，尽管这楼并不多。离开廊桥，继续由西向东行走。向南看，浓绿的荷叶、粉红的荷花，大片、大片地盛开，灼人眼，蓦然惊讶有时候红配绿也是一种惊艳。湖的别处，一团、一团的菱叶漂浮着，小巧的叶子，绿成一片，使人想起别离的故土，就像看见枯藤、老树、昏鸦就有了秋思一般，心突然脱离了凡尘，在这一刻的安宁里小憩。途中遇到几个垂钓者，坐在青草丛里，静静地盯着湖面，不远处的白墙黛瓦处，传来几声犬吠声也打动不了他们，像坐了禅，入了定，和鱼儿比耐心。友人感叹：“这哪是钓鱼儿啊？这钓的是一湖风光、几亩田园呀！”湖光山色牵着我们继续向前走，不知不觉绕湖一圈，终点又回到了起点，友人意犹未尽。

友人和平天湖的初次相逢，虽然没有“看花上酒船”，但在金秋十月，我却有幸坐船观湖。国庆期间，池州城开通了主城区 18 千米水上旅游观光线，我们在兴济桥的不远处上了船，船只中等，能容 30 人左右，虽比不上朱自清笔下古秦淮河雕栏玉砌的画舫，倒也透着一些古意，里面也很整洁。未起航时，船上一直播放着古筝曲《高山流水》，听了颇为惬意，这水这景这曲，流转着一种意境。船行过清溪河、南湖、月亮湖，到了平天湖，眼界陡然开阔，水天一色、浩浩渺渺。十月的天气，天高云淡，无风无浪，犹如在明镜里穿行，微风徐徐，像小孩子的手抚摸脸颊，轻柔劲催人眠。最难得水质清冽，像凝了一层碧绿。在凡尘里走得远了，见到有水清如许，自是快乐，想起徐志摩的诗："在康河的柔波里，我甘心做一条水草。"虽湖深没见着湖底的水草，但湖上三三两两嬉戏的水鸟引起我们的惊喜。举起相机抓拍，鸟儿并不羞涩，神态自若地游着，姿势优美，就像敢秀的明星，水鸟玩腻了，又优哉游哉地躲到湖堤的芦苇丛里休息去了。芦苇无论生长在乡下池塘、河沟，还是生长在城市的某个角落，都是草根命，但它与生俱来清逸出尘的风姿，自有另一种味道，就像那一抹紫，天生的神秘冷艳，不是大红大绿能比的，更何况是平天湖的芦苇。放眼远眺，远山如黛。离山不远处，三三两两的岛屿，如天上散落的珠贝，零星点缀如镜的湖面。其中有一岛屿叫桃花岛，远看郁郁葱葱。不知此桃花岛是否就是金庸笔下的桃花岛，也不知郭靖、黄蓉是否在此住过？来年春天桃花烂漫时再来探个究竟。还有一岛屿很有意思，形似神龟，头朝南，仿佛望九华而拜。船绕过众岛屿，快出平天湖时，遇见了几艘摩托艇，疾速驶过，溅起浪花朵朵。原来，平天湖因水域宽阔，自然条件好，被国家体育总局看中，定为国家水上运动中心训练基地。2004 年此地举办了国际摩托艇大赛。船且行且远，不觉已游出平天湖，进入清溪河，行向起点。坐在船上，我想起去年的西湖之行。《白蛇传》里断桥、雷峰塔的故事，古诗词里的西湖印象……让我不断滋生着对西湖的向往，就像虞姬因项羽而成名、杨贵妃因唐明皇而扬名千古一样，总想见一见才满足。好在交通方便，自驾游 6 个小时就到了西湖，见了面却意兴阑珊，回来后一句喟叹结束了这西湖之行："相见不如怀念。"想起平天湖的清澈、浩渺，风姿妖娆，就像一块安静的玉，只是少了一双眼而已。有时候风景不在别处，就在眼前，就在脚下。但愿平天湖永远若初相见！

（原载 2011 年第 3 期《杏花村》）

作者简介

王韩炉，笔名：勇立潮头。中华诗词学会会员，安徽省诗词学会会员，池州市作家协会副秘书长，池州市贵池区作家协会副主席。散文、诗歌散见于《诗歌月刊》《安徽吟坛》《安徽商报》《池州日报》《黄山日报》《杏花村》等刊物。

我与古典诗词之缘

我生长在美丽的万罗山脚下，诗一样的白洋河伴随我度过少年美好的时光。夏日，没有电风扇，待大人们午后休息时，我们一群小孩就会不约而同地溜到“钓鱼台”去扎猛子，天天如此，但从未留意那悬崖上的几行字，更不知晓是何人之作。直到 20 世纪 90 年代万罗山珍珠寺香火旺盛时，一拨又一拨的文人墨客不停地绕着对面的“逻人石”转，我才开始关注李白的“江祖一片石，青天扫画屏。题诗留万古，绿字锦苔生”。

父亲去世早，邻村的舅舅对我们照顾有加。他是诗书画家，除了书法功底炉火纯青之外，还能随口作诗。他曾在我成年生日之际送了一本《唐诗三百首》给我，我连读两遍，虽然当时不懂平仄、格律，更不懂什么意境，但就是感到朗朗上口，从此爱不释手。这也许是我与诗词的初缘吧。

从童年读到李白的“床前明月光”，到后来接触苏轼的“大江东去，浪淘尽”，二十多年来，无数优秀诗人和伟人诗词作品的语言、胸怀和思想深深感染着我、熏陶着我，让我早已在记忆里沉淀了无数的诗词之梦。其间，一些令人感奋的事触动灵感之须时，我也曾写点打油诗来抒发情感。舅舅看后，先是大加鼓励，然后给予指点，才逐渐有点诗文的样子。后来舅舅送我一幅字：“以冰霜之操自励，则品日清高；以穹隆之量容人，则德日广大；以切磋之谊取友，则学问日精；以慎重之行利生，则道风日远。”这是“二十文章惊海内”的文化大师弘一法师（原名李叔同）的至理名言。弘一法师一生光明磊落，潇洒飘逸，道德文章，高山仰止。他在文化和艺术方面的高深造诣让我佩服得五体投地，对我启发很深。

随着社会的发展和自身阅历的丰富，我们对生活的感悟和理解都发生了许多变化，慢慢学会了多层次、多角度地思考和追寻美的生活内涵和多样性，并努力用诗意的激情语言浓缩和表达。虽然我对诗词的认识尚未达到很高的境界，但是诗词带给我的快乐是真真切切的。

随着阅读量的增加，我逐渐对诗词中蕴含的丰富做人道理有了更深层次的解读，也渐渐明白了舅舅的用意。俗话说，做事先做人，写诗也是同样的道理。由此，我对诗词的爱更加执着。

我觉得，古典诗词是一种表达情感、寄托心志的极好形式。首先，古典诗词语言精练、含蓄，内蕴非常丰富，耐人咀嚼。反复玩味经典诗词名句，如品文化佳肴，可以悟出千丝万缕的人生世理。其次，古典诗词表现手法细腻丰富，贴切传神。细心品读，仿佛穿越时空，身临其境，与诗人忧欢与共。简短的几句妙句，可以直入肺腑，不自觉地与诗人产生共鸣。再次，古典诗词韵律和谐的音乐美和流动的节奏美，不仅易于诵读和记忆，而且可以进一步让你感受到诗人的胸襟和气韵，从而不自觉地受到诗人人格魅力的感染和影响。最后，古人的象征性的意象语言，犹如在你眼前盛开的鲜花，可以唤起你的丰富联想。多读，多借鉴这些诗意的语言，是培养灵性和儒雅气质的最有效途径。

当然，要想吟好古典诗词并非易事。我认为，首先应该做好两门功课：其一要向古人学习，向优秀的诗人和大家取经。“熟读唐诗三百首，不会作诗也会吟”是不变的铁律。多读古诗，不仅可以从中汲取精神滋养，而且可以熟悉借鉴古人吟诗填词的构思章法、语言技巧等知识，为我所用。否则只能是东施效颦，难入其门。其二要向生活学习。现实生活始终是创作的第一源泉。热爱生活，细心观察生活，始终保持一双发现美的眼睛，这样就能写出贴近生活、贴近时代、富有真情实感的鲜活作品。否则只能是闭门造车、空洞浮泛。其次，在古典诗词创作构思中必须把握好以下四个要素：一是意境。情志与恰当的物象相统一方成意象，合理的意象组合才能构成和谐的意境。没有好的意象和意境，诗词就缺乏形象化联想空间，这样会严重损害诗词的诗意美感。二是韵律。近体诗词是讲究音节的平仄配合和押韵和谐的。必须尽力遵守约定俗成的韵律规则，这样吟出的诗词才更具近体诗词的旋律美和音韵美。三是炼好词句。近体诗词受格律字数限制，一字千金，一字不慎则会大失神采。锤炼好字词诗句，才能大大增强诗词语言的表现力。所以要努力做到蕴情志于胸内，运妙句于篇中。炼到天成时，始为最佳处。四是立意与章法。一篇好的诗词作品必定有独特的立意发现和精巧的结构布局。立意需要有独特的审美视角和灵魂发现，然后再辅之以巧妙的结构布局，才能凸显一篇诗词的风格特色，有如皇家园林之与苏州园林不同，在于其意趣和布局之差异。诗词的立意雷同，布局相似或相同，必然使诗词特色湮没在诗山词海之中，终难获得更多认可和喜爱。

去年冬，我应好友之邀来到李白与高霁等风雅名士联句的石门高采风。似乎冥冥中诗仙有意提携，我竟然被两米多深的“洗砚池”浓浓地濡染了一番，自此，吟诗兴趣愈加浓厚，不到一年竟然创作出上百首近现代诗词作品。

每当一篇作品完成之后，我总感到特别舒畅，像演奏完一曲奇妙的乐章，总有余音绕梁，三日不绝之味。虽然我真正开始写诗不过两年时间，功力和技法还不够成熟，但我觉得工作和生活处处充满诗意，我会用一颗热爱生活的炽热之心，加强学习，观察生活，捕捉灵感，争取创作出更多更完美的作品，回报社会，回报生活，努力做一名更加合格的诗词圣地的学习者。

（原载 2016 年第 4 期《杏花村》）

联寄齐山情

文友雅兴，相约同游齐山。一行六七人，驱车来到了齐山正门口，有四根粗大的方石柱竖起的石牌坊，门楣上“池阳胜境”四个大字十分醒目，石柱底端的两个石狮子，栩栩如生，像是迎送着过往的游客。

顺道直上，我们首先来到了岳飞广场。中央是石雕像，线条粗放，轮廓分明。侧看，宋代爱国名将岳飞的衣袂刚直壁削；正看，马蹄奋起，将军怒目。骏马欲带自己的主人踏破贺兰山阙，直捣黄龙；将军则紧锁剑眉，似在沉思下一步的战役规划，又似在慨叹自己壮志未酬。雕像底座刻有岳飞游齐山时所作《池州翠微亭》的著名诗句。广场北面陡峭石壁上刻有“还我河山”四个大字，面对石壁沉思，我仿佛看见岳帅带领岳家军沙场厮杀、金戈铁马的情景，又仿佛听见这位英雄高唱《满江红》的悲怆之声。崇敬心情油然而生，我不觉心生一联，脱口说出上联：

“金戈铁马，壮志安邦，一声喝令山河在。”

“好气势！”文友异口同声地说。

接着顺道而游，我们来到了冶春园。冶春园是按照当年齐山书院的格局兴建的，是具有明清风格的古典建筑群，造型古朴典雅，结构精致灵巧。门前一对石狮分立左右。进大门楼，庭院秀雅，仿佛进了苏州的小庭院，东一丛阔叶芭蕉，西一蓬孝竹修篁，溢出缕缕幽丽。正厅是纪念清官包拯的忠廉堂。门柱上有黑底金字的长联：

“照千秋念当年铁石冰心建谠言不希后福，闻百世至今日妇人孺子颂清官只有先生。”

步入堂内，包拯铁面无私、清正廉明的形象随即跃入我的眼帘。联想到当今的社会万象，我不禁感慨万分：

“义胆忠心，青天耀日，七尺须眉鬼魅惊。”

仔细一想，此联不正是岳飞广场的下联吗？众友掌声一片。

拾级而上，不觉来到翠微亭。轻风丽日，平湖波光，绿柳婆娑。友甲诗兴大发，随口吟出上联：

“清明丽日，独倚楼台，凭栏远眺湖边柳。”

一时暂无好联，面面相觑，遂继续一路同行览胜，一边搜肠刮肚。友甲想起不久前一齐同游的石门徽州古道、蟹子峰的景致，稍作停留便脱口吟出了下联：

“谷雨幽烟，齐来故道，携杖观摩岭上花。”

“好对，好联！”大家齐声赞道。

按照上联的平仄要求，即：平平仄仄，仄仄平平，平平仄仄平平仄，下联应为：仄仄平平，平平仄仄，仄仄平平仄仄平，有一定的难度，友甲的下联不仅平仄合律，意境完美，而且对仗非常工整，同行都啧啧称叹。

我们继续前行，前面就是观音洞。洞正中一块巨大的人形石，恰如一尊观音慈祥地立在莲花之中，从洞顶上掉下来滴滴泉水，正好滴在下面一个酷似香炉的大磐石上，传说这就是观音菩萨洒下来的慈悲救世的甘露。友乙心最慈，见此洞景，双手合十：

“度世成佛，慈悲南海施甘露。”

我想起刚刚经过的寄隐岩边，包拯亲题的“齐山”二字，笔锋遒劲，依崖耸立，顿时来了灵感：

“挥毫寄隐，风雨齐山藏洞天。”

一语双关，恰到好处。文友又是一阵叫好。

一路欢悦，一路歌声。天色渐晚，正欲返程，忽见崖边红霞一片，正是杜鹃盛开，我忽地想起几天前去灌口采茶，顺道拜谒仰天堂的情景，承接友甲的上联，心中暗喜。我也有了一副对联：

“清明丽日，独倚楼台，凭栏远眺湖边柳。”

“谷雨闲时，相约灌口，借道高攀月下花。”

又是一片欢呼声……山顶的晚霞和着微风轻洒在平静的湖面上，水天一色。远处的望华楼在晚霞中熠熠闪光。见此美景，友丙欣喜万分，不觉吟出上联：

“举目云依山上塔。”

此刻，我们正由南面下山，碧桂园高楼清晰地倒映在水中，几只野鹤正在湖面上寻欢觅食，俨然一幅美图，我不禁脱口而出：

“低头鹤立水中楼。”

掌声在湖边此起彼伏……

齐山之旅，诗意未尽。大家似乎皆无回家之意。难得相聚，喝酒去！

于是我们随意来到南门一家新开的酒店。友丁兴趣正浓，首先挑逗：“友们都知我不胜酒力，今晚我吟一上联，哪位文友一支烟工夫即对下联，我即痛饮一杯，否则允我不饮。”大家齐声赞同。待酒菜上齐，酒杯斟满，友丁清清嗓子吟道：

“齐山顶上，诸子临亭，春风阵阵吹新绿。”

短时间一片寂静。丁窃喜，今晚又可避酒了。我正不服气，遂请店老板作证，不信就对不上来。店老板也不推辞，带着名片前来落座。我一看名片，“秋浦河边”，再看桌上十几道名菜将一盆超大火锅围在中间，热气腾腾，心中一亮：

“秋浦河边，众星捧月，古韵悠悠唱太平。”

于是高潮迭起。店老板和众文友见证，友丁也不耍赖，硬着头皮把满满一杯酒喝得一干二净……

（原载2016年5月20日《池州日报》及《贵池民间楹联故事》）

作者简介

钱立新，池州市作家协会会员，贵池区作家协会秘书长，贵池区摄影家协会副秘书长，七星墩文化遗址保护人。先后在省、市级媒体上发表多篇文章，尤其爱好搜集、研究池州当地家族文化、人文历史、传统民俗、野史传说等地域文化。热爱生活，钟情自然山水之秀，喜爱朴素文字之美。现供职于平天湖风景区清溪街道白沙社区。

万罗山——罗峰山边徐

在清溪河畔万罗山西南的罗峰村，居住着“清一色”徐姓大家族，现有7个村民小组，人口约千人，沿罗峰山脚形成住宅建筑群，依山傍水，故称“罗峰山边徐”，唐代大诗人李白曾游览此地。《秋浦歌十七首》云：“逻人横鸟道，江祖出鱼梁。水急客舟疾，山花拂面香。”罗峰山边徐为原里山街道罗峰村，2008年因区划调整合并为里山村，然而，诸多市民只知浏览万罗山的秀丽风光，却忽略了万罗山西侧的罗峰山边徐景色——村落古朴略显神秘，弥漫着一股浓厚的醇香气息，让人心旷神怡，确是一大看点。

罗峰山边徐宗族姓氏来源比较纯正，出自嬴姓，是黄帝玄孙伯益的后裔。伯益因大禹治水有功，禹帝临终前嘱咐其子将帝位传给伯益，伯益坚辞不就，遂隐居过着与世无争的田园生活。根据《徐氏宗谱》上清溪派世系图记载：明朝初年，五府都督徐茂驾抵金陵，声名远扬，途径池州上清溪，见万罗山屹立，与江祖石对峙，清溪河水清澈，罗峰山色空蒙，胜似仙境，极是理想居家乐土。徐茂发令六个儿子分别围绕池州万罗山清溪河流域一带，寻找栖居之所，其长子思宽选择上清溪石咀头，二子思宪迁居罗峰山脚，三子思荣、四子思华居南源，五子思朋、六子思友居坡里。徐茂第二子思宪为罗峰山边徐氏始祖。

走进罗峰村，一道开阔的河流呈S形环绕村庄，似一幅太极图铺展在蓝天白云下，村舍树木青翠，绿色醉人。虽说这里保存完好的古迹并不算多，但从新修的徐氏宗祠可以欣赏到古楹联“罗山毓秀云开五色凤翱翔，溪水澄清浪涌三春龙变化”，确能感受到村庄历史厚重。门前椭圆形月牙塘，四水归明堂式建设风格，与祠堂对称呼应。遗存的麻石条、石墩、石伞、禁示碑、旗夹以及节孝牌匾、百年古树等遗迹，让人感觉恍如隔世。丰富的人文景观让人陶醉，独特的自然风景令人着迷。正因理想的居住环境、丰富的生态资源，清澈美丽的清溪河孕育了一代又一代徐氏族人，做官、经商、学士、创业等名人辈出，家族享有很高威望。清朝时期，当地官府立有碑刻告示：清溪河盛产麦鱼，为池州特产。规定上至刘源，下至江口，由徐姓管理，任何村落及他姓，不允许在清溪河段张网捕鱼，捕鱼成为徐氏家族的主要生活来源。然而，这条惠恩泽民的河，经常洪水泛滥，使徐氏族人饱受灾难。1954年6月山洪暴发，洪水暴涨，冲毁河堤，夺走了40多人的生命，冲塌民房20多幢，其中10幢清代古民居被冲毁，这里成了交通死角的“孤岛”，每当汛期来临村民出行受阻，苦不堪言。90年代政府对沿河流域进行加固改造，排除了水灾隐患，2011年10月罗峰大桥建成通行，结束了罗峰村祖祖辈辈舟楫以渡的历史。如今，生活在这里的徐姓村民，生活大变样，开门见山，出门看水，把汗水洒进田园，将山川揽入胸怀，与美丽的大自然融为一体，过着世外桃源般的和谐幸福生活。

一、贞节牌匾话沧桑

罗峰村村民徐启文家保存有贞节牌坊匾额。徐启文说，1954年山洪暴发，水灾泛滥，徐氏家族损失惨重。贞节牌坊被冲垮塌，其父不顾个人安危，下河将2块贞节牌坊匾额捞起，为防止丢失，将其镶嵌在自家的墙壁上，才保存至今。在他的住宅外围，只见2块清代牌匾并列排放在门头的墙体中，一块刻有“邦璇之妻程氏节孝坊”行书大字，长110厘米，宽30厘米；另一块长76厘米，宽30厘米，标有贞节牌坊申报、核实、审批及清代巡抚官员记载文字等内容。这2块贞节牌坊匾额的保存，具有一定的文物价值。据78岁徐修齐老人回忆：贞节牌坊被水冲毁实在令人惋惜，牌坊原来是四柱三楼式的，矗立于村口，距今280年左右，牌坊高度有六七米，为花岗石雕刻而成，气度雍容，工艺精湛，上面书有“圣旨”两个大字和“邦璇之妻程氏节孝坊”，字体雄浑苍劲，旁边配有精美龙凤祥瑞图案，线条细腻流畅，栩栩如生。牌坊背面设置与正面相同，有“节孝”二字，下方详录申报建坊各级官员职位、立坊过程，说明这座贞节牌坊的内涵十分丰富，规格很高，非同一般。

据乾隆《池州府志》（卷五十四）列女传记载：“徐邦璇妻程氏夫殁。孤方五月。养衰姑，教子有法。乾隆二年旌。”为详细了解徐氏宗族来龙去脉，笔者多次前往罗峰山边徐村进行走访调查。据《徐氏宗谱》记载：清康熙年间，文人处士徐邦璇，娶妻程氏亚娘，结婚刚5年，丈夫邦璇病情突发，不幸病故，当时程氏仅有24岁，怀抱遗子才5个月。随后丈夫2个弟弟又相继去世，面对连丧3子，翁姑忧痛成疾，病卧床第。程氏含涕饮血，几欲勋命，绝望至极。但程氏不忍心抛弃5个月大的儿子，既然孩子失去父亲，孤苦伶仃，怎能苟延旦夕？考虑病床上的翁姑，何人服侍安度晚年？于是她决定守寡，守贞节，承担起照料翁姑、抚养遗孤的重担。程氏亚娘日夜操劳，纺纱织布，辛勤劳作，后将儿子抚育成才，贴心照料翁姑81岁寿终。程氏亚娘在寡居的50年中，孝敬长辈，教子有方，创撑家业，使徐家成为当地旺族，树起了卓越的典范，家族请旌，逐级审查、核实上报朝廷，于清代乾隆元年皇恩钦赐，建坊旌表，节孝立碑，徐姓族人每年春秋隆重致祭。

二、百年神树庇村庄

在罗峰山边徐村庄内，有棵百年古树，历史悠久，坐落在徐氏宗祠东南面，树冠如蘑菇，仿佛一把巨大的遮阴伞，与村庄衬托，构成了一幅美丽的山水画卷。据《贵池林业志》记载：古树为苦槠树，也叫槠树，别名苦槠栲，树高7米，树龄600年，现为贵池区林业局挂牌保护。这种树目前在贵池境内仅有14株。苦槠树具体特征为：树寿命比较长，叶常绿，枝叶对二氧化碳等气体抗性很强，结出的坚果为褐色，上有细毛。从开花到结果，苦槠树的花期一般在5月。树的叶子呈椭圆形，顶端逐渐变为针刺形，边缘有锐锯齿，背团苍白色，有光泽，枝叶常以螺旋状排列上升。树皮深灰色，呈现出纵裂状，有很大的观赏价值。

这棵古树历经坎坷，多次遭遇劫难，却又多次劫后重生。原来在村庄周边有许多似腰粗的古树，后来纷纷被砍伐，只有这株古树幸存。600年来，由于自然灾害等原因，古树曾多次遭遇洪水浸泡、雷击，导致主干被烧成空洞，豁口比较大，可容纳好几个人。古树濒临衰弱枯死，全村人得知情况，非常痛心，义务保护古树，及时进行喷药治虫，对部分枯死的枝干、腐烂的树皮和根部的空洞实施了保护性措施，并逢年过节杀猪宰羊为树祭祀，顶礼膜拜。古树逐渐重长新枝，体现出顽强的生命力。时至今日，古树依旧雄伟挺拔，生机勃勃。据村中老人说，以前生活条件差，医学不发达，一些孩子得了疾病，家长自发将孩子“过继”给古树，默默许愿以保孩子平安成长。随着时代发展和文明进步，这种旧风俗早已淡去，但一些年老长者总是忘不了昔时的情景。如今，村民对苦槠树有着深厚的感情，纷纷在粗大的树干上圈系一条条红绳线，仿佛庇佑大人小孩出入平安、健康长寿。这棵老态龙钟的古树之所以保护得如此完好，是当地村民代代守望、努力维护的结果。600年来，这棵古老的苦槠树充分见证着罗峰山边徐的沧海桑田、世事变迁，同时也见证着岁月流逝和时代发展，更记载着很多不为人知的神奇故事。

（原载2015年8月11日《九华晨刊》）

探访“小三线”

2017年底，应棠溪镇领导之邀，我对当年的“小三线”建设的历史状况进行了实地探访。20世纪60年代，毛主席曾提出：要随时准备帝国主义可能发动的侵略战争，加强备战，巩固国防的战略部署，以农业发展提高人民生活水平模式，转向加强国防实力，组织动员，支援小三线建设。上海率先吹响“好山好水好风光，好人好马好刀枪”的号角，进军皖南贵池山区，把棠溪、梅街、墩上等地作为综合配套的后方工业基地，加强国防军需战备力量，展开了轰轰烈烈的“小三线”建设。然而，到80年代初，随着军工任务日趋减少，国家对“小三线”提出了“调整改造，发挥作用”的方针，贵池“小三线”企业为降低成本，增强适应市场能力，转为生产民用产品，其设备、厂房由贵池地方接管，原职工陆续撤回上海。在当时艰苦的环境下，沪池两地人民同心协力，为服务国防战备贡献卓越，“小三线”企业功不可没，其精神值得永远传承。

一、“小三线”建设阶段艰辛历程

在棠溪镇秦书记带领下，笔者先后来到了火炬电器厂和胜利机械厂，采访听取了棠溪敬老院曹院长和百安村李主任以及工厂部分老职工的回顾介绍。“小三线”建厂选址必须具备离城要远、四周靠山、水源不涸、隐蔽是纲等硬性条件，特别对水源是否能满足生产需要、与外界间隔距离、与其他厂之间的距离、安全隐蔽等因素进行科学评估。从规划设计、勘察、测量到基础设施建设，任务繁重，深山茂密，道路不畅，没有机械设备，施工困难重重，条件十分艰苦，工人每天身背一壶水，肩扛工具，步行翻越，披荆斩棘，修桥奠基。加之计划经济年代，粮食不能满足供应，工人经常稀饭搭配红薯、馒头饱肚，天亮起床，太阳落山收工，劳动强度大。尤其在宿舍、厂房尚未竣工时，工人只好借宿农户家中，有的住工棚或住队屋，用稻草或芭茅铺成床铺，也感到舒适，偶尔遭到壁虎、老鼠、蜈蚣袭击，不觉得奇怪。他们顾大体，识大局，克服了种种困难，无怨无悔。

二、上海工人与当地人的情结

参与贵池“小三线”的工作人员全都是上海选调来的精兵强将，家庭背景清白，务实正派，年富力强。由于军工制造工艺流程具备一定的涉密性，有关部门规定厂区内部建设由专人施工，厂区外的炸山平地、铺路修桥、贯通沟渠、架设线路等附属工程，均有当地村民参与建设。上海职工和当地村民关系比较融洽，每当生产生活遇到困难，他们都会互相帮助。农田遭受旱灾，上海职工及时帮忙安装水泵，铺设水管，缓解旱情；农忙时节，他们义务帮助农村“双抢”劳动，脱谷粒、摞稻谷、铲田埂、摔秧把。当地村民也遵纪守规，从不敢对生产区越雷池一步，尽管不知道他们每天在厂内干什么，但每个人心里都知道“上海佬搞的东西，是专打鬼子的核武器”。由于棠溪曹村、百安坐落深山区，交通闭塞，生活单调，厂部为丰富职工业余文化生活，不定期开展放映电影、杂技表演、歌舞晚会等文艺节目，当地村民全家老少翻山越岭与上海工人一起观看，不但开阔了视野，而且像邻居一样，其乐融融。受其影响，当地村民思想观念发生巨大变化，模仿学习上海话，唱方言歌曲，跟风穿着，饮食、生活习惯等都有很大变化。其间，有不少男青年还娶了山里媳妇，也有山里小伙子娶了上海姑娘。最为令人感动的是，在“小三线”即将转型，上海人撤离贵池时，一些人哭红了双眼，恋恋不舍离开了使他们锻炼成长的贵池山区宝地。据棠溪曹村一位70岁的老人描述，一名上海年轻工人，曾在工厂勘察时被毒蛇咬伤，情况危急，村民闻讯，及时采挖“犁头草，半边莲”中草药，敷贴伤口，控制了毒素扩展，这位上海年轻人才得到有效救治。他回上海后，还经常与当地村民书信来往和微信互动，深情厚谊溢于言表。

三、“小三线”带来山区经济效益

20世纪六七十年代“小三线”企业在贵池山区落地生根后，对当地经济发展至关重要。当时因建设需要，其吸纳了不少本地劳动力，实行计件工资，享受劳保福利待遇，创造了不少就业机会。在当时计划经济时期，香烟、白糖、洗衣膏、肥皂凭票供应，当地村民无法买到，而村里的干笋、蕨菜、木耳、花生米、鸡蛋等土特产在上海市场稀缺，于是当地村民就与上海人进行物资交换，互惠互利，既解决了各自所需，又增加了家庭收入。村民子女也享受到就学、看病就医等优待。

“小三线”建设过去快40个年头了，给上海和贵池人民带来的发展机遇和商机也是很大的，为推动山区经济快速发展起到关键性作用。由于这里独特的自然环境和地理优势，原火炬机械厂现有一家木制品加工企业入驻，主要加工木材和生产精细木珠，出口泰国，年创收益近百万元；棠溪养老院也迁至其内，健康养老，修身养性，给社会带来了最大福利。其他一些“小三线”企业的厂房，有的改作他用，有的闲置，甚至倒塌，杂草丛生，看上去一片荒凉，但终究磨灭不了岁月印痕，它们充分见证了贵池“小三线”的辉煌历史。关于闲置多年的空厂房，镇政府已出台优惠的招商政策，正等待着有识之士前来开发兴业。

（原载2018年5月18日《安徽商报》）

大美陈村

涓桥紫岩陈村历史悠久，人文底蕴深厚。村民居住屋舍坐东朝西而建，白墙红瓦的民宅错落有致，平坦的水泥路面户户相通，环绕村庄的溪流清澈干净，宛如一幅原生态皖南乡村美好田园风光。陈村充分尊重江南地域的地形地貌、气候特点和村庄肌理，规划实施“村庄建设、环境整治”等模式，成为安徽省美好乡村建设生态旅游示范村。

好地方自有人前来，随着紫岩陈村宣传力度加强，知名度大增，前来观光的市民络绎不绝。双休日的一天，我邀朋友到陈村进行了实地走访。进入村庄入口，有一座村民自发集资筹建的陈村大门楼，四根方形水泥柱相互连接，形成一字牌坊，上面分别挂着四只彩红的灯笼，在旁边一块岩石上雕刻分外耀眼夺目的一个大红“美”字，寓意欢迎美丽的客人来到美丽的地方。笔者经打听、走访、察看，对陈村历史文化进行了初步梳理。

一、历史风貌

在陈村，如今很难看到古老建筑的身影，它们被现代文明气息代替。由于家谱被毁，陈氏祠堂及一些古建筑已经不见踪影，村口最出名的“天灯亭”也已被拆毁，“天灯亭”现为复建。目前村中 90 岁以上老人仅有 1 人，80 岁以上老人有 16 人，70 岁以上老人有 50 多人。对陈村历史了解的陈和钧老人今年 91 岁，是村中最年长的，身体特别硬朗，谈及家族事宜滔滔不绝，记忆犹新：陈氏家族老祖先大概是宋景定年间从江西婺源老家迁来贵池定居的，距今有 750 年了。后其祖先陈腾琪于洪武二年，即 1369 年，举家迁徙居住紫岩陈村，距今也有 600 多年历史。陈村风景秀丽，景色宜人，并有前、后各八大景色之说。前八大景色为：百尖云图、石龙奇洞、双冲牧笛、虎林风啸、狮石夜月、玉水环流、梅塘蕉柳、石印浮溪。后八大景色为：环山列嶂、冰泉古井、古楼梅雪、阴岭松涛、二庙霜枫、石壁林荫、西山磐石、岩岭夕照。

二、七里、九里与中门

陈村有 4 个村民组，受关注最多的还是：七里、九里、中门。曾有人误认为陈村过去有九里路长、七里路宽，或讲“对上九里，对下七里”，但被一些年长者否定。这是误谈，对陈村文化理解欠乏。原来陈村老祖先养了 7 个儿子，由于战乱、瘟疫、自然灾害等原因，迁徙分支到各地，在这以后陈村又延续分支为“七里、九里、中门”3 个房股支系，为祖先分支代号，中门与七里支系比较近，九里分支有所不同，但都共祖先血脉。这位 91 岁的老人，就是“九里”支系脉络，其祖先原在徽州当老朝奉，来到此处看到八大神仙在下棋，认为这是仙人居住的地方，才搬到此定居的。原来村中间有陈氏宗祠，坐落在中门位置，建筑规模两进，分别为明、清年代修建。祠堂每年要举行两次祭祀活动，非常隆重，分别在农历七月半和农历腊月二十四，陈姓族人全部到齐，烧香敬祖，商谈家族发展事宜，探讨祠堂维修经费落实和新增或死亡人口补漏登记，宣读家规家法，重温家族严明纪律。如今，村民继续发扬祖先传统，传承优良家风，保持和谐氛围，少有琐事争斗发生。

三、“八仙墩”传说故事

在陈村东北侧，有座“八仙墩”，传说当年八仙曾在此地聚会，在村民活动中心门前，八大神仙的大理石雕像，栩栩如生地站立在一排，神态亲切自然，目光慈祥和蔼，仿佛呵护着陈村村民健康生活、出行平安。

相传汉钟离、张果老、曹国舅、铁拐李、吕洞宾、何仙姑、韩湘子、蓝采和八位仙人在昆仑潜心修炼，为了到人间解除瘟疫、拯救百姓，巡游四方，采集炼制丹药，不断寻求治病良方，为民治病，终于功德圆满。在途经紫岩陈村的时候，八大神仙发现当地百姓得了一种怪病，迅速了解病情病因，来到村庄东北侧的一个平坦的土墩上，驻坡歇息在此采集草药，收集民间药方，又在村口的天灯亭中，将采来的草药配制成各种药方，为周边百姓解病魔之苦，挽救了百姓生命。从此，当地村民长期饮用山泉水，采食山中野生植物，个个身体强壮，健康长寿。八仙采集草药、配制药方、拯救百姓的传说故事，在紫岩陈村家喻户晓，传颂至今。

（原载 2015 年 10 月 20 日《九华晨刊》）

九华山下“缟溪金”

缟溪金氏家族渊源：缟溪金坐落在贵池区梅街镇源溪村部旁，左邻曹姓家族，右为古洞姚村落，庄前与村后分别为万担山、金家山，绵亘叠嶂，峰峦奇秀。缟溪金氏家族村落不大，现有 23 户，人口为 120 人左右。根据《金氏宗谱》记载：“缟溪金又称龙潭，原为开源乡，在贵池原一保，离府城九十里，彭城金氏志通公于大明嘉靖二年丁卯岁由滕溪而迁居于此焉，迄今数代，子孙数百余人，闻诸父老皆云：自藤溪而朝九华，见华西山水秀丽步龙而下，至蔺野冲老屋基居焉，于万历年间，琥、长二公又自老屋基移居水龙洞，即缟溪金（龙潭）。”金氏家族在贵池境内曾分支派系 7 处，地点分别是：集贤村股（里山新华苦竹畈）、白沙铺碎石岭股（清溪街道白沙村）、灵芝塔股（马衙灵芝）、曹村济头山股（棠溪镇曹村）、缟溪龙潭股（梅街源溪村）、金家冲股（梅龙郭港境内）、小河口盘山股（马衙街道马衙村）。金忠旺、金双喜是缟溪金村庄最有威望的 2 位老人，据他们描述：缟溪金与贵池其他 6 处金氏共祖先分支，现全部分支拆修，辈分各异，其派语 28 字——“大汉遗芸以忠良，清宁庆世太和乡，宏献远至嗣先诸，名传孝友耀宗邦”。缟溪金氏因村后有一个长年不涸的“龙洞”形成水潭而得名，老祖先来此距今约有 500 年历史。金氏宗祠建于清乾隆年间，当时在建设过程中，石料全部从高山上精心挑选，经人工细腻开凿，除糙碾磨，光亮滑润，后用滚木将石条方料逐块移入山下，人工投入巨大，宗祠修缮风格具有皖南典型徽派特色，壮观宏伟。由于事态多变，历尽沧桑，族人遭遇战乱，死伤无数，宗祠部分墙体倒塌，木质结构毁损，最有典型代表的《皇太后》傩戏剧本被烧毁，部分典籍和傩戏脸谱道具先后遗失。20 世纪七八十年代宗祠是生产队存放粮食及农具的仓库。金氏村民勤劳持家，忠厚质朴，主要以种植竹木、茶叶等为主，1971—1973 年农作物产量比其他生产队的每亩单产高出 100 多斤，连续 3 年在贵池县各农业生产队年终分红收益评比中获第一。2003 年村民自发集资重建祠堂一进三间，门头式院落，简洁实用。缟溪金和缟溪曹、徐村柯一样，每年都正月初七至十五举行盛大的傩祀活动，特别是正月十三的舞灯伞、朝社树等独特的傩戏祭祀，规模阵容庞大，吸引了众多媒体聚焦。目前缟溪金氏家族保存有傩戏脸谱 13 尊，分别为土地、关公、相官、刘文龙、范喜良、和尚、先生、千里眼、顺风耳、丑角、净角、正旦、小旦。傩戏唱本分别为《刘文龙》《皇太后》《孟姜女》，继续保持着传统文化特色，承载傩戏文化内涵。

清代曹曰瑛为金氏家族作谱序：在源溪村曹姓家族历史上出现了曹曰玮、曹曰瑛两位文武精英。兄曹曰瑛（1662—1722），文章诗词独特，书法圆润有力，是清代著名的书法家、官员。他的诗词犹如婉转的音符，令人寻味。《缟溪筑屋抒怀》就是他描写家乡缟溪的代表诗作。《金氏宗谱》详细记载了金氏家族互为表里的家训家规，训导后人修身立业，培育优良品行，树立家族门风，遵守宗规，保持团结的优秀典范。金氏家谱的首卷中记载曹曰瑛在 46 岁于康熙四十七年（1708）为金氏家族作的开篇序言并盖有印章，可想而知，曹曰瑛名人大家，高官头衔，说明金、曹两姓家族根深蒂固，和睦共处，营造共济，是维持一方秩序稳定的名门望族，为人所敬仰。

缟溪金“龙洞”传奇：源溪村独特的地理环境资源，令人赏心悦目，目前有“仙姑洞、龙洞、白云洞”三处天然溶洞奇观，每个洞都很神奇。“龙洞”是金氏始祖历尽千山万水寻找的最佳风水宝地，坐落在缟溪金村后山脚处，隐藏在绿树参差中，洞口外侧上方石壁刻有“天开奇境”等摩崖石刻字样，泉水自洞中深潭流出，冬暖夏凉，缓而不急，显得格外清澈湛蓝，藓苔靛青。无论春夏秋冬，洞里的水总是不增不减，不干不涸。在清晨或雨后，阵阵浓雾从洞口飘飘袅袅，缓缓升空，形如龙体，犹如仙境一般，故当地人称为“龙潭”“龙洞”。大约在清代顺治九年（1652），江南大部分地区全年几乎高温少雨，尤其春秋两季旱情最为严重，造成塘河干裂，农作物枯萎，牲畜濒临渴死。百姓为了活命，到处烧香拜佛，祈求天降甘霖。可是，老天不仅滴雨未下，连半点云彩也没有，盼雨心切的百姓，在贫瘠和绝望中煎熬。

突然，有一天，在九华山西面的金家大山一带，出现一道靓丽的彩虹，只见半空中一条巨龙在上下翻腾，金色的龙爪在空中挥舞，伴随着一股云烟从洞中进出自如，时隐时现，不一会，天空乌云密布，雷电交加，暴雨彻夜不止。第二天，庄稼禾苗转绿了，人畜用水缓解了，百姓奔走相告，纷纷来到洞边摆上供品，烧香跪拜，感谢巨龙挽救了生命。从这以后，每当年份不好，四乡八邻的村民都要聚集在这里祈祷膜拜，这种祈祷行为，逐渐演化成了固定的求雨仪式。传说这条巨龙常住于此洞，并掌管源溪及九华山一带的雨水气候，天若降大雨，山洪暴发，洞中的龙就将过多的雨水挥发掉，不让洪水及泥石流泛滥成灾，祸及百姓；逢干旱少雨季节，巨龙就从洞中飞出，腾云驾雾，骤降甘霖，滋润禾苗。从此，这条巨龙滋润着这里的一方水土，维护这里的生灵免遭涂炭，让源溪村的老百姓一年四季风调雨顺，五谷丰登，物阜民殷，安居乐业，过着幸福美好的生活。“龙洞”传奇或许只是个神话故事，但它寄托着当地百姓对生态文明、风调雨顺的美好期待。

（原载 2017 年 8 月 10 日《池州日报》）

作者简介

王光龙，1988 年生，华南师范大学文学硕士，安徽省作家协会会员，安徽省中青年文艺评论家高级研修班学员，鲁迅文学院安徽作家班学员，池州市作家协会副秘书长。出版童话集《篱笆墙下的童话城堡》。散文、小说、诗歌、剧本、歌词和评论五十余万字散见于《美文》《清明》《文学界》《福建文学》《山东文学》《安徽文学》《散文百家》《天津文学》《奔流》《黄金时代》《百花园》《阳光》《诗歌月刊》《星星·散文诗》《散文诗》《散文诗世界》《广州文艺》《岁月》《短篇小说·原创版》《当代小说》《羊城晚报》等报刊。

遥想一座城

蛾眉月，晦暝。谷仓，如从丘陵上冒出的蘑菇，鳞次栉比，影惶惶。秋蝉，嚣声渐稀，寒霜捂紧田野，稻茬似被剃，填补了土壤的坑洼。少年蹲坐在田间，迎风摇摆的狗尾巴草，搔人痒。望天，空而邃，像极了母亲的眼眸。

这里不是城，村外的窑厂和机耕路是唯一和城有关的乡村物件，他也极少踏足。更多的时候，他牵着牛，或赶着鹅，走向草地，杨树婆娑，风吹叶片作响，哗哗哗，沙沙沙，还有鹅鸣和牛哞声。这是乡野之声，而他也仅仅是一个乡村少年。

不远处，土屋，茅草边已发黄，青苔占据了院子，一架旧独轮车停靠在屋檐下，像个打盹的老人。一墙之隔，有棵巨大的枣树，是两位老人亲手种下的，只为哺食他们的子孙。少年遥遥望去，咫尺天涯。在泥田里挣扎的父亲，移种来一棵野生枣树，临池水而栽，细而矮，如同少年的身体。在苦难里泡大的母亲，改小了自己的衣裳，让少年穿着去学堂。

少年背着军绿色的书包，拉着父亲的手，晨光暖，鸟雀在路旁树间嬉闹，父亲高大，父亲的身后是广袤的田野，一望无际。放学路上，蒿草丛生，干旱过后的路面，龟裂。少年在路旁挖了一个洞，埋下了玻璃球和一封笔迹扭曲的信，关于爱情和城市。辍学的小伙伴们去了城里，盖了房，买了车，还娶了村里的她。少年拿着录取通知书，蹲在打谷场旁，一群鸟雀肆无忌惮地捉理着羽毛，阳光下，稻粒饱满，刺眼的金黄。日夕，牛羊下括，鸡入窝，父亲磨好镰刀，母亲也摘完了棉花，各自安睡。唯有屋顶上的猫，踩着瓦，一遍遍，在月夜里呼叫，声音绵长，如泣。屋顶是猫，屋内是几只流窜的老鼠，少年已经无心顾及它们，任凭它们在眼前奔跑打闹，偷粮食，吱吱叫，甚至挑衅。少年躺在床上，月光潜进来，安静地躺在床边。少年在遥想一座城，没有田野和泥土，无关贫瘠和固守。

少年会背着行囊，走进雨中。在即将到来的九月里，雨，注定要清洗乡村和城市之间的路，像在漂洗一条粗布裤带。父亲把他送到城市的边缘，手挥了又挥，头回了又回，就被大巴车带回了乡下。少年看见了高楼、餐饮店、书店、超市、衣着清凉或怪异的男女。他被晾在水泥路上，拉着自己的行李，像拉着一条土狗。

少年皮肤黝黑，身材消瘦，他走进日光里，广玉兰和香椿树，错落有致的地砖，瘦高的路灯，反光的玻璃墙，仿如梦。他看见两只麻雀蹲在电线杆上，穿着燕尾服，绅士般起舞。少年想到了稻子和热浪，一阵眩晕，他感觉自己好似混进了一条陌生的船上，颠簸，呕吐，水土不服。流火后，少年皮肤日渐白皙，瘦弱依旧，他站在秋风中，雁南飞，蒿草枯黄，背后的山峦轮廓日益清晰，绕城而过的秋浦河慢慢缓了下来，仿佛抛了锚。少年开始写诗，关于乡土，字里行间也偶尔隐藏着几句爱情，像个贼。

他终于决定上山，江南的山，低矮，披着绿衣，像一块门槛石。山虽矮，全城却一览无余。少年看见了瓷白的云，幽蓝的天，还有约会的她。他眼睁睁看着，一个年老的诗人搂着她，去了远方，留下少年在小城里，安身立命。少年撕了还在修改的诗，坐在山头，沉默，一只山雀停在他的肩上。日升日落，少年摸了摸自己坚硬的胡茬，那些冒出的柔软时光，蛋清般。少年拍拍身上的灰尘，飞蛾乱舞，像一尊复活的石像。下山，如一阵过堂风。少年最终决定去大城市，他步履轻缓，像蹑手蹑脚的影子，被牵扯着。他站在桥上，摇曳在城市里的灯盏，像聚集的萤火虫一样，挥之不散。少年擦了擦眼睛，这是他入城以来难得的一个闲暇时光。少年摸了摸干瘪的口袋，想起父亲经常拍拍干瘪的粮袋，眉纹如刀刻，沉默，腮帮紧咬。他曾在烈日下奔跑，在霜雪中停伫，多少次，车如流水，他往外看，雨水如蚯蚓爬满车窗。那时，肚子比头脑更加饥饿，粮食比知识更加紧迫。城里的夜，闷热，喧嚣，暧昧以及赤裸裸，唯独他，把自己遮蔽在一片树影里，不愿见光。少年睡在屋子里，像躺在一粒瓜子壳里。窗外，美人蕉摆动，在期待着一场雨。他想自己应该会邂逅一场爱情，撑着伞，走过桥，逛过街，一起看城市的天空，一起数着数不尽的公交站牌和灯盏。可是，总有一抹记忆会最终出现在车站，唯一的一次相拥，她就走进了人群，留下少年在车站的起点，成了被遗忘者。

我想有个家。少年惊醒后，唯一记得的一句话。

屋里，四面白墙，他想起儿时村里放的露天电影，多少少女沉迷于大屏幕里虚构的生活，跟着放映员离开村庄，只为进城。少年的脑袋一片空白，他自己都无处安身，像浮萍，被城市的人流挤得跌跌撞撞。

为何进城？少年反复地问自己。城里的时光快如涡轮，不断搅乱着乡村的慢生活。城里种不了稻粟，水泥坚硬，远离故土，父母朝思暮想，少年左右为难。他未曾想过，人与人之间，除了握手、微笑、问候、青梅竹马以及邻里，还有车子、房子、钞票、墨镜、猫眼和面具。少年感到窒息和孤独，他伸出手，抓了一把月光。似睡非睡，似醒非醒，梦断续如藕丝，日光偏西，天花板上的电扇还在吱吱作响，像是人踩在风吹日晒的脚手架上。

少年收拾行囊，回江南。恰逢杏花正开，或素裹，或红装。少年决定在此结婚生子，动手建造房子，砍毛竹，挖山泥，背山面水，适合遥望曾经的大城市。偶尔，他也拿本诗集，走在秋浦河边，看着芦苇一天天老去，几只约会的白鹭在耳语，忙里偷闲的耕牛在河堤上散步。少年感到血液流速渐缓，语速放慢，甚至动作都像微微开合的贝壳。他听见了蚊鸣、骨骼的摩擦声、呼出的气在眼前的撞击声，甚至，他会夜里独自披着衣服站在城市的顶楼，像一位垂钓者。不是梦魇，他却真正感受到自己毛发霜白，皱纹爬了上来，连翻书都开始喘气。

少年看着身边熟睡的妻儿，想着还在乡下的父母，疲惫不堪。他手撑着床沿，像一位摆渡的老船工。

少年冥想，开始按捺不住，想奔跑，沿着城市的边缘，环形运动。呼吸粗喘，步伐沉重，像个解甲归田的老兵。阴晴圆缺，少年的皱纹脱落，似蜕皮的蛇，他毛发乌黑，步履轻快。少年重新拿起书本，字迹愈加清晰，他一笔一画地描摹着，他笑着，是母亲第一次表扬他时才有的微笑。少年想哭，没有缘由，哭声和来到世间的第一声哭泣一样，清脆、响彻，仅仅只是向世人和社会打个招呼，我来了。

少年越跑越快，他遇见了她。站在风中，微笑着，青涩如梅，没有后来的魅惑和红唇假面。他看见了青年的父母，一个孩童拉扯着父母的衣角，躲闪在身后。少年呼啸而过，像误点的火车、归巢的海鸥、迟来的梅雨。

少年跑累了，趴在水边的一块捣衣石上，昏昏睡去。许久，他睁开眼，水如镜，看见自己的学生模样，身旁，一张录取通知书和车票被母亲用布包好。

少年洗了一把脸，然后轻轻推开门，走到院子里，父母睡在夜里，村庄睡在夜里，月光如旧，亮晃晃，霎时静，霎时冷，霎时风吹草动。

（原载 2017 年第 10 期《美文》）

随风而逝的歌谣

豆豆豆豆飞，老公鸡上草堆。哥哥拿棍打，嫂子挦鸡毛。哥哥哥哥你不要慌，锅里还有大鸡汤。嫂子嫂子你不要急，锅里还有大鸡皮。

小板凳踩踩，里面蹲个大哥；大哥出来买菜，里面蹲个奶奶；奶奶出来烧香，里面蹲个姑娘；姑娘出来磕头，里面蹲个马猴；马猴出来蹦蹦，里面蹲个臭虫；臭虫出来爬爬，里面蹲个蛤蟆；蛤蟆出来呱呱，里面蹲个娃娃。

——奶奶哼过的歌谣

一

土墙一堵，墙外青梨一株，一弯残月冷冷地照在院坝的上空。我蜷缩在两张拼凑在一起的木椅上，奶奶一手抚摸着我的头，一手轻轻挥动大蒲扇，嘴里的歌谣轻轻地飘出，在月色朦胧的院坝里回荡，如这清凉的夜风一样，沐浴周身。

夜黑得深沉，像是人困乏了的眼睛，闭得很紧。晚饭后，奶奶把木盆放在院子里，慢慢放入温水，时不时把手放入水中，试试冷热，然后把幼小的我放在木盆里。水来自远处丘陵上的一口古井，清且凉，即使煮沸也少有杂质。白天在村庄里奔跑玩耍，我一身汗味，回家后，在月光下，奶奶一边给只有五六岁的我洗澡，一边哼着乡土气息浓烈的歌谣。小小的水盆是小小的池塘，我嬉戏玩耍，像一只无拘无束的小雏鸭。奶奶给我擦干身子，穿上粗布衣服，陪着我在院坝里纳凉。月光下奶奶的头发银白，柔滑地往后梳，一丝不乱，斜对襟蓝色棉布大褂上还有着香皂的气味。蒲扇一起一扑，让飞舞的蚊子和蛾无法近身。我喜欢躺在奶奶的身边，听着奶奶的歌谣，看着院子上空的夜色，数着一颗颗星星，盯着云移动的痕迹。奶奶的歌谣，像一弯小船，载着我缓缓地飘出村庄，飘向遥远的星河。

二

在村庄里生长，童年也被村庄浸染。我无法忘记院墙外的一方池塘，它给我这个不会游泳的陆地生物一次童年的洗礼。儿时居住的村庄不大，只有十来户人家，像我一样还未到上学年龄的孩童不多，父母要为整个家庭的生计而奔跑在田间地头。夏季，稻子早已在田野里垂下沉甸甸的穗子，母亲在远处的梯田上收割，父亲则把稻穗一捆捆地沿着逼仄的田埂挑往家门口的打谷场上。田地遥远，半天光景也只能来回三四趟。抢收的硝烟弥漫在田野里，而村庄却格外宁静。蜻蜓在池塘旁的槐花上盘旋；母鸡带着小鸡们在稻捆旁嬉戏，捉草虫；早晨的阳光和暖，似一床晒过的棉被，一只灰皮小狗翻着肚皮懒洋洋地躺在墙角。我整天跟在奶奶的后面，像一只小绵羊，寸步不离。奶奶从院子里出来，端着一大木盆的衣服向池塘走去。池塘边长满了槐树枝条，垂水而照。父亲不久前挖去了池塘里的淤泥，池塘变宽变深了些，方便夏日雨水来临时储水。池塘虽小，古井距村庄遥远，平时洗漱都要用池塘里的水。奶奶在池塘边的石头上捶打衣服，我在池边玩耍，池塘里有红盔甲的虾和滑不溜秋的泥鳅。奶奶洗好了衣服，抱着木盆起身折进院子里晾晒。

对于水，我和田里的幼苗一样有着天生的渴望。尤其是夏季，雨水过后，被汗水浸透的村庄陡然凉爽了起来，泥土还有着余热。那时，我还没有到关心粮食和蔬菜的年纪，只喜欢光着脚丫奔跑在被雨水喂饱的泥土上，追赶着清新的空气，看着雨后的彩虹挂在菜园边的一棵杨树枝丫上。夏季池水清凉，池塘里鱼虾游弋可见，我折根槐树枝拍打着水面。“老憨啊（宝贝的意思，乡村语），小心一点，水深着呢。”父亲在打谷场上喊。“知道啦，爸爸，你忙你的啊。”我看见父亲卸下肩上沉甸甸的稻穗，向我笑了笑，敞开湿透的上衣，扛着扁担又往田里去了。

这个村庄静悄悄的，我童年的视野拘囿于这块狭窄的村庄，唯有天空和池塘，像一大一小的两块镜子，扩大了我想象的空间。天空挂着夏日接近正午的太阳，温度快速爬升，阴凉的池塘成了我常去之处。奶奶在院子里忙碌着，我就继续拍打着水花，水底像一块诱人的琥珀，我被吸引过去，慢慢向池塘爬过去，像一头口渴的小牛犊。那一刻，我没有想到平时温顺的池塘，却突然向我张开了口，把我吞了进去。我只感觉自己头一仰，坠入了池塘里。水很快淹没了我，在水里的我看见蔚蓝的天空被水纹弄得褶皱斑驳，我试图抓住那些变形的云朵。我挣扎，双手扑水，感觉到我是被奶奶常说的一种叫作“猫猴”的水怪抓住了，它要拉我当替死鬼，借我复活。我害怕极了，越发挣扎，手突然碰到硬硬的树根，那是池塘边槐树的根茎。可是幼小的我根本爬不上去，我的哭声被水呛了回去。奶奶老了，耳背，我真担心她听不到我的呼喊。就在我快要被扯进池塘深处的时候，奶奶一把抓住了我的手，把我拽了出来。原来，奶奶在院子里晾完衣服，迟迟没有看到她的孙子，赶紧跑到池塘边，却发现我在水里挣扎。奶奶把我拎回屋子里，我哭哭啼啼，从水底出来后才知道害怕。奶奶让我站在椅子上，把湿衣服都脱了下来，一边帮我擦干，一边问抽泣不歇的我：“看你以后还玩水不？这下知道怕了吧？”从那以后，奶奶去哪里都带着我，生怕我一不小心再次从她的身边消失。父亲禁止我再去水边玩耍。其实，自从那次之后，我对水就产生了恐惧之情。水底世界对于我而言不再是色彩斑斓的童话，而是无底地狱。我不仅在身体上成了旱鸭子，而且在心理上患了恐水症。

十余年后，原来的村庄已经稀稀疏疏地只剩下不肯搬走的两户人家，像是老人仅剩下的两颗牙齿，还松动地长在四周都种上粮食的村庄里。我家原来的老屋也被推倒，曾经的屋基和打谷场都种上了棉花。那口曾经差点淹死我的池塘早已没有了水，成了一条小沟，像是村庄一条浅浅的伤疤。我站在“池塘”里，烈日下一股热风从遥远的丘陵上刮来，吹得棉花枝在颤抖，池塘旁边早已成材的杨树的叶子也哗哗地响。整个“村庄”安静得像另一个世界，那个奶奶十余年前就去的世界。

三

父母每年都会回一趟湖北，去看望外公外婆。我每次都在哭声中适应父母离开的那一个多星期，在奶奶的哄骗中一次次地站在村口的那棵杨树下，从黎明到黄昏。家里只有我们祖孙二人，父母临走前已经收拾好田地，磨好面粉，买足了油盐，除了我需要照顾外，还有一群鸡鸭鹅和一头猪需要照料。奶奶天性爱干净，忙里忙外的，不曾停歇，尤其是家里的那头大肥猪，一天要吃好几顿，奶奶就天天去野地里割野菜。除了晚上奶奶会带着我在院子里纳凉、唱歌谣给我听外，白天她都在忙碌着。她怕我乱跑会出什么意外，就把我哄睡着后去割野菜、挑井水。每当我醒来，都从被我的汗渍和口水浸湿一大块的凉席上爬起来，看大门紧锁，三间土房空荡荡的，窗户外面的麻雀喳喳地叫着。我被一种巨大的恐惧包围着，我只有哭，只有叫喊，希望藏在屋角处、房梁上或者我背后的某个怪兽被我的叫喊声吓跑。往往都是奶奶听见我的哭声才急急忙忙地开锁，一把把我搂在怀里。“不哭，不哭啊，奶奶回来了，谁欺负我大孙了，我打他。”奶奶用手故作击打地面状。

一年下着大雨，奶奶打开猪圈喂猪，猪被闪电所惊吓，挣脱绳桩，冲出泥土堆砌的猪圈墙，疯狂地在院子里乱窜，夺门而出。奶奶赶紧跑出去，拉住猪脖子上的断绳，猛地往家里拉。我站在门口，伸开两只小手，就是不肯让猪进门。奶奶呵斥我不要挡道，我就是不听。猪猛烈挣扎，奶奶腾不出手来把我拉到一旁，反而被猪挣脱了绳子，逃走了。奶奶来不及生气，就赶紧追赶逃跑的猪。我看见奶奶走了，也冒着雨跟在奶奶的后面。奶奶看见我在雨中奔跑，就叫我回去，我说我要帮忙找猪。她就把我拉住，送到隔壁家，让邻居看着我。她自己转身往雨里去了。隔壁家是做月饼的，中秋将近，他家请了人在赶工。邻居找来毛巾给我擦干头上的雨水，塞给我一块月饼，问我发生了什么事情。

“猪跑了。”我小声地回答，把月饼偷偷地藏到口袋里。大家停下手里的活，都出门帮忙找猪去了。我一个人站在门口，看着奶奶和众人把猪拉回猪圈，并重新堵好猪圈的缺口。奶奶把我拉回家，一路无话。关好门后，奶奶让我站在板凳上，一边帮我换衣服一边说：“你今天真差点把我给气死了。”我把口袋里的月饼递到奶奶面前，说：“奶奶，你吃。”奶奶愣了一下，看了看月饼，又看了看我，把月饼推回到我手里，笑了笑，说：“奶奶不吃，我的乖孙子吃吧。”我掰开月饼，把一半递到奶奶的嘴边，自己笑嘻嘻地啃着另一半月饼。

到了入学的年龄，奶奶负责我的饮食起居。学校是位于另一座丘陵上的乡村学堂，来回需要半个小时左右的路程。背上书包上学后，我没有像其他孩童一样哭闹着不肯上学，而是每天早早地跑到学堂去。看着沿途的秋草慢慢变黄，看着燕子在红墙黑瓦的教室屋檐下衔草做窝，我每次都是蹲坐在教室门口，背靠着紧锁的褐色大门，被老师和同学们戏称“看大门的”。一次中午放学，到家后看看快十二点了，而奶奶还没有做饭，我焦急地要奶奶做饭。奶奶放下手里的活计，跑到厨房去淘米洗菜。家里的灶是烧柴的，柴被夏季的雨淋湿后，不易点着且烟大，火时断时续。时间都快到十二点半了，奶奶还没有烧好饭，我像是如临大敌般背起书包往学校走去，把奶奶的叫喊丢在脑后。小学的学堂和镇上的中学正好东西相对，我走在去学校的路上，发现还有从镇上散学归来的中学生，我夹在一群大龄学生的中间，好不尴尬。

我确实去学校早了，整座校园静悄悄的。我又坐在门口，等着两点半拿着钥匙的同学来开门。我一直很期待老师让我保管开门的钥匙，那是何其自豪。掌握着钥匙仿佛就掌握着整间教室的出入，也是老师信任的一种方式。

可是，我只能守在门口等着开门，生怕自己被遗漏，再也进不了这间教室。正午的日头从院子中间的一棵美人蕉上散下来，像是随手丢下的闪光薄铁片。我近乎迷迷糊糊地睡了过去，可是肚子又咕咕地叫。我起身在校园里转悠，试图熬过这漫长的等待。忽然，我听见有人喊我，由远而近，奶奶出现在学校门口。她没有进来，站在门口喊我。我没有理她，她抬头看了看校门，整整衣服，拍了拍裤脚的灰尘，挎着竹篮进来了。奶奶哄了我许久，从竹篮里端出米饭，还有平时难得见到的腊肉。我嘴巴硬，可是肚子早就已经投降，经不住奶奶的劝说，就端起碗扒起饭来。奶奶抚摸着我的头，笑着说："有我的大头孙子在，这门也不用天天锁了。"

每次我写作业，奶奶都在一旁看着我。她一边纳鞋底，一边问我这个字读什么、那个字读什么。我知道奶奶没有念过什么书，就随便读一个音给她听，她每次都满意地笑着。每天散学回来，她第一件事情就是问：字写了没有？仿佛我的读书就是为了识字。奶奶一生没有接触过书本，父亲也只有小学的文化程度，他们走过饥饿的时代，读书成了遥不可及的幻想。祖辈都是庄稼人，奶奶希望王氏家族里能够走出一位读书人，她把希望寄托在她的孙子身上。奶奶年龄大了，长年累月的劳作落下的病痛席卷而来，开始整日躺在床上。那时，我已经到镇上的中学念初中，再加上母亲和奶奶的矛盾日趋僵化，奶奶的脾气日益古怪，我和奶奶说话的时间也越来越少。一次，上学出发前从奶奶房门前经过，奶奶向我招手，我犹豫了下，奶奶住的屋子阴暗，透着一股凉气，她病后就经常指责饭菜不好、指责母亲不孝顺，我也就很少踏足她的门槛。我看了看奶奶，还是进去了，奶奶转过身去，从枕头下掏出水果和一些牛皮糖，塞给我，笑着说："去上学吧。"我知道，这些水果和糖是大姑和表姐们来看望她时买的，她舍不得吃，每天上学之前都喊我，塞给我几个。那时，我打着伞走在泥泞的乡间土路上，手伸到口袋里，剥开糖纸，自言自语：这是奶奶给我的糖。如今，没有谁再给我一颗牛皮糖，当年那种口味的糖，甜甜的、涩涩的。

四

我奔跑在塘埂上，像一只惊慌的小野兔。塘埂的一侧是坡度不大的草地，平时是放羊放鹅的去处，一场雨过后，草色青嫩，满眼的绿色，看得人心慌。

我是要赶往住在莲塘村的二姨家，告诉她一个坏消息。

我继续奔跑，雨后空气湿润，土路湿滑，被家畜吃剩下的草根扎脚，可是这一切都不能阻止我奔跑。远远望去，在茫茫的田野里，春末雨后的绿色大地上，一个小男孩在拼命地奔跑。在草地上放牧的小伙伴看见了我，用放牧的竹竿试图拦下我，嬉笑问道：“去哪儿啊，跑这么快?”

我知道他们平时属于调皮捣蛋的一类，没有停下来，嘴里不自觉地冒出一句：“我奶奶去世了。”他们愣了一下，各自自觉地闪到一边。

我一边奔跑，一边想着“去世”这个词。乡村用惯了“老了”这个词，以示避讳。而我心里想着，奶奶不是老了，而是“去世”，是离开这个世界了。那个疼我爱我的奶奶不在了，我越想越伤心，越跑越快，泪水被迎面而来的冷风吹得七零八落。我回来的时候，村里许多人都来帮忙。门外搭了棚子，摆满了桌椅和白瓷碗。我走进堂屋，奶奶躺在靠墙的凉床上。许多人拥挤在本不大的屋子里，住在遥远乡村的大姑赶来了，哭得泣不成声。奶奶生的子女颇多，一场饥饿的浩劫，如今只剩下大姑和父亲。父亲买来寿衣，大姑和村里一些年长的妇女一边哭，一边给奶奶洗漱、穿衣。我一个人退在门外，感到无名的恐惧。所有的人都在忙碌，父亲顾不得忧伤，奶奶的后事全靠他一个人张罗。待晚上，来看望奶奶的村人都回去了，父亲和大姑跪在奶奶的床前，不吃不喝。我看见奶奶的床头放着两个粗瓷大碗，一个碗里盛着鸡头；另一个碗里装满了米，插着筷子。一口大铁锅摆在床前，父亲在往里面烧黄纸。奶奶安静地睡在床上，一年四季的衣服都穿上了，身上盖着白布。屋子里透着凉气，烛火在风中摆动，屋外的月光也躲在乌云的后面。我听见抽泣声，跪在屋子里的人眼睛红肿，可是这一切都已经无法再挽留奶奶了。奶奶去得如此突然，让人还来不及伤心。父亲在中午的时候才拉着板车带奶奶去医院检查，回来的路上奶奶还热情地和村人打招呼。她回来后，躺在凉床上，有些异样。来看望奶奶的村人叮嘱父亲先把东西备着，免得到时候慌乱。父亲就去了镇上买东西，留下我和几个表叔在屋子里。睡在凉席上的奶奶似乎在挣扎，猛地翻了一个身，睡到另一头去了，就再也不动了。表叔们相互看了一下，就出去了，留下我一个人。虽然院子里人很多，可是整间堂屋就只有我和奶奶，我看着奶奶一动也不动地躺在床上，一股寒冷之气从屋角窜出来，当时害怕比伤心更先来到。“你奶奶真是一个爱干净的人，临死都要睡到床的另一头去。”这是村里人对奶奶最后的赞美之词，可惜她再也听不到了。

泪水已经哭干，深夜坐在从火葬场回来的车上，我看见父亲紧紧地抱着奶奶的骨灰，红肿的眼睛呆呆地盯着远方，车窗外的树飞快地逃窜，鬼影一般。我们到达墓地后，父亲把奶奶的骨灰盒放入事先挖好的墓穴里，掩上土，立上碑，大家沉默地看着这个新土丘，像是看着另一个世界的入口，而奶奶将长眠于此。

五

奶奶的丧事办完后，我在很长一段时间里不敢进堂屋，感觉奶奶的气息还停留在水缸旁、扫帚上，甚至还能莫名地听到奶奶呼喊我的声音。我站在院子的烈日下，看着阴暗的堂屋，一切静悄悄的，那个疼我爱我的奶奶真的不在了。

夏天迟迟不肯过去，家人坐在院子里纳凉的时候，我坐在幼时坐过的板凳上，院子里的一切似乎都没有怎么变化。我抬头看着千年不变的夜空，似乎少了歌谣，那些奶奶哼过的歌谣。我深深地叹了一口气，悲伤像一股凉水，浸透我的全身。我不再害怕，开始思念，开始伤感。甚至走在路上，看到银发的老人，或者听到谁家的孩童喊了一声"奶奶"，我都会不自觉地停下来，黯然伤怀。

我考研去了广州后，一天，走在大学城的路上，三四个学生模样的人和我擦肩而过，她们用方言哼着一首歌谣："小板凳跺跺，里面蹲个大哥；大哥出来买菜，里面蹲个奶奶；奶奶出来烧香，里面蹲个姑娘；姑娘出来磕头，里面蹲个马猴；马猴出来蹦蹦，里面蹲个臭虫；臭虫出来爬爬，里面蹲个蛤蟆；蛤蟆出来呱呱，里面蹲个娃娃。"我停下来，久久地看着她们远去的身影，想起奶奶已经去世二十余年了，而我也位于千里之外的南方城市。奶奶的模样差不多被岁月洗涤而日渐模糊，那份对奶奶的思念也被成长的困惑所遮蔽，而偶尔响起的歌谣，让我仿佛回到那个贫瘠的小村庄里：月光下，奶奶摇着蒲扇，在哄幼小的孙子入睡。

哎，时光让一切都化作了尘土，我们的肉体终究都会枯槁，深埋地下，对亲人的思念也会被岁月篡改和漂白。在人世间奔波，我们纸醉金迷，我们无暇伤感，而突然响起的歌谣，却让精神失忆的我们猛然回想起一切来。我停下脚步，抬头望望华灯初上的城市和繁星点缀的夜空，像一个孩童，双手合十，祈祷众神眷顾曾如此爱我的先人。

（原载 2015 年第 6 期《山东文学》）

作者简介

吴毓福，秋浦河东人，中国致公党员，安徽省作家协会、书法家协会会员。有零星文字散见于国内外多家报刊。2010 年，作品《寂寞泡桐花》被池州市电视台制作成 MTV 电视散文。2011 年，散文集《站在冬天里的朴树》由合肥工业大学出版社出版。2016 年，散文《乌渡湖一角》收入中央电视台、中国盲文出版社联合举办的“带盲童看祖国”有声读物《淮岸柳影》。

站在冬天里的朴树

四季中，闲暇时，我总喜欢在乡间、在山村，走走停停，看树，看不同季节的树。也许是，看多了春的嫩绿、夏的葱茏、秋的橙黄，我蓦然觉得，冬天的树，才是大美无言，最为恬静、清逸与素朴。

这个冬天，在一个暖洋洋的午后，我信步于皖南山村，一个被叫作“济公”的地方。不为别的，就为了去看一棵树，一棵站在冬天里的朴树。这棵朴树，素面朝天，恬静而肃穆，微露出直面苍老的那份从容和淡然。它伟岸挺拔，几乎要成人五抱；树高，达于五层楼顶；冠幅，方圆百米有余。隔着一道田畈、一条沟壑，那边，是当地著名的神山。神山，逶迤盘踞，宛如一条长长的卧龙；而高耸的朴树，与神山相望，又恰如一根龙杖。自然，这神山，这朴树，即成为这山村的庇佑。

据药物书籍介绍：朴树，其根、皮、叶，皆可入药。这棵朴树，生在济公，藏在山间，站在村口，不知荫庇了多少人的山居生活，也不知疗救了多少人的大小病痛。我料想，传说中的“济公活佛”，也许曾云游此地，以这棵朴树的一丁点儿作为药材，行走江湖，普度众生。要不然，这棵朴树生长的地方，后来怎么叫作“济公”呢？

济公的这棵朴树，地地道道老成了一道风景，老成了让人无法破译的谜。在朴树下，偶遇一位 80 岁的老太，我好奇地询问她这棵朴树的历史片段。她说，自她 18 岁从安庆嫁到这个山村的时候，这棵朴树好像就有这么粗、这么高了。可见，朴树长势之缓慢；也可见，这棵朴树年代之久远。就如一个古村、一段土墙、一块遗落的石臼一样，谁又能追溯到这棵朴树岁月的源头呢？但它一直倔强地站立着，地久天长，即使在风雪中。

野旷天低树。沿着山村公路转悠而来，几十里，目之所及，这棵朴树，理所当然成为远近古树中的鲁殿灵光，我以为！这棵朴树让我看到了站在冬天里的真正的树。像这样的树，在冬日里，它一如柳体书法，仿佛有无比遒劲的傲骨，欲与天公试比高，而且，默默地予人以警醒：冬天来了，春天还会远吗？

靠近，环绕，凝视。这棵朴树，它灰褐色的树干上布满了斑驳的青苔，茸茸的、毛毛的、蒙蒙的。透过青苔染绿的树皮，隐隐地，似乎能看见它流动的脉络与纹理，让你爱得心痛，它已脱尽枯叶，删繁就简，铁铸似的。枝丫，劲虬盘曲，错综交互；枝柯更是疏朗着，舒展着，空隙中透着空隙，清虚中透着清虚，高张如网，兜八面来风，擎着一方高远的天空。在这冬日的朴树下，我蓦地感觉，那村，那树，还有那看树的人，糅合在一起，像水墨泼在宣纸上，高古粗犷，似有一些五代“关家山水”的意趣。

静静地与这棵朴树对视，我发现，其根躯之奇特，乃凹凸旋转组成，一如一颗粗壮的螺丝钉，钉在大地深处，稳稳地。由下向上，仰视，在其头生枝丫的断枝处，却又发现一个脸盆大小的凹形树瘤。这凹形树瘤，犹如一盆天然盆景，里面还长出一丛欲衰不衰的棘刺，黄的茎，绿的叶，似乎是特意为这冬天的朴树点缀而生。

在冬天里，行走在山村，看树，我以为是一种难得的收获。起初，看树是树；渐悟，看树不是树；醍醐，看树还是树。毋庸置疑，古树如禅。你瞧！这棵朴树，它站立在山村路边，站在冬天里，你看见它，不看见它，它都在那里站立着，静静地站立着；然而，它却看淡了多少俗事，又收藏了多少永恒。

与这棵朴树告别，朴树无语，立于斜阳。依依回望，我不禁一路在想：清人张潮《幽梦影》中有言“梅以和靖为知己”，朴树啊，你可否以我为知己？

（原载 2010 年 2 月 11 日《合肥晚报》）

踏雪访树

踏雪寻梅，是古人的风情雅致。张岱的《夜航船》里记载，孟浩然情怀旷达，常冒雪骑驴寻梅，曰：“吾诗思在灞桥风雪中驴背上。”我的故乡似乎无梅可寻，但我希望效仿一回，在江南的这场大雪里，独往冲里郑，踏雪访树。

冲里郑是一个古村落，依山冲而建，故名“冲里郑”。出生在冲里郑的一位姓郑的朋友向我介绍，冲里郑原先都姓郑，郑氏祖籍为徽州。最早是郑氏祖先挑着徽州担子，沿古道，出徽州经商时，路过此处，发现此处是块宝地，便毅然卜居于此，并且把徽州带来的苦槠籽种在进冲的冲口，作为“冲里郑”永恒的标识。由此，可以臆测，冲里郑的历史有多久，这棵苦槠就有多久，也许是在明末，抑或是在清初。

雪后初霁，远山一片雪白，旷野一片雪白。一个小小的山村，就那么静静地卧在雪的世界里。那是静谧的世界、洁净的世界，甚至可以说是禅的世界。偶有人声也是悄悄的，舍不得打破这雪天山村的安宁与静默。

沿着被雪覆盖的阡陌，轻轻地踩踏过去，嘎吱嘎吱，走向雪地里，池塘边，村庄口，迎面即是临风飒爽、兀傲不羁的一棵树。牌子上标明：苦槠，壳斗科，栲属，国家一级保护植物。蓦然间，一棵古树与踏雪而来的我之间的距离即刻变近。我，以仰望的姿态凝视，试图探究它的生命，触动它的灵魂。

以前，多少次乘车匆匆而过，亦曾有人指点过，但并未放在心上；这次踏雪寻访，驻足仰视这棵苦槠，它一如立在雪地里的苦行者，守望着古老的村庄。和它默默地对视，我只有用“敬畏”，唯有用“敬畏”，才能表达我这个凡夫俗子内心深处的震撼和敬意。

在这样的冬日里，其他的落叶树，叶儿摇落，单留下一副甲骨文的模样，显出一派水瘦山寒的景象。然而，眼前的这棵常绿乔木苦槠，虽承接着大雪的重压和风寒的摧残，却傲然地挺立于雪地旷野之中。细察这棵苦槠，在其主干两米以上，渐生着七根粗壮的枝丫，如母体分娩的七个孩子，又如七条活生生的虬龙，或腾空飞翔，或相互缠绕，或旁逸斜出；树叶苍翠，蓊郁，阴厚，仿佛能揉出浓汁。在这个雪天，雪，铺天盖地的白，是背景，是衬托；苦槠，枝繁叶茂的绿，是主体，是焦点。对，这是张水墨画，那该是明清的丹青圣手画的吧。

苦槠之美，不单单在其摇曳的外表，还在其包蕴的残缺的内质。其实，残缺本身也是一种美，一种让人敬畏的美。据说，在很早很早以前，一声焦雷从苦槠树贯顶而下，因而这棵苦槠留下高约两米、宽约半米的黑洞，洞里上下全成枯焦。近瞻，似能闻到雷击所遗留的焦味。如果不是走近，环绕，我想，我很难发现一个生命体内隐藏的伤痕，它将一种撕裂的痛苦呈现在背面，它寂寞无语。苦槠，怎一个“苦”字了得！即使受到如此巨创，苦槠依然拔地参天，雄踞山间。

冬阳柔照着，心温暖地快乐着。因了踏雪访树，我又一次忍不住地绕树徘徊。偶然一阵微风吹来，高枝上摇落的积雪，便不由洒落头顶，甚至颈脖，我蓦地感觉到有一丝冰凉而美丽的刺激，直抵心灵深处。

在苦槠树下，池塘边，一位正在洗菜的老妪告诉我，苦槠花开在初夏，果子成熟在秋天，并且会自然脱落。于是，我想，要是我能身临其境该有多好啊！我一定能侧耳聆听得到那“大珠小珠落玉盘”的天籁之音的。在我遐想之间，她又告诉我，苦槠结出的果子，外表类似板栗，里面含有淀粉，冲里郑的人家往往用它来做“苦槠豆腐”。我恍然，人生若只如初见，原来小时候吃过的那红褐色的美味，即产生于这样一种苦槠树！

于是，我越发地敬畏，敬畏眼前的这么一棵苦槠树。它圆球形的树冠舒展开来，高高与天接近，树皮深灰色，历经岁月的摩挲，铸造出的纵裂状，犹如历经风霜雨雪的老者，沧桑中流露出安详的神情。聚集时光转动的嘀嗒声、风吹雨凿声、雷劈电闪声、雪压折枝声，这棵苦槠从一扎根，便固守在这个安静寂寞的冲口，以至永远。对于一个古村来说，有许多脚步踏在苦槠的周围，然而谁又能老过这棵苦槠呢？唯有它安然地见证着岁月的流转，收藏着变换的脚印。

沉思恍惚间，从苦槠的高枝上突然传来两只八哥的鸣啭，于是，雪天的山村，越发静谧与安宁。我举起相机，试图定格某个时光片影。

踏雪访树，独来独往。从这棵苦槠树下抽身，依然踏着雪，嘎吱嘎吱，红尘中的我，会不会留下恍惚的背影，嵌入这棵苦槠？

（原载 2011 年 1 月 24 日《合肥晚报》）

露从今夜白

二十四节气，像是一年里的二十四个驿站。似乎刚刚到达处暑这个驿站，一不留神，就顺理成章地奔到了下一个驿站——白露。

白露，一个很唯美很诗意的节气，一如在水一方的伊人。在二十四节气中，它是最易触动人们心灵律动的一个驿站。伫立在这个驿站里，它的莹白与冷艳，让我看到了在季节的流变中其所呈现出的高贵的气质。

其实，节气，是古代的自然的圣经。正如作家鲍尔吉·原野所说的那样："节气的命名非在描述，而如预言，像中医的脉象，透过一个征候说另一件事情的到来。"

如果说立秋给人的仅仅是一种不痛不痒的提醒的话，那么白露则是给人以谶语般的敦促与警醒。不信？在白露里，假若此时，让我们再次重温汉乐府《长歌行》："青青园中葵，朝露待日晞。阳春布德泽，万物生光辉。常恐秋节至，焜黄华叶衰。百川东到海，何时复西归？少壮不努力，老大徒伤悲"，不知又会萌生怎样的感慨与沉思呢？

露从今夜白，月是故乡明。

白露的夜晚，月上东山时，我又一次忍不住习惯性地走向古镇的边缘，沿着秋浦河河堤独自散步，试图走出古镇的喧哗与热闹。一个人走在月光下，走在河堤上，与静静流淌的河水并行，静静地谛听，堤岸草丛里秋虫的呢喃，如清露滴音，自然，悠扬。这样纯净的虫鸣，是天籁，我喜欢！静静地凝视，在月光下，白日里目极的远山，此刻却遁隐在茫茫的夜色里，河面上笼罩着一片如缕如纱的雾霭，隐约可见对岸的白面山山体模糊的轮廓，岸边沙地上黧黑的丛林也益发朦胧，朦胧在如水的月光下。月到天心，风来水面。天上一弯月亮，皎洁如玉；水中一弯月亮，静影沉璧。月光，漂洗着我淡淡的心绪。于是，我陡然觉得今夜，白露始开的今夜，的确不同寻常。

白露，让秋天、秋天的夜晚，变得益发清朗与魅惑；让秋月，在它透明的眸子里，洒下诗意的皎洁。在如水的月光下，在甘露的滋润下，稻子的丰稔，棉花的绽笑，还有野菊的芬芳，全都朦胧在我的眼里。

如痴。如梦。我，踽踽独行，在秋浦河堤，湿润的夜气笼着如水的月光，濡沫着我瘦削的面颊，夜露也悄悄地打湿我的脚背，秋凉袭人，但我似乎确凿得到了某种心灵的抚慰，这让我的内心感觉到了缕缕暖意，这或许是缘于常常散步其间吧！

这因缘，也许是因为家乡，也或许是家乡秋浦河流淌的浪漫诗意，总之，我一时说不清。我只觉得，今夜，白露初来的今夜，不同于以往，她是神秘的，她是魅惑的。彳亍在河岸上，月光一片，雾气一片，缭绕着河床，影影绰绰，浮动着，又虚静着，给这个白露的夜，平添了几多神秘。秋浦河的两岸，远与近，明与暗，浓与淡，简直是一幅印象派的名作，要么就是一首朦胧派的诗歌。

日本吉田兼好的随笔《徒然草》里有一则对话，很有意思。一人说，世上最美的东西是月亮。另一人则说，比月亮更美的是露水。看来大美皆为素洁。

是啊，白露，有月的白露，秋浦的白露，的确是大美。很多时候，我们都在奔波，为生活，为俗事……我们也许疏离了许多来路的美丽，但在白露里，我们也似乎才意识到一年的时光必定是有限的，节令告诉我们，时候已然是真正意义上的秋天了。

岁月匆匆，时序轮回。然而，人生短暂，时光的刻刀，总会刻入我们的额角；岁月的霜花，总会染白我们的头发。这一切，在让人感觉不可思议的同时，还分明有着一股淡淡的伤感！在白露的夜晚，远离蛊惑的街灯，我骤然觉得这样的夜是属于我的宁静，白日里的喧嚣与疲惫，此夜，尽在灵魂里宣泄。白露的秋天，流淌着明晰的诱惑，我喜欢！

（原载 2017 年 10 月 12 日《甘孜日报》）

花庙一壶茶

人与茶的相遇，和人与人的相遇一样，都有一个“缘”字含在其中。譬如：我与花庙绿茶的相遇，就是如此。

是啊，应了朋友的邀请，车经殷家汇时，我便欣然上了小石的面包车。于是，我们一路向南，随秋浦河水岸，溯流而上，车窗外倏地滑过的山光水色，倏地让我似乎回到了李白时代的秋浦河。车子折向贡溪时，山路，曲曲折折，起起伏伏。贡溪，溪如线，秋浦河的支流。摇下窗子，我好奇地张望，探寻，向上，再向上，溪之源，已被蓊郁的植被所掩蔽，看不见它汩汩流淌的踪迹，唯有水声盈耳。这时，小石告诉我，溪之尽头，拐个弯，在山林纵深处，就是他家的所在了。

就这样，山一程，水一程，穿过五月初夏的上午，一下车，犹未识得山居的习性，花庙的门便隐隐而开，于是，我悄悄地走进了那个蛰伏在大山深处的茶村。

站在村口看去，茶村小巧玲珑，一览无余。村里只有六七户人家，鸡犬相闻，卧在海拔六百多米高的山坡上，被四围更高的群山重重包裹着，宛如躺在一个温软的绿色摇篮里，静虚、恬适、古朴，并且隐隐地散溢着缕缕茶香。

风中日下，一支烟的工夫，从口头一户老杨家就转悠到了最后一户老刘家，从他们请喝茶的淳朴、热忱和探问中，我感觉似乎是穿越到了陶渊明理想中的那个“村中闻有此人，咸来问讯”的武陵桃源。对，这就是“桃源”。你瞧！他们家的房前屋后几乎都掩映着高低不同的果树，有棠梨、山桃、野杏，还有带刺的板栗。院落前，榴花始开，几丛美人蕉像火把一样燃烧着，炫目，明亮。矮矮的三角枫枝头冒出的绛红嫩叶，摇曳在五月的风中，色泽显得更为祥和可人。稍一抬头，还能看到悬敷于檐梁上的燕窝，住在里面的燕子，却在人的头顶毫无顾忌地自由飞出，又自由地飞回。屋檐下的竹篙上，晾着一扎扎干笋和干蕨，最惹眼的，恐怕是挂在檐下的火腿，表面青苔石绿的，很是撩拨着我一个山外人的味蕾啊。这，就是山居人家的日子吧！我在想！

这时，小石的母亲走过来说，到家里坐下来，慢慢喝茶去！

坐在小石家的堂心，桌上一只带把的大玻璃壶里，茶叶舒展如幽兰，漂浮如舞蹈，满壶绽放着生命的原色。倒一杯，再倒一杯，一啜一品之间，顿觉这绿茶，许是蕴云蓄雾，果然香而不腻，浓而不涩，确实是山中好茶，让人齿颊留芳，回味无穷。这时，小石指着壶里的茶叶向我介绍：“刚泡的是自家茶园里的谷雨茶。”这里的七户人家几乎家家都以种植茶树和林木为主，并且种茶采茶制茶的经验传承了好几代。说实在的，我感佩于茶村这一代人的坚守，甚至还有那么一点的执拗，面对大山的深寂，面对外面世界的诱惑，他们不但没有逃离，反而在山中都做起了春天般的茶梦。

在山居人家，品茶，自然心澄意远。坐在堂心，向外，看斜挂在对面山腰上的茶园，大有王安石“两山排闼送青来”的诗意。可以想象，那排闼送来的片片青绿，如果在雨中、在雾里，我想，就更像是片片暗香浮动的绿云，如梦如幻，给人以唯美缥缈的遐思。

茶者，南方之嘉木。也许是生于江南秋浦的因缘，喝茶，我独爱绿茶，尤其是秋浦山水间的绿茶。况且，能在花庙品茶，我觉得这的确含有一个“缘”字在里面，与茶，与人，与我。

回眸这些年来，无论是春，还是秋，在每一个静夜，或者清晨，或者午后，我总喜欢坐在一张属于我的藤椅上，桌上，泡一杯绿茶，再取来几本老书，或者几册明清画集。一边品茶，一边读书；或者一边读画，一边品茶。于是，有了茶香、书韵和画意的交融弥漫，自然而然，在平平淡淡的人生里，我由衷地发现了日子的洁净、岁月的怡然。

草木有本心。在所有的草木中，我以为茶是草木中最风致、最性灵、最菩提的一种。你瞧！“茶”字，那草，定然是芳草；那木，定然是嘉木；人居草木之间，其会意之意，如同象外之象。如果说，人与自然的亲近，是一种生命的栖息，那么，人与茶的亲近，则是一种性灵的返璞。

茶是水写的文化，不仅能洗胃，而且能洗心。因为茶，我们心素如简；因为茶，我们人淡如水。

早前，曾经甚是喜欢夏承焘先生的长短句：“若能杯水如名淡，应信村茶比酒香。”临别花庙时，我蓦然觉得，若将先生的这两句摘来送给花庙的茶村，是最贴切不过的了。

（原载 2015 年 10 月 29 日《台湾好报》）

作者简介

丁贤玉，1961 年出生，安徽贵池人，笔名：野地。作品散见于《人民日报》《工人日报》《安徽日报》《池州日报》《安庆晚报》以及《大九华》《杏花村》等省内外报刊，其中散文《猎人》获得 2007 年度安徽省报纸副刊好作品二等奖、《唐朝村庄》获贵池区文联第二届优秀作品二等奖。

牧童的春天

那一年，我九岁，吃过早饭，抓一把山芋角出门。正月里，天气还是很冷，北风呜呜地叫着，从树梢上下来，刀一样割人。身上的棉袄很旧了，薄薄的，有几处还露着絮，根本吃不住劲。我学着老年人的样子，勾身缩脖，双手拢进袖筒，侧身往前走。

在屋后的篱笆弄里，我遇到了小能。小能穿一件过年才上身的新棉袄，里面填着厚厚的絮，像肿了一样鼓鼓囊囊。小能脸上红扑扑的，嘴里冒着白气。我问他，大冷的天不在家烘火跑出来做什么。小能说他今年上学了，问我去不去。我愣了一下，说："不行，我还要放牛呢。"小能走了，对着他背书包的背影，我望了好一会，然后，抽出手来，弯腰从地上捡起一根竹丫丝，哆嗦着向牛栏走去。

小能比我小一岁，八岁。他家挣工分的劳力多，是队里的进款户。白天，小能就做两样事——吃饭和玩。现在他去上学，而我却不行。我家人口多，劳力少，年年超支。我放一年牛挣的工分差不多就能养活我自己，但很想去上学，读书写字，长大做一个有学问的人。

如果不想着上学的事，放牛也很有意思。我们往往把牛抛在山坡上，让它自己找青草吃，然后找一处空地尽情地玩，踢毽子，跳绳子，抓石子，或者谈天。

春天，我们站在旷野里看景，心里痒痒的，格外舒坦。有时我们会跑到山坡上采一些映山红来耍，那些粉红的花瓣不仅好看，而且像秋天的鸟儿柿、毛栗子、山里红一样，也可以吃，酸酸甜甜的味道。天暖的时候，我们喜欢到河滩上去放牛，那里草色连碧，青葱一片，是放牛的好地方。牛自吃草，我们选一处沟汊，用手垒一个坝，然后把里面的水戽干，运气好的话，一人能分一碗小毛鱼。

放牛的快乐，还来自牛背上。我常常仰躺在牛背上，随着牛的走动，晃晃悠悠，舒服极了，让人想起小时候的摇篮。这时睁眼看天，一点也不费劲。天很高很蓝，有云，白白的，一块一块，像棉花。有风的时候，云会变换花样，一会像条狗，一会像群羊，一会像雪山。偶尔看到一种不知名的鸟儿，在高空里振翅鸣叫，声音绵长，忽上忽下，直线飞行，速度极快。

小能上学后，我放牛的心思就淡了，兴趣减了，脑子里尽是小能背书包的情景。

有一天，牛收栏的时候，遇上放学回家的小能，他说要写个字给我认。说着，他捡一根柴棍子，在地上写一个字，然后得意地看着我。我心里有点虚，偷眼看一下，笑了："切，这是'席'字嘛，哪个不认得?"说着，我还抢过他手上的柴棍子，重新写一个大大的"席"字，神气地对他说："你的字写得好丑，看我写得多好看!"小能傻了，不服气地抢过柴棍子，又在地上画起来。我一看又笑了，这是"疆"字，哪里难得倒我！小能看看地上的字，又看看我的脸，然后一声不吭地走了。

我虽然没有上学，但我认识字，会写字，这是父亲教的。父亲从夜校里拿来粉笔，在门上写一些字教我认和读，再让我照葫芦画瓢去写。有一段时间，我天天认字、写字，家里的前门、后门、耳门，甚至板凳上，到处都是我写的粉笔字。日子久了，我就能认好多字，会写好多字，连村里很多大人都不如我，小能就更不必说了。

虽然我不费劲就认出了小能写的字，但心里仍快乐不起来。我知道，我认的字很有限，总有一天，我会认不出小能写的字来。我想，小能长大后一定可以当保管员，或者会计，甚至当上老师，能做更多、更大的事情，而我一直放牛，认得的那些字也管不了大用。我长大后能做什么呢？大概只能犁田了。于是，我时常闷声不乐地骑在牛背上，远远地看着村里的学生，他们背着书包蹦蹦跳跳，欢欢笑笑，真像一群快乐的鸟儿。我觉得他们长大后，都能像天上的鸟儿那样，能飞到很高很远的地方去。我听见自己出气的声音，像牛鼻孔里出气一样。

正月又到了，吃过早饭，照例抓一把山芋角出门。父亲却叫住了我，说："别放牛了，老师来家里催了，你上学去吧。"

这一年，我十岁。春天来得格外早。

（原载 2009 年 3 月 3 日《潮州日报》）

二路车终点站

初听"梅里"这名字，觉得很特别，有一种冷艳脱俗的味道，使我想起遥远的梅里雪山来，据说那里终年积雪，群峰峭拔，景象奇异，美到极致，于是，便莫名地爱上了这里。

梅里学校坐落在一处山坡上，土筑的围墙环抱着它，使它有了校园的模样。校园内的地势自东向西渐次缓落，几排房舍，井然有序。最高处的是教工宿舍，我曾在这里度过两年的时光。宿舍前面有两排砖瓦结构的平房，宽敞明亮，这便是教室。中间是操场，平整，洁净，无杂草；四周植了许多躯干斑驳的梧桐，粗枝大叶，蓊蓊郁郁。操场上还砌了个水泥墩子，中间竖一根钢管，且作旗杆，虽然设备简陋，仪式也欠正规，但每当国旗在这里缓缓升起时，全体师生神情肃然，寂静无声。此时，只有国歌，只有注目礼，只有初升的朝阳……

操场的右侧是教师办公室。梅里学校是一所完小，但又不全是，它还办了个戴帽子初中班，规模自然比一般乡村完小要大些，七八百学生，三十多位教师。学校管理很严格，集体办公，坐班制；教师没课时便在办公室批改作业或备课，忙完了，可以看书看报，或相互交流，但不得大声喧哗。我那时年轻，精力旺盛，难得静下来，常常做完手头的事，一时忘乎所以张口就来：“几度风雨几度春秋，风霜雪雨……”——为此吃到校长不少批评。

后来总算长了记性，唱歌只在下班后，地点多在宿舍，有时也上别处。教室的前面是食堂，食堂前面是一片荒坡，长着杉木、冬青、苦楝等，林间遍生灌木、青草与藤蔓。难得的是山坡一隅还有一片竹林，俱青枝绿叶，挺拔而柔韧，风中摇曳时发出“嗖嗖”的清音，更显幽凉的意趣。总在晚风轻拂时分，邀三两同事，背一把吉他来，拨动琴弦，自娱自乐：“池塘边的榕树上，知了在声声地叫着夏天……”“你到我身边，带着微笑，也带来了我的烦恼……”意兴正浓时，常是月上中天，清辉遍地，如岚的夜气里，树木、竹林、柴草皆失去立体的观感和亮度，像一幅幅剪影；月光从枝丫间漏过，跌落得细碎斑驳，银鱼似的跳，格外美。

梅里的教师多是附近人，有的就住在学校后面。我常于课余去他们家串门，喝一盏热茶，说几句闲话，然后出门，漫步到小山的高处。在这里，可以看到几百米开外的秋浦河。秋浦河发源于本地南部山区，全长三百多里，沿岸风光迷人，景色如画；到了梅里地段时，已是河面宽阔，水深势大，常常行游着小挂机、大木船等。若是涨水季节，还可看到装载货物的船队，前面照例是一艘拖轮，后面牵一溜高大的船只，长龙一般，在打着漩涡的水面上艰难上行或轻快下行，间或长笛一声，响遏行云，摄人心魂。河岸边有一处简易码头，一只庞大的趸船常年在那里等候，运送过往秋浦河的各种大型车辆。附近，有一只载人的渡船，相比之下，它窄小，老旧，“灰头土脸”，显出几分寒酸。但是，对于周边的乡民来说，这不起眼的渡船要远比那只伟岸的趸船重要得多，这是他们往返城乡出门讨生活的重要工具，一天也少它不得。后来，在一个梧桐叶落的季节，我告别梅里学校，就是乘坐这只渡船去了彼岸的小城。一晃，二十多年，流水一般。

现在，梅里的趸船不见了，渡船也不见了。大桥的修建，城市的扩张，使梅里与对岸的城市紧密相连，融为一体了。一天，在市区，我发现二路公交车的终点站居然就是梅里，心里激动了好一阵。我想，等哪天闲了，一定要坐一回二路车，一直坐到终点站。

（原载 2010 年 7 月 16 日《工人日报》）

猎　人

天还不甚大亮，浓浓的雾，更觉还在夜间。我缩着脖子，瑟抖着身子，一手挽着粪箕，一手夹着粪勺，低头躬身寻找，却只见满地的白霜；偶尔遇见一两粒黑疙瘩，便珍宝似的扒到粪箕里。

在屋后的土坡上，遇到了安子，猛一抬头，我还以为是鬼。我有点奇怪，安子是不用捡猪粪的，起这么早干什么呢？安子说，他是来看他“大大”打野鸭的——他说的“大大”就是父亲的意思。安子的父亲是个猎人，有一杆上好的猎枪和一条高大凶猛的猎狗。安子父亲狩猎的技巧和成就在我们这一带是数一数二的。

我和安子一道走向下拐。那里有一层一层的梯田，田埂上，间隔隐现着草堆的影子，雾气里，像占据着一个个堡垒。

眼光越过田野与草垛守望的空间，就是故乡清亮的小河。此刻，河水不甚分明，袅袅泛着白气，像一锅烧滚的水。我知道，在那白气笼罩之下，此刻，正有几百只野鸭浮在水面上，把头埋在厚厚的羽毛里歇息、酣睡；有时也会有大雁落在这里，但这样的情景不多。

天渐渐亮了，太阳从山的背后跃上来，霞光驱走了残留的雾气。这时，田野清爽，河面明晰，靠近水边的河滩上，半夜即潜伏在此的猎人躲在土坯搭起的临时掩体的后面，探头探脑地向河里张望；黑黑的枪管，泛着冰冷的光，指向那些毫无防备的野鸭群。

和我并排而立的安子，脸上显现着遐想般的兴奋与幸福。

在河里打野鸭远比在山上打獐子、麂子或兔子一类的野兽要容易得多，因为打飞禽不用装“子弹”，只需装满火药，再掺入铁砂就行。铁砂发散着飞出去，覆盖面大，命中率高，被击中的野鸭即使不致丧命，但也无法飞远，多半会落在水里，束手就擒。

太阳升起，阳光暖暖地照着河面。有的野鸭醒了，欢快地扑打翅膀，类似人们早上伸懒腰。这是一个征兆，预示着野鸭群即将“起床”。这些野鸭总是在白天飞到我不知晓的地方去找食，只有夜晚来临时才会回到这条小河里安睡栖息。幼年的我，对这些野鸭，还有大雁，充满了好奇与羡慕，常常幻想自己有朝一日也变成雁群中的一只，在蓝蓝的天空里自由自在地飞翔，一会儿排成“一”字，一会儿又排成“人”字……

“轰——”一声闷响，打断了我的思绪，安子欢叫一声：打枪了！打枪了！

我急忙向河边望去：一缕轻烟涣散在低空的水面上，一群野鸭疾速飞起，只剩下空泛的河面，荡漾着慌乱的涟漪；安子的父亲一手提着猎枪，一手在眼前不停地挥舞着，并飞快地向村里跑来。安子兴奋地对我说：“我大大在招手了，一定是叫我回去喊人驮腰盆来捞野鸭了。”

可是，我总觉得不大对劲，因为我没看到有受伤的野鸭落在河里，又感觉安子的父亲跑得踉踉跄跄，很是狼狈的样子。待到安子的父亲跑到近前，安子愣住了，继而吓得大哭起来。原来，安子父亲把火药填得太满了，引起枪管爆裂，枪膛里的铁砂不但没打出去，反而冲回来，喷了安子父亲一头一脸。看着大哭的安子和他满脸鲜血的父亲，我很吃惊，也很同情，却更为那些野鸭感到庆幸，庆幸它们无意中躲过一场劫难。

那天早上，我捡了这个冬天最多的一筐猪粪。

三十多年后的某一天，当我再次伫立在小河边时，看着熟识的一切，不禁情思涌动，仿佛又回到了那个遥远的冬日早晨：一声枪响，轻烟弥漫，安子的父亲满脸鲜血，如一位战败的兵士，倒拖枪支，溃败地逃下阵地。只是昔日那些成群的野鸭，还有大雁，再也无法见到了，不知它们都飞到哪里去了。

（原载2009年11月24日《华东旅游报》，获2007年度安徽省报纸副刊好作品二等奖）

唐朝村庄

桃花坞里的香气把我们唤进“石门”，一路的喧哗突然噤声，我们小心翼翼踏上这个始于东晋颇具唐宋遗韵的古老村庄——池州石门高村。

幽谷，密林，山花，环绕簇拥着；山风，清泉，地韵，一起浸润着。我们没有看到身着长袍马褂的唐宋子民时，我们便看石头。那些被唐宋以降的风吹过、雨淋过的石头，或光滑平整，或沟壑纵横，尽是岁月的年轮；岁月以镂刻的方式记录着自己。那些石头垒在墙上，铺在路上，任风吹霜打，任日曝雨淋，看得我们心里直跳——千余年时光打磨的石头，每一块都记录着时代和自然的变迁，每一块都是珍奇的古玩，就那么随便丢在外面，踩在脚下，不怕被人盗去。人走在石板路上，耳里听得石板下面的溪水，泉声叮咚，潺潺悠悠，流向八水汇集的龙舒河。此情此景，高氏子孙早有“故园觅得幽居味，屋上青山屋下泉”之叹，我们尽管欣赏罢了。走在古石板道上，穿行在深巷高墙之间，“沙沙”的声音从脚底升起，我们仿佛走进历史的隧道。两旁古居的门洞里立着刻满皱纹的面孔，漠漠地向着我们这些逆时光而入的外来者。那些被原生态的、天然的泉水洗涤过的脸，你猜不出是八十年的，还是一百年的，抑或更长。试图从他们的眼里找出答案，却只看到离空隔世的沧桑。那些老人，用迷离的目光打量着我们，像尘灰落旧的古董陶罐打量锃亮清秀的现代瓷器。我想，他们此刻一定在追念另两位曾经的山外来客吧：一位当是在石门桃花坞与高氏先祖一齐吟诵九华山“定名篇”的李白；另一位则是始开九华佛地的新罗王子金地藏。我们也在行走中寻找，试图用自己的脚步去印证先贤的脚印，这有两种可能：吻合，或不吻合。吻合不了诗仙的脚印，也许能吻合金地藏的脚印，或者能吻合古徽道上行商的足迹……

唐朝的风打在脚踝上，我们醒悟过来，于是抬头看房子。整个村落，以明代建筑居多，那些门前的石鼓上、花坛上，尽以柔和的线条勾勒出大明的古风。高高的“品”字形照壁，打落了我们头上的遮阳帽；落灰的白墙，青砖黛瓦，飞檐翘角，昂起的马头墙，构造出古色古香的建筑群，把我们困在朱明王朝的氛围里，让我们细细品味古代建筑的高贵、恢宏和典雅，让我们赞叹古人充满灵性的智慧和杰出的艺术成就。

一位高氏后人把我们引进高氏宗祠。宗祠整个布局串在一条南北向的中轴线上，背倚牛形山脉，就势递升，纵横二十余丈，七进多出，构成古风古韵的建筑宅第。走进宗祠门厅，抬头仰望“人”字造型的房顶，那些黝黑的柁梁和墙壁上，雕饰的各种图案，栩栩如生，精美绝伦；而罗砖地面上，则清晰地显示着明代“孝鹿图”“莲花灵芝”等砖雕，色泽如初，让人惊叹。整个建筑总计一百三十六根木柱，落在厚实、雕刻各种花纹的石礅上，撑起整个房架，承载整个大厦的重量。古宅内，那方正的天井，敞亮通明，一无遮蔽。若是晴空万里，阳光扑地而来，给幽深的宅院送来光明和暖阳，使这个纵深宅院并无半点阴暗潮湿之感；倘遇雨天，高空飘落的雨水直落天井，注入“回”字形石池内，循旋通绕，流向室外。其精巧的设置既可采光，亦可赏景，更能调和阴阳，把天道与尘世，把自然与人类，糅合得相谐相融。

走出祠堂再次站在青石铺就的古道上，一辆大红摩托从我们面前飘逸而过，驶进古巷深处。“我们这里有摩托车，有手机，有电话，有自来水，晚上有路灯……”在我们惊愕之际，高氏后人大手一挥，如是说，充满了自信与自豪。是的，石门人并不与世隔绝，他们不仅承继了祖先的荣耀，也承继了祖先的坚韧、朴实、勤劳与进取。他们都是一些复合型的农民，有知识，懂科学，善管理；他们亦农亦商，把古村内核填充得饱满而精彩……

（原载 2011 年 5 月 26 日《人民日报 · 海外版》）

作者简介

徐琳，教师，池州市作家协会会员。有诗歌、散文作品十多万字见于《清明》《安徽文学》《新安晚报》等刊物。

爷爷的渔网

当黄昏的最后一缕霞光，在西天散尽的时候，爷爷的身影就出现在村口。

爷爷挑着一张渔网、一只鱼篓，哼着含糊的曲调，慢慢踱进村子，渔网和鱼篓里的腥气，也就在村子里淡淡地弥漫。每当这个时候，小脚的奶奶就从屋子里迎出来，拿着准备好的砧板和菜刀候在屋檐下。

爷爷放下鱼篓，在一根竹茬上挂起渔网，散开，轻轻抖掉渔网上的水草。

晚饭时，奶奶端上一碗堆得高高的鱼。这些鱼，大小不一，名称也不一。那些上色的鱼，诸如长得匀称的鲫鱼，在爷爷回家的路上已经被人买走了。那些人家，或者家里供了手艺人，或者来了亲戚。

爷爷的渔网是村子里最好的，因为二叔是织渔网的好手。爷爷的渔网可以捕到深水塘的鱼，甚至捕到江里的鱼，而且不用在水里蹚来蹚去，弄出一身泥水。爷爷的渔网从不外借。有一年，在外当兵的五叔拿了爷爷的渔网试试，可一撒出网就闹笑话了。网没撒出去，人却被带进水里，成了水鸭子。

织一张这样的渔网要费时很久，得去很远的镇上买回上好的渔网线，用纺车缠成线锤。这样纺过的渔网线结实、耐用。渔网织好后，要放进加了猪血和水的锅里煮。经猪血煮过的新渔网挂在外面晾，那腥气直冲脑门。我从来就不明白，这样处理渔网，是要增加渔网的结实度，还是为了撒网的时候吸引鱼儿。

织渔网的最后一道工序，是在渔网脚上缀豆荚大的锡砣。隔三四寸缀一个，一张渔网上，要缀上百个锡砣。这锡砣无处去买，只能自己动手做。一只小铁炉，炭火烧得旺旺的，炉上的一口铁锅里盛着锡制的牙膏皮。慢慢将这些牙膏皮熬成一锅锡水，舀一勺锡水倒进模子里，再放进冷水里冷却，模子里的锡陀就成型了。

村子里能打鱼的人多，但只有爷爷有这样好的渔网，也只有爷爷有那么好的撒网技巧。左手绕起渔网头，右手提起渔网脚，一个侧身，渔网就像一只张开双翅的大鹏鸟，在空中划出一道优美的弧线，沉入水底，再慢慢地收起渔网，拖上岸，鱼就网在其中，一点点抖去水草、石子，拎起鱼，扔进鱼篓。爷爷说："我每天出去大概撒那么八到十网，就有半篓鱼。"

记忆里，爷爷捕过一回特别大的鱼，我那时只有八九岁，二叔拖回那条大鱼，拎起来跟我人一样高。那条大鱼没卖，估计也没人会买。那一天，我们一家人就像过节一样，所有人都参与到这条鱼的处理上来，我就跟在奶奶身后，硬是要来一只鱼眼睛。

爷爷去世很多年了。二叔搬家之后，老屋就一直空在那里。有一回，奶奶叨唠："爷爷的渔网还好好的吧。"

（原载 2010 年第 7 期《安徽文学》）

划起腰子盆

我一直生活的这个地方，是圩区。

一条河，一到汛期就洪水泛滥。为了阻挡洪水，一寸一寸填高河岸，就是圩。圩里人家的房子，多是建在圩堤上。长长的圩堤，房子一户挨着一户。门前，河流蜿蜒而去；门后的圩心，是一望无际的稻田。

在我们圩区，几乎家家都有腰子盆和丝网。腰子盆，是行在水上最小最简便的木船，因状似腰子而得名。船小好掉头，水里最为灵动的，恐怕就数腰子盆了。人坐进去，左右手各执一只桡，轻巧地划动水，腰子盆便在水面往前或者往后，左右摆动也很自如。划得兴起，可说是春风得意了。划一下，腰子盆便能在水上行出好大一截，可以腾出手来，一点点抖开丝网。再拿桡子一下一下划着，绕着丝网撒开的一片水域敲打一回，赶着鱼儿，鱼儿惊吓着四处瞎撞，撞到丝网上，人的"计谋"就得逞了。收起丝网，总会有那么几条鱼，或者一批鱼，以细长肥硕的鲹鲦居多。

取新鲜鲹鲦煮一碗，是饭桌上的一道佳肴。若是天高气爽、阳光灿烂的秋天，将这些鲹鲦腌制一两天，拿出去晒干，圩里人家的一个冬天就有鱼香了。从入秋以后到第二年的春天，这里每户人家的檐前差不多都挂着那么几串鱼干。饭开锅后，滗了米汤，拣几条鱼干放在锅边，饭熟了，鱼干带着饭香飘出很远。还可以就着辣椒水煮一回，又是别有一番风味。想鱼米之乡的美好，大略就是这样了。

丝网当然只能用来捕鱼。但在圩里人家，腰子盆除了捕鱼，还有许多别的用途。

圩里的水塘、沟渠纵横，那些水域除了有鱼儿，还有莲藕、菱角。初夏，划了腰子盆去水里拔藕牙。立秋前后，菱角成熟了。那些害羞的菱角一个个藏在菱叶下面，划了腰子盆在菱叶之间穿行，得把一片片菱叶翻起，方才摘得那些菱角。

此刻，我不知道那些腰子盆和丝网躺在圩里人家的哪个角落。那些场景从眼前掠过，仿佛也就是那么一瞬。我时常读南朝民歌《西洲曲》，哼一哼那首熟悉的民歌《采红菱》，腰子盆又在我心上划起来了。

（原载 2010 年第 7 期《安徽文学》）

饮尽世间一杯茶

但凡还能静下心来读几页书、写几行方块字的人，没有不喜欢饮一杯茶的。爽口，清心，提神。

其实，咖啡也好。但它到底是舶来品，似乎总隔着一层，无法交心的那种。

茶，有汉唐古韵的风情，得高山灵水的滋润。古典、雅致并蓄，养眼也暖心。

柴米油盐酱醋茶，开门七宗事。茶，位列其中。

一杯茶里，有俗世的人情。

看电视剧《甄嬛传》。皇帝在养心殿忙于公务，有人递上一杯茶。皇帝头也不抬，接过喝了一口。“噗”，一口吐掉，“啪”，一声脆响，杯子也就摔在地上。

你道什么缘故？不过就是皇帝的喜怒无常，自己惩处了贴心的老太监，换来一个新人，连他沏的一杯茶也不对味儿了。

茶哪里就不对味儿了？不对味儿的，是人。至高无上的皇帝，呼风唤雨的能耐，竟也有留不住贴心人的时候。他心烦，借助一杯茶发泄心中的不满。

国庆长假七日，正在上高三的儿子没有那么久的假。日日早起，给他准备早餐，并烧水泡两杯茶。一杯揣在他的书包里，他带走，一杯留给自己。他上学去后，屋子里静下来。人，回到沙发上读几页书。

这日，读过几页书，犯困，又一头睡着。醒来一瞧，已是上午九点多。远远地听着儿子学校的铃声，大概已是两三节课之后了吧。口渴，端起早上泡的那杯茶，喝一口，没有吞下去。

一杯温暖的茶，被晾得太久，凉了，茶香也已尽了。

此茶，非彼茶，不饮也罢。那滋味，比"人走茶凉"的体会还令人难忘。《红楼梦》里，贾宝玉在潇湘馆题联，"宝鼎茶闲烟尚绿，幽窗棋罢指犹凉"。这"凉"，就是"人走茶凉"的"凉意"。宝哥哥喜聚，不喜散，才会有这般的体会。

但"人走茶凉"，到底还有一刻的欢聚，不过就是热闹过后，归于沉寂。

在人世，有时等一刻的欢聚，都未必有机会。一头热热地沏一杯暖暖的茶，等。说好了，会回来。茶凉了，香散了，人还未必到。末了，不过是弃了那杯曾经温暖的茶，另换一种心情罢。弃的，是那杯茶。弃的，也是那份早已暖不起来的温情。即使舍不得，又能怎么样呢?

有一朋友，能言善道，我们一起聊如何读书。

我说，我几乎不会端坐书桌前，优优雅雅地认真读书，我做不来一副做学问的样子，累得慌。

他说："猜猜我现在何种样子在读书?"我不猜，等着他自己描述。

"双脚架到书桌上，椅子的前两条腿悬空，后两条腿勉强落地，一本书捧在手，头仰靠在椅背上。"

电话这头，我掩起话筒大笑。电话那头，他继续："读书，没有一杯暖茶相伴，多凄凉。但你不知道，我想喝一口茶，有多难。先得让椅子的前两条腿落地，再把自己的两条腿从桌子上拿下来。可是脚已麻了，人站不起来。费尽力气连同椅子挪到桌边，才够得着桌角的那杯茶。幸好，茶未凉。"

一本书，一杯茶，在他的描述里，风生水起，趣味横生。

但我不太信他的描述，总以为他不过是顺着我的话头走罢。因为，他看见我不曾老老实实读书的样子：人靠在椅子里，双膝顶在桌子上，椅子的两条前腿高高翘起。第一回见，他就温言提醒："你小心点，别摔了。"

我信与不信，无关我们之间的情深缘浅。人生，难得遇到那么一个跟你举止、爱好一致的人。他每说一句，真或者虚，差不多都是在表达他和你是同道之人。而我听着，情怡心悦，足够了。

后来，每回一坐到桌前读书，总会想起他淘气的读书样子。捧起茶杯喝一口热茶，想起他说“读书，没有一杯暖茶相伴，多凄凉”，会突然感觉人世的温暖与眷恋。

饮尽世间一杯茶。饮一杯茶，悟一回人情味，又是山一重，水一重，滋味各不同。

（原载 2014 年 10 月 9 日《新安晚报》）

作者简介

臧胜阳，中国少年先锋队第六届全国代表大会代表，“全国十佳志愿辅导员”。出版《秋浦仙境——江南的香格里拉》《论我国基层群众性自治组织的公司化治理》，曾获检察文学大赛优秀奖，在省级以上媒体上发表各类文章150多万字，主要代表作有《黄泥、黄泥，我爱你》《滕子京出世文化中的池州情结》等。

“民女大于天”的传说

钱豁即今日贵池梅龙镇，境内有一条河叫梅根河，相传梅氏人家世代在此繁衍，故称梅根河。因发源于九华山和太婆山，注入长江，亦曰梅根港。港东五里之地为梅根监，相传为历代朝廷铸钱之所，有朝廷钱官掌管此地，因此又称钱豁。钱豁不但出“钱”，还出“美女”“贞女”。相传乾隆皇帝曾多次微服私访下江南，其中有两次冲着梅龙美女而来。乾隆皇帝先后几次出宫微服私访，慕秋浦之名而游江南，行至钱豁，就不走了，见此处田园风景如画，美女如云，遂拿起游龙戏凤珠玑扇，一边扇一边寻本地一茶社而来，见此处茶社上书几字，端庄秀丽，走近一看乃“梅氏茶楼”。有二八少女上前招呼：“客官可要茶吗?”乾隆皇帝笑而不答，只一个劲地端详姑娘美貌，一边摇扇一边找碴：“姑娘姓梅吗，为何姓梅不姓钱?”

梅小姐一听，知道前来的公子不怀好意，就走进里屋沏上一壶龙舒茶，端到乾隆皇帝面前。皇帝呷了一口：“好茶，好茶！请问姑娘此茶何名?”梅小姐爱理不理：“此茶为龙舒，是天子贡茶。”乾隆一听来了精神：“既是贡茶为何未曾听说?”梅小姐笑道：“天下之大，无茶不有，天子深居皇宫，好茶未到宫中，早已被大小官吏们尝尽，哪还有天子的份！此茶由钱豁官吏专营，产于秋浦霄坑，一年只产十箩，您想买咱还没有的卖。”乾隆更觉得神了：“吾打更事起，品得杭州龙井、闽南铁观音、黄山毛峰、太平猴魁，未尝品过霄坑龙舒!”梅小姐一听此人来头不小，准是跑买卖的人，遂问道：“敢问公子贵姓?”乾隆本来就是人间情种，一听姑娘询问，思忖一会儿，便道：“在下姓钱名龙，敢问姑娘芳名?”梅小姐笑而不答：“公子饮茶就当饮茶，何须油嘴滑舌，问这问那!”乾隆便道：“小姐有所不知，在下初到贵池，见此处是个宝地，产钱产茶还盛产美人，今慕小姐之名而来，小姐眸似长江水，容若河汉星，肤犹梅花香，最知客人心!”

一番话把梅小姐说得面红耳赤，当即甜滋滋地钻进里屋不出来，乾隆故意慢慢品尝，直到天色已晚，便借口住下，与梅小姐的哥哥同屋，与梅小姐的闺房相邻。梅小姐的哥哥平时忙里忙外，一会儿到江心洲捕鱼，一会儿到酒肆茶社招呼客人，见有客官住下，与妹妹眉来眼去，也就心照不宣，心想：妹妹若是找了个好婆家，我也就省得操一份心，此人面带贵人之相，若与其成亲，定是个好主子。话说乾隆住民宅、吃农家饭、品龙舒茶，与梅小姐一来二去，日久生情，住下就不想离开了。一日，乾隆出行将手中折叠扇遗落在茶几上，被一位走江湖的人看见，便把玩起来仔细考究一番，俄顷，直指扇上一坠，大呼："御扇、御扇！"原来，扇上有游龙戏凤图，镶以珠玑、玛瑙，握手处有一石坠，扇坠上刻有一行字"爱新觉罗氏弘历"，此坠乃玉石做成，号称"翡翠绿"，价值连城。梅小姐一看也傻了眼，遂拿去给哥哥瞧，哥哥文化不深，大字不识一箩筐，一掂量此坠遂也觉得此坠来历不一般。梅小姐一头雾水，欲待钱公子回来问个明白！天色已晚，乾隆方才回来，欲取宝扇，梅小姐从袖口掏出，未等问话，公子先开口："在下在梅根港居住月余，今准备辞小姐欲去姑苏，他日来与小姐成亲，今留敝扇予小姐作信物，重阳节定当迎娶小姐远走高飞！"梅小姐一听泪如泉涌，一把扑到乾隆怀里，哽咽不语，随即告诉兄嫂钱公子欲于端阳节迎亲，请兄嫂做主，兄嫂二话没说，遂点头同意。乾隆见过梅小姐的哥哥，哥哥未挑明钱公子的身份，一家人心照不宣，在后花园为之饯行，开琼宴以生花，飞流觞而醉月，好生热闹。

梅小姐自从钱公子走后，经向钱谿官吏及江湖客商打听乾隆皇帝相貌，方知钱公子乃当今乾隆皇帝也，遂一心等候皇帝端阳节御驾迎亲回宫。光阴似箭，转眼五月五日端阳节已到，不见皇帝身影，梅小姐心凉了半截，又过了一月，望眼欲穿，心似冰冻。转眼重阳将至，还不见动静。她遂万念俱灰，誓不嫁乾隆。

再说乾隆去姑苏有国家要事要办，耽搁了回程。待乾隆二次下江南时，早做准备，指派钦差大臣同往，率銮驾队伍直奔池州府而来，在乌沙夹遇江水猛涨，差点触太子矶（罗刹矶）沉船，有当地渔民指引，躲过一劫，行至秋浦河口以西，派大臣通报梅小姐兄嫂迎亲，并在此等候回话，后人称此地为驻驾村。钦差备重金厚绸赶到梅根港，听说梅小姐已跳江身亡，遂四处打听，果有一妇人前不久跳江而亡，遂认为自己无法回去交差，也就跳江自杀。随从回到驻驾告之详情，乾隆不信，派人四处寻觅未果，便感自己难辞其咎，见江口有一个叫仙人掌的地方，土窑林立，便传下一道圣谕："命窑主十日内烧一张仙人床祭奠江中梅小姐，不成，将抄全家。"窑主为江西老表，在此筑得九十九窑，生意红火。其砖从江口运往全国各地，如今奉命烧制仙人床，不敢耽误。工匠们仅用三天时间就精心制作一张刻有龙凤呈祥图案的土坯御床，放入窑中，立刻点火烧窑，可是这仙人床却神了，怎么烧还是那个土样子，这下可急坏了窑主。窑主有一爱女，一十二岁，非常听话，又非常懂事，见父亲成天愁眉苦脸，便说服父亲让自己在烧窑师父的带领下参观窑洞，当她走到窑顶时立马纵身跳下，旋即一道金光迸射而出，御床烧成了，可江西老表痛失爱女，爱女为了保全家人的性命舍身祭窑的故事很快传遍大江南北。

话说乾隆差人将烧好的仙人床推进梅根河以东的大通河口以祭梅小姐。其实梅小姐没有死，她知道皇帝是个多情的主子，嫁过去也不好过，皇宫之内多少红颜死于非命，宫中斗争也十分残酷，加上自己把重阳听成了端阳，皇帝迟迟不到，羞愧万分，遂一狠心随兄嫂远走他乡，听说是到了梅村的霄坑以种龙舒茶为生，没曾想毁了一个少女性命。乾隆得知仙人床是老板女儿祭的窑，方知大臣传错了旨意，原想烧床祭祀以示心切，杀全家之说全是臣子们所为。但皇帝没有做错事的时候，便又颁布一道圣旨：封江西老表的女儿为“仙姑娘娘”，封梅小姐为“梅龙娘娘”。

皇帝所赐的封号中一般不用龙字，龙是天子的称谓。但皇帝至爱梅小姐，而梅小姐因一念之差，诈称跳水而亡，却被封为“梅龙娘娘”。人们戏称，贵池民女连皇帝都看不上，果真是“民女大如天”！人们从此称梅根港为梅龙港，称钱豁（原梅根监、梅冶镇）为梅龙镇，把梅小姐后来居住的村落叫作梅村，把流经梅村的河流称为龙舒河，把梅小姐种的茶叫作霄坑龙舒茶。

（原载 2009 年第 4 期《检察文学》）

作者简介

张文泉，出生于20世纪60年代末，笔名：文白、疏林、流泉。现为安徽省池州市贵池区文学艺术界委员、作家协会副秘书长，供职于贵池区农业委员会。中学时代开始文学创作，擅长诗歌、散文、报告文学写作。已在全国各级报刊上发表诗文400多篇（首），代表作有诗歌《母亲的时光》《平天湖》《杏花醒了》、散文《十年之晤》《又闻琅琅读书声》《外公的味道》《菜园小记》、报告文学《航行者》《扬帆竹海成大业》《永不褪色的劳模》《总理鼓励我做个新型农民》等。

十年之晤

一个恶作剧式的善意玩笑，带来了十年之误，更带来了十年之晤。

时间回溯到1995年，才到机关工作的我干劲很足，下乡调研，回城写稿，空前地勤奋与执着。一次偶然的机会，为写一篇报告文学，我与报社的一位资深编辑去了一趟皖南深山里一个叫梅山的小山村。一天采访下来，晚上，席间遇到村小学校长，一位朴实的山里人。交流中我得知他才获得全国教育系统先进个人的称号。入夜，校长力邀我和老编辑去他家住，我们没有推辞，一行三人借着稀疏的月光走了二里山路，来到校长简朴、整洁的家。主人又是泡茶，又是拿点心，大有倾其所有的意思。校长谈起乡村教师的甘苦，我们也说起生活中的趣事。在山林静谧、月光影映下的山村农居，大家畅谈到了深夜。第二天一大早，我听到窸窸窣窣的响声，走到窗前一看，校长拿一根长长的竹竿打板栗，他爱人拎着竹篮在捡拾打下的栗子。临别，村里的车子来接我们回城，校长握着我们的手说，山里没有什么好东西，带些栗子回去。回城后我写了篇校长钟情山区教育的通讯登了报。一位电视台记者朋友读后，想为校长拍个专题片，他邀我再上梅山，拍完专题片，我们与校长相约，过些时间他来城里取专题编辑带。记得那一天是星期日，校长风尘仆仆地来了，我的记者朋友复制了一盘专题带给他。中午时分，我和记者朋友商量请校长吃餐饭。恰巧广告部主任在加班，我们就灵机一动，把校长的身份变了一下，称他是位企业老总，急于找广告源的主任很是兴奋，中午买了单。就餐时，我隐约感到校长如坐针毡，很不自在。我没有多想，下午送校长坐上了回程的客车。此后，我也去过梅山所在的乡，可因种种原因，与校长一直没有再见面，但断断续续听说校长本可免试由民师转公办教师，但他坚持参加考试，顺利过关。

时间在不停的行走之中，悄无声息地进入了2005年。我的一位同事是从校长所在乡调来的，他与校长关系不错。一日校长进城，同事请他吃饭，嘱我作陪。几杯酒下肚，我讲起那次电视台蹭饭的趣事，校长沉思良久，说那天回去后，他不安了好一段时间，总觉得做了一件见不得人的事，因此这十年也在心理上抵触了我，虽常进城办事或学习培训，但没有联络过我。听校长此言，我心里顿生愧疚，想不到自己无意之举竟带来这样的后果，汗颜。

这十年之误，险些让我失去了这位善良、真诚的校长朋友。一误十年解，一晤待十年，十年才一晤，我觉得这一晤虽然来得迟了点，但很值得。

（原载 2006 年 12 月 9 日《新安晚报》、2006 年《杏花村》秋之卷）

又闻琅琅读书声

记得那一年新婚的日子甜蜜温馨，因了生活的相对轻松、惬意，我也变得疏懒起来。往日捧书就读、伏案就写的勤奋劲也慢慢在消失。常常的就有一种困惑，想到自己与儿时立下的宏图大志渐行渐远，不由生出些感叹。

这样的日子一长，我也坦然地消受起走来的时光……

一日晨，我正闲坐在沙发上漫无边际地遐想，忽听到琅琅的读书声从脚底下升起来。细听，是稚嫩的童音在朗读唐朝诗人王之涣的《登鹳雀楼》——白山依山尽，黄河入海流。欲穷千里目，更上一层楼。久违了的读书声，让我油然而生莫名的亲切感。记起楼下新搬来一户，家有一机灵的小男孩。这以后，我每天清晨上班路过楼下邻居门口，都能听到小男孩琅琅的读书声。时间一段一段走过去，有了这读书声相伴，我对眼前的时光又新添了一些满足感，还加有一点“充实”感，和小男孩也认识了，知道他叫琅琅，还知道他喜欢唐诗，会背几十首了。

一天照例去上班，未听到琅琅的读书声，整天我像丢了什么似的，晚上看电视也觉得索然无味，妻关切地问怎么了，我问她看见琅琅没有。妻讲：“一天都没有见着你的小朋友。”正说着话，听到有笃笃的敲门声，我打开门，见是琅琅站在门前，扑闪着一双大眼睛，骄傲地向我们宣布：“叔叔、阿姨，明天我就要上小学了，妈妈讲我已是个学生了！”没等我们说句祝福的话，琅琅就咚咚地跑回了家。整个晚上我都很兴奋，想到琅琅当着全班同学的面，沉着老练地背诵着唐诗；想到琅琅有一天天真地问我，叔叔也读书吗，怎么没听到读书声，叔叔是不是读书不出声呀；想到已有好长时间没有看书写东西了，心里又惭愧不安起来。

第二天一大早，迷迷糊糊中听到读书声，再仔细听听，是琅琅的读书声，音乐般动听的读书声。

当我又坐到书桌前，首先应该感谢小琅琅带来的悦耳入心的读书声。

（原载 2013 年第 1 期《杂文月刊》）

外公的味道

很久没有梦见外公了，他离世三十多年了。最近我又老想起外公，想起他在江苏扬州老家的老屋，飘着荷香、菱角香、蟹黄酱香的苏北小村庄，那是属于外公的味道。

外公姓彭，大家都称他老彭。时间倒退很多年，外公外婆带着子女远涉到了安徽贵池，凭着一门厨艺谋到了县工商银行食堂的工作，就此安顿了下来，这些事都是我后来听大人们讲的。外公似乎更擅长白案，童年时我没少吃到白面馒头，那是外公省下来的美食，馒头都长得白白胖胖的，口感松软，就着小咸菜，再喝一碗稀饭，真叫人间美味。

外公住在石家大院，院内住了四户人家，外公住在院门口，出家门有一口水井，庭院里有几棵果树，接着地气，大家亲热相处。外公在家做饭不多，他讲自己要把单位工作做好，只好辛苦外婆了。外婆的扬州方言重，刀子嘴豆腐心，做的菜也清爽，味道是比不了外公的。我七岁时，外公到了退休年龄，我的两位舅舅也早已回到扬州邗江老家娶妻生子了。相反，外公的两个女儿，我的大姨和我的母亲都在贵池工作、生活了。几经商量，外公执意要回老家。单位领导对我外公说："老彭同志工作勤勤恳恳，大家舍不得你呀！但故土难离，有什么要求尽管提出来。"外公讲："请领导出面帮助买些木材和砖瓦，回去盖几间房养老。"那时，江苏难买到木材。外公回老家的日子终于到了，那天外公、外婆和我在池口上了一艘机帆船，一路顺长江而下。离家数十年的外公，好人老彭荣归故里了！好几个昼夜航行，外公、外婆和我在南京下了船，舅舅接到我们，坐上火车去镇江，这是我第一次坐火车，新鲜又兴奋，感觉一眨眼就到了镇江，下火车再上过江轮渡，就到了扬州，又坐公共汽车一个多小时，终于到了邗江黄珏。经一路奔波，外公到家了。几天后，贵池的机帆船通过苏北的湖湖汊汊也到了外公老家。

外公的新房建得很快，三间大瓦房就建在二舅的对门，外公很惬意，也很安逸，回家的感觉真好，一辈子的辛劳换来了三间大瓦房，他很满足。那时大队里常有乡邻来坐坐，外公都会拿安徽贵池的茶叶招待他们，生活不算富裕，精神却很富足。穿堂而过的风变成了一种叫苏北平原的风，在外公心里有一个温暖的称呼——家乡的风。我很快学会了扬州话，天天跟表兄弟们野。那时还是大集体，生产队到季节就分红，按工分计算。水乡塘多，生产队到收获季节，会清几个塘，分的菱角、高瓜要肩挑手提，到家要几大锅闷，那些天我吃得最多的是菱角。苏北有一天两餐吃稀饭的习惯，吃奢侈的黄珏老鹅是这样，吃更奢侈的蟹黄酱也是这样。那时不知道有蟹肥菊黄这一雅说，社员们天天忙工分，哪有闲心种几盆菊，但捉蟹，也叫捉海子的兴致还是有的。外公不赞同我跟大人们去捉蟹，讲不安全。外公到底还是拗不过我的任性和死缠烂打，恩准我去捉一次蟹。捉蟹前的一夜我几乎没怎么睡，凌晨两点多，一行人就登上了一条水泥船，大人们人手一条麻袋、一只手电筒。没太久，船就到了一个大水库，大家轻手轻脚下了船，手电照处，一只只肥硕的河蟹正在岸上呼气，有眼疾手快的，一手按住蟹背，再双指钳紧蟹两翼，扔入麻袋，不一会就捉了半麻袋。我也想模仿大人的样子，还没下手，就被蟹的两只大钳震慑住了，去捉蟹变成了去看捉蟹，但快乐有了。天色熹微，是捉蟹的最后战机，当大人们收获了最后一批战利品时天也大亮起来，河滩上横冲直撞的河蟹瞬间潜入水中，快闪无影踪。后来，我没再去捉蟹了。若现在再去，我肯定也是位捉蟹高手，可那天清早陈兵河滩的野生蟹阵一定见不到了！还是那天，满载而归的大人们都很平静，他们也是一年捉那么几次蟹，因为年年有蟹，这是他们赖以生存的苏北水乡的馈赠。可谁也想不到现在人心不古，太多贪婪索取，欠大自然的债久了，就欠了快乐，快乐其实很重要。20 世纪的苏北扬州人是不会吃蟹的，更不会拥有一套精致的吃蟹刀叉。现在的苏北扬州人也许还不会吃蟹，还只会取蟹黄做成甜味的酱，蟹黄酱就着稀饭，吃得津津有味。记忆中，外公的蟹黄酱配稀饭是我从内心到味蕾都绽放的最美妙、最奇特、最奢侈的味道。

在外公的苏北水乡我一待就近一年，因为要上学，我回到了安徽贵池，一口扬州话的我开始了长达十几年的县委大院生活。外公、外婆牵着我的手一起走进了县委机关大院的那年，我刚刚八岁。在扬州邗江农村野惯的我，一下走进了严肃的大院，又惊又喜又怕。那一刻，我知道我的快乐童年结束了。

外公外婆在大院家属楼住了几个月后，又回到了老家。想不到这一别竟成永诀！外公去世那年我去过一趟苏北，村庄里盖起了许多新楼，外公的新房变成了老屋，两位舅舅也苍老了许多。唯有苏北小村庄依然飘着荷香、菱角香、蟹黄酱香。哦！这才是我久已熟悉的、亲切的味道，依旧属于外公的味道。

（原载 2016 年 3 月 3 日《新安晚报》）

菜园小记

20 世纪 80 年代初，我家是有小菜园的。

小菜园落在县委大院家属宿舍楼的南侧，约莫四到五分地，是从废垃圾场中刨出来的。准备开荒种菜时，父亲召开了一个动员会，母亲讲她在百货公司上班，两班倒，又要负责一家人吃喝，开荒是难参加了。两个妹妹年龄小，体力活跟不上，捡捡石头可以。我自告奋勇，决心做个开荒者。父亲办事麻利，家庭会后的星期天买回了大小锄头各一把，开工时，他抡起大锄头挖地，锄头撞到土中的石头，激起火星四溅。前来观摩的邻居打趣："老张啊，你家开荒种菜像开矿，说不定真挖出个金元宝。"我拿个小锄头跟在父亲后面刨小石子，心里想，说不定还真能挖出个金元宝。两个妹妹把我刨出的小石子装进竹篮子，到小半篮，俩人就抬着倒掉。母亲下午下班来检查，表示满意工程进度。受了鼓励，第二天父亲下班，我们放学，都热情似火地投入小菜园的建设中。母亲上午上班、下午休息时也会送茶水到工地上，那时我们干劲就更足了，因为晚上餐桌上会加个炒鸡蛋或花生米，父亲会咪上一杯小酒，他还会偷偷拿筷子蘸点酒叫我尝下。工作后，聊起往事，有朋友笑我是被辣大的。半个月后，五垄地整出来了。小菜园雏形渐显，父亲到农村买回十几捆小毛竹，我们一起认真地编织起篱笆墙。父亲讲鸡喜欢吃菜苗，篱笆是挡鸡的。那时，家家都有几分菜地、几只鸡鸭，家属院田园风光独好，院中小村生活怡然自得。妹妹们老问，什么时候种菜呢？爸妈讲快了快了，夏天就有辣椒、西红柿吃了。菜苗买回来那天，母亲特意调休，一家五口，挖凼的挖凼，栽苗的栽苗，施肥的施肥，复土的复土，浇水的浇水。五垄地种了辣椒、西红柿、豆角，还点上了几十粒苞谷。小菜园静静地等待生根发芽，我在焦急等待收获。妹妹们对小菜园渐渐少了关注，她们似乎更热衷于跳猴皮筋儿、丢沙包。家人怎么也不会想到，三十多年后，我会在"蔬菜办"上班，看来，种菜是要从少年抓起。菜园建成投入生产，最上心的是我，几乎天天去看菜苗的生长，与椒、瓜、柿们交谈甚欢，顺带赶走几只硬闯菜园的土鸡。小小少年成园丁，一个正当的借口让我天天与菜们厮混在一起。像父亲讲的，夏天真有辣椒、西红柿吃了，我和妹妹们书包里会多一两个西红柿。上学时与同学分享劳动成果，我是从心中到脸上都写着自豪的。可惜好景不长，小菜园被行政科盯上了，那天父亲讲，我们家的小菜园地上要盖房了，给外地调来的叔叔一家住。拆迁那天，我埋头理竹篱笆、豆角架，像失地的农民一样，心中落寞、惆怅，下一个菜园在哪里？管你愿不愿意，小菜园地上还是很快盖起了一栋二层小楼！永别了我的小菜园，想不到快乐的种菜时光那么短。

后来，我家也搬出了大院，新家的小院里也种了两小垄葱蒜，算是对曾经的小菜园情结的延续。再后来，父亲退休后的若干年，贵池县委大院因为整体开发而拆迁了，我的机关同事们纷纷合影留念，我没参加他们的合影，独自一人默默地走到家属楼前凝思很久，这里承载了我太多的喜怒哀乐，不舍的大院，不舍的老房，不舍的鸡舍，不舍的柴房，最不舍的小菜园，包括不舍的清贫而快乐的日子，不舍的东西很多、很多……

多年以后，我转入"蔬菜办"工作，做的事是建无公害蔬菜基地，常常为善良的菜农们做些力所能及的工作。我又重拾起了小菜园情缘，不同的是，现在建的是很大很大的菜园子，成熟安全的蔬菜们会走上千家万户的餐桌。这工作让我多了一份满足感，间或也有一份小小的成就感，让我偷着乐，不告诉你。

（原载2016年6月15日《新安晚报》）

作者简介

谢峥嵘，笔名：言霰，安徽省作家协会会员，池州市作家协会副秘书长，贵池区作家协会副秘书长。喜欢文字的空灵与辗转，愿文字的精华流照到自己的岁月中，日日更新。

源溪——在光阴中修行

一

山谷中的绿是轻软的，如四月的风，淡淡的湿，缓缓的润，让时间穿不过光的缝隙，让生也会沉静，让命也会溯游。回流寻源，萌之所发，在深埋的土壤里、湮没的光阴中，如草、如叶，反刍前世，鲜活今生。

绿，是底色。要沉、要定、要从容，这是根本的保留，也是根本的坚守。

娉婷之意浮在光影之中，袅袅走来，有迷离，有梦幻。

山路在远山近影中周转，撩人之色，此未消彼又长。油菜的明黄，重重叠叠；杜鹃的嫣红，三三两两；昨日的雨气褪到半山之中，今日的氤氲又绕在山峦之上。

当一群蝴蝶衔着空灵之气袭来，我们像穿过一层幔帐轻纱一般，从一个时空到了另一个时空。

隐在深山中的源溪村之所以给我一种穿透的感觉，是因为那份沉淀和从容，让人会安，让心会定。

源溪村的沉淀可以把我们的生命拉到千年之外，追根问源。追问之间，根源的思考，也可以让自己的生命多一份沉着和安宁。

源溪村的从容，如同大自然中的那份绿，不惊不扰，不急不慌，看繁花开了又谢，看四季变换，人事冷暖。从的是坚守，容的是包涵。从容之间，有生命的坚定和淡然。

二

水口林的绿是幽深的。纵深的枝干直指云霄，如同向天祈福的旗幡；茂密的枝叶遮蔽了风云流转，交错的木叶像一道时光中的闸，让漏到林中的光影慢转，缓游；地上的落叶一层层地折叠着光阴，慢慢腌制、风干。

百年树干上滋润的青苔，染绿了林中的空气，吸一口是清，呼一口是新。悠然温婉的曲折小径，行一步是叶落鸟惊飞，退一步是蝉噪林愈静。

身心过往，定格百年。368 株珍贵树木，118 株已逾百龄。源溪村的水口林在村落入口处，如屏，如锁，挡风祈福，保瑞避邪。

水口林的静来之不易，也求之不得，我想，这种静的内核是一种坚定。“坚”字锋利如刃，对外御敌抗乱，对内斩妖除魔，这样的“定”有浴血后的更生，有冷眼中的清醒。

村中的银杏树，从新芽到虬干，一眼望过就是千年。曹氏家族旺盛的烟火被老树的枝丫细细数过，子孙的兴衰成败在老树的褶皱中一一记着。纵上 24 米高的空中，仿佛又听到那个文状元曹曰瑛读书的声音；横开 22 米宽的幅度，仿佛又闻到那个武状元曹曰玮练功的气息。

绕树一周，又是千年。千年的深入，我不清楚有多少米的骨血根系，但我明白千年的坚守，如神明、如信念，固如磐石，安身立命。

深入后的浅出，是不逾矩随心所欲的自如，是看山还是山的了然。风云变幻，沧海桑田，千年的安定，拈花微笑般，正面是从容和淡然，背面有睿智，有担当。

村中的连理树，一棵为枢枫，一棵为青檀，合株为一。800 年的相知守望，枝与枝相拥，根与根相系，如伯牙的琴、梁祝的蝶，繁衍神话，润生传说。

相爱相知的笃定，是万水千山后的相遇，是蓦然回首后的认定。望尽天涯，衣带渐宽，一心一意的锁定，冰心玉壶般，死生契阔，地久天长。

繁华中的诱惑，困顿中的茫然，无常中的慌张，如风如雨又如尘，侵蚀的光阴会变老，而打磨的生命会长青，如源溪村的古树，岁岁年年，推陈出新，亘古永恒。

知止而后能定，定而后能静，静而后能安，安而后能虑，虑而后能得。

从“止”的开始到“得”的结果，不是简单的从左到右的递升，不是从下到上的收获，是行走中的修正，修正中的行走，折叠后又折叠的积淀，辗转后又辗转的开悟，轮回后又轮回的更新。

在源溪村的千年光阴里，周转夯实的生命中，我们兜兜转转，思考着从外向内，从形到意，从有涯到无涯，生命中的安放和修行。

（原载 2017 年第 2 期《杏花村》）

千年回眸

清明时节雨纷纷，路上行人欲断魂。借问酒家何处有，牧童遥指杏花村。

是的，早春的江南，还是这般的江南，烟雨，还是这般缥缈纷飞，只是，路上的行人却不见了千年的诗人，也没有这般诗画的闲情、醉酒言诗的心境，魂断处，是迷醉的浮华、虚空的身心。迷茫中，也想学诗人问一句：醉人的酒家何处有？只是，纯真的牧童又何处寻？十里烟色的杏花村又何处觅？

悠然自醉，心远尘埃的田园意境在诗中穿越了千年，风干在杜牧的七律中，悬挂成池州人的梦。回眸处，黄公的酒香已黯然，牧童的笛音已远逝，杏花的枝头已消瘦……只有遥指处，还有诗的留白、梦的臆想。

如何让诗的留白超然，如何让梦的臆想生香？池州，这个千载诗人地的古城，最终，把诗织成了梦，把梦吟成了诗——让唐风古韵滋润着江南这种小桥、流水、人家的山水风情，用市井的风味、农耕的风俗追溯出东方独立而绝世的生态风貌。

还是在小城的城西许里处，就以唐诗的格律、宫商角徵羽的音韵，用天然的山水做弦，弹出清明时令的烟柳飘逸，弹出唐朝小村的世外人家，弹出杏花满树的红晕浪漫，弹出乡村酒肆的古朴本色，弹出田园牧童的纯真无羁……

《清明》这首诗经过千年的浸润，早就溶化，化进了池州人的梦里。抽一缕丝吧，用梦的针脚在山水之间刺绣。

杏花醉雨，就用这花红的颜色映出雨的沉醉，这飞花碎玉般的晶莹，会洁净出行人最初的情感，曾经沧海的触碰，谁敢说当初是寻常？十里烟村，就用这炊烟的闲逸缠绕出柳暗花明的欣喜，这四五人家、六七亭台、八九枝花的随意，清淡着行人在城市中兜转的负累、千百度后的疲惫，谁愿意放弃阑珊处的自然？西湘烟雨，就用烟雨的朦胧隔断世俗的纷扰，这烟雾交融出天上人间般的海市蜃楼，轻盈着行人在红尘中的负担，困顿过生命的沉重和渺茫，谁不想用超越的世外来护养？

杏花田园的梦，在诗中滋养了千年，含苞欲放的期待，早已是诗意盎然。摘一瓣梦吧，用诗的韵笔在山水之间添香。

茶田麦浪的梦逍遥自在，云卷云舒独自知。晴看翠浪野云边，阴赏两三点雨山前；日观微风吹皱的绿田，夜数七八颗星天外；闲闻稻花香味，听蛙声一遍，感知红尘之中的安宁；静品清茶禅意，听清泉流石，感受红尘之外的明净……白蒲荷风的梦淡定从容，花开花落两不惊。芦苇滩边的玉雪无暇为行人的心扉洁净出素雅的清香；芙蓉塘边的接天无穷让行人的视野开阔出别样的异香；梅堤上的凌寒独自在行人的情怀中升华出盈袖的暗香……梅洲晓雪的梦宁静致远，清雅清韵三人行。独坐幽篁里，不必请明月来相照，就在这竹林中学王维来弹一曲吧，用四时的弦韵、岁月的清音，弹出性情的豁达高远；时人不觉凌云木，站在青翠的松林边，遥望杜荀鹤的背影，仰视他凌云的诗篇，抛开红尘之中的碌碌郁闷，也能生出豪情壮志、旷世才情；采菊东篱下，不必去南山，就在这菊花丛中，听陶公的真意，远离车马的喧嚣，种一株菊花吧，让心在红尘之外越来越远，越来越静……

江南的山水画，让身体回归了自然；唐风的韵律诗，让心灵安放柔软；池州的田园梦，让性情清明简单。

江南，还是这个江南；烟雨，还是这样的烟雨；行人，还是一样的你我；但，杏花村，是不一样的乡野村落了……来吧，到池州的梦中来，来一次千年回眸。回眸处，是不一样的山水、不一样的诗韵、不一样的梦境，还有，不一样的你我！

（2013 年杏花村赏花游园节征文优秀奖）

此地即平天

当年，李白在水如一匹练的美景之中，叹出此地即平天的感慨时，不仅是为了表达弄水泛舟、看花赏月、把酒吟诗的情怀，一定还包含一种气象，一种在山水之间与天地往来的气象。

我一直认为，“平天”二字，不是简单的景致，更不可能只有命名的意义。

中国文化对天的信仰应该从《易》中的第一卦开始就奠定了基础，而庄子的《逍遥游》又打开了人与天之间的一种理想通道：天人合一的境界；乘云气，御飞龙，肌肤若雪，不食五谷的向往；最无奈，也会追逐到天的尽头，宽旷无人之处，逍遥寝卧在大树之下，做一个有蝴蝶点缀的梦。所以，中国文人喜欢在山水之间游历，在天地之中叹息，让生命被山水承载，与天地交融，完成一种从有涯向无涯的延伸。

李白，就是一个寻觅天关最热切的人，愿乘冷风去，直出浮云间。如果说，酒是点燃了李白诗情的烟火，那，山水就成全了李白诗意的浪漫和飘逸。

那天，李白一定在平天湖的水天尽头，看到了云青青兮欲雨、水澹澹兮生烟的景象，看到了霓为衣兮风为马的仙人，他心中的天就是这样，他在天姥山梦过，他在太白山上也说过，却在这个小城遇到了，怎么不激动！这里可以从人间看到天上，这里就是可以打开天关的地方，此地即平天！就这么笃定！

平天湖在池州的笃定，就如一幅画的留白、一张琴的弦音、一颗珠的光影、一首诗的意境、一个人的气韵，看似不是主体，却是缺不了的血脉灵魂。

而我，最喜欢在平天湖的清晨融进这自然的魂魄中，感受黑与白、阴与阳交错的时光，也许这时更能体会到人间到天上的距离。

平天湖东边最高的山叫碧山，爬到山顶望华楼的栏杆上，就是此地离天最接近的地方，虽然摘不到星辰，但可以看到日出，看清平天山水。

太阳升起来时，远山清晰了，一浪一浪浓淡相间，一层一层递升着，把崭新的红日推到遥远的边际。远山有路，从山脚一直延伸到山顶，好像也可以一直延伸到天上。

望华楼东边是重峦叠嶂的远山，其余三面被平天湖环绕着，隔湖相望的是莲花台。此时的阳光还没折射过来，莲花台是看不清的，楼台迷失在雾中，氤氲的湖水半遮着容颜，让山光水色都矜持起来。矜持的姿态是静止的，定格成一幅画，丹青水墨般从眼前一直挥洒连天，而天空中的那一缕红晕又向画面泛开，这天地之间开阔出古典、婉约的意境。此刻，人是多余的，小桥、人家如小令般含而不露，简约、温婉地隐在山水之间；山空、水静如弦音凝绝，没有声息，而湖中的倒影又在无声之外扣人心弦；只有水汽有喘息的感觉，似花非花，似梦非梦，亦真亦幻，每一分钟都是缥缈不定。倚栏冥想，我忽然想起“荅然隐机”境界，若真能形如槁木、心如死灰，是不是就可以乘风御烟，隐在这仙境之中，使生命永恒？

环湖路上的平天之气，最好在冬日的清晨去感受。

冬日的清晨不用起得太早，八点钟时，白霜还未消，像薄雪一样覆盖在青黄的草地上，树梢上的霜淡得像羽翼般的轻纱，被朝阳的光线折射出通透而又晶莹。湖面飘动的水汽散成白茫茫的烟雾，与天连成了一体，眼眸飘浮成远逝的云，内心朦胧着海市蜃楼般的虚拟，思绪在迷幻中游离……在环湖路上缓缓行驶，烟云水汽自由缠绕着，我不知道，平天湖在我的梦中还是我在平天湖的梦中，或者，我与平天湖都幻化到了天上？

远古的道，千年的诗，在山水之间我们感悟生命的真谛，探寻生命之外的距离，想象从有限到无限的空间。而我，只用一个清晨，在平天之处，用灵动的山水滋养自己，感受羽化生命的过程。

何其幸哉！在池州，我们可以做离天最近的人！

（第五届“幸福池州”散文大赛优秀奖）

花庙的颜色

江南对节气的敏感还是颇为细腻的，谷雨还未接力之前，雨水的序曲，高调地充盈了一天。

当我们第二天赶到花庙时，这个隐含在池州最南端的小村庄，像一个内秀、含蓄的女子，沐浴一新，温润浅笑，展现出她天然的仪态，还有她不为人知的底蕴。

花庙，左手以小令的韵脚，书写着自己的平仄：小桥、流水的婉转，村野、人家的宁和；右手以青山绿水的基调，绘画自己的颜色：远山的碧、近水的莹是重墨，空山的静、鹧鸪的音是轻描。

至于慕名想看的花和庙也是有的。花，是山中未名的野花，庙，是没有香火的空庙，两者倒像是这个村庄的标点符号，点缀着自己的名字。

名字的缘由已被时光消磨得模糊不清，而历史的底蕴总会留下若隐若现的痕迹。胭脂桥和古徽道这两个古老的意象，像时光中的倒影，吸引我们探秘这个村庄更深的颜色。

胭脂桥

昨日的雨，一定打湿了胭脂，不然，怎么看到胭脂桥时，看不到明媚和艳红？

桥面素朴，桥身小巧。青砖、条石中的风雨气息，穿透着岁月的呼吸，把时光拉得很远且长。单孔的拱形如明月出水，与水中的倒影形成一个圆满的心愿，随波远去。只是，藤萝的枝枝蔓蔓，似剪不断的流光，荒草地肆意蔓延，似理还乱的情殇。胭脂桥像封藏在匣中已久的金钗或凤冠，虽已失去了光泽，却掩不住隐含的精致和内涵，其中更高的价值，是其生命里的故事和骨血里的情怀。

苍凉的故事有几个版本，而我更相信悲悯的情怀与爱情无关，与岁月也无关。从明朝万历的那一天开始，从那个独子被洪水冲走的瞬间开始，从一个母亲撕心裂肺的疼痛开始，这座桥就注定了它一生的沉重和怆然。

我从光阴的缝隙间窥视到四百年前，小心翼翼捧起一个母亲的破碎心。这只是一个普通的民间女子，她只想相夫教子、含饴弄孙，平淡一生。只是，在受到天命无常的重击之下，在那个从夫从子的年代，她敢挥洒赖以依靠的金银首饰向天灾回击，让胭脂水粉架起一座桥梁逆袭了四百年。这其中的思维和情感，被瞻仰了几个世纪，有谁能明了？

我不想简单地用慈悲和高尚这样的词语来装裱，也不想直接用坚韧和不屈这样的句子来素描。这复杂的情愫，其中一定还有哀思和寄情，还有一种对生命的祭祀，祭祀一份天长地久的心愿。

山重水复的人生，无路可走的转折，可能不会有柳暗和花明；寻寻觅觅的人生，蓦然回首的瞬间，也许找不到阑珊中的那人。烟雨平生，说是不怕，其实，谁都希望在冬天的不远处还有春天。只是，人生不如意十有八九，四顾茫然的寒冷，除了自怜，你有清晰面对的觉醒？你有置大患于身外的智慧？

苏轼的一生坎坷周折。面对丧妻丧子的痛，他会说不思量，自难忘；面对贬谪放逐的苦，他只要了竹杖、芒鞋，寄托江海之上。李煜的一生悲情错位，面对国破家亡，他只能垂泪对宫娥，顾影自伤，最终死在自己的哀怨中，雕栏玉砌应犹在，只是朱颜改。

都说文如其人，一个人的思维决定了他的文风，一个人的性格也决定了他的生命结局。苏轼不但成为北宋词坛豪放派的开创者，还在失意的时候，在杭州修建了苏堤，关心民生；在困苦的时候，在澹州办学堂，介学风，播种文化。所以，我一直以为，苏轼不但打破了词为艳科的格局，也为后人对生命的理解作出了更开阔、更旷达的注释。

花庙的胭脂桥，也是那位母亲用生命写出的一首词，她没写愁苦自怜，却写出了悲壮豪情。她用胭脂水粉写出了一种生命情怀，打开了自己的生命格局，让自己的灵魂矗立了几百个春秋，让生命痕迹绵长了一世又一世。

在这个四月天娉婷轻软的风中，我们解读着胭脂桥的意境。桥下的双溪水碧波如玉，向东逝去，我们读，自是人生长恨水长东；桥上的蝴蝶翻飞如梦，幻如几百年前穿越而来的化身，我们读，回首向来萧瑟处，也无风雨也无晴。

胭脂桥，静卧在花庙的溪河之上，功能性的作用已褪得越来越淡，但绽放的生命姿态，流光溢彩，在天地时空中，永不褪色。

古徽道

花庙的古徽道，不像个老者，倒像个隐逸之人，有点仙风道骨的气质。

花庙的山石含有大量的石灰石，所以，古徽道的石阶被风化后，呈现了一种独有的颜色——青灰。蜿蜒的石道被葱翠的野草掩映着，石阶的青苔缠绵在缝隙间，绿与灰的调和，倒让人感受不到流光的斑驳、人间烟火的冷落，反而生出了一种逍遥世外、特立独行的自在。

古徽道的自在，包容着不同生命形态的自由绽放。野草的散漫、不羁，像不修边幅的衫褛；小花的天然、纯粹，像不染尘埃的眼神；还有，遥挂在山涧对面的瀑布、亲近到衣袖间的蝴蝶、山中鹧鸪的空灵、石上流水的轻盈、极目处的层峦叠嶂、回眸时的深红浅绿，一如天籁，咸其自取，自得其乐。

我喜欢这样天然无雕饰的风景，就如读老庄的文字，总会带你到尘世之外，吸风饮露。

花庙的古徽道没有残垣断壁，也就没有多少人文传说。行走的途中舒缓、流畅，没有历史的回望，也没有感受到光阴的羁绊。古徽道的古意，像是断裂在时光的风中，过去的痕迹像是记忆中的断章，随风散远。所以，我感受的古徽道，不是一个颓废、荒芜的垂暮之人，而是一个在世间打滚了几百年的智者、一个得道的高人、一个远离尘俗的隐士。

正午的阳光折射在木叶之间，光影的迷离，幻如进入时空的隧道。疲惫的马蹄声越来越近，思乡的喘息声渐行渐远，一声吆喝、一记扬鞭、一阵寒暄……热闹已掩埋在脚下的腐叶中，喧哗被山泉冲走，繁华长成青苔的模样，尘埃落定，历史的使命已完成，功成身退，一切都是自然。

看过蒙蓬之心的东西跳梁，高下不辟；看过白茫茫一片的荣华；看过飘风不终朝、骤雨不终日的生命，古徽道的眼睛从宇宙之外审视着红尘，置身事外，也许更能看清自己。

用出世的思维看入世的事情，像是读薄了人生，大道至简，也许，我们的思想会更清醒，我们的生活会更简单，我们的状态会更自然，我们的生命会更自在。

自在如，行到水穷之地，看万里无云的天；凌空绝顶之上，看芸芸众生的小；天地悠悠，不论前者，不管来人，只在当下，山自青，水自闲，自幽一曲，高山流水，自然随性。只是，几人能做到？

我想摘一朵花，掬一捧泉，扑一只蝶，带点古徽道的灵气，轻松琐碎的日子；我还想带点青灰般逍遥的颜色，调节沉闷的生活；我还想带上古徽道的眼睛，装饰成明月的样子，点亮迷蒙的思路。

走在古徽道上，还有我看不见的，也有我听不到的，惚恍之间，我好像什么都带不走，又好像什么都带得走。

结　语

花庙的颜色，近看成荫，远看如梦，横看有胭脂桥的觉醒，侧看是古徽道的自在。

觉醒也好，自在也罢，放松生活，感悟生命，不如去花庙亲自走走，沐浴身心！

（池州市“悠悠古道话沧桑”征文活动一等奖）

作者简介

伍宏才，池州贵池人，出生在秋浦河畔。大学学历，省示范高中副校长，中学高级教师。繁忙工作之余，爱好读书，数十载阅读大量中外文学名著以及人文、历史、教育类书籍。偶弄文字，虽真诚，但惭愧，没有全力以赴、奋不顾身。

故乡，留得住的乡愁

我的家乡金鸡嘴，是秋浦河流域的一个小村庄。小的时候，村里来了几个搞测绘的人，拿着水平仪、皮尺什么的，在村子里转转，在图纸上标上金鸡嘴，尽管后来一直也没在什么地图上看到过这个名字。村庄是很小的，问过祖母金鸡嘴的来历，祖母说是很久很久以前，这里曾栖息过一窝金鸡。从那以后，我就记住了那群金鸡，想到的时候，就朝天空仰望，朝四野里瞧瞧。金鸡始终没出现，金鸡成了神鸡。

村庄坐落在花的世界里。春天来了，田里种了紫云英，我们乡下管它叫红花草，是绿肥的好东西。紫色的、红色的花开遍原野，还带有一股淡淡的花香。花草密密的、厚厚的，缎子似的。我在田埂上打猪草的时候，打满了一筐，有时就坐在那上面休息，软软的；兴致所来，还在上面打滚、翻跟头。春天里，油菜花也开了，那是金黄金黄的，秆子高过少年的头，蜜蜂飞舞，彩蝶游戏。放学后，我们几个少年，藏进了油菜花里，追逐打闹一通，外面的人谁也发现不了。出来的时候，身上沾了星星点点的花瓣，拍打几下，回家了。其实母亲是知道的，衣服上毕竟有香气呀，但只要回家就好。夏天到了，圣洁的槐树花开放，村庄掩映在花丛之中，香气扑鼻，白色的花蕊落在地面，松松的，软软的。郁达夫先生在《故都的秋》中就写过它：“像花而又不是花的那一种落蕊，早晨起来，会铺得满地。”在课堂上，我每每上到这篇文章的时候，就想起故乡五月的槐花，仿佛一股香气扑面而来。江南水乡，夏天里，总有几块荷塘点缀着乡野，荷叶密密地铺满水面，白色的或红色的荷花开得很亮眼，在风中摇曳。在秋天，我的家乡也不寂寞，高地里成片成片的棉花，纯白纯白的，煞是一道风景，庄稼人的希望在这里。还有田埂上、河沟边开的不知名的各种野花，也送来缕缕清香。冬天，最盼望的就是下雪。在家乡，每年总要下一两场雪。雪花满天里纷纷扬扬的，少年的心事就在那漫天飞舞的雪花里。很快的，树上、房顶、地面就积得厚厚的，村庄就成了童话世界。家家门口堆起了雪人，欢笑声不断。天放晴了，红日照大地，河里是厚厚的冰。我们少年在冰面上滑行，走到对岸。最喜欢的还是向冰面扔出小石片，看谁的石片滑得更远。

村庄河流多，长的短的，宽的窄的，有名字的，无名字的。河水清澈，阳光下晶莹亮眼。口渴的乡亲，手掬一捧清水，咕咚咕咚喝下去。沿着河边行走，常能看见水里游行的鱼儿。河是大家的，没有谁会想到拦起一截养鱼，可是年底河水浅的时候，家家都能捕到一些鱼。那鱼才叫野生的，光是喝起那个鱼汤，都是美滋滋的。

村西还有一个大湖洼、一块湿地。有几年，外村庄的人在这里种过水稻，产量不高。收起稻子之后，留下很长的稻桩，缺柴烧的庄民就割起它放到湖埂上晒干。种了几年水稻不理想后，外村庄的人再没来过了。这里就成了各种飞鸟的乐园，天鹅、大雁，还有各种水鸟，都在这里嬉戏，在空中翻飞，在水里啄食。村庄的少年，也到这里卷起裤腿，捕鱼儿，逮黄鳝，捉泥鳅，钓小虾，忙得不亦乐乎。

村庄各家菜地里的蔬菜品种繁多，一年四季光是瓜类就很齐全。黄瓜、菜瓜、香瓜，还有冬瓜、南瓜、丝瓜。路过谁家菜地，摘下一条黄瓜或是在瓜藤里弄出一个菜瓜、香瓜吃的，是不算偷的，无须避瓜田李下的嫌疑。女人们在菜地里可没少忙活，一有闲暇，就钻到菜地里，浇水、施肥、除草，摘菜回家烧饭，总会做出香甜可口的饭菜，那才是原生态的饭菜香哟。

故乡的天空永远是蓝的，水是清的，吹向乡野的风是柔的。阳光、空气、河流、树木、小草一切安好，稻子、小麦、棉花、油菜、大豆、高粱、山芋、芝麻个个都在这里适宜地生长，少年的梦想在故乡的臂弯里拔节、成长。

每个人都有他一辈子魂牵梦萦的故土。我的故乡金鸡嘴，是生我养我的地方，这里还有我很多的同伴。平日里，我们都谋生在外，可是每逢过年的时候，就像候鸟一样飞回。现在故乡的路也修好了，村村通的水泥路铺到了各家各户的门前，回家是一种爽爽朗朗的心情。故乡就像天空的星斗，夜深人静的时候，在心里就亮堂起来。

（原载 2016 年 3 月 2 日《池州日报》）

木心：一只寂寞的鸟

2015 年春晚，刘欢演唱的一首歌，歌词是木心的诗歌《从前慢》。“记得早先少年时，大家诚诚恳恳，说一句是一句。清早上火车站，长街黑暗无行人，卖豆浆的小店冒着热气。从前的日色变得慢，车、马、邮件都慢，一生只够爱一个人。从前的锁也好看，钥匙精美有样子，你锁了，人家就懂了。”

木心先生，浙江乌镇人，毕业于上海美术专科学校，师从刘海粟。其1982年起寓居美国纽约，画作被大英博物馆收藏，是20世纪的中国画家中第一位有作品被该馆收藏的。先生总结自己的一生：“我一生的各个阶段，全是错的。”并有诗写道：“不知原谅什么，诚觉世事尽可原谅。”都是苦涩的话语。

1989年1月至1994年1月，画家木心在美国纽约为一群中国年轻画家开讲的却是“世界文学史”，这群年轻人中就有陈丹青。

木心先生讲述文学史，从古希腊罗马神话，一直讲到20世纪的魔幻现实主义。本是沉睡的文学史，经他讲述，就被激活了，用他自己的话说，“我说的是‘我的文学回忆’”。这些后来由学生陈丹青整理出版成1100余页的《文学回忆录》。

他评价中外作家，擅用比喻，比如说都德：“别的大师像大椅子，高背峨峨，扶手庄严，而都德是靠垫。”“一拿起都德的书，轻快，舒适，像赤了脚走在河滩的软泥上，感觉好像早该这样享受一下。”这说的都德虽不是众星拱月似的大文豪，却也是璀璨的星星。作品写的是小题材，却能熨帖人心。比如说李白：“李白的性格很明亮，像唐三彩上的釉。他喜欢夸张吹牛，奇的是不令人讨厌。”是的，无与伦比的李白，就像唐三彩的釉一样，明亮而精致。他惯用想象和夸张，却不显做作。他的诗歌读来总是让人酣畅淋漓，只觉得他在天上神游，是喝酒都只跟月亮喝的人。

他评点名作，总能一语中的，让人茅塞顿开，豁然开朗。比如他说《史记》：读《史记》，当司马迁写出人物、忘掉儒家时，是他最精彩的部分。写屈原，以儒家精神写，不佳；写到《鸿门宴》人物，忘了儒家，大好！我也以为“鸿门宴”部分是《史记》中写得极好的，只是始终不明原因，木心先生帮我们解开了。他说《红楼梦》：《红楼梦》中的诗，如水草。取出水，即不好。放在水中，好看。这个比喻很新奇、贴切，这就道出了红楼诗和情节的水乳交融的关系。如果抽出这些诗歌来单纯评价，就忽视了它们在原作里的“这一处”体现的价值。它们是塑造人物的重要组成部分，是为此篇小说而生出的。

惊叹木心先生的渊博，作家名言，信手拈来。汤显祖的自负：我写的东西，不妨将天下人嗓子拗折。歌德和海涅的爱情名言：假如我爱你，与你无涉。一个人，只要心里有了爱，一生就弄得半死不活。奥斯卡·王尔德的自狂：除了天才，我一无所有。卡莱尔的睿智：没有长夜痛哭过的人，不足语人生。革命诗人马雅可夫斯基的另一面：我要是温柔起来，像一朵穿裤子的云。

木心先生谈文学，也常常谈到人生。他说："《西风颂》中有句'冬天来了，春天还会远吗?'这是雪莱的名言。世界哪里是那样的。好人读了要上当的。"先生当头一棒，让我等惊醒。这真是天真的雪莱说给天真的人听的。他赞同英国作家查尔斯·兰姆的话："童年的朋友，像童年的衣服，长大就穿不上了。"是的，人生的每个阶段过去了，就都回不去了。鲁迅《故乡》里的"我"20年后再见着的已不是当年那个颈子上戴着银项圈的闰土了，我们之间隔着的是"分明的叫道'老爷'"。他引用爱尔兰诗人叶慈的一句话："一个老人不过是卑微之物，一件披在拐杖上的破衣裳。"这也许也透着先生心境的悲凉。时光真是利剑，剜去了青春，剩下核桃壳的外表，就只能苟延残喘。

在文学史的讲述中，木心先生也常常流露对现世的担忧。"科学跑得太快，人文跟不上。这悲剧，是忘记了古代的人文传统，而且抛弃了。现代的知识爆炸，炸死了人性。""如果你是淡泊名利的人，那么生在这个疯狂夺取名利的时代，那是真有看头。""现在头发白了，有朝一日回故乡，公路、高楼，兴旺发达，那也是一种荒凉哩。"

木心的语言有一种参差的美、古典的美，却也浸润着淡淡的哀伤，让人遍笼悲凉之雾，有时好半天缓不过神来。其比喻新奇、别致、熨帖；一双睿智的眼，把人生看通透，把你的痒处、痛处、伤心处全刺到。

（原载2015年11月5日《新安晚报》）

一卷在手，天地俱静

我这人没什么大理想，也没啥大出息的，一辈子就喜欢看点书。看书是没计划、随心所欲的，凭着自己的性子。看不下去的书，翻了几页就不再看了，从小到大都是这样。巴尔扎克的书可是公认的好书吧，但我总觉得他叙事琐细，日常生活化，就不对我的胃口。倒是托尔斯泰的《复活》，讽刺性强，思想深刻，还有玛丝洛娃的纯真、聂赫留朵夫的真诚忏悔，让我在一个夏天里看完了，后来又翻过多遍。小仲马的《茶花女》看过多遍，年少时没少流过泪的，为玛格丽特和阿尔芒真挚的爱情，这是第一部被引入国内的西方名著。他父亲大仲马的几个长篇至今未动。中国的四大名著当然都看过，最喜欢的是《红楼梦》，得意自己到现在读了四遍。有一阵子简直发了狂，把书店里研读《红楼梦》的著作几乎都抱回了，拼命地读着，像王蒙的《红楼启示录》《王蒙活说红楼》、舒芜的《红楼说梦》、刘心武的《刘心武揭秘〈红楼梦〉》《刘心武续〈红楼梦〉》、蒋勋的《蒋勋说〈红楼梦〉》等。很欣赏《蒋勋说〈红楼梦〉》，这是台湾学者蒋勋从美学角度对其前八十回进行青春的解读，美感十足，就让我更喜欢《红楼梦》了，为此我写过一篇《我读金陵十二钗》，见了报。我还找到了一位同样喜欢的知音王蒙（人家可不认识我哟），他就说过：我一生真正读过的书就两本，一本是《道德经》，一本是《红楼梦》。

我的书读得没头没脑的，不成系列，就像驮起锹来挖井，到处开土，挖不出一口像样的井来，这就成不了大家，专家也不成的。从喜欢文学开始，古代的《诗经》《离骚》《世说新语》，李白的诗、苏轼的散文、李清照的词、关汉卿的戏剧、曹雪芹的“红楼”，还有 20 世纪二三十年代（这是一个群星璀璨的年代）鲁迅、老舍、巴金等一批名家的作品等都读过。西方的文学名著读过不少，最喜欢的是古希腊的悲剧，莎士比亚的戏剧，歌德的《少年维特之烦恼》，拜伦的《唐璜》，陀思妥耶夫斯基、托尔斯泰的长篇，普希金、莱蒙托夫的诗，小仲马的《茶花女》，莫泊桑、契诃夫的短篇，还有美国的欧·亨利的小说，海明威的《丧钟为谁而鸣》《老人与海》，哥伦比亚马尔克斯的《百年孤独》等。后来又喜欢上美学和哲学，像朱光潜的美学论著和他翻译的《西方美学史》就读过多遍，也读过柏拉图、康德等人的著作。我在一所省示范高中分管教学工作，自然少不了又读了不少西方和美国的教育论著。我的书读得真是杂呀，眼前正在读白寿彝老先生主编的《中国通史》和易中天的《中华史》，而同时在读的有曹禺的话剧、汪曾祺的小说。

一卷在手，天地俱静。如果能在好环境里读书那真是一种幸福。我最喜欢的就是在下雪的夜晚，外面静悄悄的，一个人拥着被子，靠着枕头，翻开一本心仪的书，静静地读着，是很惬意的事，所谓雪夜闭门读闲书。或者一个人在窗前，泡上一杯茶（最好再来一支燃着的沉香），正襟危坐地看一本书，尽管窗外的雨滴滴答答，可室内的人已沉迷于书中，和书中的人物进行灵魂的对话，发生共鸣时，也许流下感伤的泪，正所谓窗外雨共读书人泪，滴滴答答到天明。李清照词句就赞美过这两种情境，“枕上诗书闲处好，门前风景雨来佳”。有时和情趣相投的人在一起读书也是幸福的，冬天的夜晚，生起一个火炉，大家围炉而坐，共话读一本书的心得；或者一人读一本新书，大家静静地听，读的人感情充沛，听的人津津有味，火光映着人的脸，温暖而舒适。正所谓围炉夜话读书情，只怕是这样的幸福时光也无法再现了。哪怕站在书店里读书也别有一番情趣，周围书籍浩如烟海，人立其中，翻着心爱的书，其乐融融。在野外读书也别开生面的，垂柳下，小溪边，莲花旁，竹林里，哪一处读书不令人陶醉？

宋代翁森有一首诗赞美读书人的幸福。“山光照槛水绕廊，舞雩归咏春风香。好鸟枝头亦朋友，落花水面皆文章。蹉跎莫遣韶光老，人生唯有读书好。读书之乐乐何如，绿满窗前草不除。”好一个“人生唯有读书好”！

王蒙一辈子倡导读书，他说，读书是一种享受，是一种生活方式，也是一种风度。他还说，我们这个时代之所以出现浮躁的风气，很重要的一方面，是一些人不读书，缺乏应有的风度，缺乏对事物的专注之心。是的，读书能医治百病，无论是体内的，还是体外的。我愿与谁同框？书籍。

（原载 2016 年 7 月 31 日《新安晚报》）

作者简介

檀新建，贵池人，1965 年出生，中共党员，供职于池州市贵池区浦西国有粮食公司，中国傩戏学研究会理事、安徽省民俗学会会员、池州市诗联学会理事、池州市作家协会会员、池州市戏剧家协会会员、贵池区新闻工作者协会会员、贵池区作家协会会员、贵池区戏剧家协会副主席。20 世纪 80 年代开始发表小说、散文、诗歌，部分作品曾获奖或被选编结集。数十篇散文刊登于《安徽日报》《新安晚报》《池州日报》《散文百家》《旅行家》等省内外报刊。

傩村正月行

皖南贵池，傩事历史悠久。数百年来，当地乡民迎神敬祖的祭仪，演变成一种古老的民间艺术形式。有考据说，贵池傩戏是国内在演出形式、剧目、唱腔、面具、道具等方面保存最古老、最完整的古代戏曲。如果摊开中国南部乡村的傩事地图，贵池地位显赫，新中国成立之前这里有八十多个傩村，现如今至少也有三四十个村庄仍在搬演傩戏，是名副其实的“傩窝子”。正月，我前往贵池山乡寻傩，穿梭于各个傩村之间，一幅幅奇特的民俗图景，在眼前徐徐展开。

一、西华姚：锣鼓响，脚板痒

傍晚时分，我们坐在西华姚村一个老乡家喝茶、聊傩，忽地一声巨响把我们惊得站了起来，老乡说，这是放火铳催促村人快点吃晚饭，饭后傩戏就要在祠堂里开演了。天擦黑时，又几声铳响，我同朋友急忙向祠堂方向走去。一路上，村庄上空不时闪过烟花的光亮，锣鼓声也渐渐清脆，“锣鼓响，脚板痒”，村中的男女老少相携相伴着涌向祠堂。

远远望见祠堂大门敞开着，里面隐现高悬的大红灯笼，烛光摇曳，烟雾弥漫。跨进祠堂，便见木板搭就的戏台一侧，一老者缓慢地敲击一面铜锣，正不间断发出“哐、哐……”有节奏的脆响；戏台另一侧，竹编的团箕上，数十枚色彩斑斓的被称为“脸子”的面具仰面平放。烛光映照下，这些“脸子”表情迥异，让人不忍移目。

不时有人在摆放面具的“神台”前献供、燃香、揖拜，这中间有满脸皱纹的老者，有衣妆时髦的青年，面对如此之近的“傩神”，有的念念有词，有的闭目沉思……容不得你有过多的遐想，简陋的舞台上，面似“哪吒”的“伞童”，一边舞，一边有节奏地点头、蹦跳。灯光下，愈显绚丽缤纷的彩色纸伞，舞得好似流萤飞花……幽古、拙朴，还有几分神秘、诡异，这样的融入是你不自觉的，却又无法跳脱。

在西华姚村，我们认识了当地知名的傩艺人许来祥，他是西华姚村傩戏会的会长。他的叔岳父姚永昌就是余秋雨在《文化苦旅》中《贵池傩》一文里提及的那个“小学校长”。正是这位校长在20世纪80年代，走进政府机关大门，对着惊讶万分的干部们申述一条条保护乡傩的理由，才使得贵池的傩事得以保存、延续。

二、殷村姚：木锉砂磨雕脸子

在许会长的带领下，我们找到殷村姚村。来到这里，不仅因为余秋雨在《文化苦旅》中描述过这个村的傩事，还因为这里有一位叫姚官保的老人及其前辈护傩有功。20世纪80年代初，姚官保在自家的夹墙中发现了三枚其祖先为免日本人焚毁而藏匿的清代傩面具，在找姚永昌先生咨询、商议之后，领头参与组织了本村的傩戏演出，从而带动了贵池傩乡各村中断了数十年的傩事活动的陆续全面恢复。

如今那位“复傩”有功的姚老早已故去，那间藏匿面具的老屋也已被拆掉，新造了洋气的楼房。那三枚被村民称为“脸子”的古老面具，不久即被贵池的文物部门作为文物收藏起来。

面具在傩事中占有重要地位，傩面具被视为神灵的载体，是傩事活动的核心，全过程都围绕面具进行。各村在搬演傩戏前后，启用或送、归“脸子”，要举行隆重的“迎神下架”“请神”“送神上架”等仪典，面具不一样，傩事程序也有差异。

在殷村姚，我们偶遇到了傩面具雕刻师刘千祥。他出生在一个雕刻世家，曾祖父和祖父都是九华山远近闻名的雕刻师。刘千祥十六岁时，正式跟祖父学习雕刻傩面具，之前，祖父曾带过几个学徒，但都没有坚持下来，以致整个九华山区域内，很长时间，除了刘千祥祖辈和同乡林姓雕师之外，几乎无人会雕面具。

对傩村来说，雕刻新面具是件极为庄重的事，要礼请雕刻师到村中制作。砍树前，请“先生”选择吉日；砍树时，族长、香首亲自到场，在树前烧纸、放鞭炮，向树作揖礼拜。

雕刻傩面具有一整套特定的程序和神秘的规矩。树木选定后砍倒抬至祠堂要披红挂彩，然后段木对剖，经打坯、雕琢、木锉、砂磨、蒸煮、髹漆、穿须、装金等程序制成。最后将“开光”后的面具，按固定的顺序叠放在“日、月”箱中，安放在宗族祠堂里保存。

刘千祥说，20世纪80年代贵池傩乡恢复傩事时，每年都有各村的人找上门来要求订制面具，他常常雕至深夜，而到了90年代末，池州傩事恢复活动高潮期已结束，面具的需求量骤减。作为一个以雕刻为生的雕师，他只得把主要业务转向庙宇等古建筑雕塑，近十几年来，他只雕刻过少量的傩面具。在傩村傩事活动中，乡民们把“脸子”视若神灵，但外来者，他们将“脸子”当作一种古老戏剧的道具，或者仅仅当作一件艺术品。

三、太和章：西凉鼓舞醉胡腾

在贵池众多傩村中，太和章不仅傩事历史悠久，而且有许多与众不同的地方，比如祠堂、戏台、傩舞、高腔，还有独有的傩舞“醉胡腾”（又名“胡饮酒”）。傩专家王兆乾先生说：“‘胡饮酒’是唐朝宫廷流落到民间的舞蹈哩！”许会长一句不经意的话勾起了我们的好奇心。

我们在一个细雨霏霏的傍晚赶到太和章祠堂。其时，这座始建于明代嘉靖年间，前后四进，三年前被批准为“安徽省文物保护单位”的章氏宗祠，已是人声鼎沸，灯烛辉煌，敲响的锣鼓震人心魄，炸亮的爆竹恰似一群群火蝴蝶，蹁跹于夜空。

贵池傩村多在祠堂里的戏台上演出，太和章虽也在祠堂内，却没有固定的戏台，每年演出时只在祠堂入门处背外朝里临时搭建戏台，一反戏台在里、台口朝外的常规。老艺人解释说，这是搭台唱戏给里面的列祖列宗观赏的。

傩舞“舞伞”“舞古老钱”之后，便是“醉胡腾”了。只见两个戴回回面具的舞者饮酒，互相劝酒，先是自饮，之后突然伸出酒杯要往许会长嘴里灌，许会长也不避，笑着迎接了。之后他们又来灌我，避之不及，大吞一口，竟是真的白酒。我正不知所措，老乡在一旁笑道：“这酒喝了好哇，保平安哩！”二舞者继续邀请其他观众同饮，转了一圈后便又自饮，先站饮，踉踉跄跄，后坐饮，竟至卧地而饮，显出百般醉态……忽然拔刀比武，摇摆闪躲，不分胜负，最后又握手言和，相扶退场。据说，“醉胡腾”是从唐戏剧“西凉伎”延续演化而来，属“舞方”。舞四方之乐舞，既是国家太平的象征，又是民族和睦的表现，又有一说，“醉胡腾”突出饮酒，反映了乡民的生殖崇拜。许会长告诉我说，演“醉胡腾”中两个回回的亲兄弟，是他的表外甥，也是太和章村最热心傩事的年轻人。几段傩舞表演结束后，台上演正戏《和番记》，唱高腔。民国时期，贵池唱高腔的村社很多，但唯有太和章演出以高腔为主，仅一出《和番记》共二十八场，全用高腔演唱。

在一阵阵鞭炮的硝烟里，人们驻足引颈，“半脸”（太和章在唱傩戏时，为了演唱的方便，只将面具遮掩半个脸，称作“半脸”）下隐约看得见刘文龙正与妻子肖氏女互诉衷肠，难舍难分……太和章傩艺人擅唱高腔，还吸引了外国人的关注，老艺人章常荣、章发旺2008年应邀赴法国巴黎大剧院，演唱了《和番记》“分别”一场。

傩戏演至半夜，老乡热情地邀请我们在祠堂里体验傩村独有的古俗——吃“邀台”。许会长说，尽管几乎每个傩村都有此俗，但都是节目暂停演出时进行，唯独太和章村是一边演戏一边吃“邀台”，并将傩戏剧情巧妙地融合进来。当台上演出的《和番记》进行到第十七场“赏月”时，剧情描写番邦公主八月十五日中秋节设宴请刘文龙赏月，桌上摆上茶点、糕饼、酒等，两个演员相对而坐，可以任意食用（有村民戏称此景是“官民同乐”）。此时，其他演出人员都去指定的地方吃夜餐，台上留一人不间歇地缓慢敲击大锣，浑厚的锣声与淡淡的烟香在祠堂内外缭绕，感觉既神圣、肃穆，又安定、祥和。

四、魁山韩：古戏台上的青春身姿

百十年来，贵池傩的演出都是从正月初七（人日）开始到十五（元宵）结束，以前各村严格遵照祖传的规矩，从未改动，而近些年来，因许多傩村的年轻演员等不到初七就要外出打工，再严厉的规矩也不得不妥协，因而，傩事提前至初四甚至更早，就很普遍了。

坐落在海拔近千米高山上的魁山韩村，掩映在桃林和枣树之中，村名前冠以的“魁”字取自村前的魁山。当地人说起魁山，除了“魁星”之外，充满自豪的还有本村的特产“焦枣”，据说，这与邻村西山同质的焦枣一样，曾是宫廷贡品。

我们在魁山韩村油漆一新的祠堂门前与几个村民搭讪，提出想了解这个村子的傩事。这时，一个中年汉子爽快地对另一个村民说：“去，把伟伟喊来。”不一会儿，一个发型时尚、装束时髦的年轻人出现在我们面前。“魁山韩的傩戏一堂面具二十四尊，另还有一尊昭明太子木雕坐像……正月共演三晚，分别是初七、十三、十五，依序唱正戏：刘文龙、章文显、范杞良；除了正戏，还有傩舞……”说起这些，这个名叫韩伟伟的、大学毕业刚参加工作的小伙子，竟然如数家珍。跟他一道来的还有出生于1986年的韩占平，他们几个小伙伴，都是村里组织傩事、搬演傩戏的骨干，每年春节都要演完傩戏之后再出去打工。

韩伟伟的师父韩立国是村里一位年过七旬的老艺人。这位老艺人是当年村里倡议并组织恢复傩事的八个艺人中唯一健在的。在韩老的家中，得知我们想要采访并为他录一段傩戏唱腔时，半躺着的老人立即从床上坐起来，并叫来念小学的孙子、孙女坐在自己身边，用颤抖的手捧起发黄起皱的傩戏本，唱了几段傩戏“高腔”。因为年事已高加上生病，老人明显中气不足，于是便让徒弟韩伟伟继续，小伙子推了推眼镜框，便亮开了嗓子……

韩伟伟的唱腔居然有点像“京腔”，中气十足，韵味悠长。晚上在祠堂里正式演傩，演员几乎清一色的青年人，韩伟伟扮演傩戏《章文显》中章文显一角，唱、念、做、打，有板有眼。韩占平则演伞舞，舞姿舒缓、流畅，举手投足间，充满稚拙和奇趣。

古老戏台上青春的身姿，让人看到了贵池傩未来的希望……

（原载2016年4月号《旅行家》，获池州市第五届“幸福池州”散文大奖赛三等奖）

三张照片一样情缘

对于名人，特别是官位较高、头衔较多的名人，普通人的态度大多是平时敬而远之，但当有了近距离接触的机会，一般人是非常愿意与其结识并尽可能适当与之交流的。在参加什么大型活动或出席什么会议后集体合影时，中间某个名人周围的张张笑脸，哪张不是如花绽放？一些企业老板在与莅临视察的领导（在他们看来是政界名人）握手、照相时谁不显得毕恭毕敬、受宠若惊？

而在我的相册里，却珍藏着三张非同一般的彩色照片，分别是我与三位文化名人的合影：一是王兆乾先生，他是著名的傩文化专家、戏剧家；一是黄复彩先生，他是著名的作家、民俗文化学者；一是吕士民先生，他是著名的漫画家、中医专家。

我虽草民一介，从来不盲目崇拜任何人，也不奢望能同一个陌生的名人套个近乎，可近年却似有“神”助，能与这几位德高望重的文化名人不期而遇，并且都或深或浅地与其延续了情谊，而无一例外，能与他们在不同的时间但在同一个地方相识，竟都源于对一种古老文化的挚爱，那就是——池州乡傩。

三年前（2004 年）的正月，我去贵池一个僻远的山乡——梅街（原刘街乡）观傩，尽管是正月，山里因为一场春雪尚未融尽，天出奇得冷，可山雪也未能阻隔人们寻傩、访傩的脚步，其中竟有一位是年近八旬的老者，他就是王兆乾先生。这之前，我读过他关于傩的著述，深为他广博的学识所折服，没想到竟会在这寒冷山村遇见他。其实，他已不是第一次到此地了，他不仅自己来，而且不断介绍全国各地的傩专家学者来，不停地向同道而来的人推介这里的傩舞傩戏，细述这里的民风民俗……我们围在村中祠堂里同一个火盆边观傩，后半夜，我们同宿在村中老乡家，当得知我也是连续数年到傩乡采风，他十分高兴。第二天，在弥漫着古傩气息的村口，他乐呵呵地同我合影，于是一老一少，一份对傩的情缘也随着按动快门的“咔嚓”声，就此定格。王老虽然离我们远去了，但他踏实的工作作风、严谨的治学态度，永远值得我学习；他对乡傩的挚爱，对傩乡人的情谊，叫人难忘，让人感佩！

最早见到黄复彩先生，是 20 世纪 80 年代在贵池文化馆召开的一次会议上，曾听过满头青丝、英气勃发的他为我们讲文学、讲创作，遗憾的是当年竟然没有集体合影或个人留影……之后，二十余年，未曾见面，只是常欣赏到他的作品，近年又看到他的博客，却未料到，今年正月，我又去源溪村看乡傩，竟与他在村中祠堂轰轰烈烈的爆竹声中不期而遇，这时的他，虽已满头银发，却风采依旧。看他与村民们一一打着招呼，互相拍着对方的肩膀；与傩艺人轻声说笑；与村里人大杯饮酒；掏腰包帮助村民维修古建筑；指着村头的老社树侃侃而谈……一看就知道他与这里的乡民是何等熟悉、何等亲近了！因为去年在安庆的签售会上我购得一本《红兜肚》，书中对乡傩的描述，让我对这位作家更感兴趣、更觉亲切。于是，在祠堂门口，在灿若云霞的红灯笼的映衬下，我们愉快地合影留念……

说到认识吕士民先生，真是有点出乎意料，他是个知名的大漫画家，这，“地球人都知道”，然而，谁也不会料到，2007 年 6 月初的一个酷热的夜晚，这位远在皖北的老先生，竟会出现在江南池州城的傩文化公园！在我的一位酷爱傩文化的朋友的引荐下，我们相识了，我有幸被邀同去陪吕先生在灯光下参观、考察。吕老先生已年届七旬，竟不顾当天旅途劳顿，硬是要连夜赶去公园。他一边仔细询问有关池州乡傩的情况，一边欣赏、评点墙上的傩面具、傩雕塑……在夜色里，在灯光下，在一组傩雕前，朋友为我们拍下了珍贵的合影。当夜，先生宿在我家，与我彻夜长谈，谈他漫画创作的趣事，谈他对乡傩文化的认识，谈他今后的创作设想……第二天一早，他又赶到更远的傩乡采风、考察。他一点也不端名人的架子，一会儿风趣幽默，一会儿肃穆端庄。他一边说得滔滔不绝，我们一边听得如醉如痴，我被先生的睿智、诙谐所吸引，更被先生对古傩的钟情所感动……

虽然是三张完全不同的照片，却串着同一种情缘——对池州傩文化的深切关注，对民间民俗艺术的真诚挚爱！我们都被厚重的古文化魅力所吸引，都为傩乡纯朴神奇的风土人情而陶醉！因为这样的情缘，大家从天南海北走到一起，没有丝毫功利目的，没有“名”“微”“高”“下”之分，只有心的相通、默契，多纯，多好！

常常拿出这三张照片来独自欣赏，我想，现如今，谈文化、谈名人的多起来了，谈到与文化名人特别是与那些德艺双馨的名人交往的，有几个能有我这样的福气和运气呢?!

（原载 2007 年 7 月 4 日《新安晚报》）

乡村酒事

男人好酒，似乎天经地义。回想起数十年前的正月里，乡邻间互相办酒请客，还是少年的我，曾被劝喝下十几小杯，醉后竟将一副崭新的木高跷踩断。青年时与村小学里两个寂寞的教师一起，用一盘花生米、几块豆腐干喝掉一瓶白酒……我也算是一个“小酒鬼”了。后来到城里，喝酒多在饭馆。除了几个谈得来的朋友小聚浅饮，倒有些兴致，多数酒席皆疲于应付。看厌了那些身影起起落落、那些嘴巴吞吞吐吐……颇觉无趣。喜欢跟乡亲们在村里喝酒，始终难忘那些乡村酒事……

我们村里人家把办酒叫作“弄酒”，而乡村的酒似乎格外醇香，那酒席还真不少——红、白喜事必弄酒；新屋上梁要弄酒；插田、打稻要弄酒；杀年猪要弄酒；家中来了贵客要弄酒……酒席，是乡村最丰富最生动的表情，村人的喜怒哀乐全都表现在酒上了。

乡村的酒，飘荡着丰收的喜悦。村人一年到头为了生活，辛勤劳动，注定对丰收充满期待和渴盼，从播种到栽插到收割……忙完每一件农事，都成为他们饮酒的理由。春雨中，当他们小心翼翼地把黄灿灿的稻种撒播到秧田后，他们会悄悄地抿上几口酒，隔三岔五地跑到田埂上蹲下来，仔细看稻种有没有冒出绿苗，红红的眼中充满了期待。当嫩绿的秧苗要移栽时，他们请来了邻居帮忙栽插，自然要备一桌好酒菜……当七月的骄阳照在田畈里的稻穗上时，一阵风吹来，刚刚喜滋滋地喝了酒的他们，和稻穗一起笑弯了腰……当一箩箩稻子装满了粮仓，晚上他们邀了几个酒量大的汉子在家中喝将起来，这时候他们的底气很足，不知是新稻的芳香还是陈酒的芳香，他们陶醉其间，显得非常愉快，喝着、喝着就多了，就笑，就唱山歌……

乡村的酒，溢满了醇厚的亲情。村里不管谁家，再穷也能拎出几瓶（壶）酒来……村里人喝酒图的是个热闹劲，大多数酒席，实在中透着很多讲究，特别是红、白喜事的酒席，对席位是非常讲究的。一般是先按照辈分、亲疏、年龄，其次是按照名位、威望等依次排序，陪酒时则要按照席位大小依次陪过来，乱不得，将就不得的。如若不然，会引起误会，轻者心生芥蒂，满腹怨气，重者又吵又闹，弄得酒席不欢而散。村中不管谁家有红、白事，全村人都必随礼，即便那时最穷的人家没钱送也会拎几十个鸡蛋去。到了开酒席的时候，最头疼的是催客，农闲时还好一点，若遇农忙时，大多数人都在田地里干活，必定要三催四请方到：忙，是个原因；故意要让催客的人多跑几趟路，这种故作矜持的态度，是要遵从村人一致默认的“规矩”，才是真正的原因，如果有人催一趟就赶去赴宴，会被人笑话的。一桌必有一位斟酒的，有的叫酒司令，有的叫掌酒壶把子的，此角色最难当，具备三个条件者为最佳，即：辈分小、会说话、酒量大，既能将桌上所有人的酒陪好，又能活跃气氛不致“冷台”，还要巧妙地化解本桌宾客间可能产生的矛盾。绝大多数时候，酒席是热闹而愉快的，亲情、乡邻情，在相互的敬酒和划拳声中，变得像酒一样醇香浓郁……

乡村的酒，糅合着淡淡的心事。村人喝酒，有的也并不见得非要有什么大事，农闲或是雨雪天，几个人聚在一起就喝将起来，喝着喝着便说起各自的心事。末了，他们就低头叹气、喝酒……只有酒，能暂时熨平他们心中深深的伤；只有酒，能冲淡他们胸中浓浓的愁……

一个乡村，怎么能，又怎么会没有酒呢?！有了酒，乡村才显得既温馨踏实又野性粗犷；有了酒，乡村才会既朴实平常又充满活力；有了酒，乡村才能淡忘忧愁烦恼，心有期盼和向往……

（原载 2007 年 10 月 12 日《池州日报》）

作者简介

姚司君，供职于贵池区地方税务局。工作之余，幸得老师指引，慢慢地喜欢上阅读，并尝试用文字表达自己的生活感悟，学会用文字记录生活中的点滴感动。近年来，先后有20余篇散文刊于《中国税务报》《新安晚报》《安徽地税》《池州日报》等报刊。

陪　伴

温暖的春光下，一只小白猫躺在公园的绿草地上，半眯着眼打盹儿，安宁而温暖。我不禁开始想念我的那只老猫，想起把它抱在怀里，它欢喜我也欢喜的美好。

20 世纪 80 年代末，母亲从她朋友处讨来一只浑身雪白、眼睛漆黑的猫进家，向来爱猫的我高兴地围着它团团转，管它叫小白。因为母亲要上班，我就主动担负起照顾小白的活儿。每天天蒙蒙亮上学前，我做好自己的早餐后，将小白一天的水和食物备好。傍晚放学回家后，我总站在家门口，呼唤小白回家。小白一般很听话，疯玩的它听到我的召唤声，会以最快的速度回到我身边。偶尔不灵验时，焦急的我，只好挨家挨户地去寻找，当发现从黑暗里浮出一个圆圆白白的身体时，我就知道是我的小白来了，那颗悬着的心终于落下。晚上一家人吃饭时，贪吃的它总是喜欢蹲在我脚边，眼巴巴地瞅着我。母亲叮嘱我，晚上不给小白东西吃，要饿它，逼它去逮老鼠。我嘴上应着，常趁母亲不注意，偷偷地把食物放到隐蔽处，小白心照不宣地跑过去，不留痕迹地吃下去后，又眼巴巴地盯着我，我俩只好又偷偷地上演一次“心照不宣”的小把戏。重复几次后，小白感激地看看我，满足地腆着小肚子，寻处打盹儿去了。

小白在我的娇惯下，长得很快，但逮老鼠的本领却总是不见长。母亲偶尔发现家中还有老鼠时，总唠叨小白是好吃懒做的猫。溺爱小白的我，不敢向母亲讲实话，就解围说小白不但漂亮可爱，还爱“学习”呢。因为每天晚上，只要我开始写作业，小白总“尾随”着我，先在我脚下打会儿盹，见我不搭理，干脆跳上写字台，趴在桌子一角看我写作业。我只要沉浸书本时间过长，小白就抗议，气鼓鼓地将那浑圆的身体挪到我的书本上，然后用鼻子蹭蹭我。我有时不忍心挪走它，只好先写其他作业，小白则放弃原先的“根据地”，又把身子挪动到我的作业本上，满脸期待地看着我。它那安静爱“学习”的样子，着实让人心生怜爱。

高考结束后，正值盛夏，父母带领工人拆老房子盖新楼房。焦急等待高考结果的我，还没接到学校录取通知书，却接到父亲出车祸住院的噩耗！父亲住院后，母亲和哥哥要日夜在医院看护，只留我一人看家、做家务。看看堆积成山的建材因父亲入院而不能动工，一种莫名的无助和悲伤紧裹着我，常令我潸然落泪。此刻，小白或蹲在我脚下，或软软地偎依在我怀里，形影不离地陪伴着我，给了我无限的温暖和慰藉。

时光流转，小白已由中年步入了暮年，原先光溜溜的白色皮毛变成亚灰色，牙齿都会被鱼骨头卡住。垂暮之年的它，经常打败仗，有一次还挂了彩，身上被咬破了。小白虽然老了，但还不糊涂，知道我会关心它，当被鱼骨头卡住时，就会慢慢来到我身边，张着嘴要我帮它剔掉；打败仗受伤时，委屈地看着我，要我帮它惩“凶手”。也许，它也已经把我当成它的亲人了吧。后来，因城市建设需要拆除我家的老屋，随着周围的房屋依次倒下，我们知道真的要带着小白离开这片故土了！可当一切准备就绪时，小白忽然不见了，没有任何征兆地就彻底不见了！陪伴我十几年的老猫，到底去哪儿了？临搬家前，我和母亲在一片片被拆得七零八落的废墟里寻找，一遍遍声嘶力竭地呼唤着小白，但始终没有任何回音。搬家后，我和母亲又回原址找了好几次，终究没有看到小白的踪影。据说，猫能预知自己的生死，在感觉自己快离开这个世界的时候，会先离开主人。也许，小白那年就已离开了，但我总认为它还活着，总会在不经意间想起它。如昨日，在春天的阳光里，看一只猫打盹，就想起抱小白入怀，它欢喜我也欢喜的美好。

（原载 2018 年 4 月 16 日《中国税务报》）

林徽因：美与智慧的千古绝唱

——《林徽因传》读书心得

近日，幸运得到了一本《林徽因传》并利用休闲时间细细阅读，在作者生动、充满激情的叙述独白中，我很快迷上了这位 20 世纪 30 年代的大才女——林徽因，惊叹她集建筑师、诗人和母亲于一身，以智慧、美丽、坚韧征服了一个时代，给世人留下一个完美、坚强的女性的身影，成为美与智慧的千古绝唱。

林徽因，福建闽侯人，1904 年出身于官宦世家，为中国第一位女性建筑学家。1924 年在著名思想家梁启超的安排下，林徽因以准儿媳的身份，与梁思成共赴美国宾夕法尼亚大学学习建筑；1928 年 3 月，两人在加拿大渥太华结婚。她毕生热爱建筑事业，将满身的书卷清香融合在建筑事业中，与梁思成一起完成了许多建筑学著述，并多次发表具有历史价值的著述，让我们领略到了建筑对东西方历史、文化、科学、艺术、绘画、雕刻等带来的深远意义。即使后期肺部一直不好，林徽因也从未耽搁她热爱的事业，并经常在休养期间，穿着窄身旗袍、拖着体弱多病的身体，和梁思成考察北平的卧佛寺、山西的云冈石窟、河南洛阳的龙门石窟等大量的古建筑，足迹几乎遍布全国。后期，林徽因还与梁思成用现代科学方法研究中国古代建筑，成为这个学术领域的开拓者，并获得了巨大的学术成就。她在建筑世界里找到了灵魂皈依。

她是一位诗人，在文学世界里翩若惊鸿。童年的林徽因是我羡慕的，随父母迁居杭州蔡官巷的一座大宅院内，在这个诗意含蓄的古城中，小徽因第一次在姑母的引导下接触到文学的奇妙，从此以后便一发不可收拾。古典文学的诗情画意、锦词丽句加深了她的文学修养，为她成为一代才女奠定下坚实的基础。她后来随父迁移北京、上海、天津以及雾都伦敦，天南地北的人情风俗、异国风情增加了人生阅历，其再次谱写的诗词歌赋除了辞藻的淡雅娴静，更多了些人情冷暖。就像徐志摩评价的那样：“徽因的诗，佳句天成，妙手得之，是自然与心灵的契合，又能让人读出人生的况味。”其夫梁思成曾感慨万端地说：“人家讲‘老婆是别人的好，文章是自己的好’，但是我觉得‘老婆是自己的好，文章是老婆的好’。”她一生著述甚多，包括散文、诗歌、小说、剧本、译文和书信等作品，均属佳作，代表作为《你是人间的四月天》《九十九度中》等。她用心砌造文字宝塔，用语言勾勒出一个唯美的艺术世界。

她是一位母亲，用心经营着自己的家庭。林徽因从小就聪明伶俐，深受父亲赏识与培养，并在这个半封建大家庭扭曲的人际关系中，似贾府的探春，小心维系着母亲、自己和大家族其他成员的关系。长大成人嫁给梁思成后，林徽因是一位热心的主妇、一位温柔的妈妈，特别是在战争逃亡时期表现出来的毅力和坚强，令人钦佩。其时，梁思成因为劳累过度而病倒，林徽因独自一人挑起养家糊口这个重担，成了一个标准的“糟糠”，做饭、洗衣、照顾孩子，还要出去做兼职，即使当她深知“我的寿命是天的了”，也依然用柔弱之躯支撑起这个摇摆在战乱中的家。林徽因不仅尽相夫教子的义务，对亲人也真诚相处、热情帮助。梁思成的兄妹多，虽然林徽因也有许多困难，但依然努力地去帮助他们。林徽因对朋友也热情万分，无论是在北平北总布胡同3号，还是在四川、云南自造的土坯泥房内，每个星期六下午，林家客厅总聚集当时文艺、学术界的精英，他们一边喝着林徽因沏的浓茶，一边聊文学、聊艺术、聊建筑、聊哲学和人生。除主人梁思成和林徽因以外，客人还有金岳霖、徐志摩、沈从文、巴金等，有的后来成为近代中国的文豪，她家的客厅也成为有名的“太太的客厅”。

作为一名知识分子，林徽因是爱国的。1931年，九一八事变爆发后，面对民族所受的灾难，林徽因表现得非常坚定和沉着，她曾经表示，如果我们民族的灾难来得特别迅猛而凶暴，我们应该以某种积极的方式去回应，而不能仅仅坐在那里握着空拳，等着别人来羞辱我们。抗战时期她一直在颠沛流离中度过，贫困与疾病始终困扰着她，但她多次谢绝好友费慰梅夫妇等人请她去美国就医、就业的诚挚邀请，始终与祖国母亲不离不弃，坚强乐观地生活。1949年后，林徽因把一腔爱国热情转化为对工作的废寝忘食，全身心地投入新中国建设中。她参与了国徽设计，改造了传统景泰蓝，参加了天安门人民英雄纪念碑设计，为民族及国家作出莫大的贡献。只可惜她壮志未酬，在1955年4月1日清晨，经过长达15年与疾病的顽强斗争之后，与世长辞，年仅51岁，用生命吟诵出“一身诗意千寻瀑，万古人间四月天”这美与智慧的千古绝唱。她的墓碑是梁思成设计的，碑上移来她生前为人民英雄纪念碑设计的花圈，墓碑上写着：这里长眠着林徽因，她是建筑师、诗人和母亲。

（原载2012年4月19日《新安晚报》）

难忘收车船税的日子

1996年我从财专毕业后，分配至皖南贵池一个税源极其匮乏的农村地税所从事税收会计工作。为完成工作任务，在没有大笔税源可收的情况下，屠宰税、车船税等零星小税的征管就成为我们工作的重点。当时我们看到一只猪，就会想到8块钱的屠宰税；看到一辆在农村公路上拉沙或运砖的四轮拖拉机，就会想到该车主一年能缴纳营业税、车船税等500余元……每年年底，我们都要打响征管攻坚战，除一两个人驻所开票，其余人全部下村入户收四轮拖拉机税收已成为我所的惯例。1998 年底，我也被安排到一个乡专收此税。我在乡、村干部的带领下，花了半个月时间走遍 10 个行政村的角角落落，终于将 50 余户四轮运营户的近 2 万元税款全部收清，个中的辛酸滋味让我始终无法释怀，即使 10 年后的今天回味起来依然如初。

我作为一名女职工，在此以前一直做内勤工作，从未到一线征管，面对陌生的工作环境，像鱼儿离开了水，无所适从，茫然不知所措。好在带我收税的乡党委熊副书记和计生干部李干事，因连续几年参与此项工作，经验十分丰富。熊副书记是我们的领队，农经管理科班出身，工作起来有板有眼，方法十足。他首先确定了走村两委支持的路线，每到一村总先到村部，争取村长或支书的支持，在安排好吃住等一干事宜后（当时交通不便，晚上只能住村里），能在村干部的带领下准确找到该村的四轮经营户。他采取先易后难的工作思路，选择纳税意识强、四轮经营户较少的两个村实施重点突破，通过以点带面推动其余行政村的征缴工作。他还结合农村特点，要我掌握早起、午休、晚歇三要素，即早上天没亮前就到纳税意识较强的四轮车主家，赶在车主出车前堵住他，急于上工的车主一般会很快缴纳的；中午四轮车主大都在外跑运输，这时千万不能去，若去只会引起他们家人的不理解而自讨没趣，倒不如寻个歇脚的地方作长久休息，养精蓄锐至晚上继续工作；晚上要选择到钉子户、难缠户家里去，因为晚上时间长，可以慢慢“磨”。

当时农民的负担是相当重的，除交农业税外，还要交政府性基金、集资，经常为修水利、公路出义工等。农民常年辛苦劳作生活并不富裕，几百元的税款可能要辛苦个把月才能挣足，对我们的抵触、不友好也就在所难免。有的车主脾气暴躁，未等我们说明来意就张口大骂，几欲动武。有的车主在我们来之前故意将四轮藏到别处，不管你怎么说他就是横竖不承认自己有车。有的车主退避三舍，总让我们见不着面。困难面前，熊副书记不急不躁，要求我们打不还手，骂不还口；要多宣传政策，动之以情，晓以利害；要做到不管工作有多难，每户必须征到位，要政策一致，一碗水端平。由于我们方法得当，朴实的车主在发泄完不满后，大多东拼西凑将税款缴清；剩下几户钉子户，我们通过强制执行等措施一一收清；唯有最后一户姓陆的车主，他妻子长年患病，自己又出车祸摔伤了腿无法干重活，家境十分困难，我们经请示所领导后，由村里开了证明给他当年免税，他久病的妻子用骨瘦如柴的手拉着我一个劲地道谢，谢得我几欲落泪。

那次征税让我第一次读懂税款背后的沉重，也让我对农民的生活有了更多的关注。我欣喜的是，随着国家税制改革，我们当时征的屠宰税已经废止，营业税起征点也大幅上调，许多纳税户包括那些四轮拖拉机营运车主全部免税。现在当地农民不仅不交农业税等，种粮还能领补贴，娃娃上学免学费；他们还全部参加了农村医保，住院看病能报销部分费用……相信这些都会让当地农民由衷地高兴，因为他们是这些惠农政策的直接受益者。

（原载 2008 年 8 月 10 日《池州日报》）

作者简介

王中平，安徽贵池人，中学高级教师。热爱教育，课余喜欢读读书、写写字。不好舞文弄墨，若有真情实感时，也不轻易放过。现为池州市文艺评论家协会会员、贵池区作家协会会员。

杏 花 颂

三月，是杏花开放的时节，整个院落到处弥漫着杏花浓郁的、醉人的芬芳。

村西的塘边大多是杏花树，杏花开了，堆香彻玉一般。树上的花朵不可计数，树下落得满地雪白，像铺着一层厚厚的白毯子。呵，这真是“杏树花开白雪香”呀！

村庄的树，村庄的墙，村庄的瓦，村庄的草……都变白了。整个村庄都被这些“小星星”般的白色天使打扮得更加清雅宜人了。

“杏花树开花了”，突然听见孩童们惊喜的欢呼声，我也情不自禁地跑上前去……

唔，看清了，那是一枝枝、一簇簇、一串串、一粒粒雪白的花朵儿。水滴般的湿润，美玉般的纯洁，冰晶般的光滑，珍珠般的耀眼。四片雪白雪白的花瓣，捧着一个菱形的小花袋，里面藏着粉红粉红的花蕊——那一定是花儿的心房，我这样想。整朵小花看上去像一只展翅欲飞的白蝴蝶，一只又一只，一串又一串，缀满了整棵杏树。微风轻抚着花朵儿，不时有几瓣白花落在水面上，漂浮着……

杏花也许太朴素了，总是引不起画家的兴趣，得不到诗人的颂扬，但她毫无怨言，依然默默地散发阵阵醉人的清香，净化着空气，美化着环境。

啊，杏花，什么花能像您那样繁多，压弯了枝条？满树雪花有其色而无其姿，雪花毕竟开在光秃秃的树干上或枯枝上，惯于显示自己；而杏花您是开在淡淡的绿叶之间，不愿抛头露面。

啊，杏花，什么花能像您一样顽强？任凭春风吹打，骤雨侵袭，您依然百折不挠、坚韧不拔，傲然挺立在高高的枝条上，直到吐尽您的芳香，方才“化作春泥更护花”。

啊，杏花，您如此鲜润、明净。我爱您无华的外表、纯洁的心灵，爱您的谦逊、无私的品格！

我爱您——杏花，以最虔诚的方式，将您深深地锲刻！

（原载 2017 年第 1 期《杏花村》）

寻觅宝胜寺遗踪

宝胜寺坐落在棠溪乡百安村柏岩山下，始建于唐大和五年（831），元代至顺元年（1330）重修。岁月沧桑，一千多年过去了，只剩下一块碑，亭亭如青玉，兀立在空旷处。然而令人欣慰的是，因宝胜寺所传下来的遗风旧俗源远流长，其留下的遗踪，唤起游人凭吊游览。

“深山藏古寺”，讲究的是内敛含蓄，即主动将自己和自然融合在一起，实际上是另一种方式的自我肯定。寺既藏于深山，也就成了深山的一部分。《高氏家谱》记载：高子军唐长军癸卯年（823）登进士第擢，翰林学士后改政回，整肃家教修次家谱，重建妙音庵改宝胜院，施田百亩，舍濮佃黄秀儿等六分入寺，饭僧余皆见于序文，卒仝江氏合葬于宝胜南冲长坑之厚。高子军系高氏十七代子孙，其入翰林院后，回乡建宝胜寺，设庵堂百余座，施田百亩，征如当地佃农黄秋儿等 6 人供养僧人。据当地私塾先生高芳应（77 岁）介绍，建寺后有一禅师到此，顿时香火大旺，僧徒多达 800 余人，当时庙宇的山门面西而开，左右钟鼓二形山相抱，前为龙舒河，后为五指山，“依山停水，顺乎天而应乎人”，风水顺乘生气。《阳宅十书》指出：人之居处宜以大山河为主，其来脉气最大，关系人祸最为切要。可见风水重视山形地势，把水环境放入大环境考察。正因如此，据说九华山地藏王曾从西边来到此处，观其泉水淙淙，紫气氤氲，群峰环秀，四周林木葱郁，翠竹环绕，乃赞之为仙境宝地，于是停留至此研究佛法，宝胜寺香火鼎盛，香客如流，僧徒济济，当时宝胜寺号称“江南第一寺”。因寺地位偏低，地藏王并无久留之意，在一天出寺为人做法事时，见九子山（九华山）山势巍峨，云深似海，于是一脚踏上鼓形山，手挎五指山，去了九子山。地藏王走后，宝胜寺一度衰落。

至元朝时，因战乱和年久失修，宝胜寺也破烂不堪。高应芳老人介绍，祖辈传说，元朝时贵池籍京官高帛来到百安拍岩山下的宝胜寺，诏告当地达官贵人，重修宝胜寺。大顺至顺元年建有两碑，至今尚存西面一碑“重建宝胜寺碑记”（记载历史），横书篆额，文阳刻竖式，碑文书法方正遒劲，此碑为研究中国佛文化不可多得的珍品；东面一碑是记载百安八大姓（高、曹、孙、方、程、黄、鲍、叶）捐款之碑，后被毁掉，甚是可惜。

沿着古碑向前走，一条曲折的小路通向幽静的远方，那里曾经是被花木浓荫覆盖着的禅院。高老满怀激情地说，整个寺院呈平面方形、南北中轴线布局，是一个封闭性较强的建筑空间。大佛殿、观音殿等把后院围成一个方方正正的四合院。大佛殿接近“方”形，长宽四五丈，高两米以上。殿堂里供奉着三尊大佛、一座药王菩萨，体现仁、义、智、勇。怀着对他们的深深敬意，我双手合十，对着他们深鞠一躬。殿前是山门（朝南），“哼哈二将”站立左右，似有“一夫当关，万夫莫开”之意。自殿后出去，有香阁八九十间，墙端面脊砖上精雕小鹿、白鹤，砖雕细腻精湛，一丝不苟，显得雄伟壮观。高老回忆，当时八大姓人在每年正月初七到此寺烧香，祈求降福，以保平安。高老娓娓道来，我仿佛置身于历史的殿堂里，心静神安，浮躁全无，物我两忘。隐约看见地藏王端坐蒲团，手捏佛珠，闭目神定，伴随着木鱼声声，念诵着阿弥陀佛。

不自觉的，走路放慢了步子，以致就那样呆呆地站立着，仰望着那冠盖如云的树冠，心中竟没有了一丝丝的私欲，恍若隔世，只是无边的空灵，空灵，空灵。

…… ……

（原载 2017 年第 4 期《大九华》）

秋　涩

——写在“朝来寒雨晚来风”之后

又是个秋了。

许多个关于秋风、落叶、枯树、红枫的记忆就都一齐涌现出来了，所有属于秋天的故事，也都被缓缓地拾掇起来，而后在心头，一片模糊。

很久以来，我自以为有一个人已从记忆中走了出去，然而每当面对一室孤灯，行过一街风雨，才发觉那一缕细细的、涓涓的回忆仍然徘徊在魂灵的边缘。

整整两年了，我又站在了这峰之巅。

满山都是雾，那些白茫茫的、轻飘飘的雾从脚下的低谷、远处的深山迅速地涌上来，漠漠无边，像烟，像我记忆中的杏花烟雨，寂寂、静静、茫茫地落了下来。

眼前是一片肃杀的风景，那些大大小小的石头上都画满了名字，画满了故事，画满了誓言，也画满了苍凉，只是它们不能挣扎也不能呐喊，只在天地间苦涩地沉默着。

再回首，依然是凉凉的风，隐着一股冷。那首美丽的情歌在这寂寞的山顶唱了几百年仍没有好的结局，只剩这满山深深浅浅的悲与欢，还有那“风儿能够让我想起过去和你的感觉……”

多少的往事已难追忆，所有的简单而真挚、单纯而深情的日子都只能成为年少时仓促而过的一行脚印，所有的重提与追悔都已像一只水中蝶，一种回归的茫然渐渐侵蚀着往日的风貌，挣扎着告诉我那些年轻的岁月。

走过了一生一世的山水，我已知道，那所有错过的，永远最美，最美的也最令人心碎，以至今日，突然发觉忧伤已像这满山秋后的白露一般强烈地侵袭了我生命的旷野。

风很大，一如我飘摇的心旌，那几片正红的叶看起来正如我胸中流着血的伤口。

总还有什么真的、纯的不会改变吧？——虽然秋一再地来，一再地苦涩了我的心。

（原载2006年第3期《杏花村》）

作者简介

耿毅频，池州市城关小学教师。曾在《清明》《大九华》《新安晚报》《池州日报》等刊物上发表散文、小说。

踏雪寻梦

冬日里的寒流已然过去，春日的绚丽还需片刻的等待，就在这等待中，家乡迎来了立春过后的一场漫天大雪。今年正月，我在老家住了一段日子，正好赶上了这场大雪。

老家在贵池区马衙镇太朴山坳。清晨，打开窗户，映入眼帘的是一个银装素裹的世界，匆匆出了房间，迎着山村的第一缕阳光走出家门。放眼之处，除了门前那条历经岁月、亘古不变地奔向九华天池的小河依然显现着它那曲折蜿蜒的身姿，淙淙地流淌着，其余的物象都被掩埋在厚厚的雪层里，山峰、梯田、道路、房屋……全被严严实实地包裹起来了。大雪过后，气温骤降，那些最初附着在枝头的雪花融化后顺着树干往下流淌，还在路上就被凝固成厚厚的冰晶，细流成冰只在那一瞬间。就这样一棵树便成了一座冰雕，一座座冰雕千姿百态，好不令人感叹于大自然的鬼斧神工呀！门前的那棵桂花树昨天还是绿荫如盖，今天却成了一朵巨大的盛开着的白色海棠，我抚摸着它那被冰晶密封着的树干，光滑坚硬的冰层向我传递着彻骨的寒冷，然而久违的体验却让我心生出莫名的感动来，“梅花香自苦寒来”——莫非桂花也是，我的眼前立即飘来往年桂子飘香的情景。

我没有戴帽子和围巾，像小时候一样，用脸颊去感受那冰冷的空气，而且很享受在这样的冷空气里做深呼吸，感觉五脏六腑在一点一点地舒展。也许这厚厚的雪层就是一个巨大的超能净化器，荡走了污浊，留下这让人神往的空灵与洁净。一直以为任何干净的东西都有着自己特殊的香味，一阵风吹来，枝头上的几抹雪花打落在脸上，瞬间便润湿了脸庞，顺着脸颊淌进嘴里，顿时有唇齿生香的感觉，也许昨夜的这场孕育春暖花开的雪真的是香的。哦，好一场香雪！

偶尔从山间传来一阵阵清脆的“劈啪”声，那是山竹被沉重的积雪压断主干发出的声音，再驻足仔细听，像极了山里人吃年夜饭时家家户户陆续燃放的爆竹声，“噼里啪啦”此起彼伏。“瑞雪兆丰年”！开春的这场大雪已经给山村传来了丰收的喜讯，怎么不令人欢庆呢？连山上的翠竹都在用生命发出欢歌!

这样的大雪，已经有好多年没有遇上了，此情此景只在童年的记忆中，可记忆有时也会模糊。之前偶尔在电话中听到妈妈描述山里一场大雪的情景，似乎都不太能想象得出，因为接听电话的我就在离她不远的山外，我所身临其境的雪地与她口中描述的雪山相比，实在太遥不可及了，那时便会难以置信。此时得到亲见，除了有“山里山外两重天”的惊叹，还有一种重温儿时记忆的温馨，更多的是对这片冰清玉洁的世界的惊叹和喜爱。

还没吃早饭，我便拿起相机出了门，刚出院门，迎面走来了炎子爹爹（在我们老家，叫祖父辈分的人叫爹爹），炎子爹爹只穿着一件夹袄，脸上还挂着些汗珠子，好像是刚进行过一场艰苦卓绝的劳动。

我亲热地迎上去叫了声：“炎子爹早，这一大早就干活来呀，你真勤劳!”

炎子爹喘着粗气说：“可不是吗，丫头，你妈妈在家吗?”

我回过头来刚要喊，我妈已经走出来了，她不知我们在说什么，但一见炎子爹的样子吓了一跳，着急地说：“老爹爹，你干什么事来？这天寒地冻的，你穿得这么少，我们这些上了年纪的人受寒不起呀，快回去穿衣服。”

炎子爹见到我妈像见到救星似的，哪顾得上我妈说的话，上来就嚷道：“老嫂嫂，我一早起来逮到了一只迷路的獐子，獐子腿受了伤，你快去给看看。”

炎子爹的实际年龄和我爸妈相仿，只是在村里的辈分高，所以都叫他“炎子爹”。炎子爹年轻的时候酷爱打猎，技艺超群，是远近闻名的猎手，而且他性情慷慨豪爽，打来的猎物总是与村里人分享。记忆中，如果哪一天，炎子爹扛回个野猪之类的大家伙（这样的机会下雪天最多），到了傍晚炊烟四起时，村子里家家户户的灶屋里就都烹煮着炎子爹配送的野味肉，整个小山村立时弥漫着浓浓的乡野味。各种不同的烹饪手法煮出了不同的风味，总之，都是香的，香得诱人。每到那时，村子里以炎子爹的儿子小旺为首的几个馋嘴的大孩子就带着一群小毛孩到那些煮熟了的灶台上去偷肉吃，被主人家发现追骂出来之后也不害怕，索性就“连偷带抢”了。也许主人只是造造声势，并不成心责难小孩子，所以结果都是小孩子胜利收兵，当然，抢回来的“战利品”是大家在一起分享的。记得有一次，我也加入了那样的一次战斗，因为功劳不大，结果只分到了很小的一块野猪蹄子，当时是躲在一个柴垛下胆战心惊地啃着，不知怎么就那么凑巧，正好赶上主人那天去柴垛下背柴，我成了被抓住的“馋嘴娃”。大概是我在主人眼里历来是个乖孩子，主人非但没有难为我，送我回家时还盛了一碗野猪肉带上。虽然那之后我再也没有勇气参加那样的“战斗”，可那一小块野猪蹄子的味道却久久地留在了我的味觉中。

我妈是我们村的“土兽医”，全村的鸡鸭鹅等家禽家畜的防病治病工作全靠我妈的一支针筒，妈妈说村里人信任她是看得起她，从来都乐此不疲。

见炎子爹那十万火急的样子，妈进屋取了药箱就匆匆出门了。我心想，獐子现在可算是稀有野生动物了，我可不能错过这样的机会，一定要多拍几张照片留个纪念，便也跟在妈妈后面。

炎子爹家离我家有一段距离，走在高低不平的石板小径上，我脑海中想象着傍晚炊烟四起时，浓浓的獐子肉香在村子的上空飘荡着。突然，我好像想起什么，就问妈妈：“妈，炎子爹这些年打猎物不都是卖出去吗，怎么还要给獐子治病?”以前回来，总听村里几位大叔大婶议论炎子爹这些年靠打猎发财了，山下来收购猎物的人一拨又一拨，价钱直往上涨。不知何时我们村里年轻人都搬到山下或进城发展去了，只留下父辈的人看家护院，山里人都有编竹器的手艺，家家户户的留守老人靠这门手艺，日子过得都还富足，可老人们一谈到这些年的炎子爹，一个个还是很羡慕，听说炎子爹一年打猎的收入比有些在外面打工的年轻人还多。

妈妈见我一脸疑惑不解的样子，笑着说：“那是以前的事儿了，你现在的炎子爹可是我们地方动物保护协会的会员。他不仅放下了猎枪，还天天进山巡逻，制止偷猎的。遇上生病的野兽，还把它们背回家来治疗呢。”

听了妈妈的话，我更加好奇了，凑到妈妈耳边小声说：“觉悟真高呀，炎子爹怎么会有这么大的变化呢?”

妈妈好像并没有要回避炎子爹，笑着大声说：“你炎子爹参加了池州市美好乡村建设动员大会，回来以后在村里做了义务宣传员，给我们讲了许多建设生态乡村的好处，还说搞好生态旅游产业是造福子孙的大业。以前我们只知道‘靠山吃山’，结果做了许多破坏山林生态的事，炎子爹说得对，山上的资源总有开采尽的一天，到那时，我们靠谁去?只有保护好山林，才能靠得住它，而且炎子爹从自己做起，放下猎枪……”妈妈的讲述一下子把我从全村上下飘荡着獐子肉的乡野味的情境中拽了出来。

这时，前面的炎子爹稍稍放慢了脚步说道：“老嫂嫂，你别夸我，我也是听来的，学来的。这几年，池州市政府为美好乡村建设花大力气，扶持我们打造生态旅游环境，你看，天池风景区就在我们山脚下，现在来我们这山乡僻野找情趣的外乡人越来越多了，这要在以前是做梦都遇不到的。再说了保护好一方水土和生灵也是我们的责任，是自己为自己造福。我家新宝也说想要回村发展，他能放下深圳那么高的薪水，还不是对家乡有感情，对我们村的生态文化旅游发展有信心?”炎子爹的话表达了一个乡村老人朴素而又崇高的梦想，耐人寻味。

妈妈和炎子爹说的我都懂，可我一直以为那只是一个梦想，今天，看着这群识不了多少字，甚至从没走出过大山的乡村人正朝着这个梦想迈步，我不禁心潮澎湃……看着炎子爹在雪地里留下的一个个深深的脚印，我仿佛看到了一朵朵盛开的梦想之花，总有一天，这梦想之花会开遍山村的每一个角落。

快到炎子爹家了，远远地便看见几个人围成个圈在指指点点。我快步走上前去，扒开人群，一只棕黑色的毛光皮滑的漂亮的小家伙躺在地上，它的背上散落着一些肉桂色的斑纹，颈部两侧的纵纹还没有显现出清晰的轮廓，这是一只还未成年的小獐子。它的前面放着鲜嫩的包菜叶子，可它似乎动都没动，睁大着惊恐的眼睛向四周张望，还不时地用嘴巴轻轻地触碰那条受伤前腿上正在流血的伤口，多么叫人可怜呀！炎子爹说这是一只饿极了的小獐子出来觅食，可是因为没有经验，不会探路，一只腿被锋利的树桩扎破了，流了很多血，走不动了，正好被他发现，就背回家了。现在看上去，疼痛和恐惧让它忘记了饥饿。多么可爱的一个小生命呀，在自然界中，它需要人类用自己的强大去呵护它，而不是无休止地伤害。山里人虽然不知道保护野生动物的重大意义以及物种和地球生态之间的内在联系，可他们在用自己的实际行动来表明他们与人类文明一同进步，我为自己之前有那样的想象而自责的同时，也为有着这样一群纯朴善良的乡亲而自豪。

妈妈给獐子清洗了伤口，撒上消炎药，炎子爹在旁边轻轻地抚摸着它的头和肚子，小家伙竟然慢慢地把后腿蜷起来，这样脖子就可以伸长一点，嘴巴正好够得上前面的包菜叶子，然后一点一点地小心翼翼地吃了起来。大概是小獐子悟到了大家不是要伤害它，真是个有灵性的小家伙。妈妈把伤口包扎好了，小獐子已经吃了不少了，可能是伤口不疼了，肚子又不饿了，小獐子把头昂了昂，显出一些活力来，我们在旁边看的人不禁鼓起掌来。

走在回家的路上，我的脑海里呈现出一个温暖的画面：冰雪消融的时刻，炎子爹手里牵着一只欢蹦乱跳的小獐子，一群乡里人在目送他们往森林的深处走去，这群人中，有曾经走出大山的我的那些儿时的伙伴小江、齐康、小旺……还有炎子爹的儿子，曾经的孩子王新宝。多么和谐的画卷，这样的画面曾经只停留在我喜欢的一些欧美电影中呈现的田园风光的剪影里，以及一些关于“人与自然”和谐相处的想象中，但我知道，这一次绝不仅仅是停留在剪影和想象中，就在这以后的某个春暖花开的日子里，它将定格成现实。

我很庆幸自己遇上这场大雪，它不仅奉献给我一幕壮观的视觉上的盛宴，还让我经历了一次精神的穿越。大雪见证了山里人对梦想的执着追求，让我感受到“中国梦”是每一个人的梦，无论高低贵贱，只要有梦就有希望。相信有这样一群淳朴善良、与时俱进地着力于生态乡村建设的乡亲，家乡的山会更绿，水会更清，重返故里的年轻人一定会在这片广阔的天地里为梦想拼搏，结出丰硕的果实。

（2016 年“幸福池州”征文活动获奖作品）

记忆中的那一缕菊香

去年搬了一次宿舍，房子的旧主人在小院的东墙边留下了一个方形的花坛，里面种着一丛菊花。当时，正值九月菊花盛开之际，花坛里，一团团、一簇簇淡紫色的菊花开得灿若云霞，给这个青砖灰瓦的小院增添了几许生机，也使我一下子爱上了这片方寸之地。

菊花的花期很长，整整绽放了一个秋天，直到初冬季节，虽然地上有了凋落的花瓣，但枝头的菊花依然是迎风招展的，在凛冽中延续着生命的光华。日子在菊香中一天天过去，然而世事都敌不过曲终人散的无奈，何况菊花本就是有生命的造物，又怎能摆脱宿命的安排呢？菊香随着菊花的凋零渐渐散去了，当时只是隐隐地盼望着来年花香依旧的场景。

春天到了，该发芽的都发了芽，该长叶的都长了叶，该开花的都开了花……可花坛里去年开过的那些菊花秆子却依然是土灰色的，几片皱巴巴的枯叶缀在枝秆上，可怜兮兮的，一点儿也没有活过来的架势。我扒开菊秆根部的土壤一看，原来菊花的根已全烂了，这就意味着今秋的菊香不会再有了。当时我心里懊恼了好一阵子，都是去年冬季那场漫长的大雪造成的，也怪自己没有好好地呵护它。

记得去年菊花飘香的时候，我每天早晚都要在花坛边逗留一会儿。清晨，沾满露珠的紫色花瓣晶莹剔透，娇艳欲滴，叫人心生爱怜；黄昏，绽放了一天的花束在晚风中含笑依然，一点没有疲惫的姿态，可见，它的外表虽然没有黄菊那样的刚强，但它的韧性是藏在骨子里的，叫人钦佩，催人奋进，也让我淡忘了一天的辛劳。大概是因为院子不大的缘故，那些日子里，即使是无风，小院里也总是飘满菊花那馥郁的芬芳。菊香中掺杂着一丝草药味儿，像艾草，但又没有艾草那样熏人，是若有若无的那种飘逸，香味也就因此而柔软了许多，这也许就是菊花的香气在百花中独特的地方吧。

如今，花时依旧，花影无踪，花香只在记忆中，明年也许我会再种上一丛菊花，菊花还会飘香，但它一定飘不去记忆中的那一缕菊香的。

（原载 2008 年 5 月《池州日报》）

重温父亲的慈悲

一写下这个题目，酸涩便溢满眼眶。不是因为脆弱，而是在慈悲的父亲一生言行的滋养下，我的精神世界早已被灌注成一条温润的河流，这条河流里流淌的是对人间真情的挚爱，更饱含了对父亲那血浓于水的深深依恋之情。每当触动那条思念的琴弦，我便忍不住泪流满面。

最亲爱的父亲离开我们两年有余了，两年多的日思夜想让我变得越发沉默了。梦中遇见，午夜醒来，便会伤心到天明；办公室里，每当听见有人兴奋地谈论起自己的父亲时，尽管是面带微笑地聆听着，但心里总会病一场，那是思念父亲落下的病；遇见家里亲近的人在一起说起父亲的好来，便会撕心裂肺地痛哭一场……我深知，如果父亲知道我现在这个样子，他的心会更疼痛。父亲的离去让我有时对生命是否有轮回产生了无限的遐想，也总是贪婪地流连于自己编织的那些关于轮回的想象，虽然最终理智控制住了自己的胡思乱想，却无法遏制那无尽的思念带来的伤悲。

父亲走了，乡间的老房子就没有人居住了。今天回了一趟老家，想去父亲的书房看看，那是父亲曾经最愿意花时间和精力打理的地方。父亲的书房在二楼，爬上楼梯，望着过道里积满灰尘的地面和屋顶的蜘蛛网，心里一阵荒凉，这个家曾经被父亲收拾得多么整洁、舒适。父亲不仅十分勤劳，而且极讲究卫生，他住在哪里，哪里都是一尘不染的。每次回乡祭奠父亲，都不敢上楼，害怕触景生情，难以承载身心俱焚的疼痛。楼上一共有三间房，父亲的书房在中间。西边的一间是我回家住的，只有几件简易的家具，房间很空旷。父亲就在我的书桌上摆了文房四宝，遇上村里有人家找上门来写红白喜事的文书或贴子时，父亲就会在那里写上半天或一天。后来，父亲又在我的书桌上放了一个相框，里面都是他退休以后组织本单位退休老教师外出活动时留下的合影。再后来，父亲又把他获得的一块省退休协会授予的荣誉奖牌放进了这间房，那本来应该是挂在楼下的客厅里的，可父亲不好意思彰显自己，他总说，那块奖牌他受之有愧，退休以后也没有为人民服务了，退协里的几个老同志都热心为大家办事，荣誉应该是大家的。父亲虽然这样说，但他是很珍惜这块奖牌的，总是把它擦得亮闪闪的，不让它身上积一点灰尘。虽然房间被父亲“占去”了一小半，可我却很享受。每次回家，打开房门，眼前窗明几净，连地板都擦得那么亮，还伴着淡淡的墨香，端一杯茶坐进沙发里，任父亲的温度包裹着我。

走进父亲的书房，虽然物件还是原来的姿态，但已积了灰尘。书橱顶上整整齐齐地摆放着一扎扎的用防水纸或塑料纸捆着的四四方方的包裹，那里收藏的是父亲特别珍惜的读书笔记和书信。

父亲一生写下过许多书信。父亲有一个特点，就是他每写一封信都会自留底稿，他曾告诉我，留了底稿之后，可以随时拿出来看看，如果发现有不妥之处，可以在下次书信中纠正或见面时做一番解释。父亲的这个习惯也影响了我，我年少时写下的每一封书信也都留下了底稿，偶尔翻看，感觉也是一笔精神财富。

我小心翼翼地拂去包裹父亲那一扎扎书信稿件的牛皮纸上的灰尘和一些不知名的细小的虫卵，一边为自己这迟到的拜访对父亲表达着愧疚，一边庆幸着一切还完好无损！

夜晚，我坐在灯下，一封封地翻看着父亲珍藏的书信，品读着一行行真挚的文字，就好像在聆听父亲的和声细语，那字里行间对晚辈的谆谆教诲、对亲人的殷切关怀、对朋友的真情表白、对同事的无私帮助……无一不彰显着父亲温文尔雅的姿态和慈悲的秉性。

二十多年前，本村本家的一个堂弟，由于正处少年叛逆期，和父母闹翻了，便不告而别地一个人南下打工去了，半年多的时间里也没有给家人写一封信，家里人焦急万分。就在年关将至之时，堂弟写了一封信，是寄给父亲的，信中述说了自己的烦恼和对父母的抱怨，并说自己不回家过年的想法。父亲接到信后立即回信了，他在信中晓之以理、动之以情地劝慰堂弟，让他一定要回家过年，告诉堂弟世上无不是的父母，有什么误会，回家以后一家人坐下来交交心，当面消除。父亲还举了自己的例子：父亲出生在一个贫苦的家庭，小时候，奶奶体弱多病，在父亲还没有成年时就去世了，后来生活渐渐好了，可父亲已经没有尽孝的机会了。父亲在回信中用“子欲养而亲不待”的切身体会打动了堂弟，那一年，堂弟如期地回家过年了。

许多年以前，经一些朋友的朋友委托，父亲帮助过很多农村高考落榜的孩子去城里找补习班。那都是在炎热的夏季，只要有人开口，父亲都会放下手头上的一切，领着那些孩子在烈日下奔走于县城的各个中学，竭尽全力为莘莘学子创造求学的机会。那些孩子考上大学之后几乎都给父亲写信，信中回忆父亲的慈爱带给他们的温暖。父亲对每一封来信都认真回复，在信中，耐心地教育他们怎样做人做事，鼓励他们在学校学好真本领并以之回报社会。这些孩子没有一个辜负父亲的期望，走上工作岗位都能踏踏实实地奉献社会。

家书中，父亲的信大部分是写给早早离乡背井的二哥的。二哥刚走上工作岗位时，父亲的信写得很勤，那时是担心二哥年轻，怕他在纷繁复杂的世界里迷失了方向。父亲在信中总是告诫二哥，要踏踏实实为国家、为人民做事，自己一生没有走出大山，二哥替他走出来了，他已经很满足了，并且父亲在信中还一再表明，他不要求孩子大富大贵，只要能平平安安地做一个对社会有用的人，就是他和母亲最大的幸福。当二哥把自己恋爱的消息通过书信告诉家人时，父亲回了一封很长很长的信，大致是要求二哥务必做到：不要把恋爱当儿戏，双方一定要志同道合，并且尊重对方姑娘；婚姻是涉及一个人一生幸福的大事，一定要庄重对待；一旦选择了另一半就要全心全意地付出等。虽然不在父亲身边，父亲一封封意味深长的家书对二哥的影响是深远的，他在工作中脚踏实地地成长，家庭生活也一直很美满，这让父亲很欣慰。

读着父亲留下的情真意切的文字，我泪流不止，重温着父亲的慈悲，心虽然是痛着的，却得到了再一次的洗礼和滋养。我也要静心地面对生活，因为亲人的安宁一直是父亲在书信中默默流露的期待。父亲对待一切世事的态度始终是温和的，一封封书信就像一支支画笔，再次勾勒出父亲那淡泊宁静的音容笑貌。毋庸置疑，父亲有一颗善良而又知足常乐的心，传承父亲的家风，是一件多么幸运的事呀！作为父亲的孩子，我也是幸福的！

（原载 2017 年 8 月 2 日《新安晚报》）

作者简介

胡胜利，1957 年生，安徽贵池人。1977 年参加工作，先后任贵池中学教师，贵池市（区）史志办副主任兼《贵池市志》主编，政协贵池市（区）第九、十届委员会委员兼政协文史委员会副主任。中华诗词学会会员，安徽省、池州市和贵池区作家协会会员，安徽省社会科学界联合会省中共党史学会会员，安徽省地方志学会理事。著有《史志编研文论》《难忘的黑土地》《窗山红叶》《秋浦新歌》《杏花村诗百首》《九华山诗百首》等。

窗山红叶

窗山，一个多么美妙动听而又令人心醉向往的地方，想象中定是一处巉岩峭壁抑或风光奇绝之神妙去处。然而，它就坐落于我的故乡——九华河下游的查村湖畔，一条地势低缓绵延却又毫不起眼的丘陵之上。

其实窗山的名字，起初人们并不知晓。我第一次得知它，还是在老家珍藏的古籍《查村胡氏宗谱》上看到的，谱牒的序言上这样记道：其地“擅石湖窗山之胜，拦江洱秀仙迹呈奇”。“拦江”“仙迹”是指位于梅龙郭港村的拦江山及其上面的仙人迹，如今已风光不再；而“石湖”即是石屋嘴前的查村湖，亦已随老家查村的开发而面目全非，但时光的窗口和儿时的记忆，仍不禁引起我对“窗山”无尽的遐思。

江南沿江一带多低山丘陵，且大都蜿蜒不绝，就像龙蛇一样弯弯曲曲向前延伸数里乃至十多里，其间会横生出许多小山头，偶或一些小山脉。窗山即是如此，它本源于太朴、江通山，到达分水岭后突然折向东行，快到石屋嘴上方的雨台山时，侧向横长出一个小山丘，当地人称之为“窗岭”。其实窗岭并不大，长不到半里地，高不过数丈，且山坡平缓，只是山丘上长着几株高大的枫树，最粗的枫树三四个人合抱都抱不过来，高有十数丈，直刺云天，且一字排开，恰似窗户的栅栏一般，窗山之名也许由此而来。据说窗山四季如画，尤其是到了秋季，数株高大的枫树犹如擎天的蜡烛，斜晖里更似燃烧的冲天火炬，将天地照耀得通红，煞是好看。面对窗山，恰似站立在窗口观看美景，风光无限，美不胜收。

但风光并不都是娇艳美好、四季如春，也有朔风萧飒、狼烟乍起之时。正由于凛冽的朔风和残酷的环境，才铸就了窗山最具生命意义的本色和独特的景致。那是风雨如晦而又烽火四起的1938年秋，曾就读于金陵大学的梅龙郭港人方瑛，面对日寇的野蛮入侵，毅然在家乡树起一面大纛——“方瑛抗日武装大队”，在大江南北与日寇展开殊死的斗争。不久，方瑛加入中国共产党领导的新四军江北七师挺进团。皖南事变后，为掩护从皖南突围的新四军指战员，其陷敌重围而壮烈牺牲。“野火烧不尽，春风吹又生。”之后，中国共产党及其领导的新四军又重新开辟贵东郭港、查村一带敌后地区，重建抗日游击武装，并在窗山脚下的河东后学建立中共贵东工委乃至县委机关，当年敌后斗争的刀光剑影与峥嵘岁月，亦为窗山增添了一道悲壮而靓丽的风景。

如今的窗山，经过贵池工业园区的开发之后，一条生态大道自山前横贯而过，昔日山嘴前的青山绿水已被错落有致的高楼和厂房所替代，放眼望去，绿野成园区，沧海变桑田。再聚焦窗山之山丘，往日高大的枫树早已在20世纪六七十年代被砍伐殆尽，山头似显得低矮平缓，却茂盛精神了许多，因为山上经过这么多年的封山育林，老枫树的周边又生发出许多小枫树，且正茁壮成长。每当秋季来临，满山的枫叶经历金风浓霜之后，显得更加鲜艳灿烂，似晴霞，如烈焰，更像红艳艳的战旗在窗山上迎风飘扬！

我爱窗山红叶，因为它将生命最艳丽的色彩毫不保留地奉献给了大地，装扮人间和谐、安详而最烂漫的金秋。

（原载2017年6月22日《池州日报》）

作者简介

吴来虎，1965 年生，晏塘中学高级教师，在多类刊物发表教育教学论文、文学、新闻等作品400 多篇。部分作品获得首届“美丽中国”和第二届“美丽中国”征文三等奖、“炎黄杯”金奖以及教育教学类论文奖项和新闻奖，多篇作品入选国家级文化系列丛书。

杏花情缘

其实这世界缺少的不是风景和美好，而是缺少发现和真情。最美的是那些创造美的人。

——题记

一

江南三月，日暖风和，草青莺飞，水柔野新。清溪河畔的烟柳婀娜起来了，浩阔的平天湖蠕动起来了；人们渐渐脱去厚重的冬装，清爽的笑容荡漾起来了。池州城的杏花开了，小河旁，街道边，到处都是的，姹紫嫣红，婀娜多姿。最令人神往的是十里杏花村了。十里杏花满眼春，一城山水一城诗！春天拥抱着满眼的杏花，拥抱着池州，真真切切地来了。

走进三月，走进那一望无际的杏花村，人们沐浴在杏花盛开的海洋。遥遥望去，十里杏花，像一床巨大的棉被，把十里杏花岗覆盖得严严实实，那色彩绚烂的杏花，温暖安详，绚烂雅致。走进杏花村，摸一摸那新嫩的枝干，就像抚摸着孩子的脸，那么亲切，那么舒爽；再仔细端详那一支支、一树树的娇艳欲滴的杏花，它们是那么清纯、那么整齐地排列在枝上，紧紧地拥抱，一律向上，享受着露珠和阳光，甜香清纯，美不胜收！此时微风轻抚，几只鸟儿在杏花枝头，自由自在地飞翔，那清亮的歌喉、优美的舞姿，似在为杏花伴舞歌唱，又似在欢迎我们的到来！一群群人，在杏花村里踏着石径，或者在杏花丛里钻来钻去，拍摄留念，真是“人在画中游，杏花舞春风”。可我与杏花的情缘，源于二十年前那一场杏花雨。那是一个“清明时节雨纷纷”的日子，我走在杏花村泥泞的十里岗。孤零零几棵杏花树，东一株西一株的，在冷冷的细雨里显得寂寞而冷落。细雨打湿了我的头发和脸庞，泥浆沾满了我的双鞋和裤腿，就在我艰难行走的时候，一把小花伞出现在我的眼前：“给你吧，别淋感冒了，拿着。”口气似在征询，又似命令。我还没明白怎么回事，小花伞便不自觉地到了我的手里。当我转过脑袋，想看一看她是谁时，她已经离我好几步远了。“那我怎么还你的伞呀?”“我叫杏花，就住在杏花村里。”那个粉红色的倩影回眸一笑，那么亲切，那么温柔。那个星期，我沉浸在小花伞里。我觉得应该把伞尽早地还给人家，或许她等着用呢。我把小花伞细心地擦得干干净净，在等礼拜天的到来，在那条泥泞的路边等她的到来。第六感觉告诉我，她可能还会出现在那个地方，或者等我还她的小花伞。果然那个礼拜天，我等了一上午，等到了她，还是在那条泥泞的路边。“还你伞，谢谢你!”她如春天绽放的杏花，一脸红润，很是羞涩。我的心里像兔子在蹦跳，七上八下的，不知道说什么话好，我们似乎心有灵犀。此后的杏花村里多了一对倩影，不约而至。终于在一个春暖杏花开的日子，我醉心地摘下一朵杏花，戴在了她的发髻。这一戴，把她戴成了我的女人，孩子他妈；这一戴，也把我戴成了她的男人，孩子他爸。一朵杏花见证和诠释了我们所有的爱情。她常说：“要是这里真的有十里杏花就好了，那我们就是名副其实的‘十里杏花村’的人了，可以天天‘曲径通幽赏杏花’了。”那时的杏花村虽说有点荒凉，但因为有了“她”，也变得美好和诗意。不经意间，她的梦实现了。那泥泞萧瑟的十里岗，变成了名副其实的十里杏花村了！那条见证我们爱情的小路已不复存在，漫村遍野的杏花迎春而开，可我们依然怀念那一次偶遇，怀念那把小花伞、那一朵杏花和情缘。在诗情画意的杏花村，每时每刻都演绎着浪漫美好的故事。我也成了十里杏花村的常客，因为我已是真正的杏花村人了！

二

儿子的老师布置了作业：“走进大自然，感受美好。”我说：“儿子，带你到老家给杏园施肥吧。”儿子一听说“玩”，而且还能吃到美味的杏子，高兴得“耶”地举起双手，打了个手势。春三月，杏花初开，姹紫嫣红，但开花后颜色渐渐变淡，粉白相间如少女面颊，花落时则是“落英缤纷胜雪”。那一朵朵落花留下的是一颗颗又甜又嫩的杏子，美味爽口。母亲在世时，种了几分地的“杏园”。母亲栽的杏树，年份已久，高大茂盛，杏子又大又甜又多。母亲的“杏园”就在十里杏花村边上，隔不了几里地，驱车一会儿就到了。

每次到十里岗，我和妻子都会下车，想寻找那曾经的泥泞小路，寻找那曾经稀稀拉拉的杏花。妻说：“傻瓜，那条路建成水泥路了。”我和妻便默默相视，真情一笑。一到“杏园”，儿子便要拿竹竿打杏子。我说：“别急，要想吃到杏子，先要付出汗水。”我交代儿子：“我们一起给‘杏园’施肥。”施肥先要在杏树的根部四周挖坑，这“坑”不能太深太大，以免伤及根系，又不能太浅太小，否则根系不能完全吸收肥料。这“肥”就是农村茅厕的人粪，虽肥却臭味难闻。这时邻居李奶奶的孙子王兵也来帮忙。我说："那今天我们 PK 一下，进行劳动比赛，看谁施的肥又多又好又快。"李奶奶的孙子王兵比我儿子小两岁，儿子比他高出一个头，我分明看见儿子表现出不屑的神情。儿子一直在市区读书，他把这施肥看得太简单了。不一会儿，我挖了好几个树坑，小王兵也挖好了两个，而我的儿子一个树坑也没挖好。他不是说土质太硬就是抱怨铁锹不够锋利，和我换了铁锹，又和小王兵换了，还是不行。我下了命令："今天至少为两棵杏树施好肥，否则不许吃杏子。"小王兵娴熟地挑着粪桶去茅厕舀粪，再到塘边兑水，很轻松地就把两棵杏树的肥施好了；我的儿子挑起两只粪桶前摇后晃的，生怕粪便沾到他的身上，只得拎起一只粪桶去舀粪兑水。汗流浃背的儿子，在小王兵的帮助下才勉强完成了任务。我对儿子跷起大拇指！儿子有点闷闷不乐，不服气，显然是败给了小他两岁的王兵的缘故。儿子轻声地问我："这肥怎么就不能多施呢？施肥为什么要兑水呀？"我说："这和人的成长道理差不多，果实都是汗水换来的。肥多了会烧死树的根系，少了会肥力不足，兑水就是稀释肥力呀，否则肥力大会烧死树的根系。那娇艳的杏花和甜美的杏子，就是汗水浇灌出来的呀！不经春耕，哪有秋收？""谁知盘中餐，粒粒皆辛苦"，儿子似乎在自言自语，又仿佛领悟到了什么。看着儿子和小王兵一起吃着又大又甜的杏子，还你礼我让地客气起来，我微微地笑了。

三

春天，走进十里杏花村，是满山满坡的杏花和缀满枝头的杏子。在我的生命里，除了美丽的杏花就是油菜花了。每当看到杏花和油菜花，我就会想起我的母亲。母亲去世八年了。母亲去世前，每年的春天都要到杏花村里走一走、看一看。哪怕是这里一棵那里一棵，或者一棵杏花树上只有几朵杏花，母亲都深情地观赏，而且喃喃自语。母亲说："这么大的地方，要是都栽起杏花，那该多好看呀！"母亲常常叹息自己的"杏园"太小了。我不知道，不识字的母亲为什么那么喜爱杏花，在我的眼里，母亲更像那朴实无华的油菜花。可是母亲永远看不到这崭新的十里杏花村了。母亲去世前，我一家每年吃的菜油都是母亲承包的，还会有一大包新鲜的杏子。母亲收获油菜籽后，都会经过细心的筛选，把个大饱满的菜籽筛选出来，再送到小磨榨油。小磨榨出的油，又香又醇，天然可口，我们一家人特别爱吃。每年母亲都要种一亩油菜，把油分给孩子们和亲戚。我和儿子特别喜欢吃杏子，母亲便把"杏园"里那个大熟透的杏子，整齐地放在竹篮里，直到看见她的孙子和儿子吃得满口馨香，露出幸福的笑容！母亲去世后，弟妹开始供应我家的菜油和杏子。杏花和油菜花，一起交互芬芳，成了我和亲人情感联系的纽带。每次回家，亲戚和要好的乡亲，都会送给我一点杏子和几斤菜油，总是不要钱。乡亲们说，要钱就是见外了。他们把我当成了自家人一样，我也把他们当自己的亲人。就在我们完成施肥任务准备回城时，李奶奶拎着一壶香油和一包杏子赶来了："孩子，带回家吃吧，香油还是去年的，等新油出来了再来。杏子是刚刚摘的，新鲜好吃。""孩子，你妈爸都不在了，这是大娘的一点心意，快拿着。"小王兵也在一旁示意我儿子："拿着，拿着，这油菜和杏树的肥就是我和奶奶施的呢。"我的眼泪就要夺眶而出了，多想叫您一声妈妈呀！我给钱，李奶奶真的生气了，不要；我只得去小店买点营养品给李奶奶，她不要，我也真的生气了，老人才接。望着李奶奶的白发和满脸的皱纹，再看看小王兵，我的敬佩之情油然而生。美德就是这样一代一代传承的吗?！顿时，一股杏花的馨香和杏子的甜美润入我的心田和骨髓。杏花村的人是那么的淳朴善良，是那么的坚忍和刚强。在汗水里，在希望中，我看到了孩子们的成长，闻到了杏花那醉人的芳香！回城的路上，我深情地望着车窗外的十里杏花村，深情地望着那宽阔的油菜地和村庄，深情地望着这厚重肥沃的泥土。这是生我养我的家乡呀，这里有我的爱情和我最亲的人们！儿子也深情地望着车窗外，仿佛在思考着什么。或许他在思考一个高中生，怎么败给了一个小他两岁的初中生；或许他想把这温馨和美好带给小城的人们，带给他的同学；或许他在思考，是池城的智慧和汗水创造了一个崭新的杏花村，告诉他们杏花村里有许多动人的故事。

其实幸福就在我们的身边，梦想就在我们的智慧和勤劳里!！杏花飘香，杏子甜润！

（2013年首届"美丽中国"征文三等奖，入选《首届美丽中国佳作100篇》）

诗画元四章

一

天是有天气的，四季更替，风调雨顺；地是有地气的，山清水秀，沃土奇石。这是大自然的恩赐，我们人类不能侵扰它、破坏它。人也是有人气的，和睦相处，百业兴旺。一个宗族，历史悠久，薪火相传，拥有自己的天地之气，形成自己宗族的聚居风格、优良传统和厚重文化，代代兴旺，这是宗族之气。一旦这些有机地融合，会形成一个强大的宗族气场，形成强大的自信力、自豪感和开拓力，就会形成强大的正能量。元四章便是这样的一个宗族、一座村落。

元四章属于贵池区里山街道办事处，是池州历史上四大名姓名村之一。现在的元四章，800 多户，3200 多人，几乎都姓章。据考证，最先迁居元四章的是章氏祖先“正一公”，大约生于元朝至元到大德年间，约公元 1300 年前，也就是说元四章有 700 多年历史了。民国以前，这里是原贵池县开元乡第四保，人们开始称这里的章氏为“元四章”，以区别其他地方的章氏，这大约是“元四章”名称的由来了。

我对元四章的历史和文化很感兴趣，却无暇和无能力作深入探究。但到元四章一游，可以圆你一个梦：山灵石奇，小桥流水人家；古徽道、古村落和现代文明水乳交融；古远的祠堂和深厚的宗族文化，魅力四射，以及那山岭田园风光和农家之乐相互映衬，如诗如画，你的心灵会得到一次洗礼和升华。

二

站在元四章村口的山坡上，打量元四章村落：它就像一个聚宝盆，紧紧依靠着太婆山及其延脉来龙山，古老的显得陈旧的徽派民居和现代崭新小楼，小河悠悠，古桥处处，你会感到这是一个神秘的村落、风水宝地，会有许许多多的故事，会有深埋的宝藏和浮现的文明。此时你拍一张“古村落：元四章全景图”，很壮观，也很秀美，真是一件惬意的事。但这仅仅是元四章美好画卷的外貌，或者说是外在的美。

如果你爱好山水岭园风光，从池州城驱车，约半个小时就能到元四章。登太婆，赏来龙，踏古徽道，听山泉歌，可以享受原汁原味的元四章的山水岭园美景。

沿着元四章的东河拾级而上，太婆山坡的马岭自然村就呈现在眼前。到竹林小憩，或者坐在溪流中巨大的鹅卵石上，听竹泉幽鸣，或摸巨形鹅卵石，一番畅想。继续前行，双岭村到了。双岭村的东边是马岭，西边是梨树岭，这大约是“双岭”的来由。登上马岭，便隐约看见马牙的四岭水库，也就是九华天池了。关于“马山”“马岭”，这里也许有很美的故事，我不敢妄加猜度，只能等有识之士来揭秘了。

最惬意的，当然是登太婆山了。站在海拔近800米的太婆山顶，你会感到天空是那样的明媚辽阔，四周的群山沟壑尽收眼底，真是“一览众山小”。著名散文家许俊文老师在《太婆山的美学元素》里说：“大朴之物，必存大美焉，人工不可为，应是天造地设，又不曾被人染过指的。”又说：“太朴山虽与江南佛教名山九华山粘粘连连，暗通气脉，但此山的石头却与九华山迥异，一个黑硬、粗粝、峥嵘，构成一座名山的体量和气质；一个圆融、苍润、拙朴，成全了太朴山的简约与空灵。”也就是说太朴山大道从简、返璞归真。这是太婆山的整体美、个性美。

许老师说的太朴山也叫太婆山，有一个神奇美丽的传说。传说很古的时候，这里是一片汪洋大海。一年春天，金鸡叫，猴子跳，鲤登龙门百兽闹，喜欢吃味道鲜美的江南春天的竹笋的观音娘娘，也就是太婆，从江北乘船来了。忽然一天，电闪雷鸣，风雨交加，水势猛涨，太婆动起回江北的念头。就在太婆启动大船的时刻，雷公使出撒手锏，只见一声巨响，太婆船的桅杆断了，走不成了。于是太婆化作了一座山，这就是太婆山；太婆乘坐的船，化作一块巨形船石；折断的桅杆化作了断桅石；那些虎、象、狮也都化作了虎形山、象形山、狮形山，陪伴在太婆的四周。跟随太婆的一条龙，也化作了来龙山，形成了龙脉，保佑着元四章这块风水宝地。这就是来龙山的由来了。太公见太婆不回，也化作了太公山，在江北与太婆遥遥相望。

到太婆山，你可千万别忘了赏石品石。太婆山的石，或大，或小；或立，或卧，或倚；或在山顶，或在山腰。船形石，断桅石，林林总总，千姿百态，栩栩如生，自然、憨厚，安详、静谧。太婆山的石，当数元四章自然景致一绝，没有丝毫的人工渲染，值得细细读赏。山和石，构成了太婆山的美妙乐章。

当然你也可以沿着元四章的西河而上，走走古徽道，爬爬梨树岭。历史上，这里是池州府通往徽州府和九华山的重要驿道和商道，是池州府城南的重要商镇，商贾云集，有交通咽喉的地位，这成就了元四章历史上的富足和辉煌。

元四章又叫梨村章，梨村就在这古徽道的咽喉上。《章氏宗谱》记载：宋朝末年，池阳教谕章文凤之子章仕儒，游猎至此，见交通便捷，风景如画，定居梨村，这大约是来元四章居住的最早章氏祖先了。梨村东有花岭，西有梨岭，还有狮山和象山，两山相距不到百米，水口紧锁，据说这锁住了元四章的财气和灵气。我不知道，古时这里是否“梨岭”梨树成行、“花岭”鲜花漫山，狮山、象山有没有狮象出没，但梨树岭上，走徽道的人歇息的“梨树亭”，至今保存完好。太婆山半山腰，还有一“洞”景——躲兵洞，四周悬崖峭壁，洞高七尺许，花岗岩地貌，实属大自然的神斧鬼工；与它相对的，是“红石头”，颜色朱红，高宽数丈，恰似一堵宫墙，蔚为奇观。传说抗日战争时期，国军中一个元四章士兵，听说部队要开拔前线，携枪械深夜潜回家中。若被国民党军搜捕，必死无疑。后经章氏族众指点，此兵躲入洞中，国军无法搜到；族众又设计造成士兵已死的假象，骗过国军，此兵才捡回一命，后来人们就称此洞为“躲兵洞”。不管这是传说还是确有其事，游游此洞，很是况味。梨岭作为交通咽喉，还是战略要地。抗日战争时期，中日军队在此挖的战壕、修的碉堡，遗迹依然可见。

元四章的山景，各具情态，美不胜收，可有的渐渐被历史的长河湮没了。深入挖掘一下元四章的山、石、洞、亭等遗迹，想必很有意义。

三

有山就有水，有水就有河，有河就有桥。太婆山的水，分两支顺山谷南下，向元四章村落东西两侧款款而来，将元四章团团拥抱，在村南口汇合。这就是元四章的两条河——东河和西河，有护村河之韵。元四章的河上，不乏古桥，多修造于清朝乾隆年间。每隔一段距离，就有长方麻石桥，或单石独架，或数石拼就，其中西河桥“大清乾隆三年孟春造”字样清晰可见，有270多年的历史了。这样的古桥还有天灯桥、利济桥等。河的两岸皆用鹅卵石铺就路面，虽不宽阔却古色古香；河的两壁是鹅卵石和石灰垒就，河宽适宜，整洁美观。元四章古山道、沿河道有一大特色——鹅卵石古徽道，这是别的古徽道少见的。我想，这些河流和古桥，不仅仅是大自然的杰作，也是能工巧匠智慧的结晶，更是元四章悠久深厚文化的积淀。

元四章的水好，能精制出元四章的地道特产：米糖粑、冠心糖、煮米糖和冻米糖，曾经声名远扬。元四章的糖，甘脆、醇厚、爽口，其色泽和味道比其他同类的糖明显高出一筹。有制糖手艺高超的老人透露原因：太婆山是麻石山，是龙池水，而其他地方是青石山、杂石山，水质远比不上麻石山的水质。请原谅我说不出其详细的工艺流程，当看到制作“元四章米糖”的人越来越少时，真担心这项既能创造很好经济效益又具地方文化特色的传统工艺会失传，也期盼“元四章米糖”能制成土特产，形成规模，造福百姓。

有了好山好水，村落也就有了灵气。祠堂、老屋、古徽派民居，构成元四章历史上村落的建筑特色。祠堂是宗族祭祀祖先、议决宗族大事、宗族办理婚丧寿喜事、执行宗族之法的重要场所。老屋是宗族支系议事集会的地方，依宗祠式样而建。

假如你来元四章一游，别错过这里的古民居。元四章的古民居多建于明清时期，属于徽派建筑，又自具特色。它们坐北朝南，前后依次排开，成东西走向，或面朝河流，沿河而建。屋与屋之间有狭长幽深的走道，鹅卵石路面，有的两人迎面，须跻身而过，这叫“弄”，方便进出。古屋大多白墙黛瓦，飞檐翘角，远观飞檐恰似龙飞之韵，历经风雨，古屋显得古老而陈旧。古屋大多砖木抬梁结构，雕梁画栋。这样的古屋都有天井，构成“四水归明堂”，有财不外流、聚宝之意。紧连的便是“堂”或者“客堂”，用两根粗细适中的圆木，中间用木板为墙，两边通畅，方便进出。主人会将最好的大方桌靠此壁正中，再在大桌靠壁放上两把上等的雕镂木椅，供主人一家用餐或者招待客人。这壁叫“宝壁”。当然，那两把椅子是客人和长辈才有资格坐的，晚辈要是乱坐，就是“不懂规矩了”。这类的古屋也有豪华型的，天井和客堂除了进深、高宽之别外，大同小异，区别在堂的两侧有两层楼，堂的右侧二楼，朝堂的正中间开有一扇很大的窗户，里面便是“偏堂”了。主人，或者来了客人会在这“偏堂”诗书琴画，品茗交谈。可惜的是，这些古屋经历史的浩劫和岁月的侵蚀，大多销声匿迹了。但元四章却保存下来一些，如章荣州宅、章德武宅、章新正宅等，这得益于元四章人和当地有关部门的保护与重视。

当然你还可以细细欣赏元四章的“老屋”，走走这里的“弄”，别有一番滋味；或者感受一下元四章的“小桥流水人家”的古风古貌，会流连忘返。

四

来到元四章，章氏宗祠和章氏文化，会让你赏心悦目，大开眼界。这应该是元四章氏古文明或文化的精髓和核心，它记录着一个宗族曾经繁荣和辉煌的历史，也承载着一个宗族的现在和未来。

元四章的章氏宗祠有孝友堂、敦睦堂、秩叙堂、报德堂等十几个祠堂。保存或修缮较好的有孝友堂、敦睦堂、秩叙堂。孝友堂和敦睦堂一前一后，前者是元四章祖先龙一公祠，后者是龙一公侄彦质公祠，所以元四章氏又称前祠和后祠，大约有这两层意思。两祠堂位于元四章村落的中央，显示出宗祠在宗族和村落的显要地位。仲德公是晚辈，他的祠位于不远的杨村，就是秩叙堂，已是安徽省级文物。

值得一提的是敦睦堂，清朝乾隆皇帝下江南，誉之“江南第一祠”。原祠占地 1883 平方米，典型的明朝宫殿建筑风格。三进四廊五开间两月潭，雕梁画栋，飞檐斗拱，盘龙吊顶，玉砌丹墀，梁柱皆精选巨松和白果树为之，柱础为汉白玉，雕刻的图案绝不雷同，含义各异，形神兼备；官府名流赠送鎏金匾额数百块，高悬祠堂，气势恢宏，金碧辉煌。史料记载：敦睦堂始建于1426年，建成于清朝嘉庆年间，工期大约400年。《贵池县志》曰：其属池州五大古典建筑名胜之一，无愧“江南第一祠”！

遗憾的是，岁月的侵蚀曾让古祠面目全非；可贵的是，元四章氏儿女，细心研究，严加考证，修缮和恢复了古祠风貌，及时抢救了一大批宝贵的文化遗产。如今的章氏宗祠敦睦堂，祠高9米，进深60米，宽20米，占地面积1200平方米；顶庑殿式的门楼屋顶，依然“四水归明堂”，雕栏画栋，牌位壮观，金碧辉煌，是池州市文物保护单位。孝友堂、秩叙堂也经抢修重新展现在世人的面前。

祠堂本是宗族祭祀祖先，议决宗族大事，办理宗族婚、丧、寿、喜事，执行宗族之法的重要场所，但元四章氏宗祠另外还恪守一条家规：孝友堂章氏子孙结婚不拜堂。这里有一个凄美的故事。明朝万历年间，元四章氏祖先玉姑婆婆（章住英）的兄弟，因押送军粮途中遭劫匪获罪，不知下落，家中剩下孤儿寡母。玉姑婆婆便悉心照料侄儿，终身未嫁。侄儿大喜之日，玉姑婆婆一个人躲在墙角暗自垂泪。侄儿知道后伤心地立下这条家规。

元四章有说不完的故事、读不完的风景和看不够的古文物、古文化遗迹。最令我感动的是，元四章的子孙，同心同德，有钱出钱、有力出力，抢救了大量珍贵的古遗产，续修了120卷浩大工程的宗谱，还成立了“池州章氏文化研究会”，创办了刊物《池州章氏文化研究》，把元四章氏文化传承并发扬光大！更令人欣慰的是，当地党委政府欲将元四章打造成池州城美丽的“后花园”！他们是在续写元四章崭新的历史。

面对元四章，我的脑海忽然展现出一幅美好的画卷：三五成群，或旅游团队，登太婆，踏梨岭；梅花岭的梅花漫山遍野，梨树岭的梨果缀满枝头；章氏宗祠里，人们享受着古遗迹和古文化的博大精深；小桥流水人家，人们品尝着地道的山野菜和农家米饭，茗饮着清香可口的山野茶，大包小包地带着元四章的土特产，满载而归！

写到这里，我很惴惴，生怕我肤浅的文字愧对元四章的列祖列宗和元四章的父老乡亲，也担心我的孤陋寡闻打搅了元四章的宁静和安详；但我真的虔诚地祝福古老厚重而又崭新的元四章，凝聚地气和人气，发挥聪明才智，在建设“美好乡村”的道路上，更加繁荣辉煌！

（原载2013年第1期《大九华》）

作者简介

巩旺生，1961 年生。池州电大汉语言专科毕业。1984 年 10 月至今，在里山、棠溪、梅街等乡镇文化站工作。常年奔波在基层文化一线，深入挖掘民间优秀文化遗存，整理了大量的文物、非遗等有关方面的史料。从 1996 年开始从事文学创作，在区级以上刊物上发表近 30 篇纪实文学、散文和小说。

铜山牌采冶遗址

铜山牌采冶遗址位于池州市贵池区梅街镇桃坡村新田与铺庄交界处的铜山，因山脉向北延伸成牌状，故名铜山牌。铜山牌东临白洋河，与六峰山隔河相望，南连大楼山，西至连绵不断的群山，北接铺庄村。

秋浦采矿冶炼的历史悠久，西汉始建石城县时就设有“铜官”，统管采矿冶炼工业，到唐朝，秋浦冶炼更为发达。为了了解贵池过去的采冶史，省文物考古研究所汪景辉研究员从20世纪80年代开始，多次来到贵池，在贵池文物管理所工作人员的陪同下，沿白洋河、秋浦河两岸逐山寻觅，在梅街镇境内发现了多处古代采冶遗址，其中铜山牌西银冲（现属姚街村境内）两处采冶遗址比较明显，极具考古价值，同时人形山（现属潘桥村）、虚山（现属太平村）等采冶遗址也十分明显，当地老人能说出个子丑寅卯。

2008年8月，国家博物馆实施“皖江流域铜矿采冶遗址”研究课题，在省文物考石研究所的推荐下，在文物管理所的配合下，国家博物馆李刚博士来到贵池，先后到六峰山、铜山牌、西银冲、黄山岭等地进行了实地考察，在山的顶部和东北坡发现古代开采的痕迹，有古代井口，井口直径2米左右，深在30米至40米，先是垂直（立井），然后呈下坡（斜井），再后稍平坦（平巷），并发现有坑木（支护）。斜井高约1.7米，宽约1.2米，深约30米。斜坡度约15°，呈曲折形向前斜延伸，最后确定铜山牌为重点，对该遗址进行了发掘，共布探方6个，发掘面积150平方米，清理出炼炉2座、炉基4座、灰坑19个、基葬1座，出土了青瓷残片、陶片、少量动物骨骼以及小型铁器构件。出土的瓷器以钵形器为多，有盘、碗、灯、罐、盏等器物残片，这些陶瓷残片从一个侧面反映了贵池陶瓷手工艺的发展水平，这为该遗址断代提供了物证。遗址炼渣堆积较厚，间夹有木炭、红烧土等，根据遗址发掘的实物，初步断定铜山牌地区的采冶从隋末开始，唐朝最为鼎兴时期。该遗址的发掘对于研究皖江流域铜矿采冶具有一定的意义。

“炉火照天地，红星乱紫烟。赧郎明月夜，歌曲动寒川。”唐代大诗人李白漫游秋浦时，见到熊熊的炉火彻夜不熄，辉映着山野一片通明，触景生情，写下了我国最早描绘冶炼场景的诗。它描写的是六峰山的白炉庄，还是铜山牌？现代人也无须去争议，只有这采冶遗址，默默地向世人证明着当年火红冶炼业的辉煌历史。

（原载 2011 年第 4 期《杏花村》）

站在殷文圭墓前

雨后的早晨，空气格外清新。我草草地准备了行李出发了。车子从镇上到桃坡十分钟，我还没有下车，殷老在车外就看见我了："站长你早啊！"我们寒暄了几句，就开始上山了。

殷文圭墓坐落在梅街镇桃坡村殷村组的龙形山腰上，离白洋河一公里，墓地坐西向东。远远地眺望就知大概的方位，但真正到达墓地还要费九牛二虎之力，我们穿过满眼金黄的油菜田畈，很快到了龙形山的北边山脚。

山上郁郁葱葱，嫩黄的枝叶上布满了晶莹水珠，各种叫不出名的野花，有的伸出头了，欢迎我们的到来；有的害羞，躲在树丛底下，散发着沁人心脾的芳香。山上原来有条小路，近年来封山育林，现在也被横卧竖倒的、懒散的小树杂草掩盖着，根本找不到。我们每前进一步，都是殷老用力拨开小树和杂草，露出路的痕迹来。有时，实在走不过去，殷老就用柴刀披荆砍棘，汗水和露雨已使殷老全身湿透了。我劝他歇歇，他笑着说："乡下人，习惯了。"

我们艰难地爬上北边的小山岗，沿着山壑再往上走很快就来到墓地的正前方，这是山坳中最平整的一块山地，三面依山，一面傍水。东面紧邻田畈，白洋河像条银练，把山地、田块、零散的村落串联起来，织成了五彩缤纷的乡村美景。北面的龟形山上有参差不齐的大树，难以辨认出它的原形，须细看方知其韵味。南边的月形山上，棵棵挺拔的松树巍然伫立，一直延牵远山，眼前的淡绿、远处的湛蓝、无际的深灰组成了层次分明的水墨画。蜿蜒悠长的龙形山上，龙头之上有明显的人为之处，那就是殷文圭的墓地。怀着深沉的追缅的心情，望着那仅有一堆土包的坟冢，虽然岁月无情洗去了将军叱咤风云的高大形象，但是青山有意，埋藏着英雄铮骨，留给后人无限的遐思。

我们开始徒步向墓地走去，不知是刚才走累了，还是心情的缘故，每迈一步都那么沉重。我们首先到了拜台的废墟上，墓前原立的石人、石马、石狮历经浩劫，留下的只是石块和思念。几棵古树肃立在墓前的两侧，默默地看守将军灵魂。墓前的碑是殷氏后代用石块堆垒的，没有碑文。只见殷老虔诚地将带来的祭祀的供品一一摆好，然后拿出酒杯满满斟上好酒、双膝跪地，举杯痛饮，最后将一杯杯的酒水飘洒在碑前，以最古朴的方式慰藉先灵。我也情不自禁地举起了酒杯，微微张开了口，好像眼前真的站着一位威武不屈的大将军……

站在墓前，我突然有一种亲切的返璞归真之感，好像我也跨越了历史的长河，看到了千年前的五代十国，藩镇割据，战火纷飞，沉重的赋税、徭役使广大人民的生活痛苦不堪。忧国忧民的殷文圭，是吴国（后为南唐）的翰林学士，但也无法改变这动乱不安的局面。想当年，大唐臣民殷文圭少年发奋、苦读贤书，在乾宇年间高中进士，实指望取得功名，施展报国大志，可是唐朝日见衰落，统治者政治腐败，生活骄奢，终被藩镇所灭。在吴国的日日夜夜里，殷文圭想以文治国，但在动荡不安、战火纷飞的年代，怎能施展？他终弃笔从戎并被封为左千牛卫将军。

站在墓前，思想的闸门一下子打开了，我想起了《殷文圭诗集》，它是贵池留下的一本最古老的文集，虽然我没有很好地读懂它，但是他那忧国忧民的思想，他那行云流水的文笔，是我们当代文化的渊源。我想起了历代名人慕名前来墓前拜祀的场景：明代贵池名仕刘城多次前来拜谒，作了《殷文圭将军墓歌》，并载入史册……

就在离开墓地的一刹那，我胸中突然涌起一阵强烈的情感：一千一百年前，殷文圭将军为我们这些后来人创造了文明、创造了财富，而生活在今天的现代人又将为后人留下什么呢？不错，人总是要死的，但是民族是永存的，我们将为我们伟大的民族留下什么？我们将怎么无愧于做殷将军的子孙？

啊，愿我们的后代人站在殷文圭将军的墓前，也能够有一种深沉的思念和追缅之情……

（原载 2013 年 5 月 16 日《池州日报》）

作者简介

罗以华，贵池区作家协会副秘书长，在杏花村文化旅游区管委会工作，在《作家文荟》《池州日报》《杏花村》等各类报刊上发表文学作品40余篇。

杏花微雨

初春三月，犹如一位初恋的少女，美丽动人，情思忧郁。

即使大部分时间都是阴雨天气，外面的花也都开了，难道你还能在屋子里待下去？只要是雨还没下起来或是下得不大，还是要出门的。带上一把雨伞，转身出发，不经意间就来到了杏花村。走在弯弯曲曲的石头小径上，抬头看到那若隐若现、含苞带雨的杏花，纯净得令人窒息，那些令人困扰的纷繁事物、隐痛伤口此时都不复存在，有的只是来自大自然的最纯洁、最真实的体验。

确切地说，杏花没有那么艳丽的颜色，淡淡的、自然的花瓣生长在那几点胭脂红的花蒂上，令人怜惜，远处看似乎只是点缀在空中的粉白色的小小斑点。不管这斑斓的春天是如何绚烂多彩，我只是这样一抹白，白中微带点儿粉，只那么一点粉而已，毫无修饰装扮之意，然而，却美得如此超脱，如此亲切、迷人。有多少人被你吸引，巴不得多看你一眼，一些人默默地欣赏你、怜爱你。但是你终究是这姹紫嫣红中的一员，超前觉醒，最早读懂春天，迎接着无数春的目光，所以，有人嫉妒你占尽春的风头，有人讨厌你自然的娇美降低了妖媚的诱惑，恨不得将你挤出这春天去……

其实呢，起先读懂春天的也不只是杏花，油菜花一样早早盛开，由三三两两的花骨朵到成片花海——对，成片，铺天盖地地向人们涌来，气势逼人，从初开到盛开到花落，足足占领整个阳春，只要不是在城里，山上山下、道路两旁、房前屋后……走到哪都能看见它们，那耀眼的金黄，似乎和绿色的小草、树叶一起成了春天的底色，谁又能奈我何呢？

正因为如此，人们看到油菜花，大抵习以为常，就像看到绿色的草坪一样，没有什么好惊喜的了。但若是看到杏花呢，心中的惊喜自然是无以言表的，就像是在纯净的野外看到了一位美丽娇羞的少女，犹抱琵琶半遮面，神秘、恬静，让人产生无限遐想。极力想凑近了去欣赏一番，粉白稚嫩的花蕊让人感觉多么美好、温馨啊，真想一下子将其揣进怀里，赶紧用镜头将其美丽的身影带回家，融入心中，展现在笔下才好。

无关乎外在的宠辱，杏花，始终不骄不媚，该开的时候便开，开出属于自己的那一抹粉白。即使该落的时候也不失姿态，优雅地将这杏花微雨洒落人间，将短暂的优美永留在人们心中，将这大好的春光让给那些姹紫嫣红、争相斗艳的花儿们，又能怎样呢？谁又能永不凋落呢？

但是，仅是那瞬间的柔美，已经让你馨香永驻。你不会因为短暂的入世而变得世俗，因为很快，你就会微笑转身，洋洋洒洒，将悠悠的杏花微雨留给了春的记忆，将自己掩藏在了芬芳的泥土中，孕育出新的希望，仿佛什么都不曾经受过，只是静静地享受花开、花落，将受过的痛苦深深地浸入那小小的杏仁里，展现给人们的是那可爱的黄澄澄的果儿。

（原载 2015 年 4 月 15 日《池州日报》）

天池之石

天池的石头不是什么金玉宝石，它是大自然的原生态作品，奇形怪状的，如从天空飞落而下，散于山涧峡谷，安然处之，与美丽的天池之水、之树浑然一体。

天池的石头藏于山头、树下、溪水间，常有古藤缠绕，树木相抱，溪水亲吻，乐意无穷。天池之石形态各异，尽展大自然的美妙，与秀丽的天池山水共同形成大自然的一道奇观。

顺溪而上一路攀登，有碎石堆于溪水岸边，有巨石落于水中间，形成一个个“孤岛”，掩映于绿树青山中。有的石头上绿草红花缠绕，宛若一个羞涩的少女戴上美丽的花环；有的光滑坚挺屹立在草丛中，如同威武坚强的北方汉子；有的顶上落叶枯藤垂挂，恰似饱经风霜的老人，守望着千百年来天池的沧桑巨变。

天池一块块石头又是一个个动人的故事。这里有双龙戏水的奇石；有老法海和尚设下的千古迷石；有大自然的杰作冰臼；有天然成趣的乌龟石，大乌龟要向东行，小乌龟却偏要向西，和妈妈背道而驰；有玲珑乖巧的玉兔石，形如玉兔，蹲于草丛，传说天上有玉兔，私访人间，隐身于青山碧草，偷看着红男绿女，好奇好吃而已……凡此种种，数不尽数。

最为壮观的当数天池洞中的冰川巨石。冰川时期，巨石自天空而降，落于山涧水面，相互叠加，天然搭建成一座座龙宫，洞长达七八百米，洞内常年避光，天池之水流经洞中，源源不绝，水面蒸发降低了温度，四季恒温，寒气逼人。寒冰洞、冰河迷窟、龙宫、蝙蝠洞……洞洞相连，入洞闻水声而行，仿佛置身于龙宫仙境，感受龙腾水动、波漾龙飞的奇妙，于是屏气凝神，自然不敢喧哗。

天池的石、水、树自然成一体，石中藏水，水中有石，石中生树，树中掩石，可谓刚中有柔，柔中带刚，刚柔相济。天池水杨，欹石临水，仪态非凡；珍稀树种青檀，以根之纤弱，敢破石之坚顽，令人叹服；神奇的枫杨树已有500岁，树根长于石中，神树抱石，相依相生，永结同心，让过往男女心驰神往，纷纷在此合影留念。

天池的水已够梦幻神奇，让人无限神往，天池的石更是鬼斧神工、奇妙无比，还有那一片巨石垒起的洞天福地，让我流连忘返。回眸遥望，我不禁想起庄子与石头的故事：

传说深山里有块寂寞的石头，希望有一天能像鸟儿一样高高翱翔，被同类嘲笑，却不改初衷。一个叫庄子的人路过，石头对他倾吐心声。庄子说：“你先长成一座大山吧！”于是石头吸取天地之灵气、自然之精华，承接雨露之惠泽，拼命生长，终于长成了一座大山。庄子招来大鹏以翼击山，天空乌云密布，雷电大作，一时间地动山摇，一声惊天动地的巨响之后，山炸开了，石头飞向天空，像最矫健的老鹰冲向蓝天。但不久它就从空中摔下来，仍变成当初的模样，落在原来的地方。庄子问它：“你后悔吗？”“不，我不后悔，我长成过一座山，而且我飞翔过！”石头答道。

如梦如幻的天池之石，你就是那亲吻过蓝天的石头吧？！

（原载2011年4月25日《池州日报》）

作者简介

方再能，笔名：草地，供职于江口街道。贵池区作家协会会员，安徽省摄影家协会会员。20多年前开始创作，先后在《安徽日报》《安庆日报》《池州日报》《池州文化》《池州人大》上刊发《书记赔猪》《借钱》《今非昔比江口街》等小小说、散文100余篇；在《大九华》《杏花村》上刊发《弱女传奇》《大学生村官》《村主任竞选记》《继承先夫的遗债》等中短篇小说10余篇；在《中国摄影报》上刊发游记《自古齐山多胜景》《访蓬莱仙洞　赏钟乳奇观》等。

候鸟驿站九华河

因为候鸟，每年11月至次年3月，我和几位鸟类摄影爱好者，先后多次来到九华河。为近距离看到候鸟的活动状态，我们分别利用水边的鸭棚和浅滩上废弃的大船以及伪装网做掩体，通过望远镜和远摄镜头，对远处鸟儿的相貌特征和其生活常态进行清晰细微的观察和欣赏。

2016年11月15日，太阳落山的时候，我和影友汪湜先生从九华河大桥经过时，看到右边的查村湖滩涂上站立着一群东方白鹳，当时真让我高兴不已，真是众里寻它千百度，蓦然回首却在黄昏滩涂处。怕被它们发现，我们便蹲下身子前往桥边，以桥护栏为掩体，透过600毫米镜头，清晰地观赏它们的一举一动。东方白鹳在我国现仅存3000多只，特别珍稀，享受国家一级保护！此时的它们许是已吃饱喝足，在滩涂上时停时走，步履轻盈，颈部缩成漂亮的S形，它们的宁静和入定的程度，艺术到可以入画的境界，令人叹为观止！东方白鹳体态优美，长而粗壮的嘴十分坚硬，呈黑色，仅基部缀有淡紫色或深红色。嘴的基部较厚，往尖端逐渐变细，并且略微向上翘。眼睛周围、眼线和喉部的裸露皮肤都是朱红色，眼睛内的虹膜为粉红色，外圈为黑色，身体上的羽毛主要为纯白色。翅膀宽而长，上面的大覆羽、初级覆羽、初级飞羽和次级飞羽均为黑色，并具有绿色或紫色的光泽。初级飞羽的基部为白色，内侧初级飞羽和次级飞羽除羽缘和羽尖外，均为银灰色，向内逐渐转为黑色。前颈的下部有呈披针形的长羽，在求偶炫耀的时候能竖直起来。腿、脚甚长，为鲜红色。它们的分布繁殖地主要集中在俄罗斯远东和中国的东北，越冬地集中在中国长江流域等地，以食鱼为主，也吃软体动物、节肢动物、甲壳动物、环节动物、昆虫和幼虫、植物种子、叶、草根、苔藓。此外它们也常吃一些沙砾和小石子来帮助消化。

10月前，我们将自己掩藏在九华河边一个养鸭棚里，下午一点多钟的时候，一群白琵鹭降落在距我们100多米南侧的滩涂上。白琵鹭嘴长而直，上下扁平，前端扩大呈匙状，黑色，端部黄色；脚亦较长，黑色，胫下部裸出。

它们行走的步态显得雍容华贵，一边在水边浅水处行走，一边将嘴张开，伸入水中左右来回扫动，那特殊的嘴在水里觅食让我觉得就像战场的探雷器样扫来扫去，特别有趣。别小瞧它们，它们享受的可是国家二级保护待遇呢！三点多钟的时候，忽然一群大雁飞姿优雅地降落在我们视线正前方150余米的滩涂上，稍作休息后，它们有的一步三摇地迈着富态的步子，随意衔几口草吃，有的在水中游来游去，高兴的时候尽情地拍扇着翅膀。它们中的白额雁享受的保护待遇与白琵鹭是一样的！列入《中国国家重点保护野生动物名录》的凤头麦鸡，除拥有一身漂亮的羽毛外，头上还有几绺细长而稍向前弯的黑色冠羽，像头顶的角，甚为醒目。它们或成双成对地在喁喁私语，或在浅水里尽情地洗澡，弄得水花四溅，或在滩涂上迈着婀娜轻盈的纤纤小步，风姿绰约的神态，令人百看不厌！

忽起忽落的白鹭、苍鹭，有的是双双比翼齐飞，有的是前后相随，有的一马当先，有的在浅水滩上悠闲漫步，不时地从水里捕捉起一条小鱼，得意满满的样子。它们飞翔的姿态优雅美丽，让人赏心悦目！

漂亮的凤头鸊鷉，或成双成对嘴对嘴亲昵，或一大一小母子，母鸟不时潜入水下好几米远才浮出水面，嘴里衔着一条刚捕获的小鱼游到孩子身边，将鱼喂进小鸊鷉的嘴里，那舐犊之情让人心暖。还有几只年幼不谙世事的鸊鷉为争夺一条小鱼，个个都虎视眈眈，因此所展现的影姿、神态各具神韵，丰富多彩，给人以美的享受！

让我感叹的是：距贵池政务新区仅6公里处，竟有这么一个美丽天然的野生珍禽乐园。我们每个人都为此感到兴奋，表示要为保护九华河湿地摇旗呐喊！尽管我们的行动很弱小，尽管我们对湿地和鸟的关爱很有限，但社会的力量一旦被我们启动，人们的激情一旦被点燃，就会释放出巨大的能量，这种能量可以使我们的湿地幻化出一幅古朴而天然的生态画卷。

九华河发源于九华山北麓，由龙溪、漂溪、双溪、舒溪、澜溪汇流而成，故又称五溪河，自南向北，流经五溪桥、墩上、观前，至梅埂入长江。全长54公里，流域面积533.8平方公里。河道弯曲，多浅滩，沼泽地里有草根、浮游生物、植物、鱼类、螺蛳、虫子和种子等食物，水面深浅适度，尤其九华河大桥以南的西侧有丰收圩丘田几千亩，食物充足，周围还有芦苇、杂草做掩护。从大环境来说，池州地处长江中下游，这里冬季相对暖和，物种丰富，适合各类候鸟在此小憩、觅食，补充营养，蓄积能量，再接着南迁。因此这儿自然而然地成了候鸟们几千里迁徙途中的某一个歇脚的“宾馆旅社”。

10月下旬以来，九华河大桥以南的滩涂上，不断地有飞往南方越冬的候鸟在此停留歇息补充营养，先后在此停留的候鸟有草鹭、白琵鹭、豆雁、灰雁、白额雁、凤头麦鸡、红头潜鸭、红嘴鸥、鸬鹚、东方白鹳等。罕见的草鹭在池州属首次出现。远在福建、杭州、南京、合肥等地的专业摄影人先后扛着笨重的600毫米定焦镜头赶来拍摄。初冬将至，接下来还将有更多的候鸟打此路过小憩。除此之外，这里还有鹤鹬、青脚鹬、扇尾沙锥、环颈鸻、长嘴剑鸻、金框鸻、大白鹭、中白鹭、小白鹭、斑鱼狗、普通翠鸟等20多个种类。

野外观鸟，可以使我们身心得以放松、愉悦。当我们置身郊外，看到那些鲜活的鸟儿飞翔于水光山色之间，我们身边的景观仿佛一下子活了，人的认识思维也会一下子变得鲜活起来：山清水秀，草丰水美，鹤、雁、鸬鹚成群，鹭鸟竞飞……不知不觉中，我们的身心也一下子陶醉其间。

（原载2015年11月10日《九华晨刊》）

望华楼上赏美景

站在“莲花台”对面的望华楼上，十多平方公里的平天湖尽收眼底。有如翠珠落银盘的大小岛屿和那小湖傍大湖、大湖牵小湖的湖光山色，以及像黄梅调一样婉转跌宕、绵延舒缓、宽窄交错的环湖景观道路，都一览无余地展现在眼皮底下，真是美不胜收！这里既是市民观景的好去处，也是贵池最佳摄影点之一。

优美的自然环境与多变的气候条件所产生的绚丽的彩虹与艳红的晚霞，给原本秀美的平天湖，带来浓妆艳抹、光彩照人的俏丽，让小城居民分外欣喜。前几天的傍晚，有幸与贵池几位知名摄影师邂逅于望华楼。在短短两个多小时内，我们既欣赏到了东边的绚丽彩虹，又看到了西边的艳红晚霞。

举目四看，辽阔的湖面，碧波荡漾、远山含黛、水秀草美、绿树成荫、花木葳蕤，山丘岛屿起伏跌宕，微波潋滟。不时有一群白鹭从湖面上掠过，山清水秀、野禽添趣，平天湖彰显着自己的万种风情和自然生态之美！

一场暴风雨把四周洗涤得干干净净，望华楼东南边的天空中出现一道可遇不可求的艳丽彩虹，这让我欣喜若狂！我举着相机，不顾镜头被斜风斜雨打湿，抢拍下这美丽的瞬间。接着望华楼东北方向又出现一道彩虹，两条彩虹从空中相连，刚好把望华楼顶的影子圈在正中，这正迎合了我想要的画面！

随着太阳的坠落，艳丽的晚霞粉墨登场，太阳用它那剩余的光辉渲染着它周围的云彩，从西边一直烧到东边，红彤彤的，天空像是着了火般艳红；晚霞的色彩变化多端，一会儿金灿灿的，一会儿半紫半黄，一会儿又呈葡萄灰、梨黄、茄紫。色彩在这里被发挥到极致！在微风的吹拂下，云霞形状变化多端，有时呈放射状，有时呈飞龙状，有时呈奔马状，变幻莫测。倒映在湖水里五彩缤纷、形状多变的云朵，形成了天水一色、艳美多姿的景致，分不清哪是天上哪是水里，如梦如幻！置身其间，如在仙境，让我如痴如醉！

待西边天空的云彩差不多全变黑色、对面城市灯光亮起的时刻，我们这才收拾“家伙”依依不舍地离开。殊不知，此时的天已打麻影了，因山路失修难行，我们跌跌撞撞下了山，再骑上自行车，绕平天湖半圈，到家已是九点多钟了。这时方觉有些累，懒得做饭，就着现成的开水泡碗锅巴，照样让饥肠辘辘的肚皮甚感满意。待洗完澡，不知不觉就十点多钟了，本该歇息了，可还是忍不住将电脑打开，把相机里的照片拷出来，一幅幅过目，将自认为满意的留下，其他就让键盘统统给清扫了出去。

近月来，艳红的晚霞，一而再，再而三地出现，着实让小城的市民们大饱眼福，尤其让爱美多情的摄影人度过了一个又一个激动、难忘的夜晚……

（原载 2017 年 8 月 10 日《池州日报》）

作者简介

张昕，安徽桐城人，现居池州。安徽中青年作家研修班学员，池州市作家协会会员，池州市文艺评论家协会理事。近年来，散文、诗歌散见于《江淮》《安徽群众文化》《散文诗》《大九华》《澳门日报》《安庆晚报》《池州日报》《铜都晨刊》等报刊。

纳凉与星空

我有多久没有仰望星空？

深邃如海的夜空，点缀着点点的繁星。在最安宁的夏天的夜晚，最晴朗无云的天空，星星们默默闪烁着，遥不可及又仿佛触手可及。我望着它们，心灵最深处的沉寂已悄然升腾，似与这宇宙连为一体。

纳凉的时候，最适合望星空。

伏夏的白昼如火又漫长，太阳在远山的边缘沉下，白天的余热依旧从地面涌出。丝丝的晚风，似清凉的溪流轻轻流淌。忙碌了一天，该准备歇歇了。老家的三间平房，在烈日下蒸了一天，此时似乎还冒着热气。爸爸提着水桶走上房顶，将水泼到房顶压压热气。冰凉的井水与滚烫的房顶瞬间起了反应，发出吱吱的声音，几桶水下去，热气不断升腾，房顶的温度慢慢降下来了。放上凉床，房顶是最好的纳凉之所。西边的天空，一颗最亮的星星已经闪闪发光。

夜色渐浓，远山已彻底沉没，村庄只剩下模糊的影子，高大的梧桐成了一朵巨大的蘑菇，夜色中的树冠，深沉如海。星空就在这时明晰起来。是何时起，星星们都来了，从最亮的，到隐隐若现的，每一颗星星都神采奕奕。我躺在凉床上，风清凉如水，将燠热一扫而空。蛙鸣声此起彼伏，好像田野的每个角落都充满生机。近处的小虫也在低吟，梨树在夜风中轻轻晃动了一下，打乱了这小心翼翼的节奏，转眼又轻吟起来。星空沉默不语，所有的星星都沉默着。天似穹庐，星星们是点缀在深蓝色幕布上的宝石。如果头顶是一方深塘，星星们是不是水中发光的精灵？每一个星星都有名字，就像我们每一个人。爸爸指着头顶那三颗连在一起的星星，告诉我那是牵牛星，银河那边的繁星中那颗跟它遥遥相对的就是织女星。西北边有七颗星星，组成了一个大勺子，那是北斗七星。其他的呢？爸爸也不知道了。就像芸芸众生，那些最耀眼、最夺目的永远会被人所知，而每一颗不为人知的星星，都有颗寂寞的心，但不必烦恼，所有发光的星星都是美丽的。

没有月亮的晚上，就是星星们的天堂。银河横跨星空，宛如发光的河流，洗刷过亘古的岁月。许多星星在银河里嬉戏，每一颗都活泼可爱。我想起夕阳下，那跳动在河面上的粼粼波光，就像无数的星星。原来天上和人间，总是有着某种关联。如果今夜有月亮，所有的星星都会躲闪开，夜晚只剩下孤独的月光留人感叹，连远山都在月色中迷蒙成天边一条弧线。我们的星星或许早早归家，或许在月光看不见的地方，偷偷玩耍。

星星离我们或远或近，无论怎样，都会在夜空璀璨，把遥远的抑或很久之前的微光，送到现在的我们的身旁。多么神奇！你所能见到的是从前，你所能触摸的是邈远。那这万千历史、浩瀚宇宙中，一个星球、一个世界、一方土地上的一个小小的人，算是什么呢？“寄蜉蝣于天地，渺沧海之一粟”，古人早已看穿，何况今人呢？夜色浓如墨，风包裹了全身，竟有些许的凉意。村庄渐渐沉睡，只有蛙鸣和虫吟依旧。星星们精神抖擞，星空静默不语，却悄悄改变着方向。白天的星空跟夜晚的会是一样的吗？那移动的星星是飞机吗？……我还有许多问题要问的时候，爸爸早就睡着了。于是星空下，仿佛只有我还醒着，星星陪着我。城市的夜晚，我很少看见星星。霓虹灯暧昧在城市的夜色里，车灯粗暴地将夜色赶得老远，路灯似慵懒的睡眼，而星星早已逃到无人的湖面或深山间，偷偷喘气。即使几颗疏星，也只是落寞地在夜空中，无人问津。谁会看着星空，思索着苍茫的天地和渺茫的时空？脚步匆匆，尽是生活的百般滋味，奔波于当下最实际的烟尘。

多久没有仰望过星空，多久没有坐在星空下纳凉，沐浴着夜色深处的风？

（原载 2017 年第 8 期《江淮》）

山湖村遇雨

初春，微寒。江南的烟雨，在暮色里迷蒙一片。雨水节气，春意正在枝头跃跃欲试，空气里涌动着生命的勃勃生机。村庄、田野、远山，水墨画一样在眼前铺展。元宵节前一天，傩戏在贵池的乡间正盛，于是一行人呼吸着春风里微微的花香，迎着微雨欣然前往。

一辆车，几个兴冲冲的人，在贵池的乡村公路上一路驰骋，颇有余秋雨

《贵池傩》里的一往情深。而我也想象着，或许所见所遇的与文字里的相似，而文字外的情感，亦能感受一二。

雨，在车灯前千丝万缕，在渐深的夜色里静静飘散。路在田野尽头蜿蜒，所有的树都静立着，树杈纵横间，缠绕着微凉的风。一个村庄在眼前出现，转瞬间就被抛在了墨色里，于是更长的路在转弯的地方绵延开来。傩事，带着些许神秘，藏匿在远离城市的山村。而探寻，有着一厢情愿的执着和冲动。因此尽管晕车严重，我依然把兴奋挂在脸上，看着车在田间路上艰难前行。

山湖村竟在不经意间闯入眼帘。夜色中无法辨认一个村庄的模样。路边的小楼和楼后的树林一样沉默，黑暗从树林和田野里蔓延开，如同幽深的大海。三两农人撑着伞，热情地给我们指路，仿佛跨过黑暗的池塘，我们终于在一个小小的文化广场上看到了灯火和人群。村子里的、本地的、外地慕名而来的，所有人都挤在一间神堂里，看傩事开始前的仪式。

山湖村的傩事主要形式是高跷马。神秘的面具被供奉在香案上，依次排开。傩事开始时，四个表演高跷马的人对着香案跪拜，之后便由执事为他们戴上铠甲、头盔等。等执事颂辞祷告完毕，四人到外面的梯子上踩高跷、穿衣、系马，戴上不同的面具。伴随着鼓声，四人开始表演傩舞。烟花在黑暗的夜空绽放，和着时紧时缓的鼓声。雨仿佛从夜的深处而来，丝丝缕缕，一抬头，竟是满面雨水。

我没有带伞，躲在屋檐下，看高跷马在眼前围成一圈，进行着神奇的舞蹈。人群都屏气凝神，看着高跷马的表演者在台上打马奔驰。无数的相机寻找着绝佳的角度，意欲将这些神奇的片段定格。雨也小了很多。我想他们或许还会刀光剑影一番，或是打马追逐，然而雨竟在此时渐大起来。雨水从屋檐上汇成一条条水流，在昏黄的灯光里顺流而下，形成了一个水帘。雨水从我的头发里流淌到眼角和脸颊，春雨的寒意在全身散开。

高跷马和人群都到神堂避雨去了，广场上瞬间只剩下孤独的灯光和灯光下潮湿的地面。没有人料到，春天的雨水竟如夏日的暴雨般泼辣，地面开起无数小小的水花。水帘在灯光下晶莹一片。屋檐下的人群，望着神堂的灯光和黑暗的广场，希望傩事继续。八点钟，雨没有更小的趋势。夜色在乡间更浓，人群渐渐散去，我们的车也跟着那些外地的车辆往回赶了。山湖村的喧闹湮没在墨色和雨声里，转眼就被抛在身后，好像根本不存在一样。

我从未真正见过一场傩戏。三四月间到贵池的乡村采风，所见的只是寂寞的村庄和傩事之后满地的红纸屑，而舞台上所见的片段也只是乡间传统傩事的一瞥，真正的傩事还是在乡村。每一个村庄的傩事都把属于这个村庄的特色融进去，把时间和历史融进去。人们所见的，或许有些粗糙，或许有些神秘，但那才是有着一方水土的乡情，把许多美好的心愿赋予流淌着他们血脉的土地。傩事是村庄的根，它用一种形式把村庄的一切美丽地展现，维系着村庄祖祖辈辈的感情。无论是从前还是现在，在古老的傩戏里，看见的还是最初、最朴素的情怀。就像流淌在每个村口的河流，沉默在天空下的大地，承载着时光的许多重量。我们这些异乡人，只能远远站在一边，看着古老的仪式和舞蹈，带着许多复杂的情感。

雨，又小了，如雾如烟。雨刷粗暴地扫过车窗上细小的雨滴，车灯下的路又在黑夜里无尽绵延。我正想那场中断的傩事是否继续了，然而车子已经跑出山湖村很远了，我不可能要求回头去看看。晕车越来越严重的我，忍不住闭上眼睛，好像刚才的一切都是一个梦。

我还是没有看到一场完整的乡间傩戏，山湖村的雨，那样的不合时宜，我们都离开了，山湖村一定又恢复了寂寞。明天过后，许多人都会离开村庄，去追寻新的生活，但傩戏还会在村庄一遍遍地上演。

（原载 2018 年 3 月 9 日《安庆晚报》）

朱备三章

九子岩：山水天堂

水自山中来，把一朵云叫醒。云擦拭着水面，如镜。

漫山遍野奔跑的绿，刹那间似万条河流，从九子岩到九华山到将军湖。

天华一望竟无峰，九子一观再无景。你不信，可以去问一朵映山红，或者一棵孤立的松。

季节在山间流转，每一片叶子和花都懂得风的内涵。

风暖，日懒。那些浓墨重彩的黄涂抹在绿色之中，照亮山间慢慢流淌的时光。

风寒，雪至。万籁俱寂，静听一座山深处的秘密。

拾级而上，轻扣石板，深壑幽涧，绝壁清远。

抬头，奇峰挂绿水；低徊，清泉石上流。松风微露，梵音袅袅，循声而至，楼台烟雨，迷蒙在碧岩隐逸处。

深山藏古寺。竹林荫翳，微雨中潇湘飞泪。清溪抱寺，在竹林的尽头轻轻依偎。飞瀑自云间而来，跌倒成一片云烟。

源溪而行，亭台楼阁在山林间隐现，似水墨画上不经意的点染。

山，是泼洒的大写意。水，是扼腕流云般的轻柔。

无须华丽的辞藻，你只看那山间升起的云烟，恍惚中竟忘了人间。

山水佛香

佛香一缕，在九子岩、九华山，在江南的烟雨中轻轻流淌。梵音不绝，在深山密林中回荡。

华严禅寺和双溪寺的钟声响了千年，九华山佛教自此源远流长。

这块土地，从此成为莲花佛国，与诗歌一起，在中国历史文化的书页上，留下不凡的篇章。

晨钟，挽起山间的晨曦，拨开薄薄的微霭，把山的影子画在溪水里。暮鼓，撒开黑夜的网，月亮就在山头静静观望。

凭栏而望，把一首诗写在静默的岁月里，无须多言，因为万古的明月早已看透了一切。

一花一世界，一叶一菩提。明了或是放下，为善或是为仁。在佛香袅袅的江南，在沉默的山面前，参悟到的是生活的真谛。

朱备：灵山秀水无尽诗

沿一条河流，寻一个世外桃源。

三面环山一面城，静卧着皖南灵山秀水中的一颗明珠，朱备。

云从山间涌起，拂拭每一片翠绿的叶子。水自石缝而出，抚摸石块上的碧苔。竹林萧萧，是被风拨弄的琴弦。奇峰绝壁，早被时光打磨。

将军湖，镶嵌在群山之间。风拂过偌大的湖面，山的影子就微微颤动。所有的山都静立着，注视着湖面的碧波微澜，抑或风雨骤至。

一湖澄碧，飞天成仙的神话还在流传。将军已去，英明犹存。

那么多的山，秀丽、险峭或巍峨，都林深幽逸，寺庙林立。晨钟暮鼓，在山林回响。亭阁一角，在林间若隐若现。

静闭双目，涤除玄览。慢下脚步或凭栏远眺，心如天空般澄澈，唯有风轻声耳语。

一碗清茶，坐对群山，看山间的岁月变慢。

山歌在林间缠绕过，轻拍在一朵野花上。

在朱备，与山对话，呼吸着空气里淡淡的香。

（原载 2018 年第 5 期《散文诗》）

作者简介

徐累先，1968 年出生，池州市殷汇初级中学教师，池州市作家协会会员。迄今为止在各类媒体上发表散文、诗歌、小说等二百多篇。

鹁 鸪

怕鹁鸪倏忽间远走，把我的记忆和惊悚也一同带走，我赶忙在电脑上敲下两个字：鹁鸪。

不是我心急，有些事就是这样，愈是关注，溜得愈快。就像昨夜的梦，醒来时重温了好多遍，一举手一投足，历历在目，并取了一个好听的名字，写下一首赞诗，不过没有从床上爬起来，让记忆定格。等到早晨，不要说赞诗了，就连名字都忘了，梦中的故事也支离破碎、残缺不全。

我是在傍晚时分听到鹁鸪的叫声的，感到很奇怪。时令已是初冬，怎么还会有这样的叫声？更不可思议的是，这是城市的小区，小区里有树，但都不是枝叶婆娑的大树，能搁得下吵吵闹闹的麻雀和燕子就已经是不错的事情了，怎么留得住大大咧咧的鹁鸪、盛得下这么浑厚的叫声？我打开窗户，“咕咕——咕，咕咕——咕”，两只鹁鸪，一远一近，一起一落，显然它们不是大自然最优秀的歌者，但在这个黄昏，它们的歌声听起来却格外入心入肺，像母亲薄暮时分的呼唤，浑厚悠长，不加些许的修饰。这个声音我太熟悉了！当年在乡下，雨后，鹁鸪赶趟儿似的，树杈间、屋顶上，咕咕的叫声，此起彼伏。虽然此刻，我没有寻找到鹁鸪的身影，但它们的形象还是倔强地模糊了我的视野——灰黑色的羽毛，弹球似的头颅，流线的形体。

在我的印象里，鹁鸪特喜欢在杉树上做窝。杉树浑身是刺，不容易亲近。鹁鸪猫着身子，灵巧地钻进刺丛，避开天敌，避开人祸，休养生息。可由于有许多药用价值，而且肉味鲜美，鹁鸪还是难免成为人们觊觎的目标。

我小时就曾经猎杀过鹁鸪。那年，奶奶头疼，久治不愈。医生开了一剂良方——清炖鹁鸪，吃下后，保管头疼就好了。于是，我们全家有事没事就到山边溜达，那儿有一片杉树林，看看能不能逮到归巢的鹁鸪。有一天天黑时分，我瞅到鹁鸪斜着翅膀飞回了家，于是，避开荆丛，悄悄爬到树梢，接近了鸟窝。也许是动静过大，也许是树枝支撑不了我的身体，惊醒了鹁鸪，“啪”的一声，鹁鸪应声而出，刺啦啦飞得无影无踪。我好失望。

就在我失望的当儿，鸟窝里发出哼哼的声音，我把手探进去——毛茸茸的，显然是两只不会飞翔的小鹁鸪，于是，想也没想，把它们带回了家，喂虫子、喂蚯蚓，几个月过去，鹁鸪褪去绒毛，长成了大鹁鸪。后来，它们的命运可想而知。奶奶吃了清炖鹁鸪后，头疼病竟然真的好了，直到临死时，也没有发作过。

“咕咕——咕，咕咕——咕”，窗外再次响起鹁鸪的叫声，打断了我的回忆。仔细聆听，“声声入耳”，像一首久违而亲切的老歌。

（原载 2017 年 2 月 17 日《池州日报》）

漂流秋浦河

解开缆绳，没等我们稍事喘息，红色的橡皮筏便像撒欢的兽，箭一般地旋入激流。

我们乘坐的橡皮筏第一个冲出了险滩，在如镜的水面上飘荡，这时，我才定下心来，回望我们的队伍，一个个兴高采烈，身着粉红色的救生衣，有的奋力划桨，有的放声尖叫，放松的心情在河谷中释然开放。两岸的古树倒映在水面，和蓝天白云构成一幅美丽的画面。水天一色，到处都是沧桑的绿、生命的绿、纯净的绿。水流渐缓，我们不得不使用船桨了。说是船桨，实际上不过是一块稍作修整的木板而已，握在手里，正好用力。

“渔梁坝!”随着同伴的一声惊呼，我扭头望去：生长着丛丛河杨的沙滩上矗立着一块巨石，别致的巨石上凿刻着“渔梁坝”三个鲜红的大字。遥想当年，诗仙李白乘着木筏，如我般在水中徜徉，偶见一块巨石横卧江心，不禁诗兴大发，吟出了脍炙人口的诗句：“逻人横鸟道，江祖出鱼梁。水急客舟疾，山花拂面香。”斗转星移，千年时光也不过是一瞬之间，人已归去而渔梁犹在。

阳光很烈，直溜溜地对着我们晒。不知名的水鸟也加入嬉戏的队伍，三三两两地从我们眼前掠过，“啾”的一声，俯身水面，留下一串长长的水花，然后斜着身子，直蹿向高远的天空。再行一段激流，便到了李白钓台。翘首仰望，青黑色的石壁斧劈一般，巍然屹立，石壁间零星地挂着绿色的草毯。

在一片灰白色的空处，有一幅关于李白的壁画，并有题跋："秋浦千重岭，水车岭最奇。天倾欲坠石，水拂寄生枝。"这表达了他对秋浦山山水水的喜爱。

李白的雕像坐落在一个平台上，想当年，他就是在这座钓台上，一边喝酒，一边垂钓，他钓的当然不仅仅是秋浦河里的鱼，还有对祖国大好河山的热爱，更有一种超凡脱俗的人生态度，千百年来，为世人所景仰。这座雕像设计得很搞笑，一柱喷泉不时地从其侧翼喷出，似是斟酒，形象倒栩栩如生，留给人无尽的遐想。

上得岸来，回望来时路，时而激流险滩，时而水平如镜，惊险也好，悠然也罢，都成为美丽的过往。

（原载 2017 年 3 月 21 日《池州日报》）

作者简介

俞东升，中学高级教师，市级优秀教师，安徽省作家协会会员，池州市作家协会会员，贵池区作家协会会员。1988 年以来，在《池州日报》《杏花村》《安徽日报》《人民教育》《中国经济时报》《中国电视报》《检察日报》《新安晚报》《新民晚报》《作家报》《散文选刊》《天池小小说》《华文小小说》《思维与智慧》《羊城晚报》《青年文摘》《青年博览》等报刊上发表文章五百余篇，体裁主要为散文、随笔、小小说、诗歌等。

散文人生

人生百态，各有其帅，用文学体裁来譬喻，很真切：有些人的经历如小说，跌宕起伏；有些人的生命如诗歌，激情四射；有些人的生活如戏剧，高潮迭起；有些人的状态如散文，绵延悠长……

我的生命处于何种状态，这是我一直思考的问题。

可以肯定的是，我的人生不是小说。因为，作为一名乡村教师，我的人生注定不会出现曲折离奇的情节，也不会有痴男怨女的纠葛，更没有爱恨情仇的困扰，当然也就没有大喜大悲的结局——缺少了这些小说要素，我的人生写不成一篇小说，即使是微型小说也写不了。

我的生活也不是诗歌。因为职业的缘故，每天与乡下朴实憨厚的孩子们在一起，没有月落乌啼的惆怅情感，没有唐风宋韵的浅吟低唱，没有起舞弄影的优美典雅，有的只是“传道授业”的刻板生活，绞尽脑汁的课前准备、批阅不完的琐细作业，还有走了一批又来一批、流水一般的学生……乡村教师既要当知识导师，又要做生活保姆，而这些平凡琐碎的工作，与诗情画意有些“不搭界”啊。

当然，我的生活更不可能成为戏剧，缺少舞台上的华美灯光，也没有豪华乐队的伴奏，更没有观众的喝彩与尖叫。我的人生脚本只能写得平平淡淡，庸庸碌碌，没有一丝涟漪，没有一处波澜，当然也就没有震撼人心、一鸣惊人的舞美效果。

想来想去，我只能说，我的生命是一篇散文，而且是一篇小散文，更像是自己常写爱写的一些随笔式的小散文，内容平实，格调纯朴。

散文的特点是“形散而神聚”。的确，我的生命状态非常“散”，每天的工作时间就如同农民一样，日出而作，日落而息。而我的内在精神却是“聚”的，对于本职工作，我凝心聚力、尽心竭力。

散文人生如同一杯茶，一杯浓淡相宜的茶。散文人生，有点散漫但并不浪漫，喜欢随心却并不随便，有些诗意却并不诗歌。教书，我们是认真的。不论是教学哪一门学科，无论是对待哪一位学生，我都会认真负责，不负我心。这是我散文人生的一条主线，也是散文的中心，一百年不动摇。而业余时间我的爱好是散漫的，读书、写字、上网、种菜。虽不是很“雅”，却也不俗。我常常漫步在乡间小道上，看山花烂漫，看小桥流水，看云卷云舒。散文人生里，我时而匆匆行走，时而驻足欣赏。随着年龄的增长，我从曾经的埋怨激愤，变成了现在的心平气和；我从当年的苛责纠结，变成了如今的心怀感恩……

散文人生，既是春华秋实的美艳和丰满，也是夏荷冬松的馨香与从容。

（原载 2015 年 12 月 17 日《科教新报》）

温馨的稻草

秋冬季节，我喜欢到附近的田野里健走。稻田里的晚稻，刚被收割机“剃了头”，留下了一尺多长的稻草茬，宛如兵马俑一般，齐刷刷地站立在水田里。如今都是机械收割，农民对稻草的感情淡漠了——要么对它付之一炬，点火烧掉，要么就用拖拉机把它碾碎压入泥里，沤肥。

我感叹，时代不同了，稻草的命运也就不一样了——我忆起小时候的稻草来。

那时，水稻都是农民一刀一刀地收割，然后用脱谷机将稻谷与稻草分离。农民把稻谷挑回家，就要抽空打理那一堆堆的稻草：先把脱粒干净的稻草，捆成一把把，站立在田里，使其风干、晒干。在下雨之前，挑回这些稻草，然后把这些干燥的稻草，围在一棵高而直的大树的四周，一圈圈，一层层，逐渐码高，形成了一个大草垛。

若干年前，行走在冬天的乡村，便可以看到农家屋舍旁边矗立了很多稻草垛，形状犹如日本的富士山，底部圆圆的，上小下大，圆锥体。这些硕大的稻草垛，是当年乡下孩子的天然乐园，躲猫猫、过家家、翻筋斗……稻草垛带给了孩子们无限的快乐，与现在的游乐场相比一点也不逊色。村庄里的猪狗也爱到草垛边睡懒觉，鸡鸭也常来凑热闹，用爪子在稻草里扒拉不停，寻觅遗漏的稻谷。月黑风高的夜晚，稻草垛遮风挡雨，成为男女青年谈情说爱的秘密场所。

常常，母亲会从稻草垛里挑挑拣拣，从中挑出比较干净、比较整齐、颜色呈金黄色的稻草，在阳光下晒干，铺在床板上，稻草上面再铺上那床破旧棉絮。那个年头，农家可没有“席梦思”之类的床垫，夜晚一家人睡在那张松软的稻草床上，干净的稻草发出吱吱的声响，阳光的味道，泥土的芳香，纯天然，原生态，让人感到特别舒服。卧之草铺，其心安宁，其梦悠远。

随着冬季的来临，稻草成了严寒季节耕牛的粮食。寒冬腊月，霜雪覆盖原野，山间地头的野草枯萎，放牛娃不用去放牛了，每天早上，乡亲们把稻草挑到牛栏，撒在牛的嘴边，牛们不停地咀嚼着稻草，仿佛是一位学子，在回味，在展望。我知道，牛为了来年的春天，正在养精蓄锐。

稻草，中空外直，金黄芬芳，可作牛马料，可结草包垫，可当保暖被，也可以作明年捆秧的工具，“稻草捆秧父抱子，竹篮提笋母怀儿”，因为稻草是上一代，秧苗是下一代，用稻草捆秧苗，好像是父亲抱着孩子。你看，稻草有多温馨。

（原载 2017 年 11 月 7 日《新民晚报》）

大师的抄写功

闲暇时光读闲书，发现诸多大师有一共同爱好——喜欢抄书。有人说曹雪芹名字的寓意就是“抄写勤”，因为他对《红楼梦》“披阅十载，增删五次”，光抄写一项，须花费多少工夫？

宋代大学问家苏轼每天都有一个雷打不动的“功课”——抄写《汉书》。朋友不理解，说：“凭先生的天才，开卷一看，可以过目不忘，何必用手抄呢？”苏东坡说：“非也！我读《汉书》，一共手抄三遍。我第一遍手抄后，再熟诵每段。等到背熟了，我就只抄这段的前面三个字作为题目，再背诵下去，以考查自己的记忆能力。这之后，我只抄前面两个字为题。到如今，我只抄这段的前面一个字为题，就能背诵如流。”难怪苏轼的学问那样博大精深，原来，他还下了这样的“笨”功夫。

明朝的文学家张溥，是著名的“七录书斋”的主人。张溥自幼天资平平，记忆力很差，刚刚读过的书一会儿就忘。有一天上课，先生叫张溥站起来背诵昨天讲过的文章。开始几段，张溥背得挺好，可没背一会儿就开始磕磕绊绊，背不下去了。先生用戒尺打张溥的手，还罚他回去把这篇文章抄十遍！回到家，张溥顾不上吃饭，就含着眼泪开始抄写，等抄完时已经是半夜时分了。第二天早晨，先生又查他背书。张溥自己也觉得奇怪，上句刚背完，下句居然就顺着跟了出来，全篇文章很顺利地背完了。上完课，张溥想起白天的事，决定用抄写的办法来试试新学的文章。于是，他先诵读一遍，然后开始抄写，并且一边抄一边在心里默诵……等抄到第五遍的时候，他觉得已经能够复述全文了。当抄到第七遍的时候，他不仅领略了文章的意思，而且能够熟练地背诵了。真是“好记性不如烂笔头”！张溥终于找到了提高记忆力的办法。由于长年累月地抄书，他手指上都磨出了厚厚的老茧。为勉励自己，张溥把自己读书的屋子取名为“七录书斋”。正是靠着这种扎扎实实的抄写功夫，张溥的学问功底非常雄厚。后来张溥著书立说，思路敏捷，文笔流畅。当时许多好学之士向他讨求诗作，他从不打草稿，往往是对客挥毫，一挥而就。

鲁迅先生继承了这种传统的读书方法，早在三味书屋读书时，就开始抄读了。鲁迅抄的第一本书是《康熙字典》，他把字典里的古文都抄下来，订成一册。后来他还借抄了《唐代丛书》中的《茶经》《五木经》《野菜谱》《释草小记》《释虫小记》等有关草木虫鱼之类的读物，可见他抄读的内容之广泛。鲁迅抄书的习惯一直保持到30多岁，有长达20多年的抄书岁月。

一代代大师们热爱抄书，乐此不疲，积累了深厚的文化底蕴，练就了漂亮的书法，同时为他们的创作夯实了基础。我想，平庸如我辈，更应该如此这般努力了。

（原载2017年第11期《青年文摘》）

作者简介

朱向春，1978 年出生，本科学历，语文教师，贵池区作家协会会员。教书之余，不忘阅读，尤其喜欢阅读明清笔记、小说。另外，梁实秋、汪曾祺、丰子恺的散文随笔也喜爱有加。喜欢用手中笔记录生活中的所见所闻、所思所感。写作至今，已有作品发表于《大公报》《新安晚报》《辽沈晚报》《新闻晚报》《江淮晨报》《池州日报》《大九华》等报刊。

宴会之苦

丰子恺先生曾在一篇文章中说：宴会比上课讲演更吃力，比出庭对簿更凶。此话，我有切身之感。参加宴会的确是一件苦事。

一是随礼之苦。中国是礼仪之邦，参加升学宴、生日宴、结婚宴、乔迁宴都得备一份薄礼。你来我往，为了那劳什子面子，结果是苦了自己，富了酒店。这些年我参加过不少这样的宴会，外出银子也不少，具体数目我不敢细算，对我这个低薪阶层的人来说，真所谓“随礼猛于虎也”！

二是等待之苦。少时读过《陈太丘与友期》，我明白了守时的重要性。主人虽然在请柬上已经将宴会的时间写得一清二楚，但客人们都知道那上面的时间是虚设的。不过我是宁愿主人负我，我也不负主人，总习惯在那个点上赴宴。等待确实考验着一个人的恒心与毅力。

一次参加朋友的婚宴，我按主人指定的时间到达酒店。可是一个偌大的宴会厅里只有屈指可数的几个客人。他们有的玩起了扑克牌，有的嗑瓜子，有的闲聊。主人客气地为我送来茶水和点心，我知道他是让我先吃点东西垫个底，因为离开席还早着呢！我虽不是一个惜时如金的人，但也绝不愿意把大把的时间虚掷在无聊的等待上。趁空我逛逛花市、书店、商场，一圈兜回来，早已饥肠辘辘。可是主人对大家抱歉地说：“还有一位贵宾正在路上，请大家再稍等片刻!”服务员在大家的翘首盼望中终于端上了花生米、萝卜干和海带丝，不等主人下令，大家纷纷下箸。就在这时，大厅里的水晶灯一起灭了。大家不约而同地把目光转向了礼台。在一阵掌声中，婚礼司仪发表了一番冗长而千篇一律的开场白。接着，一对新人、双方父母以及证婚人进行了一场山盟海誓和新婚致辞。又在一阵掌声中，宴会才算正式开始。此时月亮已经升上了中天，星星在慵懒地眨着眼睛。

三是健忘之苦。虽然主人在请柬上已写明席设地点，但我是个健忘之人，常常将这些酒店之名张冠李戴。一次，我骑车到离城四五里的葡萄园大酒店赴宴，中间询问了七八个行人才搞清方位。快要到达目的地时，我突然想起好像不是这个地方，也许是聚春园大酒店吧。赶紧打电话询问主人，果然是我记错了。还有一次，我竟然将一个朋友孩子的满月宴忘记到“爪哇国”去了。第二天这位朋友在电话里嗔怪我太不给他面子，还说要与我绝交，我像犯了错的孩子接受着他的批评。

最苦恼的是在饭桌上短时间内记住别人的姓。主人介绍“这是李局长”“这是孙科长”“这是张秘书”……我精神十分紧张，用尽平生的辨别力和记忆力，把这些姓和这些陌生的脸孔设法联系起来。可到最后还是张冠李戴，“李局长”我竟误叫成“孙局长”，“张秘书”我误认为是“李秘书”，于主人、于我、于对方都很尴尬。

四是醉酒之苦。酒逢知己千杯少，我最怕参加同学宴。我好饮酒但不胜酒力，每饮必醉。喝醉后的难受滋味比感冒难熬许多，我每次醉酒，脑筋要麻木起码一个星期而且还耽误了不少大事，但一上席，三杯酒下肚，便忘了先前的痛苦，像英雄一样豪饮，像狗熊一样醉倒。

虽然宴会有如此之苦，但我还是愿意参加各种宴会。一是我喜欢那种热闹的气氛；二是宴会可增进友谊和感情，还可以结识一些新朋友。

（原载2016年3月10日《新安晚报》、2016年3月17日《池州广播电视报》）

人生难得是洒脱

《世说新语·识鉴》记载，西晋吴郡人张季鹰在洛阳当官，因见秋风起，便突然想吃老家的菰菜羹和鲈鱼脍。他说：“人生贵得适意尔，何能羁宦数千里以要名爵！”于是弃官归家。《世说新语·任诞》记载，王徽之雪夜乘小船看望戴安道，走了一夜才到，可到了门口又不进去相见，却往回走。别人问他为什么，他说：“吾本乘兴而行，兴尽而返，何必见戴！”

洒脱如张季鹰、王徽之，兴致来了就乘兴而为，兴致没了绝不勉强自己。

然而无可奈何花落去，金钱、地位、荣誉……一件件华丽的外衣将今天的我们紧紧包裹，让我们挣脱不开，欲罢不能，甚至让我们窒息。我们欲撕去华丽的外衣，摆脱名利的束缚破茧成蝶，做一只洒脱的蝴蝶飞过沧海，又谈何容易。

洒脱是一种态度。洒脱的人拿得起放得下，不被凡俗所缠身，不被名利所羁绊。洒脱是陶渊明“采菊东篱下，悠然见南山”的闲情雅致；洒脱是李白“人生在世不称意，明朝散发弄扁舟”的人生豪迈；洒脱是苏轼“也无风雨也无晴”的从容淡定……

洒脱是一份率真。有些人故作潇洒，有些人刻意模仿别人，结果只能距离洒脱越来越远。洒脱需要一份真性情，率性而为，不在乎生前身后名。洒脱是李白“人生得意须尽欢，莫使金樽空对月”的豪放快意，是柳永“忍把浮名，换了浅斟低唱”的放达不羁……

放弃你的贪欲，是一种洒脱；身处逆境，微笑面对是一种洒脱；宠辱不惊、去留无意也是一种洒脱……拥有洒脱，就拥有一份美丽与快乐。拥有洒脱，人生定会充满诗情画意，生活必会春暖花开！

人生在世，不过弹指一挥间，所有生命都无一例外，既短暂又宝贵，却仍有许许多多的人，活得糊涂，活得无聊，活得烦恼。人生难得是洒脱，我们何不潇潇洒洒在人世间活一回呢？

（原载 2013 年 6 月 19 日《大公报》）

作者简介

李凤仙，笔名：文坛花开，资深幼教管理者，于今日头条等平台上发表散文、短篇小说近百篇，在市级以上报刊上发表作品五十余篇。散文《欢喜的流光》获首届昭明文学奖人气奖第二名，并收录于《欢喜的流光——首届昭明文学奖作品选》，出版散文集《奔跑中的视野》。

槐　香

山秀水美的家乡，一到四月末，家家房前屋后的槐花便竞相绽放，一树一树雪白典雅，整个村子里都是扑鼻的槐香。槐花的香味甜蜜沁人，给人宁静致远的悠然……

山村春天的花事热闹不减，粉白的杏花牵手羞答答的桃花，雪白的梨花也紧随桃花的影子……继而遍野金灿灿的油菜花开始惹得蜜蜂流连忘返，火红的杜鹃与米白的十里香使崇山峻岭成了天然大花园，姹紫嫣红了整个春天。虽也落红纷纷，但此花谢幕，彼花又华丽登场，所以不会“此花开尽更无花”，当然不曾伤春惆怅，没有黯然沮丧。

野玫瑰退净了羞红与热烈，如雪的槐花便悄然素颜了满腹心事的晚春初夏。如果徜徉村庄里，你会一身槐香……清心润肺自不必说，发隙间，衣袖里，都是槐花的甜香，芬芳了你的行踪，恬淡了你的浮躁……

槐花朵形似蚕豆花，不过是迷你版，一串串，丰满高洁，挤满枝丫。槐树平凡不娇，没人刻意修枝剪形，这样却获得了自由生长，所以基本树干直冲云霄，枝丫旁逸斜出，花开花落宛若雪飘雨飞。槐树满身是刺，不易攀爬，要想将那些晶莹馥郁据为己有，或一亲芳泽，除非搭梯登高，所以对满树槐花只“可远观而不可亵玩”！

喜欢在薄暮时分漫步槐林里，屏气深吸，甜香丝丝入心入肺。习习晚风里，槐花婆娑起舞，是婀娜多姿的民族舞，是古风古韵……没有激情澎湃、动感狂野，但有你挑灯夜读我红袖添香的静默灵动与缱绻绵长……风掀动我的裙裾，我也在舞蹈吧？至少心在律动！槐花开得正旺，风摇曳阵阵槐花雨，我的发髻，我的肩上，片片花瓣，好有福气！这可是无与伦比的槐花沐浴啊！我会通体槐香吧？“旋落幽香徐可闻”，我刻骨铭心！

喜槐花的古今人士甚多，要不怎么诗坛开满了槐花？“谁用花期留晚春，谁将白雪化精神”无不感动其惜春素洁。“暮春花气晚悠悠”应该是诗人如我一样踏“雪”寻香吧？而“花前独坐酒微酣，心事年来思二三”，让我觉得，不只玫瑰浪漫寄情，不只瑶琴赴心事，槐花香里一壶酒，一样可寄风月旖旎心情……

槐花花期虽长，但也有繁盛渐衰之时，当然不乏目睹其渐远渐亡的不舍与感伤……有缘有意，让茫茫人海中的有情人相遇相识相知相爱，花草亦然。一个擦肩，一个回眸，可能是前世今生的约定，我与槐花一见倾心，见其就要失去往日的芬芳，看串串分散、片片忧伤，枝头莹白渐稀，心中惆怅自然渐浓渐长……

那天，有人赠我一瓶原生槐花蜜，玻璃瓶内白若凝脂。打开瓶盖，原汁原味的槐花香漾满心怀。贪婪地闭目深吸，有点欣喜：槐花芳踪不再，可是甜香却留在人间，这应该是其夺魄的“化雪精神”吧？

取一匙槐蜜，看其渐融温开水中，直至不见，酌一小口，立刻唇齿生香！不由对勤劳的小蜜蜂心生感激，感谢它们辛苦采集，倾心酝酿，长存了槐花的倩影与芬芳……每每轻啜细尝，几多感动，几许庆幸，以这种方式挽留槐香应该长久心安：食之吸之，长成护心的肌肤，融进奔腾的热血，即使暂时作别，却依然香魂缕缕，岁月无殇……

槐花朴实无华，却给文人墨客留下许多念想与感叹：

槐林五月漾琼花，
郁郁芬芳醉万家。
春水碧波飘落处，
浮香一路到天涯。

每每诵之，仿佛眼前又是满树洁白、满心芳香，这应是真正的“流芳千古”吧！

人生有无数离别，也有许多错过，正如错过了一些心仪的花期，有遗憾有不甘，但更多的是无可奈何……但今年的晚春初夏，我很有幸，不但收获了满袖槐香，还得到了常留槐香的经典秘方……

（原载 2017 年 5 月 16 日《池州日报》）

我的家乡美如画

白如银练的秋浦河，用它母亲般的胸怀滋养了老家的良田富山，灵山秀水赋予草木知恩图报之秉性，一草一木四季向这片热土作出殷勤报答。家乡的安宁、家乡的魅力、家乡的富足、家乡的与时俱进，为其赢得了“这个村庄美如画”的美誉艳赞！

百亩翠竹像绿色的屏障世代守护着家乡，一座座二层小别墅掩映在姿秀容丽的小小竹海里，白天遮阴蔽日，夜晚竹涛伴眠。这片绵延数里的竹林是老家人的百宝库。竹子秀颀坚韧，气质不凡，且不说其入歌入画，艺术身价不同凡响，单其白嫩肉脆的冬笋就高贵冷艳至极，使人忍不住想拥有、想攫食。其身价昂贵，除了增加收入，还是馈赠亲朋的"高大上"土特产。"清明前，出半园"的黄金笋，有经验的老家人开始择优留苗，脚笋制作笋干笋衣，留足自己的后，全部抛售。日暮晚归，和乐知足融溢在清冽的大壶酒里。每年八至十月是成竹间伐期，老家人不贪婪易满足，总是留好留足母竹。昂首四顾翠屏绿帐，不禁舒心展眉："不费事不费心，票子进了荷包！"

老家人聪明，具有前瞻性，一辈子亲和大地，所以在外发展的儿女反对父母耕田种地时，数家老人说一样的话："现在种田有什么难？都是机器，产量高，小飞机帮打药，平时就管管水！"他们懂得运用科技，自发组成互助组，主动与镇农技员联系，灭虫用肥，不用自己瞎摸索，农技员指导及时、拿捏精准，还送货上门。因此，年年从育种到收割，老家人都成竹在胸，自得其乐。

重养生保健康是老家人新时代的生活理念。小菜园里清血管、降血压、平血糖的时鲜蔬果四季不乏。脆生生的黄瓜，碧绿绿的四季豆，红艳艳的西红柿，紫嘟嘟的茄，你方唱罢我登场，使小菜园成了五彩缤纷的立体巨幅画，喷香了餐桌，清洁了五脏，酒杯里的醇香映出了鹰样的锐眼粗犷的浓眉，怎一个"惬"字了得！

家家门前都有一口鱼塘，仿佛亮亮的珍珠镶嵌在无垠的碧野间。不喂饲料，青草菜饼养壮的鱼旨在垂钓鱼趣。撒下青草，笑看大鱼小虾追逐抢食。袅袅炊烟也沉醉氤氲在夕阳里，倦鸟归林，各种小虫呢喃细语……

丰盈祥和的心灵不只在金钱的多少，够用够乐就会生出如斯精彩。老家人认为，居所不仅是安身之处，舒适美好才能怡情悦性。老家人的竹海得益于祖宗留承，而房前屋侧果木稀珍品种繁多，则是老家后辈探索科技、得益于科技的有力例证……仅柑橘，果子成熟期就兵分数种，所以无须冷库，从国庆到春节，家家新鲜柑橘香飘满屋；"樱桃好吃树难栽"，如今却成片根深叶茂于老家肥沃芳香的厚土里；传统的多品种错时令成熟的桃李栗梨，房前屋后列兵样布局井然。花开季节，荷锄的老家人经常身沾花粉，发戴落瓣，于鸡鸣鸭唱、猫叫狗跑的热闹里吼一嗓子："老伙计，歇了！咪点酒，去杏花大道遛遛？"那边高声应答："等下噢，小仔鸡吃起来有点慢！"

万蕾绽放，老家是百花争艳的大花园，百果成熟，老家是香甜蜜滴的果乐汇。食得生态，养得康健，面庞虽是阳光明媚出的浓重色彩，却看不到丝毫愁苦、半点沧桑！

孩子永远是父母心里最绵长的惦念与牵挂，父母把这份至爱情思融进了一瓜一果里，辛勤耕作的果蔬除了壮硕躯体，更重怡情养性。老家人的话题里少不了儿女唠嗑时留下的“养颜，塑身，美发美肤”，且接纳并践行。家父有次去南京弟弟家归来，送我一柄削片刀，我诧异问其用途，父亲拿起一根黄瓜边演示边解说：“火车上推销员推销的，这刀打片薄，你不是说黄瓜敷脸对皮肤好吗？你看！削片又薄又快，这刀多好用，我给你买了一个。”在父亲的“魔法”里，薄如蝉翼的几尺长的黄瓜“带”在他手里跳跃着、透明着。我不禁欣喜万分，我的善于接受新事物的老父亲，你的菜园不光给儿女输送营养，还播洒了美丽与阳光。

秋菱夏莲，清香了老家原本干净养肺的空气，莲之清雅脱俗、洁身自爱，一如老家人的心性！城里来的亲朋，外地寻求农家乐的旅者，无不流连忘返，手机里、摄影机里，定格了“映日荷花别样红”“藕花菱角满池塘”的别致风光。老家人慷慨，与人分享、与人为善是他们繁衍生息的美德。泛舟采摘的人，一边收获老家人勤劳朴实的双手献出的荷香浸趣，一边盛情赞叹：“真美啊！这个村庄真是一幅画！”

如果艳阳下的老家是浓妆重彩、美艳夺目的贵妇，那么月下的荷塘就是天生丽质、素面朝天的女子。此时田田莲叶在月色里隐藏了墨绿，缕缕荷香浸润了肺腑，月影在荷塘里游移，蛙虫在如盘荷叶上歌唱，越发突出了乡村的宁静与柔美，闹市里疲惫的身心，在这里会不由自主地恬淡从容起来。草尖上的浓露经不起碰触，纷纷落湿鞋面裤脚，这就是一幅乡村水墨画啊。

是啊！我的快乐老家美如画！浓的像烈酒，淡的似清泉，无论是热情奔放的重笔还是清秀温婉的素描，都惊艳无比，摄心动魄！多少人忧虑大国空村，往日喧闹旺盛不再，可是，我的老家却是我心灵憩息的港湾、健身养心的大后方。父辈的执着坚守与打造、果敢倾情与睿智的经营，使老家在多数人逃离农村的大气候里，闪烁出独特的光华！如果说大池州是一条闪耀的珍珠项链，那么我的老家就是项链上最亮的那颗珍珠！如果大池州是甘浓醇厚的美酒，那么我的老家当属那最醇的一口……老家不仅是安身立命之所，还是修身养性的好地方，老家庇护自己的儿女活出了骄人的风采。老家的至珍至贵至美唤回了游子的心，新思维、新观念、新科技、新作为，逐渐揭开了老家神秘美丽的面纱。

我的老家，以广袤无垠的大地为画布，以科技知识为羊毫，以智慧与博爱为色彩，泼洒了巨幅新作——快乐老家美如画！

（原载 2017 年 8 月 11 日《池州日报》）

作者简介

李玮玮，贵池区作家协会会员，生于20世纪70年代末，误打误撞闯入了文学圈。先后在《杏花村》《池州日报》等刊物上发表了数十篇散文。后转战网络小说写作，发表《千年之恋》等长、短篇小说三部。

花开

每年油菜花开之际，我都会按捺不住地嚷嚷着要去看油菜花。朋友们都笑我：说油菜花开了，有神经病的都要发了。看看，这就是一个。我才不在乎，就是异乎寻常地心动。虽然，正如朋友们说的那样，有什么好看的？不就是黄澄澄的一片吗？但我就是被这黄澄澄的一片牵扯着心，每到这个季节就有点梦萦魂牵的感觉。

我渴望站在远远的田埂上，迎着微风，看。油菜花那放任的、充满生命的、无忌的明黄色，铺天盖地地盛开在我的眼前，轻轻地耸一耸鼻翼还可以闻到似是而非的香气。这种香气不同于大师们精心调制出来的幽雅的香水味，也不同于各种美丽的芬芳植物让人感觉甜美的香味。油菜花的香气，近闻给你的是大红大紫的感觉，会让你联想起乡间举行的一场盛大的婚礼。

这些可爱的花，一般都会在三月进入盛花期。这时的它们开得最奔放，每一株都像一个穿着明黄太阳裙的小可人儿，可爱而单纯地灿然仰天笑着，让人忍不住地想要凑近了看它，就像俯身细看一个三四岁孩童稚趣、粉嫩的小脸；又让人忍不住地想要伸出手来触碰它，轻轻的、悄悄的，不敢伤了它一尘不染的笑脸。

若你远远爬上一个山坡，一块块黄灿灿的油菜田镶嵌在深绿或灰黑的田埂之间，有的是不规则的长方形，有的是波浪形，纵横交错着从脚下直铺到山边、路边、天边，不竭余力地填满了所有角落，有时会让你感觉如果没有那山、那路、那地平线，它们会不会一直铺展下去。因为是远看的缘故，它们那密密实实、厚嘟嘟的结实样儿，真的让人很想把自己抛上去，美美地深吸一口气，直睡到似掌灯不掌灯的时候方幽幽然醒来。可惜凡夫俗子如我们，没有生出天使的双翼，不然我这就要飞起来，以滑翔的姿态降落到那床上去。这样想着，脚步轻缓地从坡上下来，走得离它们近一些，再看。

不知是谁家，把房子盖在了田埂边上，四周全是油菜田。房子有些老旧了，是典型的江南乡下砖木结构的平房，东厢与西厢各开着一个田字结构的木框窗户，黑洞洞的，如两只深瞳。房前的大院子里种着一棵有些年头的桃花树。“梨花淡白柳深青，柳絮飞时花满城”，这桃花也在这花满城的时节开出了满树的红，映衬着就在近旁的油菜花，一派春天才有的欣欣向荣。

走进这家人的庭院，站在桃花树下，摘下一朵花扯下花瓣，胡乱地吹吹就塞到嘴里，入心入骨的酸。从前院绕到后院，有一小块菜地，细细的小栅栏，只齐膝盖的高度，露着风吹日晒后的深黑。菜地里也种着油菜，不过看着却像是种子买多了，随手洒在这一块菜地里，也没指望收获，可是现在也长得亭亭立立的，只是少了那份大家庭的热闹，瞧着有些低眉顺目的可怜劲儿。由原路回去的时候，不知是谁家的小女儿，细声细气地背着陈知玄的《五岁咏花》：“花开满树红，花落万枝空。唯余一朵在，明日定随风。”

我的这些黄澄澄的油菜花，当它们经过了盛花期、繁花期之后，也定会纷纷凋谢。只是不同的是，它们会结出细细长长的包裹着油菜籽的果实，也不枉它们曾经努力地盛开过！

（原载 2005 年 9 月 15 日《池州日报》）

历久弥新的石门高

4 月 20 日，阴历谷雨，阳光明媚。

天亮得早，清晨五点四十分被闹钟闹醒的时候，外面已经青白色地亮起来了。想到今天是区作家协会组织去棠溪考察石门村，我赶紧换上头天准备好的一身行头，匆匆出门赶车去了。经过一路的颠簸，终于来到石门，已是上午近十点了。既然是作家协会组织的，我们理所当然第一站去了“李白长啸处”的古迹，往前一点还有一张李白石床，想到当年李白云游至此，曾经在这里喝酒、吟诗、醉卧，我就有点飘飘欲仙的遐思。在村部吃过午饭出来时，太阳已热烈得跟夏天一样了。我们沿着石板路信步踱到了活水塘边。石门村村主任高天清介绍说，古时候这个活水塘上常会搭起戏台子唱戏的。我不禁又是一阵神往，想那夜幕深重的夜里，水塘上搭起的戏台子挂满了红灯笼、红绸子，映衬得台下的水塘波光粼粼、人影憧憧，也许还有成了精的鱼们，抱着台柱子，团团地游动着，空气都被搅得氤氲一片。身披华丽戏服的花旦、武生，踩着锣鼓的点子，扬声一唱，划破长空，满堂喝彩之声打破了那团让人欲死的梦境，顿时生机盎然起来。如今，只剩得一群密密匝匝的红鲤鱼在那里游来游去，猩红的色彩映衬在镶着紫色外边的浮萍下，有种野生的活趣。乍一看之下有点脏兮兮、雨打风吹去的模样，再看，却是那种可以肥土的腐败、有意思的沉默，颇有古风。

轻风拂过时，湖面微皱，红鲤鱼们于浮萍下穿行，正眼远望却是高家祠堂了。听说，除了皇帝的祠堂是八进的外，就只有石门高的祠堂是七进半的。祠堂的最外一层，围着墙根有一圈可供人小坐的厚木板固定在墙上。板面光滑，发出油油的光泽，不知百年前有没有一位美丽的大户人家的小姐由她的丫鬟陪着，在这里坐着吹凉风，眺望对面的活水塘呢？一路给我们当导游的高主任说，现在男女平等了，以前女人可是不得由正门进入祠堂的，而是在两侧有专供女人进出的侧门。当天我们去的时候，正有四个女子坐在一进门的地方打麻将，甚是怡然。以前知道祠堂是用来供奉祖宗牌位的，可在祠堂两边的厢房里，看到一排排的棺木架空了摆放在那里时，心里还是一悸。不过，仔细看时，那殷殷的深红色的土漆、棺木头顶大大的寿字，无一不是一种对生老病死的泰然自若，心里也就没了种种阴沉沉的思绪，反而感到宁静了。

从祠堂里转回头时，才看到第二进的大厅依墙摆放了好多木制的农具，有打稻的、打米的、收割的。许是现在农田水利都机械化了，这些自古传下来的东西也就被人们放到了祠堂里，我理解为也是被供奉在这里了。出了祠堂，我们被领着去看了石门高特有的八卦墓，据说这里葬着清朝一家高氏二兄弟和一个弟媳妇。我好奇，就问怎么还有个是弟媳妇？石门高的人也不太清楚，也是听说因为这个弟媳妇在家族中特别有威望，所以葬在一起了。不知为什么，我心里对石门高的人又多了好感。

从山上下来时，途经一户农舍，我一向记性不好，不记得许多古人美好的诗句，可是这户人家给我的感觉，真的就好像一首古诗一样呢。一扇对开的院子门从里面被一根木头顶住了，我从蚀了一条缝的门板中向里窥望，很大很大的院子里只有一间茅草顶的小屋，小屋的左前方依着山势辟了一个高台，台子上有还没劈完的柴火散落在那里，大概主人家马上就会回来吧。而最让我着迷、最让我绞尽脑汁想要记起用什么句子来感叹的，是刚刚我们爬过的那座山，整个被这家的院子围在里面，虽说他是依山围院，可在我看来却好像把山围在了院子里，说不出的大气，说不出的古意盎然。被围在院子里的那面山坡上又正好长着我最爱的竹林，“雨洗娟娟净，风吹细细香。但令无剪伐，会见拂云长”，我终于想起一首诗来形容这种感觉了。我趴在门上，又是叹息又是啧嘴，许是表现得太可怜了，同行的当地一位乡亲好心提醒我，如果想进去，要等等，主人家大概是出去了，不过在这个点上，应该就快回来了。我犹豫了一番，没有再等，是不想让自己打破那幅风景的意境，有些事，看看已经很满足了。

说了许多的风景，最后我想说一个人，他就是石门高的村主任高天清。一路上，他给我们讲解每一处的典故，话语里总是充满了激情和他对生于斯长于斯的故土的热爱，看得出来他是个有想法的人，对他的故乡，他是有一份蓝图了然于心的。我想，只有这种人的存在，古老的村落才会历久弥新，永远充满人文的力量。

从棠溪坐车回到市区时夜已深了，下弦月远远地挂在天边，很美。

（原载 2005 年 11 月 10 日《池州日报》）

作者简介

钱萍，20世纪60年代出生，贵池人，任职于池州市贵池区血吸虫病防治站。爱好文学，爱好写作。在《池州日报》《杏花村》等刊物上发表文章多篇。代表作有散文《怀念小黑》《秋树繁花》《风景这里独好》等、诗歌《故乡颂》《细雨含香》《小池荷韵》等。

杏花村里识兰花

人们把兰花看作花中君子，通常以兰章喻诗文之美、以兰交喻友谊之真。

杏花园里，一派春的气息和宜人的气氛。路旁、坡地、水畔，处处可见粉红的桃花、白里透红的杏花、鲜红秀美的梅花。它们竞相开放着，有花开时的鲜艳夺目，也有含苞待放的温柔娇美。安徽省第十三届兰花博览会又在杏花村旅游区拉开帷幕。伴随着阵阵馨香，我来到了兰花展厅。呈现在我眼前的是各个地区选送的精品兰花，每个都代表着不同的特色、不同的风格。吸引眼球的是那些像蝴蝶、像熊猫、像人脸的兰花，它们婀娜多姿、灵动秀气、飘逸洒脱、雄健刚劲。一盆叫大雪素的兰花特别引人注目，纯一色的乳白素净，且花瓣形状大、长而尖，叶枝优美、清雅，幽香宜人。其众花盛开时，又好似白鹳翱翔于林中。这特殊的风格，确实令人赞叹。但是，最令我情有独钟的还是我们池州的作品——九歌。它不仅是众花之中的佼佼者，而且荣获了兰花展金奖。我虽不知道“九歌”的寓意，但知道它肯定是最珍贵的品种。它的叶姿清雅、潇洒，一个花葶只开一朵花，三片肉质很厚的宽阔的深绿色花瓣，内瓣光洁，花蕊的边缘光泽瓷白，且开得十分雅致，美得宁谧，美得含蓄，美得澹泊，美得高贵。这非同寻常的美丽兰花“九歌”，像极了江南女子，清秀小巧，惹人怜爱。它带着一缕清净的香气，很淡，仔细闻才能闻得到，不显在鼻端，但显在心里。它那不可言喻的气质，深深地感染了我，我视它为一枝独秀。

我沉静在它那淡然与高洁的气质之中，心也随之阔然。其实我们每个人心灵深处都想修篱种植一片兰，在兰的世界里洗濯涤荡，和着兰花的淡雅和幽香，任那岁月静静地流淌，留下一片静谧和芬芳。

（原载 2017 年第 1 期《杏花村》）

■ 诗歌篇 ■

王征桦

秋浦歌十七首

其一　古渡口

清末，剪刀断了灯花，
月亮收起声音，
下半夜，
两个人的影子，
和洒泪的缆绳一起，灰暗、颤抖。

到了民国，
那时候流行纸伞、长衫，
秋浦的水又开始涨起，
古渡口的人，
三三两两，揖手时悄无声息。

而去年的一天，
天空飘来了一片羽毛。

它悄悄地落在渡口边，
它一直等待风，
等待风把河流吹得弯曲、朦胧。

其二　女萝枝

女萝枝摇曳着，她的下面是蓝。
秋浦河的蓝，
静好安稳，如同一本经书。

仿佛青丝缕缕，前世的妖精，
伴桃花春水而生。
她和河水相遇，是命中注定的事，
她的手臂的影子，
有一天会掉进蓝的深处。
她看见星星和渔火，死于一片蓝。

三月，心事混乱，
桃花已经准备好了和春水私奔的马鞍。
而女萝，还在春天的面前手拉着手。
不提防春天一晃而过，
忘记了季节的她，
望着远去的桃花，一脸的迷茫。

其三　水墨画

芦苇还在老去，
杏花就迫不及待地开了。
桃花来时，
杏花会一瓣瓣地漂走。

水墨画的经典，
那是一只弃船和怀旧者交换着语言。
弃船停靠在花朵里，

花朵、雨水和阳光一同泛滥。
于是有了枯笔，有了泼墨，
有了运笔的徐疾。

秋浦河的渔舟啊，
如今静默在长长的卷轴中，
往事已叙说得够多了。
小船望望四周，
野花对它的爱，总是来得慢慢吞吞。

其四　秋霜辞

有谁知道，
秋霜已无声无息地进入冬天，
在草的骸骨，
在秋的边缘，
摇动菊花楚楚的悲伤。

到河边怀旧，临瘦水歌唱，
一首诗，两首诗，
多少诗也不能从明镜中除去秋霜，
不忍看三千丈的白发？

这是寄住者的触景生情，
这不是秋浦河的错。

思乡的人顺着季节的手势，
在高处回看千顷秋色，
秋浦河，你能不能告诉他们：
虽然岁月匆忙，
但是生命永远周而复始。

其五　傩事记

傩在秋浦河的源头上起舞，

傩具在秋浦河上漂浮，
正月十三，小南风吹来了表情各异的傩。

扛旗的稚童，
第一次经历着神圣的体验。
对于长者，固执永远是天性。
他们恭敬于奉献的牺牲前，
等待着神和人的对话。
面具下的跳舞，源于某个美好的愿望。
我在干涸的河床里，
经历了整个的仪式，我看见，
鞭炮的硝烟，
终于和解了乡亲和疠疫一年的争执。

傩事，傩事，
梦里的祖先，刚刚从河流中返回。

其六　杜鹃花

七首小诗，七朵妙龄的杜鹃，
民间的杜鹃，
生长在河流穿过的乡村。

沿河居住，沐着风和星辰，
她们在碧波的皱纹里，
藏起灿烂的笑容。
杜鹃花，总是像不谙世事的少女，
枝颤，叶动，
秋浦河是她荡漾的乳房。

四月的晴空里，秋浦河边，
七朵杜鹃，列成一排。
而我，就在河流的对面，坐下。

那一天，我恍惚看见，
七朵妙龄的杜鹃，
在飘过河面的白云上轻轻交谈。

其七　河柳图

秋浦河边的古柳，站成一排，
在风景里枯坐的人物，
如在魏晋。

风吹起须髯，贤者形如野鹤。
柳荫下缅怀农事，
缅怀酒和秋风，
或者随意地唱一首击壤歌。

河边的柳，被清风撩拨着。
它的虬枝粗干，
却丝毫不为之所动。
直到西沉的落日推倒了树影，
贤者才踏着河滩上的细沙，
缓缓而归。

他的脚步如此之轻，
而他的柳荫之外，一直瓦釜雷鸣。

其八　乡间居

黛岭的桃花扫淡淡的眉，
水鸭，
是婉约江南的一个词，
是灵秀秋浦的一个词。

在乡间，你临河而居，
春联还未褪色，

说媒的嬷嬷就招摇着手绢，
走过河岸，
一朵花，惊动捣衣的少女，
她起身映着：慌乱的碧水。

谁弄伤了你的横笛，
婆娑的竹影，在河水中摇曳幽恨？
你轻轻掷了个水漂，
猛然撞碎——
那一轮藏在水中的竹影里的明月。

其九　河之晨

所有的失眠的露珠，逆水漫步的水鸟，
所有的暗淡下去的渔火，
所有的退潮后槐柳的流苏，
所有的水边菖蒲的宁静和光洁，

所有的打击过血肉之躯的动词，
所有的破碎的山河，让青涩之爱覆盖，
所有的无助的倦怠，
所有的凋谢之花中开放的希望，

所有的病以及病中的中药味依然残留，
所有的遁世的念头，
所有的女人和幻想，以及爱的奇遇，
所有的从抽芽的根茎中发出的迟钝的呼喊，
所有的失去影子的榉树，

都在黎明，在秋浦河的晨雾中，
欣喜万分地迎接阳光到来。

其十　锦驼鸟

在玉镜潭，几只黄鹂，

唱着歌儿隐入翠柳中。

小时候我曾和你呆呆地坐在一起，
黄鹂总在不远的枝头安坐。
我念一句诗，你笑一声，
黄鹂们用嘴啄一下羽毛。
只是我不知道它们，
另外还有个名字——锦驼鸟。

遍体鲜亮的锦驼鸟，
金黄的歌喉竟然这样清越，
为此我常常忽略它们的锦衣，
只记得你走的那天，
那么多的鸟鸣撞击着秋浦河水。

如今，鸟鸣犹如昨日，
你的影子却渐成了黑白，不再鲜明。

其十一　春日书

秋浦河啊，我裸身走进春水，
这算是救赎，还是亵渎？

秋浦河，我热爱河边的植物——
薇或者紫苏，
我热爱说方言的鸟和嗡嗡的蜜蜂，
我在河边唱梁祝。
哦，我所有的爱，究竟来自哪里？

秋浦河，我白天因为丢失了词语，
所以浪费了两岸群山的风骨；
我因为夜间在霓虹灯下隐身，
又辜负了一盏一盏的渔火。
秋浦河，这到底是谁的过错？

秋浦河，我在春天写给你的长信，
是不是被别人打开过，
为什么总是得不到你的回音？

其十二　采菱夜

水洗着月亮，月亮下面白鹭飞。
月亮是紫色的水晶。
秋浦河啊，
今夜有人，要用紫水晶做你的眼。

郎听采菱女，一道夜歌归。
秋浦河啊，
你用水晶的眼，
把久远的爱情全部存贮。
这还不够，
你竟然还是用水晶的眼，
看出了李白隐藏的心思。

秋浦河，采菱的那天晚上，
请你用紫水晶的眼，
看看山歌是怎样，
替夜晚收拾了七零八落的残荷。

其十三　大楼山

自从李白走后，
大楼山总是一副孤寂的面孔。

是的，一座山，
它的诗情藏在鸟鸣之中，
藏匿在野花之中，
似乎悄悄地通过脚下潺潺的河水，
在低调地抒发。

它的诗情，
也从不在乎风的窃窃私语。

是的，一千年以来，
大楼山一直是一副孤寂的面孔。
如今，我们来了，
渡过秋浦河水而来，并登上山顶，
我们手擎满天的星辰宣誓：
即使有人抛弃我们，
我们也不会抛弃诗歌。

其十四　虚构日

蝴蝶和人两不知。
春天的蝴蝶飞过秋天的红蓼。

红蓼无边。
从前有一群羊，
也和蝴蝶一样从红蓼中走过，
羊走得那么远，是想比河流走得更远。
我不知道永远有多远，
只知道，如果离开了河流，
会目睹自己和蝴蝶、羊一起丢失。

梦境和真实交织成迷惘的时候，
只有河流伸手能触。
不息的流水是不能毁灭的证据。

蝴蝶是我，还是我是羊？
这都不重要。
因为我知道他们来时的路径——
秋浦河，母亲河。

其十五　漂流者

在五月的正午漂流，
舟前楫后，
是白银的火焰滚动，
是雄黄酒和节气，是槐花和秧苗，
是诗经和楚辞，
是千千石楠树，万万女贞林，
是河水复印出的天空。

漂流者在秋浦河上，
打开一个个的场景：
挥动的连枷、哞叫的牛、采桑的女子，
都在炊烟的村落中。

请慢一点，漂流的人！
你可以慢慢地发现河流的巫术，
以及她写满巫术的手稿。
如果你肯按一下回车键，
你还可以运回她散佚的野史。

其十六　流水谣

最初时它仅仅是一根脐带，
雨水聚集的脐带，
在滋养和孕育的单调重复中，
被我忽略和遗忘。

后来它还是一根脐带，
流水犹如脐血，脐血犹如墨汁，
谁人解得，它画出的江山，
犹如花朵的绽开。

现在它仍然是一根脐带，
曲折的流水，环绕我的人生，
即使离开了故乡，
也割不断它输送给我的乡愁。

秋浦河，我向流水打听过子宫：
它就是那一片云朵，
那一片云朵来自头顶的天空。

其十七　地方志

如果用云朵作为序言，
那么河流就是它的正文。
秋浦河，在我温习历史的时候，
你成了一册地方志的全部。

流水是记录的方向，
年代是叙述的节奏，
人物以李太白居首，
笔法一定是笔墨春秋。

线索是兵分两路，
一路追寻的是不变的乡愁，
一路描绘的是沧桑巨变。

如果以大海作为后记，那么，
永恒就是它的主题。
秋浦河，我的诗在方志的扉页里，
将随着你的不朽而不朽。

（首届“秋浦河杯”全国“诗歌与河流”诗歌大赛二等奖）

葛文化

咏雪诗四首

西门白洋河雪景

一湾碧流醉卧雪，
几处菜畦羞露翠。
孤舟向晚斜阳归，
莲花初照争余晖。

烟柳园雪景

烟柳垂绦贴水寒，
孤芳疏影移阑干。
幽径竹声知雪重，
日暄檐冰落地弹。

雪 趣

小城昨夜寂无声，
静等天宫祥瑞临。
点绛梅花庭前闹，
拨雪翁孙享天伦。

初 雪

晨起轻推薄纱窗，
寒雪初临着银装。
菱花镜前画梅心，
素颜冰肌览无妨。

（原载 2018 年 4 月 13 日《安徽商报》）

陈　莉

雨后游杏花村

只因那牧童的信手一指
你，便盛开在三月的江南
择一村安下
诗意成行

村庄就成了世外桃源
引无数世人的向往
游人的目光
和诗人的歌唱

不期而遇的烟雨
总是追寻着季节来访
打湿了你的娇羞
湿不透你深藏的渴望

枝头的花蕊
树下的落英

原是画册里的风景
幻化为眼前的风光

清明诗中的杏花
牵挂多少游子离乡的惆怅
清明诗中的烟雨
温润几许墨客眼中的忧伤

杏花，和风开放
花瓣，随雨飘扬
短暂的花期匆匆错过
总惹几度相思长

（原载 2016 年 7 月号《诗歌月刊》）

致秋浦河畔的执教时光

徜徉春光，回到了秋浦河畔
微风掀开回忆的篇章
和煦的暖阳照在清澈的河面
泛出温柔的粼光

轻声踏来
不去惊扰微醺的梦乡
拾几枚光滑的石块
拾取 30 年前的时光

岸边的水柳，浅滩的桑林
映衬着你们诵读沉思的身影

彼岸的山峰，天上的白云
摇曳着你们向往远方的目光

夹一片柳叶当书签
就深藏一缕青涩的心思
尝一颗桑葚以解渴
就品味一份酸甜的感伤

校园里的水塔
滋润着清贫里的梦想
三月三的发粑
品味着思乡的惆怅

停电的夜晚，灯火如豆
为赋新词，欲说还休
采茶的午后，阳光如棉
再上茶山，笑语欢歌

你们的纯朴
浸染了我的青春年华
我的落落大方
明媚了你们的年少时光

怀念如乡间的小路
蜿蜒绵长
思绪像屋顶的炊烟
飘逸远方

师生一场
仿佛还是当年的模样
教学相长
桃李不言，满园芬芳

（原载 2016 年第 3 期《杏花村》）

杏花带雨　诗意了村庄

正如，梅花暗香了墙角
牡丹华丽了庭堂
杜鹃寂寞了山谷
菊花绚烂在东篱上
三月的杏花
一如水畔的伊人
湿润、羞怯、清纯
诗意了一个村庄

在村庄渐行渐少的年代
这座以杏花命名的村庄
总算，还原了诗人的梦乡
梅洲晓雪，白浦荷风
酒垆茅舍，唐茶村落
没有时光匆匆，只有来日方长
不期许邂逅，也不憧憬远方
漂泊的倦客，行吟的诗人
守望花开花落，怀想尘烟过往
任，岁月缓缓流淌

（原载 2017 年第 1 期《杏花村》）

作者简介

程志和，籍贯怀宁，1968 年入伍，1970 年入党。2007 年从国网池州贵池供电公司退休。2004 年加入安徽省作家协会，2008 年加入中华诗词学会，曾任池州市杏花村诗社社长，现任安徽省诗词协会副会长、池州市杏花村诗社党支部书记。2004 年曾由中国文联出版社出版诗文集《凡人闲语》，并在省内外报刊上发表诗歌、散文、游记约 50 万字。

行吟杏花村

一

秀山披翠装，红杏满坡芳。
绿树黄莺啭，蓝天紫燕翔。
道明人意醉，林暗鸟情长。
摇落花飞舞，春风一路香。

二

馆外清明雨不停，
新声古调似弹筝。
几多辛苦一朝洗，
天未放晴心已晴。

三

城西一口黄公井，
四壁流香味醉魂。
何用牧童遥指点，
无人不识杏花村。

（原载 2018 年第 1 期《杏花村》）

作者简介

张华，字清河，自号野老，安徽贵池人。安徽省诗词协会理事，池州市杏花村诗社常务副社长，现供职于安徽省池州市杏花村文化旅游区管委会。

雪韵杏花村

红雨留诗醉，银装更断魂。
远山微有影，近水似无痕。
驿外琉璃树，篱边琼玉门。
人间痴绝处，雪韵杏花村。

杏 花 红

莺啼催暖日，柳绿唤东风。
缓步桃源里，徐行水墨中。
村头迷野径，驿外问牛童。
小杜吟诗处，如今花更红。

（原载 2018 年第 8 期《现代青年》）

杏花人家

暖日余寒尽，西郊早看花。
和风熏杏好，碧水照清嘉。
十里同春色，满园堆粉霞。
红云纷起处，隐约是人家。

冬月新逢杏花村

谁把清明雨，移来冬月中？
还催梅绽蕊，暂代杏初红。
知是佳人到，情当小杜同。
新逢如旧识，一盏亦春风。

（原载 2018 年第 2 期《安徽吟坛》）

吴　淞

雾中过平天湖

单车如箭雾中穿，前路茫茫过野烟。
十里平天纱帐里，一声布谷现秧田。

（原载 2017 年第 1 期《星星诗词》）

杏花村寻花不遇

正月看花花未醒，枝头犹自作鼾声。
春风明日掀衾枕，香艳十分谁不惊？

（原载 2017 年第 2 期《星星诗词》）

雾中游杏花村

雾锁柴门不用推，风吹纱帐柳丝垂。
霓裳隐约莺声巧，摇落杏花知是谁？

（原载 2017 年第 2 期《星星诗词》）

谒五祖寺

黄梅真慧寺，今世少人知。
佛佑青檀树，皇封大满师。
空林归倦鸟，落日照莲池。
归去掸明镜，伊谁笑我痴？

（原载 2017 年第 4 期《星星诗词》）

九日登大楼山

我今不为度闲愁，一路欢歌上大楼。
飞瀑流泉流幻境，层峦叠嶂叠清秋。
数声鸟语堪清耳，几处山花可养眸。
不叹归来无好句，山村夜饮亦风流。

（原载 2013 第 4 期《大九华》）

王韩炉

你从红船上走来

你从红船上走来
带着黎明的曙光
用炽热的情怀，辉映着
神州大地难抹的沧桑

你从安源走来
带着奔腾的热血
用星星之火，燎原了
尘封几千年的旷野、河川

你从南昌走来
带着愤情和激昂
擎义旗，惊天地
以工农的名义，打响了
春雷般的第一枪

你从井冈山走来

带着不移的坚定信念
以第一个红色工农武装，驱散了
压城的黑云，再现阳光

你从遵义走来
赤水欢歌，雪山低头，草地让路
用钢铁般的脊梁，碾碎了
数十万敌军围追堵截的疯狂

你从窑洞中走来
点点星光里，闪烁着不屈和坚强
用不灭的烽火，抒写了
一篇篇可歌可泣的抗日悲壮

你从西柏坡走来
带着千军万马
横扫黄河、长江
用鲜血把胜利的旗帜，插遍了
祖国的四面八方

你从天安门走来
带着新中国的重托
用浓浓真情，抚慰着百孔千疮
用丝丝心血，编织着
九百六十万平方公里的锦绣长卷

你从泥泞的十字路口走来
带着焦虑和不安
用真理辨别着前进的方向
坚信，寒冬不会太久，春天就在前方

你从春天的故事里走来
带着南国的初寒
用超人的手笔，壮丽了

新中国不朽的改革诗篇

摇曳的烛光下
十八个带血的红手印
驱散了新一轮农村改革的彷徨
从那一刻起
希望的田野上处处可见丰收的乐章

香江的热泪，七子的悲欢
华夏儿女的百年重逢，终圆了文公的千古绝唱
母亲骄傲的儿郎
必将铸就中华大地更加壮观的辉煌

从沿海开发到西部大开发战略
从振兴大东北到引领中部的崛起
从长安到河西走廊，一直延伸到海上
一带一路，更走出了国人的骄傲和自强

从“东亚病夫”到奥运之王
从小米步枪到神舟飞天
从寄颜无所到大国形象
无不闪耀着你自信的光芒

当百年不遇的洪魔肆虐村庄，狰狞，狂妄
千钧一发之际，唯有你
同五星一起闪亮
你是中流砥柱，你是铁壁铜墙

过丰的羽毛曾使你的双翼不堪重负
在死亡与重生之间徘徊
断喙拔羽，以血的代价
终获新生和健康

不忘初心，牢记使命

群策群力，团结向上
为了心中的梦想
又何惧火海刀山

东方又见曙光
美丽富饶的神州大地上
五星红旗，正伴着
新时代的红日迎风飘扬

（原载 2017 年第 3 期《大九华》）

放　下

流星，擦肩而过
划破夜空
种下无根的缘

多么虔信的背影
一路如风
迎接你的，是九十九朵绽放的莲

执一盏心灯
披半身红尘
笃定，放下
千年的菩提，一世的荣华
在您的足下升腾

（原载 2017 年第 10 期《诗歌月刊》）

作者简介

汪宗来，网名：村长，安徽池州人，青年诗人，现任无锡市诗歌学会秘书长。1992 年开始写作并发表作品，在《诗选刊》《诗歌报》《诗歌月刊》《杏花村》等报刊上发表诗歌 500 多首，并出版诗集《春水集》《野花开满山岗》《发呆》《回流》。

路　　人

等红灯的女子
也许是少女
也许是妇人
过了斑马线
夹杂在人群
她穿红色衣服
她穿白色衣服

（《新锐诗歌选：2015—2016 年度》）

二两清风

鱼是中午吃剩下的
两条小毛鱼
花生米已经吃过几顿
还有半碗多
从一堆空瓶当中
找一瓶酒
我要独自饮下
穿堂而来的二两清风

（《新锐诗歌选：2015—2016 年度》）

失　败

去年冬天始
就想找个借口
把自己灌醉一回
或口吐狂言
或烂醉如泥
这样想着
也这样尝试
可是我毕竟不是
一个心怀鬼胎之人
如此阴谋阳谋
却愈加克制
可以料想到的失败
一次一次地
接踵而来

（原载 2016 年第 2 期《中国诗人村》）

麻　雀

散开来一片
飞在屋顶上空

一根电线
重新聚集起来
长长的一串
到底要提哪一头
才能做到不打扰
就把它们拎回家

（《亲爱的生活》）

作者简介

方杰，笔名：小刀，贵池区美术家协会秘书长，池州市美术家协会会员，安徽省作家协会会员，一个拿画笔写诗的人。

秋浦河，我的母亲河

如
我苍老如斯
槁朽如死
来
妈妈
让我睡在您怀里

水
漫过鼻翼
不再呼吸
物哀
侘傺

我的白发如花般摇曳
肌肤如裂冰般分离
妈妈
您又在悲伤地哭泣
您要载我漂向哪里

您又在用您不多的乳汁
洗涤我干枯的躯体
唤醒我弥散的生机
不用了
妈妈
我会一直陪您

您还是那么美丽
素手一抹都是画
纤指一点全是诗
莺唇一吐满是词啊
唱吧
妈妈
我想听宋柳唐李

千千石楠树，万万女贞林
山山白鹭满，涧涧白猿吟
君莫向秋浦，猿声碎客心
听
妈妈
诗仙也流离

今夜
妈妈
我将成为您

（原载新西兰毛传媒诗歌平台）

青　衣

“人间尤物是青衣”
说完这话
我们各自习惯抬手、掩面，无形的水袖便
垂落下来

四十多岁了

我们藏在皱纹里
悄悄地说

（原载第50期《诗视界·短诗铺子》）

城　南

溜墙根的老人
挪身容我加入其中
他们在冬日下翻晒皱纹
我在冬日下翻晒
他们的曾经

你看城墙多像，沐着雨水的青背鱼身
他们都尝过网勒过的血痕
现在只能细数
还剩多少片，鱼鳞

（原载古都诗刊诗歌平台）

作者简介

胡淑秀，安徽枞阳人，少时写新诗，后受池州市杏花村诗社一众诗人影响，改入古体格律诗，系中华诗词学会会员、池州市杏花村诗社副社长、池州市秋浦诗社名誉社长。

杏花村憩园

一枝杏花掩旧门，天寒难锁满园春。
不知人面今何在，新苔仍留旧苔痕。
园中小径不留痕，一枝杏花掩旧门。
我和诗友友和我，绵绵细雨正迎春。
细雨绵绵春复春，茅舍土墙又添痕。
独乐弗如众乐乐，一枝杏花掩旧门。

冬游石台

一水穿峡立两山，秋浦绕城至此回。
喜做石埭山中客，拾阶马鞍觅奇峰。
酒过三巡风知味，诗成半首雨又催。
人道红尘黄粱梦，未抵席间酒一杯。

平天夜寻春

白日寻春无踪迹，偶游平天夜半寻。
蛙声一片知田近，灯火几点宛星临。

狂风振衣觉冬至，芦芽吐青示春分。
半岛亭下眠竹畔，春留心头梦里真。

雨游杏花村

杏叶鸣蝉愁绿暗，荷花细雨戏红酣。
三十六陂秋浦水，此生最忆是江南。

秋日抒怀

临谿闲煮水，品芽观浮沉。
瀚墨着尺素，黛山映绣屏。
新蕊吐秋声，松涛胜抚琴。
浅酌换清欢，富贵如浮云。

（原载 2017 年第 3 期《杏花村》）

作者简介

柯芳美，池州市第三中学高级教师，安徽省诗词学会常务理事，池州市秋浦诗社常务副社长，安徽省作家协会会员。诗作及楹联多次在各级赛事中获奖。

访棠溪花庙华藏庵

应是菩提一老身，鬓丝飘白度红尘。
道中烟雨瞳收底，我欲探听深闭门。

曹　村　行

山乡四月碧连天，我揽春风落画间。
不识身为尘世客，玉溪照影自称仙。

胭　脂　桥

平面写苍凉，弧边罩绿裳。
俯身深一嗅，内透女红香。

游九华山大愿文化园拾句

仙源何处寻？佛国寄情深。
两袖风清骨，一肩云素心。
黛山存极乐，白练抚瑶琴。
溅起相思雨，省神从梵音。

（原载 2016 年第 3 期《大九华》）

作者简介

黄才起，1961 年生，籍贯安徽省怀宁县，出生于池州市贵池区。现供职于国家电网安徽省电力公司池州市贵池区供电公司，高级工程师，池州市杏花村诗社理事，安徽省诗词学会会员，池州市摄影家协会会员，安徽省摄影家协会会员。有诗词作品在《池州日报》《安徽电力报》《大九华》《杏花村》《华夏诗词》《中国诗词月刊》等报刊上发表，部分作品收录在《百年诗词精选（第四卷）》中。

首届杏花村龙舟嘉年华

2016 年 6 月 9 日至 11 日，适逢端午节，首届杏花村龙舟嘉年华在池州市杏花村文化旅游区白浦圩举行。11 日上午，中央电视台新闻频道进行了现场直播，报道了杏花村龙舟竞渡盛况。

端阳白浦边，
接踵继摩肩。
傩舞开椀估，
龙舟劈浪穿。
旌旗舒卷漫，
鼓点疾徐传。
屈子忠魂在，
江河万古妍。

（原载 2016 年第 4 期《杏花村》）

春晨漫步

布谷声声往复来，
清溪河畔慢徘徊。
柳丝点水梳长发，
桃蕾含羞带露腮。

堤岸杂英舒眼笑，
枝头细叶费心裁。
神怡气爽诗情涨，
恨不身怀李杜才。

（原载 2015 年第 7 期《中国诗词月刊》）

望海潮

——“一带一路”国际合作高峰论坛

花开时节，京城歌动，雁栖湖畔霓裳。咸集众英，群贤毕至，齐书椽笔华章。犹忆使番邦，玉笛驼铃远，舟楫相望。萦梦千年，薪火传续路绵长。

金桥承载荣光，九衢欧美亚，盛举同襄。“三共”“五通”，包容互鉴，环球交响悠扬。友谊种春阳，文明新聚首，财富芬芳。大道之行起步，风劲鼓帆航。

（《百年诗词精选（第四卷）》）

作者简介

王成元，高级教师，爱好古诗，有少量作品发表在报刊上。现在安徽省池州市贵池区唐田中心学校工作。

早晨山潭闲步

幽草举清露，闲鱼吮白云。
偶雀衔声啭，过山犹可闻。

访高山友人

高山峻险何仙住，气骨松云至此生。
日月星辰君做主，风擎雨雪道相升。

（原载 2017 年第 2 期《诗词》）

山里人家

一

繁华遗落十三里，清气轻飘农百家。

日出犹期晚霞至，泉溪不过水边花。

（原载 2017 年第 8 期《诗词》）

二

日月乾坤万古轻，风霜雨雪四时更。
人间甲子轮流转，山里桃花一样明。

（原载 2017 年第 16 期《诗词》）

题西塘古镇

桥卧廊横通九水，南波声语北波随。
风从海上蓬莱起，吹到徽州载梦回。

（原载 2017 年第 16 期《诗词》）

伍宏才

翠鸟（外一首）

春天是一只翠鸟
我的心是她的温床
一到时令
她就扑腾腾发出声响

我的眼睛就是我的春天
我还在看天上的明月地上的小草
乍暖还寒的天气
我也要奔跑

时间不停地划过我们的肌肤
别迟暮了岁月春秋
人活着不在于长短
只在于有多少时光值得记住

和花草做伴

一株花正对着院门

开得死去活来
颀长的高秆
顶着一朵猩红

我们活着
日益变成当初讨厌的自己
已变得啰里吧唆的
我们的灵魂和身体

梅花引着我往春天里走
油菜花也开了
还有桃花杏花的
我们却活在一个个名词里

人在一天天异化
我的感动只和花草做伴
把我的幽默也献上
我愿回到我的篱笆

每一朵花都开得纯粹
唯有大地能唤回人的心灵

（原载 2017 年 4 月 11 日《池州日报》）

眼前的春天

春天，我想把自己放进去
蛰伏了一冬的灵魂
一次次地吵着要出来放风

这么好的季节
能刺破我的瞳孔
阳光、青草坪、长椅子都在
雾的蓝褶裙也刚刚散去

我移开看书的眼睛
瞧瞧春天的脸庞
怎样地让人心疼
熬自己的心血点一盏灯
灵魂是扑火的飞蛾
春天，恰好的美丽
恰好的相遇
还有这份恰好的心情
岁月的扫帚扫个不休
梦想一直是飞舞的蓝蜻蜓

世界是如此的美丽
生命里总有最清澈的存在
与时光执手是如此的优雅
世界没有答案
浮生是冰底的流水
在宇宙永恒的黑暗之间
人生就是一道短暂的光缝
这光缝也要活出像眼前的春天

（原载 2016 年 5 月 4 日《池州日报》）

王中平

走近石门高（外一首）

站在你的眼前，我与你相遇
试着
用初恋的热情，宗教的意志
细细体验着
石质传说
石声风韵
石色世界

是谁
给你如此美丽的名字
像少女的秋波闪烁出春天的阳关
像我为曾经热爱的美神写下的第一句诗行

翻阅你用岁月织就的信笺
细细读你，心境的木笛
日夜吹响，流入亘古
似乎是一种呼唤　呼唤
这块被文明遗忘的土地

石门高啊，我深爱的江南故乡
这次注定让我品味你
对你默默梳妆
像平洲的山，像天上的云
重新构造一个绿色的世界

风中的古银杏

默默地走近你
春风扬起你古色古香的气息
你流浪到哪里
你的香魂便恪守到哪里

狂风、暴雨、雷电曾侵噬你的胸膛
揭开你额头的纹路
就是一部
风雨失调的沧桑史
而今
谁也不曾注意这种姿势
如顽固的堡垒对抗天空
在岁月的风声中坐姿如伞

记忆散散落落，让风全部掀动
于是在路的尽头，用所有的信念
植起一棵不老的青松
寄托你的英灵
凭回味再雕一具属于自己的石像
为你祈祷

（原载 2007 年《杏花村》秋之卷）

谢峥嵘

杏 花 语

一袭轻裳，烟红了十里，
水漾出的温柔，轻盈于光影之上，
香意，闲适地徜徉。
这些，只想让你知道，我是多情的。

我用这首千古绝唱，打磨着红尘烟火。
怕落了尘，隔了世，三生之外，
你认不出我。

缱绻明媚也罢，零落辗转也好，
只是想让诗的留白皈依到村口。
等你点墨，我来倾城。

花间封藏的那壶酒，已被春风吹醒。

诗人呀，等你归来，我就用这壶酒，
温暖那些在大唐烟雨中被淋湿的诗句。

今日，等那缕笛音又起时，就蘸这半醺的墨，
借你穿越而来的眼眸，写下：

江南的颜色，小城的安然。

（原载 2016 年第 7 期《诗歌月刊》）

古徽道的节气情殇

惊蛰之九华后山

石阶上的流光一层层地剥落，
烟火的气息如丝，荒草疯狂地书写着历史，
只是，我看不清，也读不懂，
你的春天遗落在哪个年代的路口？

深邃的苔藓掩饰残存的记忆，
或是另一种书写的方式。

山的背面还在缭绕着香火的信念，
而你的信念已被天命的年轮压碎。

碑文、古树的喑哑，残垣、断桥的无言，
被时光的沙漏带远，
带远的春天被你封藏在那一枝野桃枝上。

你微凉的额头被落叶铺满，
卷曲的身体躲在木叶的缝隙里，凝固在睡眠中。
山外的惊蛰敲不醒的梦，我在这个春天走近，
却是永远走不进！

谷雨之花庙

时光的留白被描抹成青灰的颜色，

流年的风化从有涯转身到无涯，
冷落的烟火埋藏在石苔的缝隙深处。

雨水已发芽，
而你的风骨已长成清奇的种子，
植在尘世之中，
开在红尘之外。

花不再是那个花，
庙也不再是那个庙，
而石阶上弹出的一记响指，
余音未了。

你愿意，
以天为谱、地为琴、谷雨为弦，
再弹一曲。

不弹红尘流连，
只弹清泉流响、庄周梦蝶……

大暑之石门

石门开，
开古往、开今来。

与李白对酒当歌，
与高霁吟诗会话，
翻过凌阳古镇的繁华，
愿逐千年的月华流到今日的石阶上。

往古的梦幻泡影，
被今来的蝉，鸣成大汗淋漓。

（《悠悠古道话沧桑》）

作者简介

燕兴发，笔名：燕小圩，1970 年生于乌渡湖畔（即天生湖），安徽贵池人，农民。偶有诗歌、散文见于省内外报刊。

桃 花 汛

一年一度　在乌渡湖
在猫尾和小寨之间的狭长水域集结
回首大碗村名不见经传的石壁
一路向东
越过洪阜汊　越过一叶停泊的孤舟
向上游　怀着风生水起的快意
向狂热的内心
悄然抵近

三月雨水　遍地桃花
在一座叫作小圩的村庄前
乌渡湖第一次小小的洪峰如约而至
细节被卷走　水草被倾覆
鱼群掠过草尖
雪白的肚皮一闪而过

一闪而过　这回涨水
那年落花
儿时的罾网刚刚收起

（原载 2013 年 7 月 10 日《池州日报》）

水　乡

永远的岸
永远的水声

永远的船
永远的倒影

永远的风
永远的潮汛

永远的岁月
永远的乡情

（原载 2014 年第 3 期《杏花村》）

作者简介

巩光明，中华诗词学会及安徽省诗词学会会员，池州市诗联学会理事，池州市作家协会会员。作品散见于《西部作家》《中华散文报》《安徽商报》《池州日报》《池州文化》《池州政协》《杏花村》等报刊以及多家网络诗词平台。

马年咏马

六畜排行尊为首，干支生肖位中央。
英雄驭驾征边戍，商贾轩鞍赴远乡。
老骥归营千里志，白龙驮主万年扬。
纵然伯乐今归隐，报国安能惧虎狼。

（原载 2014 年 3 月号《西部作家》）

中华国粹赞

——聆听国学经典讲座有感

悠悠华夏五千年，国粹琳琅耀九天。
弟子规中伦理讲，百家姓里龙脉传。
精华汲取须唯物，糟粕剔除休恤怜。
东亚雄狮崇道义，弘扬经典史无前。

（原载 2017 年 6 月 20 日《中华散文报》）

作者简介

王良才，中华诗词学会会员，安徽省诗词学会会员，池州市秋浦诗社秘书长，池州杏花村诗社副秘书长。

采 石 矶

矶下风帆矶上楼，奔雷喷雪待谁收。
蜿蜒石岸如弓满，惹得长江似箭流。

上 天 梯

树错藤盘愁鸟绝，峰藏云躲恐天低。
直教我体成山柱，撑得游人向上梯。

平天飞羽

湖上流金草似焚，野凫鸣噪雁纷纷。
何当一羽平天去，不惹烟波不惹云。

（原载 2014 年第 11 期《安徽文学》）

七绝二首

九华初雪

路转峰回一径斜，深山寂静雪喧哗。
明朝扫地僧须辨，五瓣梅开六角花。

过白沙村七星墩遗址

村为连片高低屋，墩是排开大小山。
问路何须望北斗，七星散落在人间。

（原载 2016 年 10 月 20 日《池州日报》）

小说篇

看见火光你就跑

王光龙

一

“看到火光你就跑，知道不？”

他笑着，看着我比画着奔跑的动作，被火灼伤的脸上露出不自然的笑容，微微张开的嘴巴，像是一个煤矿山洞，舌头似一团捣碎的木耳蜷缩在里面。他转过身去，被火星燎出斑斑点点的衣服鼓胀起来，破麻袋一样，飞快地跑出了教室。

“你管他干吗，他这里有病。”同事杨若桃用手指了指自己的脑袋。我没有接她的话，呆呆地望着教室外面，晚霞像是着了火一样洒在院子里那棵砖红色的松树枝上。

我依然记得第一次看见这个叫作莫然的孩子时，也是在这样的傍晚。那时，我一个人来到水月湾，下了火车后又被大巴丢在这个陌生的村庄旁。水月湾不大，村中央一汪池水，四周环山，像是一个打在碗里的鸡蛋。山上沟岭纵横，松树、竹子成林，山下是高低起伏的丘陵。几条瓷白的土路像一条白蛇缠绕在丘陵上，路面零星地撒着庄稼的秸秆和牲畜的粪便，几辆手扶拖拉机突突地冒着浓烟从我身旁经过，车上的人皮肤黝黑，随着满车的秸秆颠簸。他们看见了我，露出洁白的牙齿。我提着沉重的行李闪到路旁，脚跟歪进草窠里，被蒿草断茬刺痛。我坐在行李箱上，脱掉袜子揉自己红肿的脚。

我知道，不会有人来接我。当初我信誓旦旦地申请来到这里支教，就是冲着这个充满诗意的村名。可是现在我感觉自己是个弃儿。映入眼帘的田野只剩下一堆堆秸秆，像是一块没有剃干净的头皮，三三两两的农民在田里弯着腰，挥舞着锄头。远处，一个人骑着自行车向我这边奔来。

我穿上鞋袜继续走着，我必须在天黑之前赶到水月湾小学。

“你是王老师吧？”一个中年男人从自行车那小跑过来。“我姓李，李成宝，是这个村的村长，也是水月湾小学的校长。一早就盼着你来了，我本来应该在车站接你的，有事耽搁了。来，上车，我送你到学校去吧。”

我看了一下眼前的李成宝，方脸，酱红肤色，身上还沾有草木黑灰。他闪开，后面露出一辆老式的横梁自行车，横架有被火烧过的痕迹，像是一个重度烧伤还没有补皮的病人。

我忙说："不用了，我自己走就行了，麻烦你带个路。"

"那好，我帮你带行李吧。"还没等我说话，我的行李箱就被他拎着放在后座上。看着他笨拙地绑着绳子，我心疼我那刚刚买的箱子会被刮花刮破。

"现在肯来我们这里的老师太少了，更何况还是像你这样的大学高才生啊。村里许多的娃都不念书了，出去打工，能挣到现钱，比刨土疙瘩强。"李成宝一边绑着行李，一边自言自语。我们一前一后，向着水月湾小学走去。

天色渐渐暗了下来，空气中飘来一股荒草烧着的气味，我放眼望去，不远处，浓烟滚滚，火苗顺着风在田野里疯狂地奔跑。我看见一个男孩，六七岁的模样，手里拿着一截高粱秆子在引火，兴奋地跳着，像是傩戏的演员。

"狗崽，又在那里放荒。"还没等我问，李成宝就已经停下自行车，冲到田里去抓那个男孩。男孩看见李成宝，疯了一样地逃跑。他穿过火苗，跑到火圈中间，蹲在已经烧黑的草茬上，举起那截高粱秆子，像一把汉阳造的枪一样指着李成宝，嘴里呜咦呜咦地嚷着，就是不肯出来。李成宝气急败坏，冲进去，把男孩连拖带推，像拎一件破大衣一样拎到我面前。

"王老师，这个是你们班的学生，叫李莫然。"李成宝把这个孩子拎到我眼前的时候，紧张的反而是我。这个男孩头发卷曲，衣服褴褛，脸部黝黑，恶狠狠地瞪着李成宝，转身却一个劲地冲着我傻笑，裂开漆黑的口腔。我尴尬地笑了笑。

"回去告诉你娘，今天吃饭从你家开始轮。"莫然挣脱地跑了，在田埂上碰到两条正在交欢的狗。他瞪了一下李成宝，把手里的半截高粱秆子使劲地砸去，两条狗呜呜地跑掉。

"这个狗崽。"李成宝对着莫然骂道，脸色更加酱紫。"王老师你别介意，这个孩子是个哑巴。平时调皮捣蛋惯了，还特别喜欢玩火，我刚刚就因为修理这个家伙才耽误去接你的，这个狗崽，现在又把人家砍的荒草给烧掉了，没爹的孩子就是难管。"

我没有说话，看着莫然消失在远处，像一粒烧焦的炭慢慢熄灭在晚霞中。

二

李成宝带我来到水月湾小学。一座齐头高的水泥石拱门，经风吹日晒，墙头有了裂纹，开裂处已经冒出了枯黄的草。进门便迎来一棵大松树，左边是一堵围墙，连着一间小屋，墙边种着几株美人蕉，和墙外伸出墙头的草垛打了个照面。右边两间瓦房，做教室用，教室的走廊一半临时改造成一间屋子，这是我的住所和办公室。

早就听闻水月湾环境恶劣，眼见后却比想象中的还要恶劣。我几乎是被李成宝拉进这间屋子里去的。两张长条板凳架起来的木板，就是我的床了。房间里唯一的家具就是一张小木桌，应该是从隔壁教室里临时拿过来的。屋子中央吊着一根电线，接着一盏白炽灯，靠院子旁开了一扇小窗户，投进微弱的光亮。我看着逼仄的房间，想到要在这里住上几个月，心里不由地一凉，有种想逃跑的冲动。

“李校长，我住在这里?”

“太对不住你了，王老师。我们水月湾偏僻，这里有些简陋，让你住在这里实在是难为你了。你来得突然，我还没有找到好一点的地方让你住。本来想让你住到学生家里的，不过他们家不是太远，就是屋子实在破陋。你先将就几天，过几天我再给你想想法子，你看这门都是新打的，结实呢，晚上你就安心睡觉。”

“不，不，我不是这个意思。住在这里方便教学，也方便我备课。我当初选择来这里就知道这里生活不容易，不麻烦校长和学生家长了。”

“你能这么想就太好了。你不知道，我们这所学校的老师跑得比学生都快，难得你能来啊。今晚你吃饭会有人给你送来的，以后你就跟着老陈一起吃。老陈是我们学校的校工，他儿子结婚，回家去了，过几天就回。他年纪大，可是做事细心，人也爱干净，希望你不要介意。早晚洗漱呢，院子里有压井，水甜着呢。”

我顺着李成宝的指引，果然在院子的一角看到了压井，井边还种着几株矮小的栀子花，霞光像蝴蝶一样伏在叶片上，倒也显得安静。

送走李成宝后，我就开始收拾东西。房间里有一个塑料桶，里面有半桶水，盆、水瓶也是现成的。我把水灌进水井里，咕咕就下去了，像是干渴人的喉咙一样。我使劲压着把手，不一会儿就有清水流出。真凉啊！我洗了一把脸，又把房间擦洗了一遍。我打开箱子，铺床。从城里到水月湾距离遥远，为了减轻行李的重量，我就只带了一床棉被、一床换洗的被套，没有带床单。看着光溜溜的床板，这晚上睡觉冷不说，还硌人。我只好先把被套垫在床板上，凑合着过完今晚再说。我铺好床，把箱子里的书摆在桌子上，有张爱玲、海子、陀思妥耶夫斯基，这几个月的时光就靠这几本书打发了。箱底还放着两袋饼干、三桶方便面和一点零食。来到水月湾，要找个小卖铺比找一头骡子还难，不带点零食怎么能行呢？母亲在我临走之前说的话还真对。没有开水，我只好先啃几块饼干，天渐渐黑了下来。我打开灯，躺在床上，随手翻开书本，等着给我送晚饭的人。

水月湾的夜晚安静得怕人，狗吠在夜里回荡着，我起身关好门，月色正好，透过窗棂，照在院子里的美人蕉上，像是黑白的木刻画。美人蕉旁边的小屋应该是老陈的房间，紧闭着，没有人气，多少显得有些瘆人。想想我一介穷书生，即使鬼来了，大概也不会看我一眼吧，我就安心地欣赏这满院子的月色吧。

我独自在院子中踱步，一回头忽然看见一个身影晃动在校门口，黑乎乎的，像一截烧黑的树桩，背着月光而立。他也看了我一下，把怀里的东西放在地下，还未等我喊出声就跑了。我往校门外望了望，只有几个草垛和收割完的田野，那个身影早就消失在无边的黑夜里。我拿起他放在地上的东西，一个瓷盆里装了两个碗，一碗红薯稀饭，一碗油炒红薯藤条，还配了一点辣萝卜。我明白刚才的身影是莫然，他是来给我送饭的。

三

上课的第一天我才知道水月湾小学只有九个学生，教师除了我之外还有一个杨若桃。

水月湾贫穷，义务教育阶段念书不要钱，可是杂费还是要收点的。大一点的孩子，他们家长都让他们出去打工，贴补家用，能留下来学习的学生越来越少。现在剩下的九个学生还是混杂班，从一年级到五年级的都有，人数太少，整个学校只有一间教室，李成宝就把这些学生合并在一起上课。一二年级的上半节课，看书自习，然后三四五年级的再上后半节课。学生少，杂费又总是收不上来，愿意留在这里教书的老师越来越少，现在只剩下一个杨若桃。杨若桃是一个三十四岁的妇女，男人鲁坤出去做木匠了，自己又不想吃外面的辛苦饭，就带着一个十五岁的傻女儿杏莲一边看家，一边在学校里代代课。其实，她也只是个小学水平，只能教教美术、体育和唱歌。杨若桃最擅长的是画桃花和母鸡，她是按照平时剪裁鞋样和过年剪纸的样子画的。刚开始杨若桃画母鸡时，学生在下面小声嘀咕着说像个大倭瓜，杨若桃听了也不生气，以后每节美术课她都画母鸡，后来也越画越像倭瓜。时间久了，腻了，她就开始画桃花。只是她画的桃花怎么看都像是一坨牛粪。杨若桃不管这些，她的名字里有个“桃”字，她就喜欢画桃花。现在教室后面的黑板报就是她画的一只母鸡和一朵桃花，却总感觉像是一个倭瓜对着一坨牛粪。

杨若桃五音不全，说话像是嗓子里塞了根管子，直呼直呼的。见到我她都直呼直呼的："呦，城里的大学生来了！"她教学生唱歌，唱些"郎啊你等我，让你把花给我戴"之类的，学生放学就在路上唱，被家长听见了向李成宝反映，这样下去学生会被杨若桃带坏的。李成宝知道杨若桃实在不会唱其他的歌。也罢，李成宝就让她只管画画，顺便带带体育，让学生在校园里放羊一样溜达。我没来之前，其他的科目是李成宝兼着的，我一来，他就说我是高才生，让我带数学和语文，看能不能顺便教点英语。

清早的第一节是语文课。我起床的时候，打开门，看见门口摆着两个面疙瘩。我笑了笑，这要是再点上一炷香，就可以拜神了。学生已经在教室里等着了，杨若桃没有来，今天没有她的课。李成宝也没有见到人。我按照惯例点了一下名，其实也就这几个人，一眼望去就知道谁没来。"李莫然。"我没有听到答"到"，自然我也不会听到他说话。我打算先上课再去找他。课上一半，李成宝就推开了门，大家看着李成宝把莫然推搡进教室里，后面跟着杨若桃。

"这个狗崽，不好好上课，竟然去把堆在田里的秸秆给烧了！那秸秆能烧吗？国家现在明文规定不能烧，这个狗崽竟然一把火全给我烧光了。"李成宝怒气冲冲，给了莫然屁股一脚，莫然像一棵枯黄的草欲倒未倒地晃了晃，没哭没闹，眼睛放着光，恶狠狠地瞪着校长。

"你看这个家伙，还学会瞪人了哩。"杨若桃指着莫然的脑壳。

"狗崽还敢瞪我，今天给我站一上午，回头我找你娘去。"

莫然一听李成宝要找他娘，突然向前一步，用手指着李成宝的裤裆，嘴巴里呜咦呜咦地叫着。

李成宝又要扬起手，我忙过去拉。"校长，算了算了，他还小，你已经教训过他了。学生们都还等着上课呢。"

"好，那王老师你先上课，这个狗崽今天让他站一上午，好好想想自己的过错。"

李成宝走了，我关上门，让惊慌的学生坐好。莫然却依旧站在门口，我让他回座位，他不动，歪着头，像一尊黑铜像，盯着院子里的那棵松树。

四

下课后，我问杨若桃，这个莫然怎么这么怪。

"怎么说呢，这个孩子就是怪怪的，尤其是他变成哑巴后更加怪，经常一个人咋呼咋呼的。算了，我知道的也不多。"杨若桃不愿意多提莫然的事情。

来水月湾已经有一段时间了，莫然不再给我送饭，我就天天和老陈搭伙。

村里补贴了老陈饭菜钱，我每天只需拿着碗去盛饭就好。老陈个子不高，精瘦，上眼皮耷拉下来，盖住半个眼珠，眼睛一眯，就只剩下一条弯弯的缝，脸上常挂着笑容，见人很热情。

老陈只有一间房，摆了一张床，门口贴着墙角砌了一个锅灶。老陈房间里东西很多很杂，但是收拾得很整齐。老陈厨艺好，每天都能变着花样做饭。早上是一碗红薯稀饭，中午总能见到一荤一素，素的是萝卜青菜，荤的是一条小咸鱼、几块腊肉等。吃完饭，他洗好锅，坐在门口的小马扎上眯一会儿，就拎着挂在门后的一柄小铁锤，敲打挂在松树上的一截铁条，告诉学生上课了。老陈是个敲钟人，平时也扫扫院子，没事的时候就绕着村子转悠，捡捡废品变卖，然后去隔壁村的小卖铺里换成零食。有一次下午没课，我就去找老陈聊天。撞见莫然在老陈的房间里，莫然手里抱着半截烧得熟透的红薯在舔，色泽鲜艳，香气逼人。老陈正往莫然的口袋里塞水果糖。老陈看见了我，笑了笑，算是打招呼了。莫然舔了舔嘴角粘着的红薯，对我傻笑，一脸快活地跑出去了。

“陈师傅，你对莫然怪好的嘛。”

“王老师，你坐。莫然，这孩子真是可怜啊。”陈师傅看着莫然跑出去的身影，重重叹了一口气。

“那你和我说说莫然的事情呗，村里人都说这个孩子怪怪的，我给他上了一个星期的课，他就来了两次。我听说他好像不是天生的哑巴。”

“王老师，你是个好人，我说的话你就当作耳边风一样听听就好。”老陈掰给我半截红薯，说起了莫然的一些事情。

莫然在成为孤儿之前，有一个得了肺癌的爹。莫然爹长期在外给人下井挖矿，赚了钱买了房娶了外地的姑娘水秀。可是他好赌，几把下去，输个精光。不过，他干活卖力，没钱就下井，长期在阴暗潮湿的矿井里，呼吸着煤气，肺部出现了问题。等到工友把他从外地送到家的时候，肺部已经像只鼓皮的青蛙。久病在床，莫然爹枯黄干瘪的肋骨根根可见，大小便失禁，每天都离不开药。莫然爹病倒在床上，一家三口的生活全靠水秀种点田地，平时给人洗洗衣服，忙时帮人插秧收割。水秀要照料一家子，渐渐对病床上的丈夫失去了耐心，也不再天天给他擦身。莫然爹也知道自己对不住整个家，几次想过寻死，可是又怕疼，放不下自己的儿子，就任由水秀把自己像床破棉被一样扔在床上。

前几年国家废除了农业税，许多在外务工的人都回来要当年丢下的田地，莫然家也没能幸免。莫然爹长期在外务工，水秀是外地嫁过来的，上不了户口，家里只有莫然他爷爷留下的一个人的份子地。前几年的务工潮，村里人能走的都走了，莫然一家捡了几块地种着，勉强够自家的生活。现在村人都回来要地了，水秀很担心自家的地会被要走，就早早地把地全都种上了麦子，块小的也种上了上海青等蔬菜。可是，李成宝还是带着村支部的人敲开了莫然家的门。男人躺在床上，听着水秀和李成宝说话。李成宝把话说得很明白，要收回被多占的田地给原来的主人家，并补上二百斤的粮食，毕竟种人家的田这么多年了，总得要给人家一点补偿。水秀一听要收回田地就慌了，还要多给二百斤的粮食，瘫在板凳上，哭着闹着。

“我家田地本来就少，你们收田不说，还要问我家要这么多粮食。你看我家莫然才六岁，他那个死鬼老爹又整天躺在床上，你这是存心不让我们活啊，你把我家莫然带走吧，卖了也好宰了也好我不管了，我和我家的死鬼一人喝瓶农药死了算了，省得活得这么苦。”

闹腾许久，李成宝发话了。“好了好了，动不动就叫嚷着要死要活的，我去和主人家说说，看能不能少要点粮食。你一家靠你一个人也不容易。”李成宝狠狠地吸了一口烟。

田被村里要了回去，还补了一百斤粮食。后来才听说，莫然家种的是杨若桃家的田。

没过几个月，莫然爹死了。村里许多人都去看，男人裹着破棉絮滚躺在地上，满是青筋的手死死地抓住床沿，眼睛瞪得老大，死相怪吓人的。水秀没有大哭大闹，村里人也明白男人拖累她太久了，男人死了对彼此都是一种解脱。水秀杀了家里的鸡，摆了两桌饭，让村里的劳力把男人火化后安葬在后山上。李成宝推说有事，没有出现。

失去了爹的莫然开始变得沉默不语，你问他话，他翻着白眼瞪你。大家以为是因为他爹的死给这个孩子造成的心理阴影，也就不去管他。在男人下葬的那天，水秀始终找不到莫然。有儿子却不能送终，这让莫然爹死了都不瞑目。村里人帮忙去找，有人看见山下冒起滚滚的浓烟。不一会儿了，村里的娃跑上山来说莫然点燃了村长家的草垛，都快烧到房顶上去了。

死者为大，可是活人更加重要，更何况还是村长家的房子呢。留下几个人守着棺材，其他的人都奔向山下。村人赶到时，看见李成宝已经提着水桶拼命地往喷向他家房子的火焰上浇水。大家齐动手，火焰很快被扑灭了。

天渐渐黑了，大家想起这起火灾的肇事者，开始分头寻找莫然。

村里找遍了，村人又往山上去找。天渐渐黑了，众人打着手电筒在山间寻找，水秀焦急地呼唤着莫然的名字，听到的只有无边的黑夜里山间的风吹树动。终于，有人在山间的土地庙里找到了睡着的莫然。莫然醒了，衣服被烧出一个个洞，身上沾满了地上的灰土，脸漆黑，却没有半点意外的表情。

水秀一把把莫然抱住，泣不成声。

李成宝推开众人，拎着扁担就过来了。众人知道事情不妙，忙拉住李成宝。

“村长，算了算了，人家才刚刚死了爹，他这么小，你还把他打死不成。”

“打死！老子今天就要把这个狗崽打死。死了爹不去守孝，反而跑去烧我的房子，他娘的玩火玩上瘾了。”

“你打吧，打死我们娘俩吧。我们还不够惨啊，你打死我们也好让我们娘俩和他那个死鬼老爹相聚。”水秀抱住莫然，死死不放。

“村长，算了吧。让水秀把她男人下葬了再说吧。”

李成宝听见村里人这么说，扔下扁担，一个人气冲冲地走了。众人把男人下葬，让莫然磕了三个响头。

莫然爹下葬后，莫然就变得古怪。只有六岁的他不喜欢和村里其他的小伙伴玩，自己独自躲在一旁，口袋里经常装着火柴盒，时不时地点燃火柴棒看着淡蓝色的火焰傻笑。村里人让小孩离莫然远点，这个孩子连村长家的房子都敢烧，还有什么做不出来的呢？水秀也常常为莫然担心，现在自己都不能够了解这个儿子了。

李成宝多次上门想让莫然出去务工，水秀始终没有答应。水月湾里许多成年的男女大多出去打工，这在水月湾几乎成了一种风气。水月湾贫穷，土地种不出一个富裕的水月湾，只有出去找钱。村长鼓励大家出去务工，在外面混得好的就通过各种优惠的手段希望他们往村里投资。水月湾最近几年的变化都离不开这些外出务工人员。只是，外出务工的人大多没有念过几年书，在外面只能供人家雇用，真正混出样子的寥若晨星。过年时，那些从外地打工回来的人成了水月湾一道独特的风景，他们穿着外面世界的衣服，带回来外面世界的东西，这让更多的家长宁愿让孩子到外面去，也不愿意花钱让他们在乡村学堂里认识几个字。他们认为书读得再多最后还是给人家打工，电视上报道的大学生就业困难让知识就是财富的理论在他们的心里慢慢破灭，还不如让孩子早点出去，多挣点钱回家娶个媳妇，盖个楼，在村里也是够风光的。

孩子们都出去打工了，剩下的几个学生学杂费又收不上来，工资发不出去，老师们也都想着法子辞职。李成宝也懒得管，学堂渐渐荒废了，只有几个学生做做样子，希望每年能向县里争取点教育经费。

自从莫然烧了李成宝家的房子后，他多次登门，要水秀把莫然送出去打工，留在村子里说不定又会弄出什么事情。水秀心疼自己的儿子，就说莫然还小，再等几年吧。

五

农业税不收了，田地照样要种。莫然家虽然现在只有一个人的田地，可是播种施肥收割各个环节都是少不了的。田地要灌溉，水月湾水塘里的水需要每家每户派人轮流看管，防止半夜被人偷偷挖开缺口放水。男人死了，莫然又小，大半夜的水秀害怕一个人待在蚊虫飞舞的水塘边。这个时候，李成宝乘着夜色上门来了。

第二天，李成宝在村里宣布，水秀家里田少，刚死了男人，莫然又小，就免除了她家夜里看水的分派。大家都同情水秀，也都没有意见。从这以后，李成宝就更加殷勤地去莫然家里嘘寒问暖。

李成宝每天在村里转悠，不知不觉地走到了村西头的莫然家，村里的事情大多交给了他唯一的侄子李裕管理，自己落得清闲。李成宝的婆娘被李成宝打怕了，又没有给李成宝下过蛋，不敢说什么。李成宝经常出入莫然家，村里也有明白人，大家心照不宣。只是，莫然却开始很晚回家，好像故意躲着李成宝。在水秀着急找寻莫然的时候，他又一身脏兮兮地跑回来了，像是下了矿井一样，全身没有一处干净的。水秀要给他换衣服，莫然一个人走进屋子里，把门死死关上，再把换下的衣服从门洞里扔出来。水秀问他去哪儿了，他也不说话，直愣愣地盯着水秀看，看得人毛骨悚然。

水秀渐渐发现，莫然待人冷漠，有时甚至好几天都不回家，自己一个人在后山的土地庙里玩耍，还在土地公公塑像旁用稻草做了一个狗窝，自己睡在里面。

土地庙在东头的山间，在早些年还有人供着香火。如今村里人大多外出打工，不信这个了，庙也日渐破败。庙里横梁腐烂，被雨水浸透，瓦片也像鱼的鳞片一样掉下来，四面的墙体有了裂纹，成了狗和鸡的通道。土地公公塑像油漆剥落，像梧桐树的树皮。庙破了，也少有人去，成了老鼠和虫蚁的家园。莫然待在里面，到吃饭的时间就自动回家。水秀去庙里看了几次，看见他一个人在玩耍，不再出去惹事，也就放心了，她也只盼望过几年莫然长大点让他出去见见世面，懂点事。

一天晚上，水秀等了好久也没有等到莫然回来吃饭。屋外天渐渐黑了，田里的虫鸣也四处响起。水秀有些担心，眼皮直跳，她去屋子找手电筒，打算去土地庙看看。门被敲得震响，有人在喊她的名字。

“水秀，水秀，不好了，不好了。”

水秀感到有不好的事情发生，忙问：“怎么了？”

“你家莫然把土地庙点着了，大家正忙着救火呢，你快去看看吧。”

水秀知道莫然这次闯了大祸，赶紧关上门往土地庙跑去。

比水秀先知道的是李成宝。他得到消息后，掀开被子，把睡在外面的婆娘踹到一边，披上衣服就朝后山跑去。在路上，他遇到了正往山下跑的莫然。李成宝上去就是一巴掌，莫然捂着脸，像风中的弱柳一样闪到一旁。水秀赶到的时候，看到莫然被村长和一帮村人围在一旁。要不是众人拉着，莫然肯定又要受一脚。

“你总算来了，你看看你家的这个狗崽，吃了豹子胆，竟然烧了土地庙。”李成宝指着水秀吼道。

水秀推开众人，看见跪在地上的莫然，捂着肚子蜷缩在地上，赶紧跑过去把他抱住。莫然冷冷地看着水秀，像是在看着一个陌生的人。

“庙烧了，这本来就是一座破庙，烧了就烧了，你打我儿子干吗，他还只是个孩子。你们总是欺负我们娘俩。”水秀抱着莫然，哭得撕心裂肺，身子抖动得像是坐在行驶在波涛中的船上。

“破庙？庙后面是我们水月湾的整座山。火要是烧了整座山，就是把这个狗崽的命赔上都赔不起。走，我带你去看看你儿子做的好事。”李成宝推开水秀，拎着莫然往山上走。

土地庙前已经聚集了许多的人，拿着洋叉、水桶在灭火。村人先把庙周围的草木移开，挖了一条沟，这样才让火势没有蔓延到山里。

就在李成宝打算在众人面前处置莫然的时候，他看见了让他终生难忘的一幕。他松开了莫然，像是松开手里的一只猎物。

原来，今天莫然像以往一样在这庙里玩，正打算回家，却看见一对男女拉拉扯扯地进来了，一进来就开始脱衣服。莫然从墙洞里钻到庙后面，点燃了火。在田里干活晚归的村人看见庙里有火光，正准备去救火时，却看见庙里的情形。

他们认出那个女孩就是杨若桃的傻女儿杏莲，男孩正是村长李成宝的侄子李裕。杏莲看见了杨若桃，还高兴地喊着：“娘，娘，你也来了。李裕给我糖吃，好甜，我还给你留了几颗呢。”众人想笑，但是看着杨若桃铁青的脸，又忍住了，也有忍不住偷偷笑出声的。杨若桃赶紧推开李裕，甩手给他一耳光，给杏莲穿上衣服就低着头拉她回家。杏莲却对着李裕说：“他还欠我糖呢！我要糖。”杏莲哭着不肯走。杨若桃又给了杏莲一巴掌，哭得更凶的杏莲死活不肯走。李成宝看着李裕哆嗦地站在一旁，上去就是一脚，把李裕踹倒在地上。李成宝又抢过别人挑水救火的扁担往李裕身上狠狠打去，李裕抱着头，像只受伤的狗一样蜷缩在地上，任凭李成宝打骂。

村里人忙拉住李成宝，劝道：“算了，他已经知道错了。”

“滚!”李成宝吼道。李裕连爬带滚地跑了。李成宝喘了口气，扔掉扁担，点了一根烟，灰溜溜地绕着庙转了一圈。

杏莲还嚷着要糖吃，杨若桃气急败坏，看到放火的莫然，上去就是脆亮的一巴掌，把所有的面子和气全撒在这个孩子的身上。

“我家莫然只是烧了一个庙，又没有伤到人命，是你的傻女儿和李裕做出的丑事，你怪在我家莫然头上算什么。”水秀挡在莫然的前面，紧紧搂着莫然，冲着杨若桃喊着。

“我家女儿和李裕是自由恋爱，碍着你什么事了？倒是你家的这个王八蛋，没事烧了村里的庙，这是神灵住的地方，他都敢烧。有娘生没娘教的东西。”杨若桃越说越有劲。大家都在劝就这样算了。

杨若桃不依不饶地说着，说得水秀泣不成声，毫无反口之力。莫然突然冲过去，死死咬住杨若桃的腿不放。杨若桃叫得杀猪般，一把拽住莫然的头发，另一只手又狠狠甩了莫然一个耳光。

“找死的畜生，平时不说话，跟谁学的乱咬人。什么样的娘生什么样的儿子，大家看看他把我的脚咬成什么样子了。”杨若桃拽起裤脚，顺势踢了水秀一脚，水秀疼得说不出话来。

莫然不说话，抓起地上还燃着的木炭塞到嘴巴里。

“村长，莫然吞了木炭!”有人惊呼。水秀跑过去，死死抱住莫然，直呼：“莫然啊，莫然啊，你干吗啊，你死了我也不想活了。”

“赶紧拿水来，他吞的是火炭。把他牙撬开。按住他的手。”人群中有人提议。

李成宝慌了，往莫然的嘴里倒了一大桶水，可莫然死死不肯松口。李成宝赶紧上去按住莫然的喉咙，防止他吞进去。

“快吐出来，快！你这个狗崽，你烧了庙，老子又不要你的命，说你几句你就吞炭了。”

莫然牙齿紧闭，李成宝用钥匙扣撬莫然的牙齿，还是撬不开。

“送诊所吧，这样下去真的会出人命的。”李成宝听了村人的建议，一起把莫然送往诊所。水秀跟在后面，被人搀扶着也往诊所去了。

“滚回去，丢人的妮子，我的脸都被你丢光了。”杨若桃看着众人都下山了，边骂边拉着杏莲回家去，心里在喃喃自语：这个莫然真怪。

莫然嘴里的火炭被取出来了，还撬掉了他的一颗门牙。毕竟是火炭，莫然的嘴巴像是被烧焦的一块破抹布，本就不愿意说话的他现在真的说不出话来了。他却喜欢笑了，性格仿佛开朗了许多，人家问他话，他只是傻笑，嘴巴里只能吐出呜咦呜咦的声音，像是风吹着破窗户纸。

村里人也不再为难莫然一家，李成宝拎了许多的慰问品来看望莫然，说了许多的好话，赔了罪，说自己太冲动了，在气头上，对不起她们孤儿寡母的。水秀没有说话，低着头，看着自家的母鸡在堂屋里乱走。莫然对着李成宝傻笑，裂开嘴巴，看得人一身冷战。

莫然依旧喜欢玩火，村里人也持宽容的态度，生怕莫然再做出什么惊人的举动，只是摇摇头，说："这个孩子真怪。"

老陈却经常嘴里念叨着："这孩子可怜啊。"

六

李成宝培养了李裕多年，本想在明年村里换届的时候，他会像往年一样，把李裕加在拟定好的村班子成员名单上，一家一户地走，把一包五星皖的香烟往桌子上一拍，让村里具有选举资格的人往名单上按手印，然后李裕顺理成章地接过他的旗帜。现在倒好，培养出这个不争气的家伙，裤裆没看紧，干出这种伤风败俗的事，还让整个村子的人都看见了。村里没法待了，李成宝打算让李裕外出打工去。这下杨若桃不干了。

"我闺女养了这么多年，你就白吃了。你闹这么一出，我闺女还嫁给谁去。"

"发生这种事情我们也不想的，大家从长计议，好吧。"李成宝脸上有些挂不住。

"计议个球，我不管，李裕要了我闺女的身子，我闺女这一辈子就跟定他了。我可是在全村人面前说他俩早就定亲了，那是给你个台阶下。现在你看怎么办吧，是先过门，还是先下聘礼?"

"这太快了吧。"李成宝低着头猛吸烟。

"快啥快啊!"

"那我回去和李裕商量商量，既然杏莲已经是我们李家的人了，我们不会不认的。"李成宝转身想走。

"好，我家杏莲就在家等着啊。"杨若桃对着李成宝的背影喊道。

李成宝打算去和李裕商量下，杏莲要不是有些痴傻，也算是一个挺好看的姑娘，配得上李裕。可是她和李裕在土地庙里被全村人光溜溜地看个遍，这让自己树立多年的威信荡然无存。李成宝有好几次感觉到这件事情蹊跷，像是杨若桃故意布下的陷阱，猎物不是李裕而是他自己。只是，现在骑虎难下，事情已经发生了，要趁早解决，否则还不知道会发生什么枝节。

李成宝在晌午的时候赶到李裕家，看见大门紧锁。李裕自幼丧父丧母，一直跟着李成宝，成年后，李成宝就把李裕赶回老屋去住，说李裕长大了，老是和自己住着也不是办法，一个人住也能让李裕学会独立。老屋早就被李成宝的婆娘打扫干净了，婆娘煮了一顿丰盛的午饭，塞了十几个鸡蛋在李裕的袋子里，李裕卷着铺盖就走了。婆娘看着李裕走了，眼里含着泪水，说："住不惯就回来啊。"

刚搬走的那几个月，李裕每天都回李成宝家吃饭。随着李成宝把村里的事情交给李裕管理，李裕也以村长接班人的身份自居，很少再回李成宝家吃饭。李成宝的婆娘难得一见李裕，就问："怎么这么长时间不回家吃饭啊？"李裕摆摆手，说："村里事情忙。"

自从被莫然烧出丑事之后，李裕想过一铁锹铲死那个王八羔子，可是自己哪敢出门，就算不被村里人吐沫星子淹死，那个杨若桃也不是好惹的婆娘，肯定要自己娶了杏莲。李裕和杏莲在一起胡搞，主要是看到杏莲傻，给几颗糖就可以了。一个人住在老屋里，又是一个青春期的男人，哪里能挨得住漫漫长夜。他连哄带骗地把杏莲拉到土地庙，这下好了，被那个王八羔子一把火把全村人都烧过来了。现在自己是掉到茅坑里了，怎么洗也是臭的。看来自己接任村长是不可能了，杨若桃也不是好惹的主，与其等着她来逼婚，自己还是三十六计走为上策吧。李裕连夜收拾东西，趁着夜色赶往镇上，打算转车去城里打工。

李成宝知道李裕跑了，心里反而释然了。李裕已经当不成自己的接班人，留在村里也是笑话，走了也好。可是，该怎么和杨若桃解释呢？

"走了？放你娘的屁！"杨若桃挺着大胸脯在李成宝家门前骂。

李成宝的婆娘已经躲在厨房里装着烧饭，李成宝一个人闷在屋子里抽烟。

"李成宝，我告诉你，你今天不把话说清楚我死也不走。我家杏莲还是个黄花大闺女呢，就这样被你家侄子毁了，还当着全村人的面，你让杏莲以后怎么嫁人啊?！现在倒好，李裕玩好了，拍拍屁股就跑了，留下我家苦命的杏莲！现在杏莲要死要活的，你这个村长说话像放屁一样，还说要李裕娶杏莲，给她一个交代。现在人都跑了，交代个球啊，你今天不出来说清楚我就不走了。"杨若桃躺在地上，手脚像安了弹簧一样乱抖，一边哭闹一边嘴里念念有词："我家杏莲以后怎么过啊，我苦命的杏莲啊。"引得村里人都跑来看戏一样围在李成宝家门口。

"好了好了！我们娶！李家人做出的事李家人负责。我李成宝今天村长就是不干了，也向你保证，李裕肯定会娶杏莲。"李成宝从房间里出来，对着杨若桃和所有看热闹的人，发表演讲一样扯着嗓子喊。

"你做主！李裕都跑了你做谁的主啊。"杨若桃瘫坐在地上，停止了哭闹，蔑视地看着李成宝。

“我怎么就做不了主，我连我侄子的主都做不了啊？”

“好，那我问你，现在你侄子李裕跑了，你怎么做他的主？”

“跑了也得娶，我先下聘礼，等过年李裕回来了再找个日子把事情给办了。”

“这可是你当着村里人面说的啊。别回头擦了屁股忘了臭。那你先说给多少聘礼吧！”

李成宝看着杨若桃得寸进尺：“一头猪，我给你一头大肥猪。”

“不行，两头。”

“好，两头就两头。”李成宝看着村里人都在盯着自己，从嘴里蹦出这几个字。

“这可是你说的啊。”杨若桃站起来，拍拍身上的灰，“杏莲的事情就这么说定了，不过我还有一个要求。”

李成宝盯着杨若桃，围在墙头、门旁的人也都静下来，看看这个婆娘还有什么要求。

“我的要求很简单，就是我要在水月湾小学里当老师。”

李成宝放下手里的烟，眼珠子都要掉下来：“你说什么？你要当老师？”李成宝和围观的村人都安静下来。

“是啊，我要当水月湾小学的老师。怎么了，不够格啊？”杨若桃站起来，靠着门框，声音和缓了许多。

“不是不够格，是字认识你，你不认识字罢了。”村人在一起起哄，嬉闹。

“我怎么就不认识了。老娘我认识的字比你吃的奶还多。”杨若桃冲着人群嚷着。

李成宝没有想到杨若桃会提出这个要求，村里人更加没有想到这个平日里放浪惯了的杨若桃会想去当水月湾小学的老师。大家都静静地等着李成宝下决定。

“今天我们只谈杏莲的事情，其他的事情以后再谈。”

“好，那我先把这事提出来了，我过几天再找你商量。”杨若桃最后的话温柔得像是糖浆，听了让人浑身黏糊糊的。李成宝看着杨若桃的背影，脚有些站不稳，一屁股坐在门槛上。

七

在水月湾，和李裕一样大的年轻人大多出去了，剩下不能出去的儿童总不能放羊一样任由他们在村子里转悠吧。工资迟迟发不下来，在水月湾，老师成了稀罕货。李成宝总觉得自己一个人挑着整个学校也不是办法，他早就在物色一个新的老师。可是，在水月湾念过点书的人早就像鸟一样飞出去了，能找个高中毕业的都难。杨若桃这一自荐，虽然让人吃惊，可细细想想也是个办法，找不到马先让骡子试试，凑合着看看。杨若桃虽说初中文化，教个小学还是可以的，更何况在水月湾，教学生只要不让他们乱跑捣蛋，混几年到了能出去打工的年龄就可以了。只是，李成宝还是有顾虑的。杨若桃为人泼辣放浪，在村里名声不好，让她去教学生，怕是很多的家长不同意。李成宝迟迟没有做决定，没想到杨若桃真把这件事放在心上，隔三岔五地就去找李成宝。李成宝说："再研究研究。"杨若桃一屁股坐在板凳上，把板凳都撑胖了，说："还研究啥，我怎么说也是个有文化的人，教那帮小猴子还不行啊！学校现在不正缺老师吗？我家杏莲可是把身子都给你们李家了，这大家都看着呢。你要是觉得不够，你看加上我够吗？"

"你这个骚婆娘，就凭你这点狐骚劲就不配当水月湾的老师。"

"怎么就不配了，在整个水月湾还有比我杨若桃更配的吗？你是男人，你说我哪点不配。"杨若桃往李成宝身上凑。

"好好说话。"李成宝慌忙躲闪到一旁，身子有些软了，却无法拿出平日里的威严。

杨若桃笑了笑，她胜利了。刚开始村里人是不同意的，李成宝摆摆手，说："先教一个月再说。"在这一个月里，大家看见杨若桃像变了一个人似的，注重仪表打扮，不再有以前花哨中带着浪的神情，见到人开始热情地打招呼，聊得最多的不再是哪家的男人在床上怎样怎样，而是闭口张口就是孩子读书怎样、作业怎样。这一个月下来，村里人明显感到自家以前野驴一样的孩子开始变得乖巧起来，回家第一件事情竟然是主动做作业。一问，孩子说作业不做完杨老师不让进教室，罚站还打手心。看来，顽皮的猴子还需要狠婆娘收拾，一个月后，杨若桃被李成宝正式任命为水月湾小学的老师。

在杨若桃成了水月湾小学的老师后，莫然就更加不愿意去上学了。自从失声后，他不再去后山，可是也很少再回学校，每次都是被李成宝像塞进鸡笼一样拎回教室。

莫然对学习没有多大的兴趣，他一个人坐在最后一排，趴在桌子上，头贴着桌面，看着自己的一只手在桌面上蠕动。我接替杨若桃上音乐课，他才表现得活跃些，我教学生唱："春风吹，阳光照。红领巾，胸前飘。小朋友们呀，欢欢喜喜进学校。"莫然说不出话，只能发出"呀"音，而且他总是把"呀"字拖音拖得很长，像是被掐住脖子的鹅发出的声音。同学们都讥笑他，可他还是满不在乎地自己唱着。

下课后，我叫住他，说：“你以后不要再玩火了，很危险。看见火光你就跑，知道不？”

他盯着我看，仿佛我说的是他听不懂的语言。

“你要是听话，老师以后教你唱很多的歌。”

他咧开嘴，像是裂开的石榴，笑了，狠狠地点点头。

八

没课的时候，我坐在屋子里，透过小木窗看着院子里的美人蕉，算着还有多少天结束这次支教的生涯。

我看见老陈从小屋里出来，匆匆穿过院子，向着教室走去。随即，就听见了老陈和杨若桃的声音。

“你先让孩子起来吧，天这么冷，让他跪在这么冷的地上膝盖会受不了的。”

“我管学生你操什么心。你管好你自己的事情就行了。”

我打开门，看见老陈和杨若桃站在教室门口争吵。莫然跪在地上，老陈拉着他的胳膊，他就是不起来，学生像麻雀一样趴在窗口看热闹。

“王老师，你来评评理。”老陈看见了我，说，“这么冷的天，你说学生有再大的错你也不能让他在地上跪一节课吧，他毕竟还是个孩子啊。”

“杨老师，这是怎么回事啊？是不是莫然又惹你生气了？”

“王老师你来得正好，这个李莫然真是一摊烂泥。他偷了我几支粉笔，用小刀在粉笔一头钻孔滴上蜡油，在我上课的时候点着了，整个教室飘着一股刺鼻的气味。这让其他的学生根本无法安心画画。我还看见有的学生也学着他的样子，点燃滴上蜡油的粉笔玩。整个班的风气都被他带坏了。”杨若桃用食指狠狠地戳了一下莫然的脑袋。

“莫然还小，让他先起来吧。”我说。

“起来？这个孩子不给他点苦头吃他不知道厉害。”杨若桃说。

老陈去拉莫然，杨若桃拦住，说：“你干吗？你一个看大门的还要管我的学生啊。”

“你管得不对我就要说，老师不是你这样当的，体罚又解决不了问题。”

“咦，我说你一个没人要的老头在我面前指手画脚的干吗？你有时间回去教训你的那个孝顺儿子啊，跑来管我的学生。走开走开。”

老陈放下莫然的胳膊，面无表情地走到杨若桃面前。

“你，你干吗？”杨若桃被老陈这突然的举动惊到。

“杨老师，我告诉你，我有没有人要不关你的事，你这样管教学生就是不对。我老陈没有念过什么书，我就是不在这个学校待了，今天的事情我也管定了。”

老陈一把拉起莫然，两个人踉踉跄跄地往他的屋子里走去，“嘭”地一声把房门关上了。

杨若桃和我呆呆地站在院子里，身后趴在窗户上的学生在嬉笑。

“回去，都给我回去上课，今天作业不做完就别想回家。”杨若桃转身把学生吼回教室，自己一个人默默地回到教室上课。

“看不出这个老陈挺倔的。”杨若桃事后说。她说这句话的时候老陈已经回老家去了。老陈辞去了校工的工作，听说没有投靠自己的儿子，而是把以前的草屋修缮了一下，养了几只羊。每天老陈就牵着几只羊在家乡农村的山坡上，一晃就是一整天。

老陈走后，学校每天敲钟的工作就留给了我。我握着老陈留下的小铁锤，茶垢色的一截铁棒，手柄处已经磨得光滑。我轻轻地敲打在松树上的铁条。这块铁条像是冬天屋檐下风干的腊猪肉条，系在松树枝丫上，松树上已经被铁条深深地勒进去了。我敲了一下，声音清脆，在整个校园里回荡。可是，老陈听不到了，莫然也听不到了，自从老陈走后，莫然就再也没有来过学校。

水秀对这个孩子已经失去了信心，只要莫然每天准时回来吃饭、睡觉，不捣蛋，她也不再要求什么。李成宝更加不管，他现在很少往水秀家里去，天天去杨若桃那里，说是了解学校学生的状况，规划学校未来的发展。杨若桃成了学校的教导主任和副校长。其实，学校也就那几个人，这些都是虚头衔。可杨若桃很看重，上课的时候不许学生喊她杨老师，要喊杨校长。一次，一个低年级的学生错喊了，被杨若桃罚站整整一个上午。

杨若桃当了副校长不久，村里就要开始举行换届选举了。这次选举李成宝没精打采的，自己年龄到了，不能再竞选村长了，李裕是个好苗子，可是却被莫然给毁了。选举的那几天，李成宝的牙龈上火，夜里睡觉的时候直吸直吸的，像是嘴里吃了一块滚烫的豆腐。这时，在村子里最勤快的要数杨若桃了。除了上课，她平时就在村子里转悠，有事没事地找人聊天，帮着张家收衣服，帮着李家杀鸡。这些事情杨若桃从前是看都不看一眼，现在这样殷勤，让村里人摸不到头脑。后来，我才知道，杨若桃这么热心，是因为她想竞选妇女主任，正在树立形象，拉拢人心呢。

李成宝是第一个知道杨若桃想法的，杨若桃让李成宝支持她。李成宝知道这届选举和他没有任何关系，也懒得操这份闲心。杨若桃撒起娇来，又说彼此是亲家，这点忙都不帮。李成宝捂着疼痛的牙龈，黑着脸，说：“只要村里人愿意选你，你爱咋干咋干。”

就在杨若桃奔走于村里拉选票，给人家菜园除草的时候，杏莲跑过来，喊道：“娘，娘，那个哑巴在烧我家的衣服呢，你快去看看啊。”

杨若桃明白了杏莲说的是莫然，这个祸害竟然跑到自家门前放火。杨若桃丢下锄头，赶紧跑回家。杏莲在后面喊：“娘，娘，你等等我啊，我追不上。”

一听到有关莫然的事情，村里人丢下手中的活，也跟着去看热闹。整个水月湾，莫然让他们平淡的生活充满了新奇。杨若桃赶到家的时候，看见门口晾在两棵树之间晾衣绳子上的衣服都不见了，树根下，一堆碎衣服已经烧得只剩下黑黑的一团，散着刺鼻的气味。杨若桃感觉胸口在不断膨胀，她要找个东西毁灭，把胸口里的气全都放出来。李成宝捂着脸也来了，马上就卸任了，村里的事情他也睁一只眼闭一只眼。

杨若桃没有说话，冲到家里拿着一把菜刀冲了出来。杏莲吓得躲在门后不敢出来，众人没人敢拦，可是又怕她真的做出什么事情来。此时，杨若桃顾不得什么选票、妇女主任的，全他妈滚一边去，她现在要找莫然，一刀劈了他。

“你干吗？你疯了你。”李成宝有气无力地对着杨若桃喊着。

杨若桃没有答话，她在人群中寻觅着莫然，人们被她看得毛骨悚然。在人群的后面，她看见一截竹篙高高地举起，上面挂着一件衣服，像是一面旗帜在风中飞舞。杨若桃看见了莫然，举着竹篙，呜咦呜咦地叫着，奔跑着。

杨若桃向莫然走去，莫然还在嬉笑着。“我要宰了这个狗崽，要为民除害。”杨若桃心里嚷着。

莫然也看见杨若桃和她手里的刀。他没有躲，裂着嘴巴笑笑，放下竹篙，把系在竹篙上的衣服取下来，双手送到杨若桃面前。

杨若桃脸色一下就变了，像一朵高高昂起头向着太阳的向日葵突然间就萎了，手里的刀不自觉地掉了下来，身子瘫了下去。李成宝和村里人都看见了，莫然递给杨若桃的是一个裤衩，一个男士裤衩。唯一的一件没有烧掉的衣服。

“娘，这不是你早上洗的晒在院子里的吗？这个哑巴没有烧掉哩。”杏莲欢快地跑过去接过莫然手里的裤衩，跑到李成宝面前，高兴地说：“村长叔叔，快把裤衩拿回去吧，要不然又被这个哑巴拿去烧掉了，你就没的穿了。”

李成宝怔怔地看着天真的杏莲，看着他手里的裤衩，嘴角抽得更厉害了。他一把夺下裤衩，转身就颤巍巍地走了。

“娘，村长叔叔他走了，今晚还带好吃的给杏莲吃不?”杏莲拉着杨若桃的胳膊，说：“娘，我们回家吧。回家做好吃的给杏莲吃啊。”

没人敢笑出来，也没有人敢去扶杨若桃。杏莲把杨若桃拉回家，杨若桃只说了一句："关门。"

人群中静静的，大家你看看我，我看看你。水秀这时跑过来了，慌慌张张见人就问："我家莫然怎么了？莫然是不是又被打了？"

有人指了指拿着竹篙在奔跑的莫然，听见他呜咦呜咦地叫着，像一只快活的小黑羊。

九

李成宝称病在家，不见客也不出门。杨若桃也一连好几天没来学校上课，像老鼠一样窝在家里。整个学校就我一个人在顶着。换届选举那天，李成宝没有出席，他村长的位子自动卸任了，杨若桃也没有影子，妇女主任让别人当上了。李成宝和杨若桃的事情已经在村里传遍，大家都在猜想着这两个人什么时候会出来。

水月湾小学里我成了唯一的老师，从早到晚都是我的课。杨若桃和李成宝不再来学校后，莫然就出现在课堂里了。他不声不响地坐在后面，没有捣蛋，也不发出任何的声音，就静静地听着我讲课。我教学生们画画、唱歌，给他们讲城里的大楼和汽车、肯德基和商场。他们都睁大眼睛听我讲，竟然都不急着下课。我问他们："你们以后想去城里吗？想做个城里人吗？"他们像老鼠一样相互望望，胆怯地回答道："想。"

我知道，还有一个月我就教完这个学期了，就要回到城里去了。晚上躺在床上我在想，回到城里后我会想念这群孩子的，他们淳朴天真，眼睛里充满了渴望。可是，他们出生在这个偏僻的地方，即使能够飞出去，又能够飞得多远呢？我望着院子里慢慢凝结的寒霜，不禁打了一个寒战。

在上体育课的时候，我发现莫然不见了。我担心莫然又犯了老毛病，一个人偷偷跑去放火。我问同学们莫然去哪里了，他们说去村长家看热闹去了。中午放学后，我往李成宝家的方向走去。

我没有看见莫然，也没有看见李成宝。李成宝家的院子里，水盆、水瓶的碎屑一地，一床棉被上踩满了脚印，乱糟糟的，像是被抢劫了一番。我看见李成宝的婆娘弯着腰在清扫。我猜想是他们夫妻俩闹矛盾了，这个时候，我进去是不合适的。我往学校走，拦住了一个学生的家长，询问李成宝家发生了什么事情。

"你还不知道啊，鲁坤昨晚带人来砸的！"学生家长向我讲述了昨晚发生的事情。

自从莫然把李成宝和杨若桃的关系揭开后，李成宝和杨若桃都躲在家里不敢出门。可是，即使他们想躲，这样的丑事还是传了出去，最终还是传到杨若桃丈夫鲁坤的耳朵里。鲁坤连夜从外地赶了回来，带了几个本家兄弟，趁夜就踢开了李成宝家的门。当时，李成宝正窝在被窝里，鲁坤连人带被子一把拽了出来，一直拖到院子里。李成宝看见了鲁坤，吓得连裤子都没穿就直接瘫在地上，嘴巴抖动，却一句话也说不出来。干木匠出生的鲁坤手里有的是劲，几巴掌甩在李成宝的脸上，李成宝顿时嘴角出血。

“你给老子戴了绿帽子你知道不？你这个老东西！”鲁坤一脚踹在李成宝裤裆里，李成宝当时就不能动弹了，只有求饶的份。李成宝的婆娘跪在地上给鲁坤磕头，求他放过李成宝。

“放过他?！这个老不死的睡了我女人，你听明白没有，你的男人睡了我的女人！”

鲁坤不顾女人在地上苦苦求饶，对着李成宝又是一顿打，其他人见到东西就砸。声音惊动了附近的邻居，大家围在李成宝家门外，看见了鲁坤，知道李成宝理亏，只在旁劝着，不要弄出人命。

“李成宝当村长这么多年了，在村里干了哪一件好事！啊？村里杀猪他拿最好的肉，分田他占最肥的，现在还欺负到我头上来了！今天谁敢拉我试试看，我就灭了他全家。”

鲁坤越说越生气，带着哭腔，眼睛红红的，像一头受伤的野兽。鲁坤又是一脚踢在李成宝的裤裆里，李成宝顿时成了一只蜷缩的虾，疼得叫喊。

没人再敢劝架，大家也知道李成宝这么多年在村里的所作所为，只能看着鲁坤对着李成宝拳打脚踢，有些人看不下去就躲回家去了。李成宝的婆娘跑过来死死抱住鲁坤，哀求他住手，放过李成宝。鲁坤一脚踹在女人的肚子上，女人顿时就疼得昏过去了。

就在鲁坤对躺在地上的李成宝发泄满腔愤怒的时候，有人喊，派出所的人来了。警车响在水月湾时，村里的人差不多都跑来了，车上下来的两个派出所的警员拉住了鲁坤，让村人帮忙把李成宝赶紧送到医院去。鲁坤还在叫嚷着：“我看哪个不要命的敢送李成宝去医院，老子就送他去阎罗殿。”没有人敢动，两个警员铐住了鲁坤，押上车，对站着一动不动的村民说：“再不送医院他就没命了。”村人看鲁坤被带走了，赶紧把李成宝送往医院。

杨若桃得知鲁坤回来了，吓得坐立不安，毕竟自己是在偷汉子啊。当他得知鲁坤没有直接回家，而是去找李成宝算账时，心里更加不安。以鲁坤的性子，不把李成宝剁了才怪。把李成宝收拾后，下一个就是自己了。杨若桃越想越害怕，仿佛在等着死神的降临。

杏莲从床上坐起来，揉着惺忪的双眼，问：“娘，你怎么还不睡觉啊？我都睡一觉醒了，还做个梦，梦见爹回来了，还带了好多好吃的给我呢。”杏莲一边说一边作吧唧吧唧的吃状。

杨若桃一听杏莲说梦见鲁坤回来，心里更毛躁了。她很想去李成宝家看看，想知道那里究竟发生了什么，究竟是怎样的一场争斗。杨若桃让杏莲睡下，自己穿好衣服出门去。杨若桃想，反正是一死，不能坐以待毙，去李成宝家看看，也好知道鲁坤究竟会怎样处置李成宝。

杨若桃远远地躲在李成宝家门外的草垛旁，村里人已经把李成宝家围个水泄不通，只听见院子里传来鲁坤的叫骂。直到派出所的人带走了鲁坤，村里人把满身是血的李成宝抬走，杨若桃才偷偷地跑回家。

杨若桃吓得半死，她看到李成宝已经被鲁坤打得非死即残，轮到自己他岂能善罢甘休。杨若桃知道鲁坤有个特点，无论什么事情都是先料理容易的，然后把精力放在难啃的上面。每次吵架，鲁坤都能把杨若桃打得半死。杨若桃早就厌倦了这种生活，厌倦了鲁坤，害怕鲁坤。她看到鲁坤把李成宝打在地上，不知道他还有没有气，要是临到自己，不是活剥也会生吞。鲁坤被抓走了，可是一旦被放回来，自己还是难逃一死。这个时候，杨若桃突然很恶毒地想李成宝最好死了，这样鲁坤就被当作杀人犯，坐几年牢。

这些都只是杨若桃的猜想，目前最主要的是趁着鲁坤没有回来之前赶紧跑。杨若桃跑回家收拾衣服，把箱底的首饰和平时李成宝给的一些钱都一把裹起来，塞在怀里。

“娘，你收拾衣服干吗？”杏莲醒了。

“没事，你睡吧。我去接你姥姥来陪杏莲玩。你乖乖睡觉，要不然姥姥不来了。”

“杏莲听话，杏莲想姥姥来。”杏莲盖上被子睡下了。

杨若桃看着杏莲，突然眼睛一涩，苦命的孩子，可是她不能带她走。杨若桃知道，鲁坤再恨她，也不会对自己的女儿下毒手。

杨若桃趁夜跑到她母亲家，告诉母亲她要出去打工，把杏莲就托付给她了。老人还没来得及问什么情况，杨若桃丢下一卷钱就跑了。

十

李成宝没有抢救过来。鲁坤被判了刑，好几年都出不来。杨若桃偷偷地跑了，只有杏莲每天在村口苦苦地等着杨若桃的归来。

天气渐渐转冷，这个学期也即将结束，我也该结束我的支教生涯回城了。在水月湾的这段时间，我习惯了写日记和书信，也许在这个偏僻的地方，能够让我摆脱寂寞的也就只有文字。我和城里的同学通了几次信，希望此次回去后能够号召大家给山区的儿童进行募捐，衣服、书本、钱都行。这里的孩子太需要人们的帮助，物质上贫乏可不至于饿死冻死，可是精神上的穷困就可能让一个个鲜活的生命变得枯槁。我每次把信写好，交给赶集的人让他们帮我寄出去。

行李我早就收拾好了，还有一个星期我就要离开这个地方了。我曾充满激情地来这里支教，希望自己能够将学到的知识传播到贫困偏僻的地方，但是有的时候真的感到有些无能为力。每当我夜里起床，看着皎洁的月光洒在院子里，这里的景色宁静，生活里的苦难在这里不起一点波澜，可是，一想到李成宝和杨若桃，想到离开的老陈，想到像莫然那样的孩子们，我又忧心忡忡。

收到最后的一份回信是我在吃午饭的时候。老陈走了，李成宝虽然不在了，可是村里对老师还是很尊敬的，不让我自己烧饭，每个学生家开始轮流给我送饭。来送饭的家长顺手给我带回一封室友的信。

室友在信里说了一些对毕业感到迷茫的话。信末，他告诉我说他在网上看到了今年的特岗计划，水月湾小学也在其中。他问我，如果没有找到满意的工作，会不会去考竞争压力小一点的特岗。我知道，考上特岗三年后就可以正式有编制了，只是岗位大多是农村和比较偏远的地区。我无法给他回信，我只能先回城里去再说。

我教完了最后一节课，向学生告别。孩子们都不作声，低着头，我听见轻微的哭泣声。我知道他们舍不得我，我又何尝舍得他们呢。水月湾小学的老师已经被纳入编制之中，我走后，杨若桃也不在，以后能来这里教书的应该都是从大学里走出来的学子吧。我回到屋子里整理东西，新任的村长和一些家长来送我，孩子们堵在门口看着我。我看到桌子上摆满了鸡蛋、玉米、山芋……这些是他们送给我的礼物。我把带来的几本书送给了几个孩子，虽然我知道他们暂时还看不懂，待他们长大点也许会明白书本里的知识和道理。

我收拾好东西，准备走了，孩子们放声大哭，一个个围在我身边，抱着我的行李箱、扯着我的衣角不让我走。我眼睛湿润了，村长把孩子们拉走，说："王老师只是回家去，以后还会回来看你们的，让老师走吧，要不然赶不上火车了。"我说："你们好好念书，老师有时间会回来看你们的。"

村长让家长和学生不要送了，我挥挥手，却始终没有发现莫然。

离开水月湾的依旧是一条瓷白的土路，只是两边的田野早已被冬天的寒气所笼罩，四野茫茫，苍凉的风来回巡视。

"村长，村长！"

我和村长同时回头，看见村支部的周会计骑着自行车追过来了，车还没停稳，人却先跑着下来了，气喘吁吁。

“村长，不好了，学校着火了。”

“啊！你说什么？学校着火了？谁干的？”

“还不知道呢，王老师刚走，贴着学校围墙外面的草垛就被点着了，还好今天风不大，只烧了冒出墙头的美人蕉，火势被控制住了。”

“这个时候，真是会给我添乱。不会是李莫然干的吧？王老师，你看我这还有事，我得回去处理下，要不我让周会计先送你去车站。”村长一边说着，一边把手里的棉被递给周会计。

“村长，不用这么麻烦，你有事你先去吧。”

“那好，那就欢迎王老师以后常回水月湾坐坐。”他伸出手，和我紧紧握了一下，就骑着周会计的自行车往村里赶去。

我站在路上，看着村长远去的背影，想着水月湾小学失火的情景，难道真的是莫然干的？不过这件事已经不重要了，水月湾有它自己的生活轨迹，我只是一个即将离开的过客。

“王老师，你看，那个是不是莫然？”周会计指着不远处梯田上冒起的火苗，一个小孩在火苗前跳跃着，手里拿着一根棍子在往火里挑枯黄的野草。我认出，那个孩子是莫然。

“他又在这里放火了，说不定学校外面的草垛就是他烧着的。王老师，你等下我，我去把他抓住。”周会计放下棉被，准备去捉莫然。

“算了吧，周会计，让他去吧。”我沉默了一下，说：“他看见火光就会跑的。”

我望着莫然，他高兴地对着火苗舞蹈，欢快地奔跑着，嘴巴呜咦呜咦叫着，好像是要说些什么，也许是对我，也许是对着那些奔跑的火苗。

（原载 2015 年第 8 期《安徽文学》）

连 理 枝

耿毅频

金莲最近总是梦见小叔。她站在村口池塘边的那棵大榕树下，小叔挑着货郎担，远远地朝自己走来，手里的一只大鼓使劲地摇着，却听不见一点声音，但那露着一口白牙的笑脸却离自己是越来越近、越来越清楚的。金莲想和小叔说说话，可是不管怎么用力张嘴巴都说不出一个字来，急得金莲流下眼泪来。金莲一哭，小叔就不见了，金莲便也就醒了，醒来时发现只是梦一场，虽然不哭了，但金莲也难以入眠了，每次都是相同的梦境和相同的结局。

小叔的形象在梦里总是很清晰，浓眉大眼，步伐矫健。小叔的个子不是很高，可他挑着货郎担的样子在金莲童年的记忆里是威武的，那是她心里的一座山。小叔离开这个世界已经有二十五年了，可每一次梦里，小叔的音容笑貌，都会让醒来的金莲依依不舍。在金莲的记忆中，小叔从来就没有离开过，又怎能舍得忘记呢？

小叔是自己结束生命的。小叔的死在当时可称得上是一件惊天动地的大事了，轰动了十里八乡，人们都不明白为何还会有这样想不开的人、这样保守的家庭，进而导致这样的悲剧发生。这一切对于金莲的家庭来说是一场浩劫，外界的舆论仿佛给金莲的每一位家人脸上刻着“家丑”两个字，蒙羞的自虐心理仿佛远远大于失去亲人的悲伤，只有幼小的金莲除外。

小叔死的那年，金莲才十岁。

金莲很早就记事了，十岁以前的记忆中，与金莲讲话最多的人是小叔；第一次送金莲去学堂的是小叔；每天放学回家给金莲补习功课的是小叔；受到来自家人的无端的指责时，能给金莲一个怀抱，让她静静哭泣的还是小叔……在那个家里，只有小叔给予了金莲无尽的温热。尽管童年的生活里，眼泪远远多过欢笑，但再多的眼泪，都能在小叔温暖发烫的手掌里瞬间蒸发。小叔的掌心上有厚厚的茧子，那是常年摇拨浪鼓留下的印迹，金莲常常趴在小叔的膝盖上，小手掰着小叔的大手，然后一点一点地抠他手上的茧子。尽管茧子很坚固，但是在金莲锲而不舍的“强攻”下，还是一点点地败下阵，一层一层地被剥落下来。每当剥下一层茧子，金莲都会回眸看看小叔，露出一口整齐的小白牙。看着金莲紧紧地盯着茧子，半张着小嘴巴，使劲地抠，专注得口水都流出来了，还有她那因为小小的成就露出的开心的样子，小叔除了轻轻拽拽她头上的小辫子，还会做出一种特别享受的表情来，金莲就扣得更有劲头了。那时候的金莲是个幸福的孩子。

金莲记得很清楚，那是一个有着血色残阳的黄昏，小叔躺在一张木板上，全身被一块白布覆盖着，几个人抬着来到家门口。爷爷和奶奶在抬木板的人的后面，被人连拖带拽地从河边拉回来了。奶奶捶胸顿足地哀号着，儿天宝地地呼唤着，昏过去好几回，赤脚医生还被叫来给奶奶打了针。妈妈边哭边骂着，一边可怜小叔是个无福无寿的人，一边又咬牙切齿地咒骂小叔败坏家里的风水，是个恶毒的人，几世不得超生。本家的几个女人也在一旁拖着长腔痛哭着，场院里哭声震天。

幼小的金莲看着那样的场景是惊恐的，小叔躺在那里一动不动了，此时是没有人会关注到金莲的存在的，确切地说，此后的金莲再也没有得到过来自任何人的能够与小叔相媲美的关爱与庇护了。院子里哀声一片，奇怪的是平日里跟小叔最亲近的金莲却没有流出一滴眼泪来，突来的恐惧让她无所适从地站在人群后面，从人缝里偷看着盖着白布的小叔。相反的，处处跟金莲作对的姐姐，此时却像个小大人一样，学着妈妈的样子，一把鼻涕一把泪地哭诉着。金莲一直记得，姐姐一边哭还一边回过头来瞪金莲一眼，金莲能确定那眼睛里的光芒是与悲伤无关的。小叔活着时常常为了给金莲主持公道而批评教育姐姐，而姐姐也从来都没有真心接受过，反而怨恨小叔偏袒金莲，之后便会把对小叔的怨恨再次转移到金莲的头上。所以，对于姐姐的那个眼神，金莲在后来的很长一段时间里都是心有余悸的。

许多年以后，金莲常常追究起那个时候的自己，为什么没能像姐姐一样，伏在小叔的尸体旁边大哭一场。金莲为此深深自责过，她甚至翻看了许多有关儿童心理学方面的书籍，唯一的解释就是当时无法接受小叔突然死去的现实。没有了小叔，她也就没有了这世上的一切，小叔是她的天，现在天塌了，这是多么让人恐惧的事情，心底被恐惧占满了，不流眼泪是在缓冲失去小叔的恐惧，是她的一种本能的自我保护，毕竟那时候的金莲还太弱小了。

越过场院里的喧嚣，金莲不声不响地躲进了自己的小房间。她静静地待着，不知不觉已经夜深了，大人们渐渐地散去，听不见哭声了，一切都安静下来了。这时的金莲一下子意识到，等天亮了，小叔就会被埋进黄土里，和村东头的五姑奶奶一样，谁也见不到了，永远也见不到了。金莲的小心脏开始痛了，悲伤像汹涌的河水从心窝奔流到喉咙再到眼睛，当眼睛装不下她心里的痛时，又蔓延到鼻腔，鼻子疼得令她窒息。此后，金莲落下了一个病根，每当到了小叔的忌日，鼻子都会疼，一疼就是好几天，当鼻炎治过，可一直没有好转。

四周越来越静，金莲越哭越伤心，她是把头蒙在被子里小声地啜泣着的，她不想让别人听见自己的哭声，就算是听见了，也没有人会在意她的悲伤，没有人会知晓她对小叔的依恋之情，更没有人会想到要开导和抚慰她这么个可有可无的丫头。流了太多的泪，金莲头昏脑涨的，朦胧中听见鸡叫声，天快要亮了，金莲惊觉起来，她突然想起来一件事，再不为小叔做就没有机会了。

金莲忍住欲裂的头痛撑起小小的身躯，在黑暗中悄悄地摸到小叔的房间。小叔的房间，是金莲每天都要进来的地方，她没有开灯便很快地找到了小叔书桌的位置，熟练地从书桌抽屉里摸出一支钢笔揣进怀里，然后又轻轻地摸回到自己房间，打开灯，细细地看着那只钢笔。钢笔还是新的，黑色锃亮的笔杆，镀金的笔套闪闪发光，这是小叔生前最爱的一个物件，只有给五姑奶奶写信时才舍得用。虽然不是天天用，可他每天都要拿出来看看，里里外外擦一遍，然后检查一下笔管子里有没有墨水，他总是让笔管子里的墨水满满的。金莲用一块布小心翼翼地把钢笔拭擦了一遍，然后从箱子里拿出一块绣花手绢把钢笔包好。做完了这一切，金莲把钢笔捧在胸前，走出家门，来到场院。

场院上空架着白炽灯，亮如白昼，中央搭起了一个棚子，小叔躺在棚子里，木板已经换上了竹床，身上已经没有白布了，棚子里也亮着一盏灯，很亮很亮，两个守夜的人已经蹲在火桶里睡着了。金莲蹑手蹑脚地来到棚子里，伏在小叔的身边，不能惊动身边的人，不，是不想让别人来打扰她和小叔这最后的告别。金莲连小声地啜泣都不能了，鼻腔里又一阵痛袭来。这时的小叔已经换上了一套白色的衣服，样式有些像小叔曾经带她去看唱戏时，戏台上的那些人穿的戏袍。金莲小心翼翼地掀开小叔外面的衣襟，把那只钢笔别在靠近小叔胸口最里面的一层衣襟上，然后轻轻拂上外面的衣襟，不留一丝痕迹。

此时，悲伤又无助的金莲，能为亲爱的小叔做的仅有这件事了。

只有金莲知道，这支钢笔对小叔来说是珍贵的，因为它是五姑奶奶送给小叔的礼物，珍贵的是送礼物的人。钢笔是五姑奶奶偷偷让金莲转交给小叔的。五姑奶奶在家排行老五，跟金莲的爷爷是一个辈分，所以在村里金莲一辈的孩子都称她“五姑奶奶”。那时候的五姑奶奶在镇上的缫丝厂上班，每月的工资都要交给家里，可她还是积攒了一笔钱，一个休息日特意骑自行车赶到县城的新华书店给小叔买了这只钢笔，她说小叔的字写得很漂亮，应该有一支配得上他的笔。这些是五姑奶奶告诉金莲的，还让她不要告诉小叔。让金莲转交钢笔的时候，五姑奶奶还送给金莲一块她自己手工刺绣的手帕，白色的方巾上绣着一个粉色的小娃娃的脸蛋，五姑奶奶说那个小娃娃就是金莲。金莲很喜欢，她把手绢藏在箱子里，一直都舍不得用，这一次拿出来给小叔包了钢笔，金莲觉得这手绢是五姑奶奶亲手做的，让小叔带走是对的，大概是冥冥中早已注定了这块手绢的用途。

小叔收到五姑奶奶的钢笔以后，就开始用那支笔给五姑奶奶写信，每一次的信都是由金莲送去的，每一次五姑奶奶看到信都会笑的，金莲最喜欢看五姑奶奶那样的笑，那样笑的样子让本来就好看的五姑奶奶更有一种说不出来的好看，让金莲有一种如沐春风的感觉，所以金莲十分喜欢做小叔的信使，做给五姑奶奶送信的信使，也渐渐地喜欢上了五姑奶奶。

小叔是被卷在竹席里下葬的，被埋在了村西头自家的一块荒地里。五姑奶奶被葬于村子东头自家的一片荒山上。

小叔走了以后，本家的长辈在一起开了个会，商议把金莲过继到小叔的名下，也算是让他有个后代，没有白来世上一遭。从那以后，爷爷奶奶对金莲的态度有所好转，尽管这样，金莲还是变得越来越没有生气了，在后来的那个家里，她除了去应付与姐姐的争吵，仿佛和任何人都说不上话。乡村间常常流行这样一句话："爷奶疼的是头生子"，金莲的姐姐比她大两岁，很得爷爷奶奶的宠。宠归宠，毕竟不是男孩，还是让他们有些遗憾，他们把生男孩的希望都寄托在第二胎上，哪知道二胎的金莲又是个女孩，于是所有的希冀都化作了对金莲的怨怼。小叔走了，金莲得到了爷爷和奶奶的爱，聪明的金莲知道那爱是怎么来的，她宁肯爷爷奶奶一直对她怨下去。

过分的宠溺容易让孩子养成骄纵的性格，姐姐从小就知道怎么欺负金莲，家里分给两个人的家务活，她总是想方设法地推给金莲一个人做。小叔在世时，姐姐知道他疼金莲，为了得到小叔货担里花花绿绿的蝴蝶结、五颜六色的指甲油之类的小玩意儿，当着小叔的面有时也还不敢为难金莲。小叔走了，姐姐干脆什么家务活也不干了，甚至把之前小叔送给金莲的女孩儿家喜欢的小物件全都拿走了，妈妈看见了也都是睁一只眼闭一只眼。奶奶一年年变老了，在这个家里渐渐失去了威信，有时候想为金莲说句话，看着妈妈的脸色又吞了回去。开始的时候，金莲还躲起来哭，慢慢地，她学会了不再流泪，也不跟姐姐争抢，任她喜欢就拿，唯有一支发簪，姐姐拿在手上，被她毫不犹豫地夺了回来。那是一支银色的簪子，簪头上有树枝样的图案，雕刻得很精致，纹理清晰到连叶片上的那十分细小的叶脉都若隐若现，金莲很喜欢那种精致，而且那精致是需要耐心才能发现的，那是一种内在的有质感的美。大概是那支簪子无论是颜色还是样式都不合姐姐当时的审美情趣，姐姐甚至都不知道它叫什么、怎么用，也不具备那种能够发现簪子上潜藏的内在美感的耐心，所以在金莲的死守之下，她也就放弃一贯的强攻策略了。

那支簪子是小叔让金莲转送给五姑奶奶的礼物，可金莲还没来得及送出，就传出了五姑奶奶去世的噩耗。金莲守住了簪子，她很庆幸姐姐对这支簪子的手下留情，不管是出于什么原因，她都心存感激。之后，她更是对姐姐礼让三分，渐渐地，金莲便淡出了姐姐的视线，姐姐已经长大了，她的志趣发生了大的转变。

金莲想小叔和五姑奶奶的时候，就会拿出簪子来看看，那细致的花纹摸上去总让人想起五姑奶奶端庄秀气的模样，想起她和小叔之间的好来，直到今天，这根簪子——金莲还带在身边。读大学的时候，一次偶然，这根簪子被金莲的一位室友发现了，她顿时大呼，认定这是一支年代很久远的簪子，从银子的层色和工艺来判断，这支簪子都是现世难得的佳品。她还特意打电话咨询了一下她爸，然后问金莲愿不愿意转让，如果愿意，价钱任金莲开，她爸都愿意。她还告诉金莲，簪子头上刻的树枝叫连理枝。那位室友的父亲是银匠，家里是开银器店的，金莲能确定她说得没错，但那又怎样呢？她怎能出卖小叔和五姑奶奶之间的爱情？那是他们用生命捍卫得来的一世情缘，簪子在，就是见证。只是听说了簪子的实际价值，金莲的心里更是一阵痛。簪子的价格在当时一定不菲，当年的小叔不知在哪户人家看上了这支簪子，又是费了怎样的力气才从人家手里换来这支簪子。

小叔考大学时只差一分，他想复读来年再考，可金莲的爸妈不同意，天天和爷爷吵，爷爷拗不过他们，小叔只好放弃了考大学的理想。小叔不念书了，又不擅长农活，爷爷就让他挑起了货郎担。挑货郎担很辛苦的，每天负重走几十里地，每个月挣下的钱都要悉数交给爷爷，爸妈还经常揣测小叔藏了多少私房钱，给他脸色看。小叔挑着货郎担走村串户，每天挣多少钱家里人心里都是有数的，为了这支簪子，小叔不知要多跑多少个村庄，磨破多少双鞋子，可为了心爱的五姑奶奶，小叔就算再苦再累，也是甘之如饴的。

到了男大当婚、女大当嫁的岁数，去给五姑奶奶提亲的媒人踏破了她家的门槛，可五姑奶奶就是一个都不同意，在一次家人的追问之下，她说出了自己的意中人，就是同村的侄子辈的小叔，并且宣誓非他不嫁。一家人恼羞成怒，骂的骂，打的打，五姑奶奶惨遭家人精神和肉体的双重折磨，当天夜里由于受不了那样的羞愤自尽了。五姑奶奶死了，她的家人来金莲家里闹过，那时候，没有人去安慰小叔，爷爷奶奶，爸爸妈妈，甚至连姐姐都在埋怨小叔，说他不该惹五姑奶奶这个伤风败俗的女子。小叔这次任由他们说，没有跟他们争一句，有谁会知道，他心里已经早有打算，还没过头七，也随五姑奶奶去了。

金莲怎么也没有想到小叔会舍得扔下自己一个人走了。小叔走的头天晚上，金莲去过小叔的房间，她是去还那支没有送出去的簪子——现在五姑奶奶不在了，簪子应该还给小叔，给他留个念想，早熟的金莲是这样想的。金莲是趁奶奶送饭给小叔离开之后进去的。金莲进到小叔的房里，看见饭菜还摆在桌上，小叔一口也没有动。小叔见金莲进来还对她笑了笑，金莲一阵惊喜，这是五姑奶奶走了以后，小叔第一次笑。五姑奶奶下葬以后，小叔在她的坟前坐了一整天，回来之后就把自己关在房里，不吃也不喝。现在小叔总算好起来了，金莲的心暖暖的。小叔对金莲说："把今天上的课跟小叔说一遍。"金莲乖乖地说了一遍。小叔又笑了，对金莲说："看你的头发乱成什么样子！去把梳子拿来，小叔给你编个新发辫。"金莲这回耍了个小聪明，说："那小叔一定要把饭吃了，这样才有力气给金莲梳头。"小叔又笑了，照着金莲的话，把饭菜全吃光了。吃完饭，小叔一边给金莲梳头，一边告诉她那支发簪的用法。他给金莲梳了个发髻，然后郑重地把发簪插在金莲的发髻上，把那支发簪送给了金莲。他又和金莲说了许多话，让金莲要好好读书，这样才能过自己想要的生活，以后尽量和姐姐友好相处，所以后来姐姐拿金莲东西的时候，金莲都没有和姐姐争了，除了那只簪子。夜深了，小叔把金莲送到她的小房间，等她睡着了，脸上露出甜甜微笑的时候才离开。小叔关门的时候，金莲似乎在睡梦中醒来一会儿了，她仿佛听见门外小叔发出了一声长长的叹息，是似有似无的那种。当金莲再回想起那晚的情景时，她确定那天夜里听见的的确是小叔的叹息声。不知从什么时候开始，金莲不怨小叔抛下了自己，他是怕五姑奶奶一个人在地下寂寞，不是一个人走了，是去陪五姑奶奶了。如果生命真的有轮回，来生，他们一定不会孤单的。

受姐姐打压的日子没有持续多久就结束了，姐姐从小就不爱读书，初中没念完就随小姐妹去浙江打工了。姐姐外出打工的那年，正好弟弟入学，金莲每天早上要先把弟弟送到村里的学堂，再步行去五里外的中学读书，回家还有做不完的家务，她身上的担子更重了。尽管这样，金莲却感觉松了一口气，她的精力不用再分散到去应付姐姐无休止的挑衅上，每天放学，先干家务活，再帮弟弟复习功课，等一切都搞定了，她才能去看书，每晚都熬到深夜。金莲下定决心，一定要考上大学，帮小叔实现梦想。她做到了。

事实上，小叔走了，金莲也只有通过一心读书来排解对小叔的思念，直到她真正地长大，上了大学，参加工作，融入社会之后，那种融化在血液里的思念才慢慢变淡。随着岁月变迁，也许是自己身上也有痛，她已记不清是从什么时候开始，小叔留在她心上的痛被她渐渐忘却，直到最近，小叔竟然时不时地闯进她的梦里。最近，村里在集体迁坟，金莲突然有了一个决定，她要在公墓群给小叔立一个衣冠冢。她让爸爸去和村东头的五姑奶奶的家人说说，重新给两人建一个衣冠冢，让两个相爱的灵魂安息。金莲还跟爸爸说，不管对方提什么条件，都答应，钱由她来出。

现在的家里，金莲说了算，事情就那么定了。记忆中，小时候爸爸见到金莲总是恶声恶气，妈妈是个把喜怒哀乐都写在脸上的人，金莲都记不得被妈妈抱的感觉了，直到后来金莲有了个弟弟，大人才开始对她有了笑脸。看着低垂着头的爸妈，当年的蛮横和撒泼劲儿荡然无存，金莲心想，也许是人老了的缘故，小叔的事，他们一定也十分后悔，毕竟，那是两条鲜活的人命，又是在那样的花样年华里。

回去的路上，金莲把车开到村头的大榕树边停下了。她下了车，靠在树下，陷入了沉思。那时候，每日黄昏时分，金莲都会跑到村口的大榕树下等小叔归来，五姑奶奶每天那个时候都在榕树下洗衣服。远远地看着小叔挑着货郎担的身影，金莲便会奔跑着扑过去，接过小叔的拨浪鼓，使劲地摇着，五姑奶奶会抬起头来和小叔相视一笑，瞬间又去低头洗衣服，那是童年的金莲一天中最快乐的时光。

现在的金莲衣食无忧，事业上也小有成就，可三十五岁了，依然是孑然一身。不是金莲要这样，金莲在读大学的时候就谈了男友，毕业了，因为两个人都没钱，他们就没有像其他的同学那样把婚礼弄得轰轰烈烈，只是悄悄地领了结婚证。世事难料，到了结婚的第三个年头，经济条件好起来了，他们开始想到要个孩子，这才意识到这三年来金莲虽然没有避孕，却也一直没有生育的迹象，他俩便去医院检查了，是金莲的问题。男方的父母坚决要求他们离婚，吵到了金莲的单位，说金莲当初是骗婚。金莲打电话让男方把父母劝走，男方说他们领结婚证的事父母事先不知情，有他们说话的理由。金莲的心凉了一半，他们裸婚的那时候，男方的父母可是直夸金莲是个懂事的好娃子。晚上回家，金莲对男方说，医生只是说自己的身体暂时有问题，现在的医学这么发达，可以通过治疗来解决。可男方哭着说他是家里的独生子，不能陪她一起赌。金莲傻了，她一直以为他们是相爱的，就像小叔和五姑奶奶那样地爱着对方，只有死才能让他们分开。望着痛哭流涕的男方，金莲一滴眼泪都没有，小叔走了以后，金莲就学会不靠眼泪解决问题。

离婚以后，金莲不想在原单位待了，从单位辞职了，打拼了几年之后，自己开了一家公司，规模不大，但她是独立的法人代表。

在给小叔和五姑奶奶建衣冠冢的仪式上，金莲打开那只盛放着小叔和五姑奶奶衣冠的木头箱子，把那支随身带了二十五年的银簪轻轻地放在五姑奶奶的衣服上，那本该是她的东西，终于物归原主了。最后望了一眼那簪头的连理枝，金莲小心翼翼地合上箱盖，长长地舒了一口气，是这支发簪见证了她对爱情的信仰。

细思量，这样的发簪，也只有小叔和五姑奶奶才值得拥有。

（2017 年度“古今池州”中短篇小说大赛优秀奖）

作者简介

桂媛，中国作家协会会员，安徽省网络作家协会会员。编剧，脚本师，杂志撰稿人。2011 年出版长篇小说《槐树花开》，浙江大学出版社出版。2011 年出版长篇小说《半颜倾城》，浙江大学出版社出版。2012 年《半颜倾城》入围首届西湖类型文学奖，由北京大学中文系教授张颐武推荐。2012 年底《半颜倾城》获得第 21 届浙江省出版奖数字出版类大奖。2013 年为《池州日报》专栏《食在池州》写稿。2013 年《胡椒或者迷迭香》获安徽省作家协会“第二届小说对抗赛”池州赛区二等奖。2013 年参加安徽省首届鲁迅文学院中青年作家班学习。2014 年《半颜倾城》获池州市第四届优秀文艺作品图书类新人奖。2014 年短篇小说《骗子》获池州市首届短篇小说大赛优秀奖。2015 年《半颜倾城》获池州市贵池区首届优秀文艺作品评选图书类一等奖。2015 年短篇小说《舒老太和土狗阿黄》获池州市第二届短篇小说大赛优秀奖。2015 年《傩神》获第三届安徽省电影电视剧本大赛创意剧本奖。2015 年长篇小说《狼桃花》上架咪咕阅读。2016 年《章献皇后》签约阿里文学。2017 年《海天凌云录》《梅园惊梦》签约阿里文学。2017 年参加中作协和中宣部联合举办的历史题材作品创作出版研修班。2019 年出版小说《二分之一初恋》。

文　贼

一

花锦站在宽大透亮的百叶窗旁已经发了半个小时呆，望着墙根下的一丛红蔷薇，开得浓艳纤丽，几只粉蝶和蜜蜂绕着花吸花蜜。她突然觉得那些蔷薇被这些蜂蝶吸干了花蜜，即将凋萎，而她就像那朵红蔷薇一样。

她已经足足半年没写过一个字了，作为一个以文字为生的人，这是一件可怕的事。幸好有稻文，稻文是花锦的助理，文文静静的小女生，半年前找工作时写了一篇文，被花锦看到，花锦像被针扎了一样，几乎疑心是自己写的文，只是忘却罢了。她望着眼前那个戴着黑框眼镜、不苟言笑的女孩子，点了点头。

不能不说这是个正确的决定，在花锦写不出文的日子里，稻文成了她的笔，稻文写的每篇文都像是花锦亲笔所写，连思想到行文习惯，无一不类似，叫花锦心惊肉跳不止，仿佛稻文是这个世界的另外一个自己。稻文说，她是花锦的超级粉丝，仔细拜读过她所有的文章，花锦不得不信，她对花锦的文章比花锦自己还熟，许多字句花锦都已忘却，稻文却可以一口报出。有时花锦怀疑，自己其实从未写过那些文，都是稻文写的。

稻文穿着簇新的青色丝缎旗袍袅袅娉婷地走到花锦面前，她的黑框眼镜已经换成了透明无框眼镜，长发盘髻，插着一根木头簪子，看起来极有韵味。花锦越发心惊，稻文如今的模样越发像自己，她心里生出一阵厌恶，不等稻文说完就挥手让她离开。

二

图书馆是花锦最喜欢的地方，年幼时开始，她就长年浸泡在此，书能给她提供无数灵感。她现在站在书架前足足半个小时，没有挑选一本书。她突然发现自己对书产生了厌倦之情，她的脑子像装上了筛子，一切有关文学的内容通通被过滤掉了。

花锦很焦虑，她必须重拾文字，否则这辈子她无法离开稻文——那是绝对不可能的事。

她漫无目的地伸手抽出了书架角落里的一本书，书很旧，却保持得很干净，似乎年代久远，却未尝有过读者。她随意翻阅了两页，一个大胆的念头从心里冒出来，她被自己这个念头吓住了，抱着书久久回不了神。

花锦借回了那本书，她在网络上也搜过，这本书的名气极小，又年代久远，几乎无人问津。心里遏制不住的念头像魔鬼一样勾引着她——抄吧，反正没人会知道，就算知道又怎么样，现在抄袭的人那么多，也没人管，反而越来越红呢。

她放下了那本书，她一向是鄙视抄袭的，在几次笔墨论战中，她不止一次扛起反对抄袭的大旗，若是有人知道她现在抄袭，她都不知道自己有没有脸活下去。可是自己的写作生涯该怎么办？

电话响了，花锦看着电话号码生出一阵头痛，出版社和杂志社最近催稿的电话越来越多了，她只能找出各种借口来拖稿，什么电脑坏了、狗啃了硬盘、家里停电，一切能找出的借口全部都用上了，特别是这个出版社的稿子，她已经拖了大半年，再拖下去要付违约金了。

她等电话不响了之后，连忙打电话给稻文："稻文，瑞白出版社的那本小说，你写得怎么样了？"

电话里传来稻文懒洋洋的声音："没写。"

"怎么还没写？这个我不是早就交代了急要吗？"花锦按捺不住心里的怒火，声音都抬高了些。

"所有的东西都要我来写，现在连小说都要我来写，你才给我多少钱？"稻文的声音依然懒洋洋的，落在花锦的耳朵里却很刺耳。

花锦咬紧了嘴唇："钱的问题好商量，稿费可以给你提高双倍。"

"双倍？"稻文笑了，"打发叫花子吗？你真当我不懂行情吗？现在你的书任何一本卖版权能赚多少钱，我都是知道的。你可别忘了，现在都是我写的。"

"就算是你写的怎么样？没有我的名气，你的书一样一文不值。"花锦冷笑一声，"你现在都忘记自己是什么了。"

"那你自己慢慢写吧。"稻文不待花锦转圜话锋，径自挂断了电话。

花锦气得摔了手机，她几乎快要暴走，稻文最近越发张狂了，动不动各种推脱，上次写篇两千字的短文，倒吩咐她买了一杯咖啡、一块红丝绒蛋糕，还玩了半天手机，才肯在交稿前最后一分钟写完。为此花锦非常恼火，却也无可奈何。她想过推掉各种约稿，可是以她今时今日的地位，写稿不仅仅是代表金钱，还有许多人情推脱不了，她有种被架在火炉上烤的感觉。

催稿的电话再次响起，她硬着头皮接通电话，对方倒是客气，依然一口一个花锦老师，但是言辞之间已隐约有些警告的意味。花锦的目光落在那本旧书上，鬼使神差地说道："十天后肯定交稿。"

三

花锦最终还是没有抄那本书，稻文突然打电话告诉她，这本书她已经写完了。花锦心里一松，却也明白稻文是来和她谈条件的，便沉心静气问道："你要什么?"

"稿费全部给我。"稻文也不客气，"另外再给我一笔钱。"

"可以。"花锦一口应承下来，钱对她而言，已是身外之物。她实在没法解除这个合同。

稻文笑了笑又问道："那稿件我直接发给出版社了。"

花锦心烦意乱，她实在不想再提这本书，只淡淡说了句"你随意"便挂了电话。

半个月后，花锦收到了自己的新书设计，时尚且装帧精美。花锦从前最喜欢的就是翻阅自己的书，有时还会从头至尾逐字逐句地看一遍，读到自己写的妙言警句亦会沾沾自喜一番。现在她看着封面上印着自己的名字，眼睛像被烙铁烫过一般，只将那本书随意找了个角落胡乱塞了进去。

新书上市十分热卖，花锦一跃成为新锐作家的代表人物，比之前更加炙手可热，每日新闻媒体采访不断，连广告商都找来了。一时之间，花锦仿佛踩在云端，高得令她心虚。

她的惴惴不安终于在某日爆发了，起初是在微博，后来是在各大论坛，她的名字和抄袭连在了一起。她看着电脑上自己的名字，太阳穴突突地跳，惊恐得瞳孔都放大了。原来，稻文抄袭了那本书，以她之名。

电话一个接一个地响，记者忙着追问她，微博留言过万，全都是骂她的话，如果能收来做房子，大概做栋别墅都有余。窗外墙角蔷薇花萎靡不振，昨夜的大风吹了满地落红。花锦觉得自己就是那朵蔷薇，被这场风吹散了。

她拼命打电话给稻文，稻文却不接。数日后，稻文出现在她面前，未等花锦开口质问，就递上了辞呈。

稻文的笑容很优雅："花锦，我的文上署你的名字太久了，现在我要挂自己的名字。"她不待花锦同意，就转身离开。

花锦的人生际遇从未如此糟糕，还未解释抄袭风波，又陷入了枪手风波里。网络上对她大加指责，广告商与她解约，还追偿违约金。她所有写过的文都遭到质疑，一堆不知从哪里跳出来的人，都说那些是自己的作品。从前她写过的每一条微博都被无限放大到每个字，网友仿佛福尔摩斯，在任何一个角落翻她的蛛丝马迹，抄袭、用枪手，甚至还挂上了色诱编辑等莫须有的罪名。她被钉在耻辱柱上，抬不起头。

她买了一盒安眠药，放在自己的桌子旁，安静地看着窗外的蔷薇花，彼时花色残败，不复艳丽。

四

稻文的感觉前所未有得好，她一生幻想的美好人生，从现在起终于缓缓打开大门，她似乎看见自己头顶光环，万众瞩目，成为时代的娇子、命运的宠儿。

她一直讨厌花锦，大不了自己几岁，名声却如此赫赫，读她的文更加恼恨，她何以有如此才华？最让她气恼的是那次无意中碰见花锦的签售会，她站在距离花锦不到一米的地方，看着人山人海站在花锦面前，恨得咬牙切齿，自己明明写得也很好，为何就没有这样的机会？她渴望成功，从小到大不停投稿，希望自己的文字能被印刷成铅字，却总是机会寥寥。她看着花锦，希望坐在那里的人是自己，希望自己能够吞噬花锦的才华。

鬼使神差，上天仿佛听到了她的欲念，她居然真的写出了风格和花锦极其相似的文，连花锦都不能分辨出。她决定留在花锦身边，好好看看她如何经营自己，又是如何获得成功的。

她终于等到了这天，将花锦的资源一网打尽，收入囊中，在花锦的新书出来后，放出花锦抄袭的消息，接着放出消息暗示她才是作者。她要踩在花锦身上登天，她理直气壮，这半年花锦的每一篇公开文都是她的功劳。至于网友牵强的幻想，则不是她理会的范围。她愉快地披上马甲，在每个论坛或者微博下面散发出一些若有若无的蛛丝马迹，看着网友们凭借这些发挥想象攻击花锦，又将她挖出来捧做被埋没的人才。

如今终于有出版社约她的书稿了，但是她交的稿子却屡屡被打回，理由是不要第二个花锦。她坐在电脑前，有些茫然，不知如何才能写出不像花锦的文。

五

花锦醒过来的时候，看见白色的天花板，纯白，像她的脑子一样空白。胃里很难受，难受得令她越发清醒。

她记得她走到墙根下摘下唯一残存的红蔷薇，碾在指尖轻轻嗅，淡淡的余香染满指尖，仿佛还有些不甘愿，似她的内心，总是有些不甘心。

她真是不甘心，从十六岁崭露头角，她就是明日之星，这么多年她笔耕不辍，勤勤恳恳学习研究写作，写了那么多东西，最后却因为江郎才尽、一念之差居然被逼到这个地步。

一瞬间，她的脑子里灵光乍现，消失半年的灵感纷至沓来。她想打开电脑将脑中无数的念头记录下来，却感到头晕沉沉，越来越沉，眼皮粘连在一起。

她倒下来之前，最后一个念头居然是，好遗憾还有那么多文没能写完，如果能再有机会，她绝对会写完再死。

感谢上天，她真的再有了一次机会，只是不知道是谁给了她这个机会。她头痛得厉害，痛到认不出旁边站着的人是谁。她费力地问道："你，你是谁?"

站在她旁边的男人，微微俯下头，冲她笑了笑："你怎么这么想不开?"

花锦头昏沉沉的，在大脑里搜索关于这张脸的记忆，只隐约有些印象，却想不起是谁："你是?"

"我是棠楚，一个月前我们在文友会上见过。"棠楚体贴地把她扶起来吃药："你记得我吗?"

花锦当然记得，花锦是女作者中的翘楚，而棠楚是男作者中的精英，棠楚文笔犀利，拥有大批粉丝，比起花锦，更算得上是成功作者。

花锦万万没想到会是他救了自己。棠楚看出她的疑惑："你忘记了？我就住在你附近，刚好有点事找你，就去你家了，结果在你家院子里看到你倒在地上，就送你来这里了。这是什么年代了，你怎么能做出这样的傻事?"

花锦泪流满面："你会不会也看不起我?"

棠楚沉默了片刻，问道："你后悔吗?"

花锦泣不成声。棠楚淡淡说道："还好你还有机会。"

六

花锦出院前一天才想起问棠楚找她有什么事。

棠楚笑了笑没有答话。花锦觉得奇怪，她和棠楚并不算熟人，只是在微博上有所互动，见过一次面而已。棠楚的名声比她响，两人的读者群也不重复，文友圈子更加不重合。她实在是想不通，他能有什么事找自己。

棠楚只是笑，他笑起来很好看。棠楚长得一般，却有股书生气质，说起话来慢慢悠悠，却总能让人心安。他连着数日帮助照顾花锦，又帮她分析了眼下情形，花锦的心定了许多，按他说的，埋头苦写，不理会那些骂人的话。

每写完一篇，花锦都会将文拿给棠楚看。经历了鬼门关，缪斯似乎又回到她身边了，棠楚对她的文赞不绝口，又帮着张罗重新出发——花锦从前合作的杂志、出版社都和她终止合作了。

他帮着她一步一步，重新回到原来的位置，可是花锦却发现棠楚的文发生了变化。

起初是某天，花锦习惯地看着棠楚新写的文，却惊觉行文晦涩不通，似乎写得很勉强。文若其人，花锦有些担心棠楚，她最近忙着赶稿，也有日子没见过棠楚了。

花锦没打通棠楚电话，决定去棠楚家看看。她换了衣服，临行前还是在镜子前画了个淡妆，喷了点香水。

花锦按照棠楚说的地址去找，距离她家并不远，但是她从未去过。浅红色地砖路上落满了金黄色银杏叶，欧式风格的街道充满了酸酸甜甜的气息，像是恋爱的味道。花锦不觉心软，脑中浮现出几句关于爱情的诗句。她噙着笑意，买了一盒蛋挞和两杯热奶茶，正幻想着棠楚的模样，却清楚地看见了棠楚，隔着一扇玻璃窗，他满是温暖笑意的眼神落在坐在对面的人身上——稻文。

七

棠楚其实上次是去找稻文的，随着名气变大，找他的琐事就越多，他实在无法在应付那么多事外还专心写作。他想起在上次见到花锦的时候，她的身边跟着一名助理，楚楚大方，处事得当，便萌发了也去找个助理的念头，可是找来找去，总是不合用。他想去找稻文问问有没有像她一样的人推荐给自己做助理，未料却碰到花锦自杀。

他见花锦自杀，而稻文却失去踪迹，料知她可能离职，只得把话放进肚子里。原本以为无望，未料某天在新书签售会上，他却意外看见了稻文，站在人群之中，娴雅独立。

原本以为不过偶然相逢，却不料，那日工作人员失职，导致现场一片混乱，稻文挺身而出，将里里外外安置得妥妥帖帖。棠楚对她刮目相看，那晚活动结束，邀她共进晚餐。

稻文落落大方地应了，两人举杯共饮，畅聊文学人生，无比快意，颇有些相见恨晚之感。那夜，棠楚问稻文：“为何要离开花锦？”

稻文眼波流转，放下刀叉，似笑非笑问道：“你想听真话还是假话？”

“两样都可以听听。”棠楚笑了笑。

“假话是，我觉得我已经在她身上学不到什么了。真话是，我觉得她不如我。”稻文说得很直接，倒叫棠楚一愣：“你觉得你写得比花锦好？”

“对，可能一开始她比我好，但是我学习能力很强的，很快就超越她了。不信的话，你可以试试。”稻文轻抿了一口红酒：“我可以在一个月内写出和你一样的文。要不要打个赌？”

棠楚很有自信，男女逻辑思维各不相同，尤其花锦和自己的行文方式大相径庭，稻文能够模仿花锦，未必能模仿得了他，更何况他一直想有她这样的助理。

八

稻文说到做到，一个月内交出了一篇文给棠楚，文风虽然残留女性文学的风格，却已经足以让棠楚十分吃惊。

稻文越写越好，很快她的文变得越发像棠楚，行文干练，逻辑清楚。而棠楚却越来越觉得力不从心，他开始不想写文，打开 WORD，大脑却一片空白，偶尔挤出几行字，也是写得自己都看不下去。

从不拖稿的他，开始拖稿。某日，他又坐在电脑前一下午，一个字都没写出来，交稿的时间正是当天下午六点。他不能拒绝这家杂志社的约稿，主编是他的好友，新刊创刊号指明约他的稿。

时针指向五点时，他看着空白的 WORD，深深的无力感蔓延上心头，生平第一次怀疑自己是不是写文这块料。

江郎才尽吗？他苦笑着拨通了主编电话，正打算向他和盘托出，稻文却走到他身旁，递上了一篇稿，标题正是他想写却未写出的内容。他无比震惊地看着那篇文，一切都似乎是从他大脑里面写出来的一样，行文语言，无一处不像。

电话那头，主编的热情催稿，实在让他说不出自己写不出来的实情。他望着稻文，笑意盈盈，散发甜甜的糖果香，那香气叫人迷乱。他张了张口，对电话那头说道：“稿子写完了。”

那天晚上，棠楚一夜都没有睡着，稻文像是知道他的心情一般，发了条短信安慰他：不过偶尔一次，结果皆大欢喜不就好了吗？

棠楚说不出这句话有什么不对的地方，结果的确皆大欢喜，然而他自己却像吃了苍蝇一般恶心。他突然想起花锦，第一次用枪手的稿子是什么样的心情？

九

棠楚吃了个闭门羹，花锦没有让他进门，态度冷淡，只隔着门对他说了几句不痛不痒的话，就将他拒之门外了。棠楚莫名其妙，他想不通花锦为何态度如此巨变。女人的心真是搞不明白，棠楚苦笑一声，只得回去。

棠楚快到家时，看见稻文站在自家门口，穿着浅灰色羊绒大衣，戴着白色羊绒贝雷帽，站在赭红色的墙边，旁边的火棘果红得耀眼。棠楚心中一动，涌起了无数的念头，却未有一句成行，连从前熟读的唐诗宋词也像是被抽干了一样，竟也一句想不起来。他敲了敲头，走到稻文面前。

稻文冲他一笑，棠楚微微感到眩晕，近来他发现自己添了新的毛病，每次在稻文身边都会眩晕。他暗自思忖，莫非自己喜欢她了？

稻文聪明漂亮，才华横溢，的确值得喜欢，只是他总有些抗拒，不知怎么，他总觉得稻文有些让他不舒服的地方，她的眼神像深不见底的湖水，不知湖底潜伏着什么，看不清楚。

稻文将工作计划一项项整理清楚，递交给了棠楚。棠楚看完后，皱皱眉指着其中的一条对稻文说："这家杂志社的稿子我不接，你去掉吧。"

"为什么？"稻文略感奇怪，"他家主编亲自邀请，稿费非常丰厚……你们之间有什么过节吗？"

"不为什么，我不想写。"棠楚摆了摆手，又画掉了几家刊物的约稿，他如今心力大不如从前，写文质量和数量都锐减，与其勉强写出烂文败坏自己的名声，倒不如少写两篇。

稻文收回了日程表，看到上面只剩下两篇短篇稿件，惊讶地看了一眼棠楚："你只写这两篇？"

"是的。"棠楚点点头，"剩下的你帮我都回了吧。"

稻文沉吟了数秒，点了点头。

十

棠楚觉得自己是写东西太久了，需要重新充充电，以往也有过这样的时刻，他只需要多看看别人写的东西，也就会恢复灵感。他平时多读名著，鲜少读时下的杂志报纸。

冬风冷冽，他缩在家中读名著，却觉得连书都读不下去。心烦意乱的他到外面走走，路过报刊亭时，无意一瞥，却看见自己的大名赫然印在报刊的首页。他拿起报刊一翻，简直不敢相信自己的眼睛，里面有一篇署名是他的文，文风与他几乎一模一样，非但是这一本，几乎报刊亭里所有报刊都有他的文章，连他不屑发的杂志上面也有他的文，还是重磅推荐。

棠楚倒吸了一口凉气，这些肯定都是稻文以他的名义写的。棠楚立即拨打稻文的电话，稻文义正词严："我这是为了帮你，钱不说，若是你断然拒绝了那么多报刊，以后谁还用你的文？"

棠楚怒道："帮忙？你哪里帮忙了？你以我的名义赚钱，连那种街头小报都有登着我名字的文，你这是在毁我名声！"

稻文丝毫不惧："请问哪篇写的不像你了？"

棠楚一时语塞，稻文悠悠地在电话那头说道："既然都像是你写的，又谈何毁名声？你现在写的文真的很差，你知不知道，你上次写的两篇稿件发过去后，让对方修改都无处下手，我只得重新替你写了交过去，对方才满意。棠楚，我真的是为了你好，现在的你，就是一个空架子而已，如果没有我的帮忙，你就会从神坛跌下来。"

稻文挂了电话。棠楚站在街头，冬日的冷风瑟瑟刮过，他哆哆嗦嗦点了一支烟，现在他真的像是被掏空了一般。

十一

棠楚万万没想到，花锦会找他。

花锦带着一摞厚厚的报刊找到他时，他正躲在一间小咖啡馆里喝咖啡。近来以他名义发的稿子数量极大，引起了许多人的关注，约稿和采访的人越来越多，他却不想见人。

花锦将那叠报刊扔到他面前，只问了一句话："稻文写的？"

棠楚像被人抓住现行一般，遮遮掩掩地否决："不是。"

"不用隐瞒我，我和你经历过同样的事。"花锦坐到他对面，"最开始只是应急的时候，她给你个意外惊喜，接着她能替你写所有的稿子，而我们自己却越来越写不出东西，再后来你的笔名就成了她的，她可以随心所欲地控制。接下来你会变得和我之前一样，写不出东西，只能依赖于她，后面她会以你的名义抄袭，再以知情者的身份曝光，后面的事情你都知道了。"

棠楚听得心惊，却无力反驳。他端起冷掉的咖啡一饮而尽，闷声问道："你是怎么知道是她写的？这些文连我自己都分不清楚。"

"很简单，你是绝对不会同时在这么多报刊上投稿的，尤其是这些不入流的报刊，虽然我和你接触不多，但是我知道你是个有品行和原则的人，那些欺负过作者的报刊，你更是不会投的。”花锦翻开几本封面暴露的杂志，又指着他拒写的那家杂志，“只有可能是稻文写的，她跟着我的时候就是如此，只管稿费的高低。”

棠楚心头一暖，没想到花锦竟然如此了解他：“谢谢。”

“你是什么时候开始写不出来的？”花锦接着问道。棠楚一愣，他倒是没想过这个问题，思索了一阵后答道，“好像是在稻文写出像我的文字后，就开始慢慢地写不出来了。”

“你和她在一起的时候，是不是会有眩晕感？”花锦的目光闪烁，看得棠楚都有些心虚，只微微点点头。

花锦陷入了沉思。棠楚有些心虚，舔舔嘴唇问道：“花锦，你为什么上次不理我？”

花锦淡淡一笑没有回答。棠楚见问不出来，只得硬着头皮说道：“是因为我用稻文了吗？”

花锦依然没有回答，她拨了拨手腕上的沉香木串，问棠楚：“你信不信超自然的东西？”

棠楚一愣，不知她这话是什么意思，迟疑了片刻微微点点头。

花锦想了想说：“我不知道该怎么说，我觉得这本身是很荒唐的一个设想，但是它也是唯一合理的设想。我觉得，稻文可以窃取我们的写作能力。”

棠楚闻言彻底傻眼，半晌才回过神来：“你说什么？”

花锦慢慢将事情的原委一一道出，自她恢复之后，她就琢磨起之前的那段时光，越想越不对劲。尤其是看到棠楚身边出现稻文之后，棠楚的文字产量骤然变多后，她就越发觉得古怪，前后对比一联想，得出了以上的结论。“也许是脑电波，也许是什么其他缘故，稻文在靠近我们之后，就可以窃取我们的写作能力，她接触得越深越久，我们失去的写作能力就会越多，但是她一旦离开之后，我们之前被窃取的写作能力会回来。”

棠楚觉得自己在听小说，窃取写作的能力，这种事怎么会发生在现实之中？他仔细回忆和稻文接触以来发生的所有事，越想越觉得心惊，若真是如此，那稻文是故意找他，为的是窃取他的能力。

他喉头发干，后背汗涔涔的：“花锦，若真是如此，那该怎么办？我是说，她不是偷东西，她偷的是写作能力，没办法报警抓她，我们最多只能让她离开，但是她还会接着去找其他作者，坑害其他作者，让他们失去写作能力，掌握他们的笔名，最终可能逼得这些作者像你曾经一样……”

花锦皱了眉头：“这个我还没想到。”

“我们总不能杀了她……而且这一切都只是你的推测，万一我们是冤枉了她……”棠楚说不下去了，他头嗡嗡地响，此刻深深体会到了小说人物的纠结和痛苦。

花锦眼神一冷：“你别忘记，她窃取的不仅是写作的能力，更是我们视作生命的名誉。”

十二

稻文愉快地看着银行短信，又一笔稿费到账。自从棠楚自暴自弃以来，基本收入都被她揽在手中，她觉得很快乐，唯一的烦恼是她依然写不出其他风格的文。

和在花锦身边一样，她能写出和花锦一样的文，却无法写出其他人的，而现在她写的每篇文都像是出自棠楚，然而却再也写不出类似花锦的文。

不知从几时开始，也许是从第一次发表小说开始，她就发现每当自己靠作者很近时，就可以看到他们脑中浮现的文字组合，可以写出他们想到的文字，接触得越多，越可以吞噬他们的写作能力，她可以随心所欲地控制。她原本以为离开花锦后，这种能力会一直在，没想到却日渐减弱。她交不出稿，慢慢也写不出花锦的文风，她是花锦枪手的身份也渐渐被人起疑。

她决定换个人再试试，在书店看见棠楚的签售会时，相中了他。他的才气满溢，清晰地浮现在她的眼前，她几乎可以闻到才华散发出的气息，芬芳动人。

然而，近来她感觉到棠楚的才华已经干扁无力，像是脱水的鱼，失去了活力。她暗自盘算棠楚还能支撑多久，也许是时候该换个人了。

稻文翻开新晋作家榜，像猎人寻找猎物一般仔细勘察起来。就在她盘算找谁下手的时候，收到了一条短信，指名向她约稿。

稻文微微一愣，她以稻文的身份写的文几乎没有通过的。虽然她现在每个月发文极多，却没有一篇是她的名字。她按捺不住好奇打开约稿要求，甚是特别，要求的文风混合男女读者的需要，因为稻文从前写过女性的文，现在又写男性的文，甚是符合要求，约稿方还承诺要将她捧成一流作家。

稻文窃喜不已，莫非这真是她的命数？她丢下作家榜，开始构思文章。岂料交了几版都被打了回来，要求她修改，她实在舍不得这次机会，对方在和她沟通中多次暗示过自己是一流出版公司，这是她渴慕已久的机会。

十三

稻文清楚地看见脑子里面的东西大团大团地飘走，所有的才华如烟消云散。

一切都拜约稿所赐，她的稿子总是过不了，而棠楚却消失了，怎么也找不到。就在这时，她发现了一份棠楚未发表的文，文风、内容和约稿的要求完全一致。稻文毫不犹豫将那篇文章交了上去。

过了数日，印刷着署她名字的文章的杂志遍布全国各地。稻文很陶醉，这种感受远远超过她拿稿费时的愉悦感。

只是她还未陶醉完毕，抄袭和剽窃的质疑声浪一波波袭来，她这才知道那篇文稿原本是位很有名的作者所写。她的名誉一落千丈，原作者口口声声要找她打官司。

她急忙表示这是棠楚抄袭的文，却无人相信，她被挖出身份，更多作者加入质疑声浪——自己抄袭还往雇主身上泼脏水，这样的助理谁也不能再用。

她想去模仿棠楚写几篇文换取稿费，却被告知，棠楚早已告知这些杂志社，而且要告她侵权，杂志社震惊之余纷纷向她索要稿费和赔偿。

一夜之间，她丧失所有，在无数人的责骂声中萎靡不振。她想写点东西，却感觉到灵感飘飞，那些窃取来的文思终究都离她而去。

她突然想起很早以前听过的一句老话：不是你的，终究要还的。她窃取而来的一切，终究离她而去。

（原载 2015 年第 22 期《龙文》）

翻了一车五粮液

俞东升

早晨七点钟的时候，一辆货车在张村拐弯处翻了车。

该车翻得比较科学，就像一头疲惫的老牛，干活累了，就顺势侧身躺在了泥沟里。货车司机脸上受了刮伤，被一辆好心的过路小车送往附近的医院。

村里张老五第一个发现了这辆出事的货车。当他发现这辆车装的是一车五粮液酒时，便毫不客气地驮了一箱酒赶回家。

“一辆装有五粮液酒的货车翻沟里了！”消息像是长了腿，立即传遍了整个张村。

“一瓶五粮液上千元呢，啧啧！快去搞几瓶喝喝，这一生也算没白活了！”张村的村民们都是好酒量，一般都能喝上半斤八两，但他们平时喝的都是几块钱一斤的本地劣质酒。五粮液酒，他们只是在电视广告里看到过。

张村前面的这条公路的拐弯处经常翻车，上次装了一车小奶猪的货车倾翻了，村民们哄抢小猪，活活地扯死三头小猪。

五粮液酒当然要比小猪的诱惑力大十倍，马上要过年了，除夕之夜能喝上五粮液酒，过一把瘾，而且是送上门不花钱的，焉有不要之理？他们兴冲冲地赶到出事现场，却愣住了：张村小学五十多岁的女老师吴斯新，双手叉着杨柳腰，拦住了他们。上班的路上，吴斯新老师正好也看到了这辆出事的货车。

“不能抢！你们不要抢！”吴老师喘着粗气说。

“狗拿耗子，吃饱了撑的！”村民们虽然对吴老师有些敬畏，但是，到了嘴的酒，却没喝上，实在有些恼火，有些不大甘心。“反正是外省的车子，翻倒在我们家门口，又不是我们故意抢的……”

“你们别蛮横，今天有我在，你们就别想拿走一瓶酒！”吴老师的神情似乎要找人拼命。

这些身体粗壮、脸色黝黑的村民们被这位瘦得皮包骨头的女教师镇住了。

他们以前听说过，这位吴老师患有严重的心脏病，常年带病工作，对孩子特别好，想不到这位“病”老师，还这样厉害！

“乡亲们，不是我爱管闲事，这一车酒的确是外省的，也不关我什么事，但这个车主，在我们这儿遭了难啊。现在不知道在医院里怎样呢！我们可不能做落井下石的事啊。”吴老师说话很慢，她的心脏不好，可能此时有些受不了，歇了一会儿。村民们已经不像一开始那样冲动了。吴老师接着说：“大家设想一下，假如这位司机是我们的家人或亲人，在这寒冷的腊月里，在外省发生了车祸，我们的心情会怎样呢？假如他受伤了，货物又被哄抢了，那……”

听了吴老师的话，一部分村民垂着头，陆续回家了。这时亮着红灯的交警车子开来了。车子里走出了两位交警，还有头打绷带的司机，他一下车就向交警陈述事故发生的经过。不一会儿，一部大吊车也开来了。在村民们的帮助下，货车被吊上了公路。村民们帮忙把散落在泥地里的五粮液酒一箱一箱地搬上货车。司机非常感动，向村民们敬烟，说：“感谢乡亲们，感谢乡亲们，我刚才在医院里急得直跺脚，心想这一车子五粮液酒肯定没有了，我十年的工资都赔不起，想不到……”

司机谢了大家，正准备开车上路，只听一个沙哑的声音在远处喊：“等一下，这里还有一箱。”

众人回头，只见张老五驮了一箱酒，向货车这边赶来。司机的眼眶有些湿润，用手揩了一下眼角……

（原载2012年第11期《天池小小说》）

■ 评论篇 ■

作者简介

胡平，籍贯贵池，现居北京，中国作家协会第九届全国委员会委员、小说委员会副主任，原中国作家协会创研部主任、鲁迅文学院常务副院长，著名评论家。

文学百花园里的基层守望者

我认识陈春明主席，是在鲁迅文学院的一次讲座上，由于我的老家在贵池，所以见面时觉得很是亲切。现在，他出版了关于他的作品的评论集，我也感到很高兴。

陈主席能够出版这部评论集，说明了他在当地及全省所具有的影响。许多时候，人们容易忽视对地方文学领军人物的评价资料的整理，而这些人物也同样是值得研究的。这是由于，地域性文学创作有其特殊性，它们所浸透的地域文化底蕴，可以在全国范围里生成某种优势，也可以在当地形成重要的文化积累。地方的文化积累是一地的宝库，也具有历史性，有其历史链条，最好不留空白。晚唐诗人杜牧曾在池州任刺史，赏十里杏花时写下千古绝唱《清明》；清代桐城派作家姚鼐也被池州山水所陶醉，写了《出池州》，描述了当时由水路出游池州的情景。这些都值得当地特别记载和研究。同样，历史发展到今天，今天的池州作家，对于池州文化又有许多新的感悟和表达，他们的创作也同样是值得记载和研究的，而不必仅仅依靠县志和市志的文字。

《执着与坚守——陈春明文学作品名家评论集》一书的问世，某种程度上填补了池州地方文学史的一种空缺。陈春明无愧于模范的基层作家，在功利第一和浮躁喧嚣的年代，默默在基层耕耘，他的作品能受到省内外这么多关注，除因他的艺术成就外，还因他有对文学的一份执着和坚守。

美丽的江南小城池州，被誉为“千载诗人地”。山水与古迹交融，自然与历史辉映，物华天宝，人杰地灵。这里有四大佛教名山之一的九华山；这里大诗人李白曾三上九华、五到秋浦，留下了《秋浦歌十七首》；这里吸引了陶渊明、萧统、刘禹锡、杜牧、罗隐、苏轼、王安石等文坛巨匠，哺育了杜荀鹤、费冠卿、殷文圭、刘光复、黄观、华岳、吴应箕、周馥等志士仁人；这里有流淌着诗的河流秋浦河和充满着诗情画意的杏花村，文化氛围十分浓厚。

出生在桐城、生活在这座城市的陈春明先生，受到了丰厚的历史文化的滋养，受到了贵池人民淳朴和勤劳精神的熏陶，加上沾染有池州山水之灵气，取得了不可忽视的文学业绩。他是中国散文学会会员，安徽省作家协会理事、散文随笔学会副秘书长，池州市作家协会常务副主席，池州市贵池区文学艺术界联合会主席，2013 年在文学创作和组织文学活动方面成绩突出，荣获池州市首届拔尖人才的称号。他来找我为此书作序，我是乐于从命的。

打开书稿，展现给我们的是一篇篇热情洋溢的评论。评论者既有当今文坛关注的著名作家，也有实力强劲的中青年作家，还有省内已有影响的创作骨干。书稿中收录了陈春明散文集《心岸踏歌》研讨会的全部成果，以及业内对陈春明作品集《阅读人生》和《与时俱进》的部分点评。这些评论基本上能把陈春明先生创作的风格和创作成绩的轮廓反映出来。

我在阅读陈春明先生的《心岸踏歌》等三本散文集的同时，看到了一个在精神家园中默默坚守的写作者。执着的文学情结、故乡的情感牵挂和真性情的表达是陈春明先生散文的三个主要特点。在海德格尔心目中，诗意地栖居不仅仅是为了占有一个物质空间，而且是为了栖居于诗的精神世界中，也就是我们常说的精神家园中。陈春明先生散文的三个主要特点就是建筑他的精神家园的材料，他用这些材料架构的东西，是真实的、平淡的、诗意的、可读的。

从书稿中，我们可以看到，作家和评论家们对陈春明的创作有着充分的肯定、理性的省察，也表达了他们共同的期待。我注意到，这些评论的态度是冷静而严谨的。面对陈春明先生的成绩和进步，他们激扬文字，由衷表达了他们的美好心愿。我赞赏安徽省作家协会和安徽作家同仁们展示的诚意，他们不遗余力地为本土作家开研讨会，立足本土，服务本土，推介本土的优秀作家，营造了文人相亲、团结和谐的氛围，推动了良好可喜的创作态势，进一步提高了本土优秀作家的影响力和感召力。

我也赞赏，作为池州本土文学领军人物之一的陈春明先生，在笔耕的同时，还积极组织策划若干大型文学活动。每年他都要举办一至两次一定规模的文学采风活动，充分地挖掘池州和贵池的历史文化、旅游文化，促进文化为池州和贵池的经济发展服务、为城市发展建设服务。他主编《杏花村》杂志十余年，不断地发现新人，让许多有创作潜力的文学新人脱颖而出。陈春明担任文联主席已有十年之久，他以饱满的热忱和鞠躬尽瘁的服务精神，发挥了文联对文艺工作者的凝聚力和影响力，使一批中青年作家成长为贵池文学创作的中坚力量。他还主编了文化旅游丛书《魅力贵池》和《贵池民间楹联故事》等，为贵池的本土文化的收集和向外推介做出了重要贡献。他是文学百花园地里立足基层的默默奉献者，表现出书题所概括的执着和坚守。

我出生在北京，只回过一次老家，那次，我站在乡间小路上，回望当年父亲走出来的那片郁郁葱葱的盆地，百感交集。我也是陈春明主席的乡亲，作为家乡人，我为他取得的成绩高兴，同时我也希望他有更多的作品为文学大花园增添色彩。在本书的这些评论中，有褒奖，有金玉良言，更有很多希冀和祝愿，我想我们都希望陈春明主席能够保持他的热望，坚守他的理想，笔耕不辍，也继续开展他的文学活动，为家乡的文学和文化事业再做贡献。贵池和池州都需要这样的一个人物。

（原载 2016 年 12 月《清明》增刊）

行尽秋浦皆是诗

吴 淞

三十几年前，贵池就有一个秋浦诗社（我们亲切地称之为老秋浦诗社），最初的发起人是方乾、房宝藏、陶顺义、杨上平、桂千万。《贵池县志》是这样记载的：1984年12月22日，秋浦诗社成立，该社编印不定期诗歌报《蓝帆》，诗人严阵、作家鲁彦周等为诗社题词。诗社的创始人之一方乾先生的博客是这样记载的：1985年1月25日，秋浦诗社在县文化馆举行“秋浦之春”诗歌朗诵会，省文联与《诗歌报》全程参与，蒋维扬、温跃渊、姜诗元亲临现场，不能来的如严阵、那沙、鲁彦周、张锲、公刘、贾梦雷、刘祖慈等委托来的人带来贺信、题词，县委副书记江文平也题词祝贺，《贵池报》整版报道，盛况空前。方乾、杨上平、陶顺义、包光潜、詹成林、钱光荣、陈莉等一大批原秋浦诗社社员，至今仍然活跃在文坛之上，仍然是池州文坛上的中坚力量。

现在，贵池又有个秋浦诗社，发起人是吴淞、陈莉、胡淑秀、张华、王征桦。新秋浦诗社于2014年12月8日获区文联批准，2016年6月20日在区民政局登记，2016年11月12日上午在秋浦街道办事处举行挂牌仪式。现在的秋浦诗社应该是在原杏花村诗社贵池分社基础上成立的，也是目前贵池区唯一获文联批准、经民政局登记的合法的、独立的诗社。

2009年2月，原贵池区政协副主席李望鸿先生创办了池州市杏花村诗社，并分别设立了石台、青阳、东至、九华山和贵池（含市直）分社。之后，各县诗社先后正式成立：石台取名鸿凌诗社，2015年更名为石台县诗词协会；东至取名菊园诗社；青阳和九华山合二为一，取名九芙蓉诗社；只有贵池区的诗社没有正式成立，也没有取名。

贵池区作为“千载诗人地”，作为池州的经济、文化中心，近年来却一直没有一个真正的诗社，尽管三十几年前，无论是诗社的创办还是诗歌的创作，贵池都走在全市、全省乃至全国的前列。为此，2014年秋，吴淞、陈莉、胡淑秀、张华、王征桦等作为发起人，准备把贵池的诗社正式成立起来，并取名秋浦诗社。之前，发起人也曾就诗社的取名问题多方咨询，请教池州文艺界的朋友们，有人说叫池阳诗社，有人说叫清溪诗社，还有人说叫昭明诗社等，莫衷一是。但我们几个发起人的意见比较统一，一直坚持就沿用秋浦诗社这个名字。也许有人会问，为什么呢？凭什么呢？因为，我们认为，没有一个词比秋浦更能代表贵池、代表贵池的历史、代表贵池的文化！可以说秋浦就是贵池，贵池就是秋浦，我们给诗社取名秋浦，凭的就是秋浦县、秋浦河、李白的《秋浦歌十七首》，也许三十几年前的秋浦诗社也是如此。

秋浦县，始建于隋朝开皇十九年（599），五代十国杨吴（吴国，由杨行密建立，故称）顺义六年（926）改名贵池县，存续了327年。县域范围大致包括今池州市贵池区、东至县大部分地区以及青阳县、石台县部分地区，故城遗址前期位于今池州市贵池区原灌口乡石城村，唐朝永泰元年（765）迁到现在的池州城区。《光绪贵池县志》：隋开皇十九年析面陵西五乡并石城地置秋浦县。唐武德四年始以秋浦、南陵置池州，治秋浦。唐天宝元年，析秋浦、南陵、泾县地置青阳县。至德二年，复析秋浦及鄱阳地置至德县。永泰元年，复立池州，三年析秋浦及青阳、泾县地置石埭。五代十国杨吴顺义六年，改秋浦县为贵池。《嘉靖池州府志》：贵池，汉曰石城，取石山夹河如城义，隋以“溪流澄碧常秋”更曰秋浦，五代曰贵池。

《嘉靖池州府志》《光绪贵池县志》里有大江、清溪、白洋河、李阳河、龙舒河、青通河、池口河等河流名称和注释，但只有秋浦而无秋浦河。《光绪贵池县志》载：秋浦，在今城西南八十余里，长八十余里，阔三十里，自石城至池口皆是。唐李白爱其胜欲家焉，留滞于此者三年，歌咏甚多。自秋浦以下池口以上名秋浦，采访册浦水源出恭濬河，经虎子渡（石台县仁里镇）、泥湾至河口与龙舒河会，又至琅山汇为玉镜潭，又十里至殷家汇，又七十里至池口入长江。秋浦之浦，本义“水滨”，又指江河与支流的汇合处。也许在古代，秋浦指现秋浦河一带辽阔的水域及其周边地区而并非指细长的河流。唐代大诗人李白晚年先后五次来到秋浦，留下五十多首诗篇，其中影响力最大的代表作就是《秋浦歌十七首》。《秋浦歌十七首》里记载的有现在白洋河边的桃坡，龙舒河边的黄山岭、大楼山、水车岭，清溪河边的逻人石、江祖石，城西南的平天湖（现在的平天湖旧时称齐山湖），这也说明《秋浦歌十七首》里的秋浦并非指秋浦河或秋浦河流域，而是指当时的秋浦县。

在区委宣传部、区文联等单位领导的重视和关心下，在广大诗友特别是秋浦诗社老社员的鼓励和支持下，2014年底，我们向区文联提交了成立秋浦诗社的请示，并得到区文联的同意批复。同时，发起人及广大诗友经过多次酝酿，一致推荐陈莉为新任秋浦诗社社长，柯芳美、燕兴发为副社长人选，王良才为秘书长人选，潘世鹏为副秘书长人选。2016 年 6 月 20 日，秋浦诗社在文联批准后的一年半，终于在民政局登记注册，把秋浦诗社这块金字招牌扛了回来，或者说是找了回来。在此之前，大约是 2014 年底，也就是在石台诗词协会正式成立之前，石台县有诗社也想使用秋浦这个名字，幸亏当时秋浦诗社已经经过区文联批准，并经杏花村诗社的程社长协调，石台县的诗社才改用其他名称，没有和我们争抢“秋浦”这个金字招牌，虽然其正式注册、成立在先。

习近平总书记在中央党校建校 80 周年庆祝大会上曾经说过“学诗可以情飞扬、志高昂、人灵秀”，希望在秋浦诗社正式揭牌之后，我们贵池会有更多的人学诗、写诗，广大干部群众更加情飞扬、志高昂、人灵秀。

（原载 2016 年第 4 期《杏花村》）

贵池文学十三年漫谈

方 乾

引言：两个原因与三点说明

这个题目太大，又不能不写。

原因有二：贵池区作家协会要为自己的会员编一部文学作品集，以展示会员的文学创作成果，需要这么一篇概述文字向读者介绍贵池文学自 2005 年以来十余年间探索前行的足迹，此其一；其二，这期间我正在《贵池新闻》编文艺副刊，对贵池区的作者与作品较为熟悉，这个任务就安排我来完成，也算是责无旁贷了。

尽管如此，我觉得还是有必要在行文之前，略作说明：一是本文所涉及的作者仅限贵池区作协会员，作品主要涉及文学体裁中的诗歌（包括古体诗）、散文、小说，时间跨度主要为 2005 年至今的十余年间。二是由于我掌握的资料有限，在谈论作者与作品时可能会有挂一漏万的情形，只能说个大概，难免有遗珠之憾，也只能期待将来有机会再补正。三是本文谈论作者与作品的立场与观点，仅为我的一家之言，并非贵池区作协的官方言论，文责自负，错漏与谬误恳请大家批评指正。

背景：底层文学的草根理想

新世纪以来，中国当代文学的发展路径随着改革开放的深入不断延展，文学作品的题材更加丰富，表现方式也不断翻新，进入人们视野的文学作品、文学现象、文学观念更是层出不穷。20 世纪到 21 世纪是一个急剧变革的时代，对于中国来说尤其如此。中国社会自 20 世纪末的 20 年到 21 世纪最初的二十年中，持续进行了史无前例的“改革开放”，市场经济逐步冲击计划经济，人们的生活方式发生深刻变化，人口大规模流动，社会转型期的不安、焦虑、渴望、期待、梦想等交织纠缠，使人们的伦理秩序与价值观念发生了变化。这也是新时期文学发生与发展的现实环境与土壤，是我们考察文学现象所依据的社会现实基础。

回顾起来，从20世纪末到21世纪初中国社会以“改革开放”为标志的这四十年间，文学疆域从最初的“思想启蒙”到“回归自我”，再到“与国际接轨”，逐步形成所谓现代思潮，其后出现了“现代主义”与“后现代主义”文学。四十年中，伤痕文学、寻根文学、新乡土文学、先锋文学，甚至身体写作、口语写作都一一诞生了其文学主张的代表作品与代表作家。这些构成当代文学史实的文学思潮与文学现象，无疑会成为一个时期文学写作者的文学营养，让后来的文学爱好者的写作自觉或不自觉地受其影响。而从2005年至今，有一种文学观念对于那些处在社会最底层的文学爱好者产生了十分重要的影响，这就是所谓“底层文学与草根写作”，对于2005年以来的贵池文学的影响是不容忽视的。也因此，我把这作为讨论贵池文学十年的背景。

新世纪以来，文学现象呈现出三种主要的模式：主旋律文学、商业文学（通俗文学）与纯文学。大约在2004年或者2005年，文学界开始热议“底层与底层的表述”，发端于《天涯》杂志，而后，《上海文学》《北京文学》《小说选刊》《文学批评》《文艺理论与批评》等全国有影响的文学期刊都纷纷跟进，一时在全国范围产生较大影响并延续至今。2007年安徽省作家协会组织十七地市作协在六安开会，会议的议题也是“底层写作与作家的良心”，可见其影响之大。

所谓“底层文学”，主要是指以底层为描写对象的一种文学。它区别于纯文学那种先锋性的、现代主义的文学写作方式。纯文学基本上跟现实不发生具体的关系，不描写具体的社会现象和社会问题，就描写个人抽象的情绪，在80年代中期，这些文学当时让人感到耳目一新，但是越到后来越让人感到无病呻吟。它也区别于商业文学，那种商业化的通俗文学。商业文学说到底就是一种产品、一种商业性的产品，而不是作为一个作家的创作，是通过出版的渠道占领精神文化领域的一种商品。它还区别于主旋律文学。主旋律文学是按照主流意识形态的要求来写的。因此，有人这样表述“底层文学”：在内容上，它主要描写底层生活中的人与事；在形式上，它以现实主义为主，但并不排斥艺术上的创新与探索；在写作态度上，它是一种严肃认真的艺术创造，对现实持一种反思、批判的态度，对底层有着同情与悲悯之心，但背后可以有不同的思想资源；在传统上，它主要继承了20世纪左翼文学与民主主义、自由主义文学的传统，但又融入了新的思想与新的创造。

本身就处在社会基层的贵池作协的会员们，对底层生活的熟悉与思考让他们很快理解与接受了这样的文学观念，并在写作实践中融入自己的理想。这些最底层的草根文学作者们都不是专业作家，而是业余爱好者，但他们对待文学依然是严肃的、虔诚的。在以经济活动为中心的商品社会中，在文学逐渐边缘化的当下，他们痴心不改，依然执着于自己的文学情怀与梦想，他们在生存的劳累中写作，在写作的精神世界里存身，写作几乎是这些文学爱好者的一种嗜好。主旋律文学样式是他们很熟悉的写作样式，商业文学对他们来说往往缺乏必要的渠道，因此，怀揣文学梦想的基层文学写作者对底层文学的关注与热爱就顺理成章了。先罗列一下他们的名字，后文再具体论述。活跃在贵池文坛的草根作家有陶顺义、杨上平、陈春明、王征桦、阿惠、包光潜、徐琳、吴毓福、桂媛、冬郎、王光龙、桂枫、吴淞、张华、丁贤玉、方再能、谢海龙、张文泉、李玮玮、章征胜、耿毅频、姚司君、杨贤英、谢峥嵘、李凤仙、张欣等。

诗歌：接续千年文脉的情怀

贵池有“千载诗人地”的美誉，有着接续千载的文脉，其厚重的历史文化积淀是后世文人的丰富营养。最为世人所称道的是唐代大诗人李白和杜牧与贵池的诗歌渊源，李白的《秋浦歌十七首》与杜牧的《清明》让一条河与一座村庄名传千古。因此，诗歌传统在贵池由来已久。早在三十多年前，贵池的一帮文学爱好者就组织了中华人民共和国成立后第一个民间文艺社团——秋浦诗社，以新诗（那时候还叫“朦胧诗”）写作崭露头角，在安徽诗坛产生一定影响。那时候集结的一批新诗人后来多数都还在写作并颇有成就，如诗人陶顺义、杨上平、包光潜、陈莉等。

陶顺义的新诗《秋浦歌》、王征桦的现代诗《秋浦歌十七首》、吴淞的古体诗《秋浦歌十九首》尽情抒写了这种诗歌传统，接续千载的文思与文脉，诗歌语言的张力与魅力充分展示了诗歌之乡的深厚底蕴。家乡的秋浦河、杏花村赋予诗人无限的灵感与情思，成为歌咏者历久弥新的歌吟。

1. 陶顺义与杨上平的诗歌创作

两位诗人的诗歌写作均始于20世纪80年代初。其时，陶顺义的诗歌在《安徽日报》的黄山副刊、杨上平的诗歌在《人民日报》的大地副刊上均有发表。1984年春，我发起组织秋浦诗社时，这两位也是主要的参与者。2011年10月，陶顺义出版了他的诗集《芊芊心草》，这部近300页的作品集，收录了他创作发表的大部分诗歌作品。其中就有他1989年发表在《人民日报》

上的《太阳花》和《小城卖花女》。前者对个体生命的书写与后者对地域特色人物与环境的讴歌，从不同层面上呈现了人的精神境界，情与境的融合构成了独有的诗歌审美意境。1991 年 2 月号《诗刊》刊登了他的一首名为“家庭”的短诗，虽只有 8 行，却能凸显出陶顺义诗歌的语言与意境融合的特点：

家庭是泥中的藕
和
水上的莲
日子是水
总爱起些微波
把家庭摇成八瓣莲花
也还是莲花
清香四溢

出人意料而又令人印象深刻的是那独立分行的一个“和”字，既连接上下文，又意味深长地在不经意间道出家庭的真谛。诗思的精巧与行文的质朴浑然天成，这种藏巧于拙的手法，正是传统美学的大境界。出生于 1941 年的陶顺义，虽然毕生追求现代诗的形式美，但骨子里仍然有传统美学的根基。

出生于 1961 年的杨上平，在 2015 年 6 月将他的作品结集出版，取名《五味杂陈》，意思是集子里收录了诗歌、散文、论文、报告文学和通讯五种文章体裁，究其深意恐怕还是在表述他内心里的甜、酸、辛、辣、咸。在我看来，这部文集里真正具有文学价值的还是他的诗歌作品，可能也是他这辈子无论如何也无法舍弃的精神命脉。所以，诗歌在他这部文集里占了大部分篇幅。杨上平涉足诗坛较早，1983 年就在《人民日报》大地副刊上发表了《泥土里的诗》，到《五味杂陈》出版时，我们看到的是他精心挑选的 24 首，仅就这些我们仍然可以看到诗人杨上平心绪的律动。他的诗歌对乡村生活，尤其是对底层小人物的关注，依然表达了一颗赤子之心。只要这颗心不死，杨上平就还会在晚年写出好诗。

2. 王征桦的诗歌创作

王征桦，1965 年出生，安徽医科大学毕业，已经出版两部诗歌集：《青萍之末》（2004 年）、《画框里的风景》（2012 年）。两部诗集的题目透露出作者的诗歌追求，早年的王征桦写作从生活的细微处入手，激情满怀而又富于想象，诗歌语言清丽温婉却意象诡异。他的《夏日杂章》被美国诗人翻译成英文，著名诗人左后卫以“诗歌的按捺”为题，专门为此诗写了诗评。王征桦写乡情、亲情、爱情，也写少年的痴狂与青春的幻想。早年他写的一组五首《精神病患者日记》给我留下深刻印象：诱惑与恐惧、黑夜与死亡、孤独与失落、虚空与迷茫、烦躁与挣扎，这些莫名的情绪纠缠着青春的肉体与灵魂，是一种个体生命的成长中遭遇的理想与现实的冲突，是一种来自灵魂深处的生命觉醒的深切体悟。王征桦诗歌的语境温情脉脉，又偶然露出一点狰狞或阴鸷，形成审美中的对比效果，从而使得他诗歌的意境空间得以延展。

在一首名为“诗歌”的短诗中，他这样写道：“灵魂走出肉体/去阻挡生命的消亡/留下悲哀的绝望/照耀屋前屋后的树林/升入明亮的天空。”这可以看作他写作时的状态。他继续写道：“诗歌，生命的骨头，精神的马/它一路啼声/惊开喧嚣的浮躁/让绝望开花/留下梦中的啼声和/一生的寂静。”毫无疑问，这简直就可以看成他的“诗歌宣言”了。

3. 李望鸿、吴淞等人的古体诗词写作

值得注意的是，在以朦胧诗为先导的现代诗自 20 世纪 80 年代纵横中国文坛以来，新世纪以后有一批钟情古典诗词写作的诗人群体出现，最初以老干部为主，后来有更多的人参加进来。尤其是在微信普及的今天，这类写作爱好者越来越多。他们集会结社，在手机上随时发表自己的创作。各地纷纷成立了以古典诗词创作与交流为核心活动的诗社，中央电视台推出古典诗词大会专栏节目，就连中国诗歌第一刊《诗刊》也专门开辟刊登古诗词的版本。在贵池，李望鸿、吴淞、张华、胡淑秀等发表了大量此类作品。

2008 年 6 月，李望鸿出版了他的古典诗词样式的作品集《鸿影集》，他的同辈人，时任市政协副主席、文联主席、作协主席的吴昭元先生为其作序。同为诗人的昭元先生说：诗人是需要灵性的，灵性是天分的影子。有了灵感，诗人的笔就能化腐朽为神奇，就能让一块石头睁开眼睛说话，让一朵花开出九十九种颜色。但灵感不会凭空产生，它有自己横空出世的根基与土壤，这就是厚重的生活积累和对社会、生活细致入微的观察。这话说得有些玄乎，但还是有道理的。我们看到《鸿影集》的确实是李望鸿四十余年来对世界对社会的观察、对生活对人生的体悟，忠实地记录了作者的生活与思想的轨迹。从 1974 年到 2008 年，作者用他所钟爱的古典诗词这种文学体裁抒写了社会变迁与他的生活际遇。特别是一组对历史人物的感怀令人印象深刻，如唐代宗重臣刘晏、北宋名臣寇准、南宋名将岳飞、明末名将袁崇焕等，这一组七言四句均直抒胸臆，豪情远迈千古，可谓有感而发，不独发思古之幽情。

吴淞，出生于 1966 年，梅村黄田人，自称秋浦散人。虽然他的主要精力都用于为政协写提案，人称政协委员中的提案大户，但一直以来他都钟情于文学写作，散文发表了不少。可是后来给读者留下较深印象的还是他的古典诗词写作，或许是他参政议政太忙，没有时间去大块谋篇，就选择了言简意赅的四言八句吧。有一段时间，他把古诗词当日记写，也妙趣横生。直到

2015年，他的《秋浦歌十九首》在全市大赛中获得一等奖，人们才知道冰冻三尺非一日之寒。70后的张华，在贵池也是酷爱古典诗词的“名士”之一，在工作之余写了百余篇诗词，字里行间那种“寄情山和水，相伴酒与诗”的古典情怀呼之欲出，自是一番风采。另有一位才女胡淑秀，也常有温婉清丽的新词佳句见诸报刊，为贵池诗坛千载诗风平添一缕芬芳。

4. 秋浦诗社与杏花村诗社

秋浦诗社成立于1984年，主要发起人有方乾、房宝藏、陶顺义、杨上平等，是贵池在新中国建立后的第一家民间文艺社团，已经载入新修的《贵池县志》文化大事记。诗社编辑的诗刊《蓝帆》以发表新诗为己任，聚集了贵池一大批诗歌爱好者。参加诗社活动的诗人有包光潜、赵龙发、严雯、陈莉、王红、鲍根华、杨玉宝、贾朝云、郑萱、张兰、芮武、史文彬、王念鹏、林丽霞等。三十年后的2014年，秋浦诗社在贵池区民政局重新登记注册，隶属贵池区文联领导。改选了陈莉为社长的新秋浦诗社，接续文脉。新秋浦诗社编辑出版诗刊《秋浦歌》，兼收会员创作的新诗和古体诗词，并于每年农历九月九日举行“重阳诗会”，去年登齐山，今年再登平天湖望华楼，以诗会友，为改革开放四十周年放歌。

杏花村诗社成立于2009年2月，首任社长是李望鸿，程志和、尹文汉先后继任。贵池有一批古典诗词爱好者参加诗社活动，并写作了大量的作品，如邱戎华、李望鸿、程志和、吴淞、张华、胡淑秀、燕兴发、朱中芹等。其中，邱戎华的楹联、诗词作品多次获得全国大奖。诗社每年春天都举办“清明诗会”，年底编印会员作品集。如今，秋浦诗社的“重阳诗会”与杏花村诗社的“清明诗会”已经成为池州不可多得的地域文化活动品牌，延续着“千载诗人地”的文脉，传承着“诗言志”的诗歌理想。

散文：百花争艳的满园春色

散文在中国文学史上曾经闪耀出炫目的光芒，从先秦到六朝，到唐宋，再到桐城派，散文几乎贯穿了中国几千年的文学史。然而，散文虽然是文学史上最常见、地位最显赫的文体，却也是边界最模糊、最不容易准确界定并描述的文体。诗歌有韵律与意象，小说有人物与情节，戏剧有动作与声音，电影有色彩与图像，而散文除了语言文字，一无依傍。但散文又极其简单，只要你能开口说话，能动笔写字，就有可能无意中闯入这并不神秘的文学园地。一言以蔽之，散文最日常，最好模仿学习，可也最难精通。文无定法，境由心生。千百年来，那些为文者所处的时代、个人追求、人生际遇千差万别，他们或悟言一室之内，或放浪形骸之外，念天地之悠悠，独怆然而涕下，于是执笔行文，如风行水上，不追求也不在乎一字一句之奇，只不过胸中块垒如鲠在喉，不吐不快，只是积蓄已久，势不能遏，一旦触景生情，便喷薄而出，如是“天下之至文”得矣。

上面这段关于散文的感慨，是在为陈春明的散文集《心岸踏歌》写推介文章时所发。近两百年来，散文的大家都出在桐城，幸亏贵池还有一个“诗城”的称号，可与桐城“文都”的名头媲美。贵池的散文写作，呈现出百花争艳的态势，不仅作者人数众多，作品数量与质量也可圈可点。陈春明、王征桦、吴毓福、王光龙、丁贤玉、谢海龙、徐琳、李玮玮、李凤仙等，他们的散文写作构成了贵池文坛的一道风景。

1. 陈春明的散文创作

如果说诗歌传统在贵池的话，那么散文的故园就是桐城了。巧的是，陈春明恰恰是桐城人，师范毕业后来到贵池。出生于文都桐城，工作于诗城池州，这对于一个有着执着的文学梦想的人来说，是幸运的。两地深厚的文学传统与浓郁的文学氛围，在春明这里相互激荡、互为表里，为他数十年坚持文学写作提供了坚实的基础与丰富的营养。从中学教师，到宣传部干部，再到文联主席，无论岗位如何变化，不变的是他对文学梦想的坚守。从《阅读人生》，到《与时俱进》，再到《心岸踏歌》，连续三本文集大致呈现出春明在文学道路上跋涉前行的足迹以及他筑梦文学的心迹。

2014 年 9 月 27 日，安徽省作家协会在池州举办了“陈春明散文集《心岸踏歌》研讨会”，段儒东、许辉、潘小平、赵凯、余同友、张文林等省内著名作家、评论家到会。后来，许辉的《文艺战线上的复合型人才》、段儒东的《陈春明及其作品印象》、潘小平的《岸上风景　千载诗心》、赵凯的《生态家园与精神家园同构的诗意表达》等一批名家文章结集出版，名为《执着与坚守——陈春明文学作品名家评论集》。从这个集子里收录的文章，可以看出陈春明从事文学创作获得的成果以及其所产生的影响。关于陈春明的散文创作，我有如下的理解与认识：春明的“文学梦想”，可以看作是一代人的人生侧影之一。60 后的他，正在进入知天命之年。此前的 30 年中，中国社会所经历的巨大变革，不只是物质上的丰富充盈，更有精神上的跌宕起伏。尽管有些时候，物质与精神是可以互换的，但物质永远也无法等同于精神。这就如同文学史上的所谓纯粹的“文人”，我们在现实生活中从来也没有看见过一样。他们在物质的层面上要么是官员，要么是学者，甚至可以是“商人”或者“山人”，然而，他们在精神层面上却在执意塑造着所谓“文人”的面目。这或许就是大多数“文学梦想”滋生不绝的根由吧。这就是为什么我们在文学失重的年代，依然可以看到：从意气风发的少年到官场失意的政客，从发了财的小老板到快过气的各路明星，都以文学的名义纷纷拿起笔，使得“文学梦想”热闹非凡，“文学梦想”有时候就成为全民精神的狂欢。毕竟，崇高而神圣的文学殿堂里过客再多，最终留下的也只有那些为梦想而终身坚守的人。我相信，春明正是那坚守者之一。其中的是非功过、人生得失，也只有坚守的人坚守在内心，自知足矣，何足为外人道？

陈春明担任贵池区文联主席十多年了，还兼任区作协主席，文联机关与作协的事务牵扯了他太多的精力，但他依然挤时间进行文学写作，有多少篇章是在家人熟睡后的夜深人静时成篇的我们不得而知，但可以想到他所坚守的文学梦，正是在这种执着的信念中得以舒展。2005 年以来，春明所领导的贵池区文联和作协开展了丰富多彩的文学采风与文学交流活动，这让贵池一直以来保持着十分浓郁的文风。2013 年，安徽省作协授予贵池“安徽省文学先进县（区）”称号，这也就是安徽省作协主席许辉称赞他为“文艺战线上的复合型人才”的原因。2016 年，陈春明如愿以偿，成为中国作协会员，是贵池继姜秀珍之后的第二个国家级作协会员。这不仅是春明的收获，也是贵池的荣誉。

2. 王征桦的散文创作

与明朝学霸状元黄观同乡的王征桦虽然是个医生，却有着非凡的写作天分。中年以后，王征桦着力在散文园地耕耘，收获颇丰。浏览一下他的新浪博客，可以大致了解王征桦的散文创作情况。最近 3 年来，他已经在全国各地报刊发表散文百余篇。他曾在博客上为自己的创作做过统计总结——第三季度（2016 年）散文：20 篇次；诗歌：42 篇次；科普：2 篇；故事：8 篇；小说：2 篇、获奖 1 次。环比增加 5%。

如果这是王征桦 3 个月时间内的收获，我们可以推测出他写作与发表的时间密度与频次。

2009 年 9 月，王征桦出版了第一本散文集《碧岩花开》。他是清溪碧岩人，考上大学之前都生活在那里。那里的山山水水，那里的人物、动物、植物，那里的风俗民情，那里的小路、桥洞、老屋、祠堂、庙宇，一切的一切都悄无声息地进入他怀想与思虑的领地，进而流淌出温情脉脉的文字。田园村居里的袅袅炊烟，山上寺庙里的暮鼓晨钟，河边浣洗的曼妙女子，村口蹲守的寡言老汉等，构成了他散文世界里既切近又辽远的图景与影像，那是他精心构筑的精神家园。读征桦的散文，总有一种淡淡的忧伤潜藏在字里行间，这几乎构成了他散文叙事与抒情的风格。再有，就是他热衷对寺庙的探访与想象，那种对俗世生活的疏离感也会不时从他的文字中时隐时现地流露出来。《气味是花的语言》与《禅的味道》就很能说明问题。王征桦的散文写作充满了灵气，他散文的语言清爽有味，这得益于他多年的诗歌写作。他在散文中构筑的精神境界与他在诗歌中营造的意境一脉相承。诗歌的魅力来自意象，散文的魅力来自语言，意象与语言的魅力取决于其是否有张力，这就是古人所强调的“气韵”，所谓“气韵生动”是也。

王征桦正处在创作的旺盛期与成熟期，他在写作诗歌、散文的同时，也尝试小说的创作，我相信不久的将来我们会看到他在文学创作领域的更大成就。

3. 王光龙的散文创作

王光龙是安徽寿县人，1988 年生。在安庆师范学院读完本科，在华南师范大学取得文学硕士学位，他来贵池工作。在学生时代就开始文学创作的他，对写作情有独钟，自 2008 年开始，十年间已有散文、小说、诗歌、剧本、歌词与评论六十余万字散见于《散文》《美文》《清明》《文学界》《福建文学》《山东文学》《安徽文学》《天津文学》《当代小说》《短篇小说原创版》等国内重要期刊。

他的散文《伐木谣》《父亲的季节》《一个属水的男人》《鹅背上的夏天》《带着月光行走》《姐姐的书香掠影》等均获得大奖。他的散文《遥想一座城》《茶米时光》《月光版图》《稻草人的皮囊》《桑下人烟》《蚕声弥漫》等在各大文学期刊上发表。他的文字清新脱俗，以诗意的笔触写出游子的乡愁和城市浮华背后的底层关怀。他说：“乡愁也罢，困惑也好，读书总是使人安静，文字总能使人安心。我写作是为了光阴流逝使我安心。”我想，写作恐怕是因为有挥之不去的激情与梦想。王光龙才 30 岁出头，正是青春好年华，写作更能使他的梦想插上遨游的翅膀。

4. 方乾的乡邦历史文化抒写

方乾，1964 年出生，贵池人，做过中学教师、记者、编辑、自由撰稿人。因担任《贵池新闻》文艺副刊编辑的缘故，十余年来他撰写了七十余篇文艺评论，但他把主要精力投入了贵池以及池州历史文化遗存的考查与乡邦文献的研究中，并据此写作了两本专著：《池州记忆——古村落》《文化贵池——罗城民歌》，均由黄山书社出版。2018 年，《池州记忆——古村落》一书经修订增补内容，以“传统村落”为书名再版，并列入“印象池州”口袋书系列。2016 年，其与纪永贵博士合作，为杏花村小学编撰出版了 3 册教材《千古诗村——杏花村》。2018 年，其与池州市地名办公室合作，编撰了 30 万字的《池州地名故事》。值得一提的是，他对池州传统村落的叙写，以古村落为主要对象，一村一题，既可独立成篇，又可看成系列组合的长篇历史文化大散文，把池州地域内历史遗存的文化、民俗、风情一一述说，从一个个侧面充分展示了池州的历史文化积淀。从这个角度考察，《池州记忆——古村落》可以算作对贵池散文创作贡献出的另一种样式。

5. 吴毓福的历史散文与丁贤玉的乡土散文

吴毓福是一个知名书法家，他写作散文的时间也已经很久了，他的散文集《站在冬天里的朴树》出版于2011年。他把他的散文在这本集子里分为四类：拈花惹草、山光物态、时光回眸、闲思漫语，共84篇。吴毓福散文写作的题材，看他的四辑标题就一目了然。他写花花草草，写山川河流，写青春记忆，写所思所想，不管写什么，似乎都离不开他所熟悉深爱的家乡，似乎都在追问生活生命的真谛，似乎都在寄托人生际遇的情怀。他在文中与山川草木对视，与古人对话，构建自足自适的心理空间与心灵家园。他的《寂寞泡桐花》《诗里桃红》以及《站在冬天里的朴树》，莫不如此。所谓古人心境、今人情怀，在吴毓福的散文里总是互相映照、互为表里。这种将现实的一隅与历史的一瞬切换勾连的写法，使得他的文字具有一种历史的纵深。这种引经据典的嗜好，一不小心就会有掉书袋之嫌，但他做得很好，懂得克制。也许是他饱读诗书使然，他后来的散文专注于地方风物与历史掌故的链接，洞微烛隐，推陈出新，如《三苏与白面山》之类即此。

与吴毓福关注历史文化、挖掘地方文史掌故不同，丁贤玉的散文着意写他熟悉的乡土风貌与世故人情。有意思的是在档案馆工作的丁贤玉身边就有取之不尽的材料，可他的目光却始终投向家乡的田野村庄。可见，诗意永远在“远方”。

6. 徐琳等一批女性散文作者

2010年《清明》增刊发表了徐琳的一篇5000余字的散文《那些模糊或者消失了的身影》，其另有一组散文《我的乡村》发表于《安徽文学》2010年第7期。徐琳的职业是中学语文教师，但她自学生时代就爱好读书与写作，迄今已经发表散文200余篇。她的《茶香女人》获得“雾里青杯”华语散文大赛三等奖，《为了梦中的橄榄树》获得《中学生阅读》杂志社师生同题大赛教师组一等奖，《多年嗜书且成痴》获得安徽省首届校园读书创作活动教师组二等奖、《悦读记》获安徽省第二届校园读书创作活动教师组三等奖。徐琳的散文写生活中的琐事，缘情叙事，点滴感怀，所述真切，所抒真诚，文字逶迤细腻，自成一格。其他一些女性散文作者的写作也是摇曳多姿、各有千秋。李玮玮的散文率性真挚，杨贤英的散文娓娓道来，谢峥嵘的散文侃侃而谈，李凤仙的散文空灵飘忽，张欣的散文真切可感。

贵池区女性散文作者远不止上文所提到的这些，只是我孤陋寡闻，所掌握的资料有限，不能详尽，只能抱憾。希望今后有机会专文介绍贵池的女性作家。

小说：坚韧跋涉的孤独行者

贵池区的小说创作一直以来都处于默默无闻的状态，不像诗歌、散文那么热闹、那么炫目，但是依然有坚韧跋涉的行者在。对于安徽来说，无论是以淮河为界还是以长江为界，小说的重心都在北方。省内的南北小说对抗赛，南方作者鲜有大奖斩获。因此，处在江南的贵池历来都十分重视小说作者的发现与培育。早在2005年，首届池州市文学新人奖就特意遴选出两位小说作者，其中一位就是女作者董慧珍。

1. 阿惠的中长篇小说创作

2018年4月，阿惠的长篇小说《千寻》由安徽文艺出版社出版了，这是阿惠痴迷写小说十几年来的重要收获。阿惠的这部36万字的长篇，以秦一文、伍爷、范师傅、柳叶四个家庭人物的故事为叙事中心，以一场车祸将这些人物的命运勾连起来，以秦一文兄妹三人以及秦一文、柳叶的恋情为故事的核心，以这些人物之间的情感纠葛使他们鲜活起来。人物的主要活动场景是长江南岸的乡村——麻布寮。具有鲜明特色的地域风物描写给这部小说平添了魅力，友情、爱情、亲情交织的故事情节让这部小说引人入胜。小说对这些错综复杂的人物关系以及情感状态的描述，流露出作者对世态炎凉、人情冷暖的深刻思考。唐先田在为《千寻》写的序言里说，小说写了许多矛盾、争斗和曲曲折折，但字里行间传递的是人世间最宝贵的东西，那便是人与人之间的相互沟通、理解和关爱，抱朴归真，大爱至上，这也是阿惠小说所追求的主题。

阿惠，本名董慧珍，女，1969年出生，贵池江口人。在将近20年的时间里，阿惠利用一切可利用的时间写小说。她说她写得慢，总是写了废，废了再写。其实是她要求高，不急功近利，慢工出细活。我们陆陆续续看到她的好几部中篇小说发表了：《天堂之约》《我的父亲》《等到开放的那一天》《简单生活》等，其中《简单生活》在2014年的安徽省南北小说对抗赛中获奖。写小说几乎占据了阿惠所有的业余生活空间，她挤出尽可能多的时间耕耘在自己的“三分地里”，乐此不疲。她在小说里塑造的人物生动鲜明，对人物的心理刻画真挚细腻，字里行间流露出人文情怀。她是一个本色作家，她的虚构、她的描写、她的文字都自觉不自觉地吐露出她的生存环境的地理与风情、生活际遇的足迹与印痕、人生理想的思考与情怀。如果，阿惠的视野更开阔一些，再多一些阅读与行走，她还会有更大的成就。

2. 王光龙的短篇小说创作

王光龙在各大文学杂志上发表的散文远比小说多，但他着力的还是小说，虽然我们能看到的只是近几年来的几篇：《木匠老鲁》（《短篇小说原创版》2013 年第 12 期）、《看见火光你就跑》（《安徽文学》2015 年第 8 期）、《下雨请张嘴》（《奔流》2017 年第 7 期）。小说的创作不只需要熟练的技巧，更需要生活的积累和对生存与生命的深入思考。每个人都有自己观察生活的视角与视野，每个人都有对生命的不同体验与感悟，多数人随波逐流、和光同尘，也有一些人从生活的矿藏里提炼出闪光的金属，他们以文学作品的方式让人们看见人世间的苦难、丑陋、坚韧、爱与温暖。王光龙的小说创作才刚刚开始就已经不同凡响，我们期待他更多更好的小说作品。

3. 耿毅频中短篇小说创作

耿毅频的小说总是在展示一种积极健康向上的美好生活画卷，可现实常常又不是这样，所以在她的故事情节中，虽然有谎言，有伤害，有戾气，有隐忍，有挣扎，但是最终都被她巧妙的笔触一点一点地剥离了，展现在读者面前的只剩下真诚、包容、温暖、自信、从容……源于对美好生活的憧憬和热爱，她通过写小说的方式来表达自己的一种生活理念，也让那些疲惫的心灵得到一片可以恣意休憩的绿林，看到自己想要的希望的光芒。从《大雁飞过》到《小雪的春天》，再到《野百合》等，一点一点见证了——写小说的过程就是她自己的一部散文诗。

4. 桂媛与冬郎的网络小说创作

桂媛最初在网上写作，迄今创作并发表长篇小说 8 部：《槐树花开》《半颜倾城》《天价独宠》《狼桃花》《章献皇后》《海天凌云录》《二分之一初恋》《梅园惊梦》，420 万字。另有 2 部长篇小说已经在网上签约。

2011 年，由于网上阅读人数爆棚，浙江大学出版社出版了桂媛在网上连载的长篇小说《半颜倾城》，同时出版的还有一部青春励志长篇小说《槐树花开》。2012 年，由北京大学中文系教授张颐武推荐，《半颜倾城》入围首届西湖类型文学奖。同年底，《半颜倾城》获得第 21 届浙江省出版奖数字出版类大奖。2014 年《半颜倾城》获池州市第四届优秀文艺作品图书类新人奖。2015 年《半颜倾城》获池州市贵池区首届优秀文艺作品评选图书类一等奖。2013 年，《胡椒或者迷迭香》获安徽省作家协会“第二届小说对抗赛”池州赛区二等奖。这一年，桂媛被贵池区作协选送参加安徽省首届鲁迅文学院中青年作家班学习。桂媛的长篇小说多写历史题材，这就要求她大量地阅读相关历史材料，研究故事所涉及的地域风情。在刻画人物性格、描写人物命运方面，桂媛有其独到之处。故事情节层层演进，构思精妙，引人入胜，叙事的节奏把握得很好，在网上连载时扣人心弦，让读者欲罢不能。

无独有偶，2014 年一部长篇历史小说《战匈奴——趣说汉匈百年战争史》在起点中文网横空出世。这部 40 万字的长篇，用诙谐幽默的语言述说了大汉与匈奴征战百年的历史。作者冬郎是一位 90 后的理工男，本名何志浩，贵池人。这部后来由吉林出版社出版的长篇历史小说，在贵池首届优秀文艺作品评选中荣获图书类一等奖。

桂媛与冬郎的写作实践，凸显出互联网时代作家产生与成长的新特点。他们通过网络发表作品并收获大量的读者，形成影响力。但网络作品泥沙俱下，良莠不齐，被商业利益驱使，猎艳猎奇者众，像他们这样注重作品文学品质的网络写手就难能可贵了。

结语：文学土壤与文学梦想

从 2005 年至今，十几年来贵池的文坛一如既往，安静祥和又热闹非凡。深厚的地域文化积淀以及浓郁的文化氛围，都是我们这些底层文学爱好者的阳光、空气与土壤，每一粒种子都会悄悄发芽，每一棵幼苗都默默生长，无论是小草野花还是大树繁花，都离不开赖以生长的土壤。

贵池区文联主办的杂志《杏花村》正是培育贵池作家的摇篮，十几年来立足本土，放眼天下，以发现和推介本地文学新人为己任，是贵池对外文学交流的重要窗口之一。其结合“文化旅游名城”建设，充分挖掘本土文化资源和乡土元素，引导和扶持文艺项目，形成浓厚的文学创作氛围。目前，贵池区本土作家群体已发展至近百人，中国作协会员 2 人、省作协会员 18 人、市作协会员 32 人，涵盖机关干部、企业管理人员、教师、工人、农民等多个群体。

生活在人人都有梦想的伟大时代，即使是最底层的文学逐梦者，也都有放飞梦想的机遇与平台。贵池区作家协会一直在不懈努力着。

后 记

经过一年多时间的收集、整理、编辑、校对，《秋浦流韵——贵池区文学作品选集》即将付梓。这是一件可喜可贺的事情，我们谨以此书向中华人民共和国成立70周年献礼。

贵池，历史悠久，人文荟萃，被誉为“千载诗人地”。贵池秋浦河素有“诗河”之美誉，历代文人墨客，如陶渊明、李白、杜牧、白居易、罗隐、苏轼、王安石、包拯、文天祥、岳飞、朱熹、陆游、黄庭坚、梅尧臣、杨万里、李清照、周必大等，都在贵池留下了许多诗文。其中诗仙李白曾“五游秋浦”，留下了《秋浦歌十七首》经典诗篇；晚唐诗人杜牧曾任池州刺史，写下了《清明》流传千古；民族英雄岳飞登贵池齐山，留下《池州翠微亭》之名篇；本土诗人张祜、周繇、费冠卿、顾云、张乔、殷文圭、杜荀鹤、伍乔为家乡创作了大量的文学作品。贵池历史文化最大的特色、最有影响的文化名片、最珍贵的历史文化遗产，当属萧统和他编撰的《昭明文选》。贵池是《昭明文选》的诞生地。而诗歌之始，当推东晋时期的陶渊明。公元405年，他陪同江州刺史刘敬宜从柴桑（九江）到建康（南京），路过贵池县梅龙镇，写下了脍炙人口的诗篇《乙巳岁三月为建威参军都使经钱溪》，抒发思乡之情和归隐之念，开创了池州有史记载诗歌的先河。从此诗文相续，一批批热爱贵池、讴歌贵池的创作者脚步不息。

2005年，贵池区作家协会成立以来，涌现了一大批优秀的作家、诗人，开展了丰富多彩的文学活动，创作了许多优秀的文学作品。在此期间，区作协有2人加入了中国作家协会，多人加入了安徽省作家协会，文学作品数量和质量都达到了历史最好的水平，不少作品时代感强、立意高，值得全面地收集出版以反映近年来贵池区的文学创作成果。为展示丰硕的创作成果，圆全区文学爱好者的文学梦，区文联、区作协高度重视，结合兄弟县区的成功做法和经验，决定编辑出版一部文学精品集：《秋浦流韵——贵池区文学作品选集》。

《秋浦流韵——贵池区文学作品选集》是区作协会员们的智慧结晶，经过一年多的筹备，分成四个组收集作品，区作协班子成员、《杏花村》编辑部付出了大量的辛勤劳动。区作协主席、副主席带头收稿、挑选、删减，让有代表性的作品跃然纸上，从源头把控作品数量和质量；《杏花村》编辑则合并同类项，从文章顺序、照片选取、介绍详略方面精心布局。区文联、区作协先后两次召开推进会，集思广益对作品集进行调整和完善，力求这部文学作品集精益求精。

全书共分散文、诗歌、小说、评论四大类，是2005年以来贵池区作协会员作品的一次集中展示。或写地域，刻画内涵；或触景生情，旁征博引；或借景抒怀，歌以咏志，无不展现贵池区文学创作者生机勃勃、积极向上的魅力情怀。《秋浦流韵——贵池区文学作品选集》的及时出版，进一步擦亮省作协授予贵池区"文学创作先进县"的牌匾，对宣传贵池文化、旅游，推进乡村文化振兴工程建设将起到极大的促进作用。

《秋浦流韵——贵池区文学作品选集》的出版，是为深入贯彻落实习近平新时代中国特色社会主义思想而展示的成果，是在区委、区政府的正确领导和关心下取得的。《秋浦流韵——贵池区文学作品选集》的出版，感谢区文联、作协的组织、整理和编辑，感谢池州市作协主席何家荣精心作序，感谢中国书协理事、安徽书协副主席韦斯琴倾心题词，感谢合肥工业大学出版社张慧编辑的支持，感谢区作协所有会员的辛勤努力。但由于篇幅所限，还有不少优秀作品只得忍痛割爱；同时，又因时间仓促，也有许多精品没有收集到，难免沧海遗珠。在此一并请创作者见谅，敬请指教与批评。

图书在版编目(CIP)数据

秋浦流韵:贵池区文学作品选集/陈春明主编.—合肥:合肥工业大学出版社,2019.3

ISBN 978-7-5650-4461-8

Ⅰ.①秋… Ⅱ.①陈… Ⅲ.①中国文学—当代文学—作品综合集—贵池区 Ⅳ.①I218.544

中国版本图书馆CIP数据核字(2019)第054858号

秋浦流韵

——贵池区文学作品选集

陈春明　主编　　　　责任编辑　张　慧

出　版	合肥工业大学出版社	版　次	2019年3月第1版
地　址	合肥市屯溪路193号	印　次	2019年10月第1次印刷
邮　编	230009	开　本	710毫米×1010毫米　1/16
电　话	人文编辑部:0551-62903205	印　张	25
	市场营销部:0551-62903198	字　数	436千字
网　址	www.hfutpress.com.cn	印　刷	安徽联众印刷有限公司
E-mail	hfutpress@163.com	发　行	全国新华书店

ISBN 978-7-5650-4461-8　　　　定价:68.00元